The Book

jojo's bizarre adventure 4th another day

Z otsuichi

original concept **Hirohiko Araki**

문학동네

design
Akira Saito, Yayoi Kaneda(Veia)

The Book

jojo's bizarre adventure 4th another day

THE BOOK
- JOJO'S BIZARRE ADVENTURE 4TH ANOTHER DAY-

© 2007 by Otsuichi, LUCKY LAND COMMUNICATIONS

First published in Japan in 2007 by SHUEISHA Inc., Tokyo.
Korean translation rights in Republic of Korea arranged by SHUEISHA Inc.
through Shinwon Agency Co., Ltd. and The Sakai Agency Inc.
Korean edition, for distribution and sale in Republic of Korea only.

이 책의 저작권은 ㈜신원 에이전시와 사카이 에이전시를 통해
集英社와 독점 계약한 ㈜문학동네에 있습니다.
저작권법에 의하여 한국 내에서 보호를 받는 저작물이므로 무단 전재와 무단 복제를 금합니다.

Contents

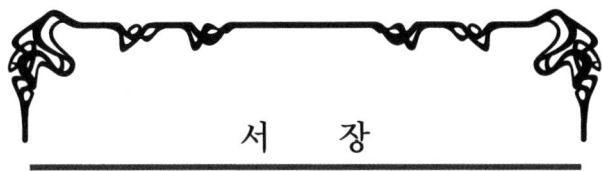

서 장

Introitus

Requiem æternam dona eis, Domine,
et lux perpetua luceat eis.
Te decet hymnus, Deus, in Sion,
et tibi reddetur votum in Jerusalem.
Exaudi orationem meam,
ad te omnis caro veniet.
Requiem æternam dona eis, Domine,
et lux perpetua luceat eis.

모래톱 위에 소녀가 둘. 야구를 하는 사람들과 축구공. 자전거 도로와 자동차가 그 아래로 지나다니는 의문의 도리이鳥居*. 미니어처처럼 앙증맞은 단독 주택들. 이 마을의 하늘이 넓어 보이는 것은 전선이 거의 없기 때문이다. 재개발과 함께 땅속에 매설되었다고 들었다.

원래 송전용으로 쓰였던 철탑이 마을 북서쪽에 몇 군데인가 철거되지 않고 남아 있었다. 그중 한 군데에 웬 남자가 눌러 앉아 생활하고 있다는 소문을 고등학교 교실에서 듣고 처음에는 단순한 헛소문인가 싶었지만, 그렇지 않았다. 쌍안경을 통해 문제의 철탑을 멀리서 살펴보니 확실히 웬 남자가 그곳에서 생활하고 있었다. 지상에서 수십 미터 높이나 되는 철골 위에 가스버너와 프라이팬을 갖춰놓았을 뿐만 아니라, 아예 이부자리까지 깔아놓고 있었다. 철골 기둥과 기둥 사이에 설치된 빨랫줄에는 세탁된 옷도 걸어놓고 있었다. 그 남자는 철골로 된 좁은 발판을 능숙히 돌아다니며 덫으로 잡은 참새의 깃털을 뽑아 굽고 있었다. 그 남자는 일절 철탑에서 내려오지 않는 생활을 여러 달째 계속했다. 그렇다고 바깥세상과 완전히 접촉을 끊은 것 같진 않았다. 과자나 조미료 같은 것을 갖다주면 기꺼이 잡담을

---

* 신사神社 입구에 세운 기둥.

나누며 함께 어울려주었다. 철탑 위에 눌러살며 내려오지 않는 그 남자를 마을 사람들은 언제부터인지 철탑남이라 불렀다.

"철탑에서 내려오지 않고 생활하다니, 가능할까요?"

후타바 치호는 선배에게 물었다. 선배는 걸어가며 대답했다.

"옛날 이 마을에는 1년씩이나 빌딩의 틈새에 갇힌 채 생존한 여자도 있었어. 철탑에서 내려오지 않고 사는 남자가 있어도 이상하진 않아."

그 이야기가 사실인지, 아니면 그냥 도시전설인지, 치호로서는 알 수 없었다.

종업식 날 밤, 후타바 치호는 사람을 죽였다.

부엌에 있던 식칼로 사랑하던 사람의 가슴을 찔렀다.

그 사람은 숨을 거두기 전에 말했다.

"'메모리 오브 제트(검은 호박琥珀의 기억)'라고 이름을 붙였지. 나의, 이 능력에……."

제 1 장

Kyrie
Kyrie eleison.
Christe eleison.
Kyrie eleison.

1

2000년이 되고 나서 며칠 동안, 나는 게임과 만화에 푹 빠져 지냈다. 온열 장판 위에서 뒹굴며 세뱃돈 받은 것으로 무엇을 살 것인지 궁리하는 동안, 어느샌가 겨울방학도 다 끝나고 개학이 사흘 앞으로 다가와 있었다. 숙제를 하나도 하지 않았음을 깨닫고 수학 문제집을 풀어야 한다는 생각에 쩔쩔매기 시작했던 것이 1월 4일 오전의 일이었다. 그러나 문제집을 펼쳐놓고 아무리 수학 공식을 들여다보아도 도저히 알 수가 없었다. 연필을 굴려봐도, 빙빙 돌려봐도, 역시 알 수가 없었다. 그러던 중 아무래도 한숨 돌려야 할 것 같다는 생각에 편의점에서 고기만두라도 사오기로 했다. 차가운 겨울바람을 뚫고 덜덜 떨며 근처 편의점 'SUN MART'에 가서 게임 잡지를 뒤적이며 신작 리뷰를 체크했다. 그런 다음 만화 잡지를 집어들고 차례 페이지에 게재되어 있는 작가 코멘트를 훑어보았다.

내가 즐겨 보는 만화 잡지의 차례 페이지에는 게재 작품의 작가들이 한 사람씩 코멘트를 적었던 것이다. 코멘트 하나당 40자 정도의 짧은 분량이지만, 나름대로 작가의 진솔한 모습을 들여다볼 수 있어 재미있었다. 작가들 입장에서는 매주 코멘트를 짜

내야 한다는 것이 귀찮겠다 싶기는 했지만. 편의점 직원의 눈총을 견디며 계속 읽어보니 키시베 로한의 코멘트가 눈에 들어왔다. 키시베 로한 하면 온 일본이 다 아는 유명한 만화가다. 16세에 데뷔한 키시베 로한은 20세 현재까지 쭉 만화계의 최전선을 달리고 있다. 키시베 로한의 「핑크 다크 소년」은 그로테스크한 표현이 나오기는 해도 개성적인 등장인물과 특징적인 효과음, 그리고 표지마다 그려져 있는 등장인물의 멋진 포즈로 독자들의 마음을 사로잡고 있는 작품이다. 키시베 로한의 코멘트는 다음과 같았다.

'설정으로는 겨우 50일간에 불과했지만 길었던 제3부도 드디어 이번 회로 종료. 다음 회부터 제4부가 시작됩니다.'

기대된다. 그 정도로 뜨겁게 불타올랐던 제3부에 이어 과연 이번에는 또 어떤 이야기가 기다리고 있을까? 멍하니 그런 생각을 하며 고기만두를 사서 편의점을 나섰다. 그러자 호리호리한 몸을 굽힌 채 고양이에게 먹이를 주고 있는 젊은 남자가 길가에 있었다. 키시베 로한이었다.

"안녕. 코이치."

"뭐하시는 거예요?"

"보면 알 텐데."

키시베 로한이 뿌리고 있는 비스킷형 캣푸드에 세 마리쯤 되는 고양이가 모여들어 있었다.

어째서 유명 만화가가 도호쿠 지방의 이 마을에 사느냐 하면 바로 이곳이 키시베 로한의 고향이기 때문이었다. 작년 초여름에 나는 키시베 로한과 알게 되었다. 그뒤 어째서인지 묘하게 그의 마음에 드는 바람에 친구처럼 막역한 사이가 되었다. 키시베 로한의 열성 팬이 나를 보면 질투할 것이다. 그러나 키시베 로한과 아는 사이라고 해서 꼭 신나는 일만 있는 것은 아니다.

"오, 로한 선생님도 동물을 귀여워하는 마음을 갖고 계셨나 봐요?"

키시베 로한이 주는 먹이를 고양이들은 맛있게 먹고 있었다. 미소가 절로 나오는 광경이었다. 고양이들이 질질 침을 흘리며 쭉 뻗기 전까지는.

"선생님……?"

고양이가 세 마리나 쓰러져버리자 나는 쭈뼛쭈뼛 키시베 로한을 올려다보았다.

"진정해. 수면제를 탄 것뿐이야."

키시베 로한은 쓰러진 세 마리 중 회색 고양이를 안아올리더니, 그 앞다리를 잡고 나에게 내밀어 보여주었다. 고양이는 잠이 들어 완전 날 잡아 잡숴, 하는 꼴이었다.

"보라고. 여기 이 녀석의 발볼록살, 잉크로 까맣게 더러워졌지? 작업실이 시끄러워서 말이야. 그래서 가봤더니 책상 위가 난장판이 되어 있더라고. 잉크병도 뒤집힌데다 펜촉에 필기구도 여기저기 흩어져 있었어. 환기를 위해 창문을 열어놨는데 그게 실수였던 게 분명해. 막 완성한 원고에 고양이 발자국 같은 것이 찍혀 있었어. 암만 봐도 이 녀석이 범인 같은데 말이야. 애당초 난 고양이란 것들이 싫어. 녀석들, 재수없게 째려보잖아. 혹시 알고 있어, 코이치? 옛날 광저우에는 고양이를 먹는 문화가 있었던 것 같더라고. 무슨 자양강장 비슷한 효과가 있다는 모양이야. 오키나와에도 고양이 식문화가 있었던 것 같던데. 대체 어떤 맛이 날까?"

키시베 로한의 기다란 손가락이 회색 고양이의 목을 꽉 졸라댈 것 같았다

"농담이야. 고양이 같은 걸 누가 먹는다고."

키시베 로한은 내 얼굴을 보며 악마 같은 미소를 지었다.

"하지만 이 녀석, 보아하니 집 없는 고양이 같군. 주인더러 물어내라 할 수도 없겠어."

"다 큰 어른이 뭐 하시는 거예요? 고양이를 잡겠다고 일부러 수면제까지 구하신 건가요? 이러실 틈 있으면「핑크 다크 소년」제4부 구상이라도 하시지 그래요."

"제4부? 구상하고 있어. 제4부는 말할 것도 없고 이미 제9부

까지 줄거리는 다 짜놨다고."

"또 농담하신다……."

키시베 로한은 진지한 표정이었다.

"어? 진짜?"

"줄거리부터 대사에 이르기까지 전부 다 생각해놨지. 남은 일은 원고로 그리는 것뿐이야."

키시베 로한은 고양이를 땅바닥에 눕혀놓고 옷에 묻은 털을 꼼꼼히 털어내더니 주머니에서 핸드폰을 꺼냈다.

"보건소 사람을 불러야겠다. 이 녀석 좀 데려가라고 해야지. 오해는 마, 분풀이로 이러는 건 아니니까."

거짓말. 아주 신이 난 듯이 키시베 로한은 핸드폰 버튼을 누르기 시작했다.

"그러지 마세요, 그 고양이를 돌봐주는 사람이 어디 있을지도 모르잖아요. 그냥 목걸이만 안 찬 것뿐이고."

내가 그렇게 말하자 키시베 로한은 멈칫 움직임을 멈추었다. 그리고 어느 한 점을 응시한 채 눈 하나 깜빡이지 않았다.

"로한 선생님?"

말없이 서 있는 키시베 로한에게 말을 걸었다.

모리오초町는 도호쿠 지방에 있는 곳이다보니 겨울에는 제법 추웠다. 우리가 내쉬는 숨결은 하얬으며, 바람에 뿔뿔이 흩어져 공기 속으로 녹아들었다. 'SUN MART'가 있는 도로는 자동차 통행량도 적어 비교적 조용했다. 가게문이 열리고, 밖으로 나온 여성 고객이 멈춰 서더니 외마디 비명을 질렀다. 점원이 밖으로 나오고, 얼굴을 찌푸리더니 입가를 손으로 감싸쥐었다.

키시베 로한은 내 등뒤로 시선을 보내고 있었다.

"잠깐, 그 고양이는 대체 뭐지?"

키시베 로한이 중얼거렸다. 어느새 어디선가 또다른 고양이가 나타나 길가에 흩어져 있는 캣푸드를 먹으려 하고 있었다. 앞발로 비스킷형 먹이를 쿡쿡 찔러보고 코끝으로 냄새를 맡더

니, 입안에 넣고 아작아작 씹기 시작했다. 녀석은 단모종 고양이었지만 원래 색이 어떤 색이었는지는 쉽사리 알 수가 없었다. 왜냐하면 온몸이 피로 물들어 있었기 때문이다. 정말로 피인지 아닌지 한눈에 알 수는 없었지만 적어도 내게는 그렇게 보였다. 털에 묻은 지 한나절은 더 경과한 듯 검붉은 색깔이었다. 고여 있는 피에서 뒹굴면 저렇게 될까? 그 끈적거림 때문에 털은 심하게 뒤엉켜 있었다. 고양이가 크게 다친 것처럼 보였지만 그런 것은 아니었다. 앞다리와 뒷다리를 멀쩡히 움직이고 있었을 뿐만 아니라 식욕도 있어 보였다. 만약 그것이 진짜 피라면 분명 어딘가 다른 데서 묻혀 온 것이 분명했다. 우리가 숨을 죽이고 바라보는 동안 수면제가 돌았는지 고양이는 침을 흘리며 쓰러져 꿈나라로 빠져들어갔다.

그날 모리오초는 몹시도 추웠다. 버스 터미널의 연못은 온통 얼음으로 가득했고, 집에서 기르는 개는 추운 듯이 웅크린 채 꼼짝도 하려 들지 않았다. 하얀 눈송이가 우리의 눈앞을 지나쳐 지면에 사뿐히 착지했다. 우리는 상상하지 못했다. 피투성이 고양이의 등장이 곧 변사체의 발견으로 이어지고, 그것이 해결까지 석 달이나 걸리게 될 사건의 시작이 될 줄은. 그러나 그것은 우리의 관점에서 본 시작일 뿐, 진정한 이야기의 시작은 이미 먼 옛날의 일이었다고 해도 과언이 아니었다. 우리는 단지 그 남자의 인생 중간부터 끼어들었을 뿐이다. 이야기는 그 남자가 아직 어머니 태내의 작은 세포였을 때부터 출발해야 마땅할 것이다.

2

　모리오초는 얼마 전까지만 해도 논밭 외에는 아무것도 찾아볼 수 없는 시골 마을이었다. 도호쿠 일부 지방은 예부터 피서지로 유명해 지금도 부케武家의 별장이 몇 군데 남아 있다. 그러나 히라이 아카리는 고시鄉士*의 역사에 관심이 없어서 부케의 별장이라는 말을 들어도 아무런 느낌이 없었다. 오히려 어릴 적에는 이 시골 마을이 부끄러워 견딜 수가 없었다. 어른이 되면 도회지로 나가 TV 드라마에 나오는 그런 생활을 하고 싶었다. 농업에 종사하는 부모님의 모습은 자신 역시 시골에서 썩어갈지 모른다는 위기감을 느끼게 했다. 어머니의 손은 피부가 바짝 말라 갈라지고 굳어 있었다. 자신의 손도 그렇게 되리라는 생각에 견딜 수 없었다. 모내기를 하고 물을 보러 논에 한밤중에 나가보는 일들은 질색이었다.

　고교를 졸업한 뒤 도회지의 전문대에 다녔지만 직장을 찾지 못하고 모리오초로 돌아왔다. 잠시 떠나 있는 동안 마을이 꽤 깔끔해져서 조금 놀랐다. 그 무렵은 온 일본의 경기가 좋았던 시절로, 모리오초에도 변화가 찾아오려던 참이었다. 모리오초

---

* 옛날 농촌에 토착한 무사, 또 토착 농민으로 무사 대우를 받는 자.

와 인접한 M현 S시에 여러 기업이 진출, 거기서 일하는 사람들이 거주지를 찾아 모리오초로 몰려들었다. 마을의 인구가 비약적으로 늘어나 M현 관청에서는 모리오초 개발을 위해 거액의 출자를 결정했다. 대형 쇼핑몰인 카메유 마켓이 생겨났고 도로가 재정비되었다. 논밭이던 땅에 깔끔한 집들이 들어섰다. 전선은 땅속에 매설되었으며, 미관을 해치는 전봇대 중 태반이 모리오초에서 사라졌다. 아카리는 모리오초에서 직장을 얻기로 했지만 촌구석 같은 집으로 돌아가는 대신 역 앞 원룸 아파트에서 자취하기로 했다. 주택 판매 회사의 면접을 보고 사무원 자리를 얻었다. 주택 설계, 제조, 판매를 하는 회사였다. 눈부시게 발전 중인 모리오초에서는 이 직종이 활기를 띠어 일손이 모자랐다. 아카리는 서류 정리 일을 하며 같은 직장에서 근무하는 젊은 건축가와 사귀게 되었다.

오오가미 테루히코는 맨션 및 호텔 설계에 종사하고 있었다. 훤칠한 외모였지만 직장 동료들 간의 술자리에 좀처럼 끼지 않았으며, 간혹 끼더라도 늘 구석에 앉아 있는 둥 없는 둥 했다. 말을 걸어보니 나긋한 언행에 점잖은 성격이라는 걸 알 수 있었다. 여럿이 왁자지껄하는 것보다 혼자서 설계도에 선을 긋는 것을 더 좋아하는 타입이었다. 직장 동료 대부분은 오오가미 테루히코와 대화를 나누지 않았던 까닭에 그가 뛰어난 유머 감각의 소유자임을 아는 사람은 아카리 말고는 없었다.

함께 유럽 여행을 갔을 때였다. 둘이서 나란히 언덕 위에 올라 석양이 비추는 옛 거리를 바라보았다. 울려퍼지는 교회 종소리를 들으며 오오가미 테루히코는 말했다.

"저기서 놀고 있는 아이들 얼굴 좀 봐. 이 마을의 돌바닥이나 건물이 시대를 초월해 사랑받고 있다는 걸 한눈에 알 수 있잖아. 나도 그런 마을을 만들고 싶어. 난 보잘것없는 일개 건축가지만 마을에 늘어가는 건물을 보면 내가 하는 일이 마을의 개발과 직결되어 있다는 걸 느껴. 앞으로 모리오초에서 태어날 아이들이 떠올라. 그 마을은 인구가 늘고 있어. 앞으로 많은 아이들이 그 마을에서 태어날 거야. 난 그 아이들이 가슴을 쭉 펴고 자랑스럽게 여길 수 있는 마을을 만들고 싶어."

오오가미 테루히코와 결혼하기를 남몰래 꿈꾸고 있었다. 그런 상상을 하기 시작하자 시간이 가는 줄도 모를 정도였다. 그러나 오오가미 테루히코의 이야기는 전부 다 거짓말이었다. 사실 오오가미 테루히코는 부실 주택을 만들어 팔아치우는 인간이었다.

1981년 7월 말의 일이었다. 어느 날 아카리가 일하던 부서에 전화가 걸려왔다.

"히라이 아카리라는 분 좀 바꿔주시겠어요?"

여성의 목소리였다.

"예, 제가 히라이 아카리인데요."

"그쪽이 아카리 씨? 오오가미 씨 일로 할 얘기가 있는데요."

그 여자는 이것저것 믿기 힘든 것들을 일러주었다.

"그 사람 방 한번 뒤져봐요. 불법 설계도가 있을 테니까. 그 사람, 회사랑 몰래 뒷거래를 하고 있어요. 건설 자재를 줄여 최대한 싸구려로 건물을 설계하고 있단 말이에요. 지진이라도 나면 한 방에 무너져버리는 부실 건물요. 내가 누구냐고요? 그 사람 애인이에요. 몇번째 애인인지는 모르겠지만 십대 시절부터 알던 사이예요. 이름은 오리카사 하나에. 한자는 실 사糸 변에 짤 직織(오리), 대나무 죽竹 머리에 삿갓 입笠(카사), 풀 초草 머리에 꽃 화花(하나). 그리고 은혜 혜惠(에). 오리카사 하나에織笠花惠. 못 믿겠으면 그 사람한테 직접 물어보지 그래요?"

전화는 그 직후 끊겼다. 화장실에 가는 척 회사를 빠져나와 전에 받아둔 예비 키로 오오가미 테루히코의 집에 들어갔다. 부정을 암시하는 서류나 바람을 피웠다는 증거는 찾지 못했지만, 천장 안쪽에 숨겨져 있던 여행 가방을 발견했다. 가방 안에는 일만 엔짜리 지폐 다발이 수북이 들어 있었다. 정확한 액수는 알 수 없었지만 5천만 이상은 될 법했다. 오리카사 하나에라고 이름을 밝힌 그 여성의 이야기는 사실인지도 모른다. 히라이 아카리는 거금이 든 가방을 가지고 나와 오오가미 테루히코의 부서로 전화를 걸었다.

"몇번째인지 모르겠다는 당신 애인이라는 사람이 나한테 연락을 했어."

"그런 전화, 믿는 게 바보 아냐?"

"그런 생각은 안 들어. 오리카사 하나에라는 사람은 왜 나한테 그런 연락을 했을까?"

"직접 만나 얘기하자."

"회사 옥상, 거기서 18시에 만나. 기다리고 있을게."

구름이 하늘을 뒤덮고 있었던 탓에 약속 시간 무렵에는 이미 날이 어두컴컴했다. 일을 마친 회사 동료들이 귀가해 빌딩 안은 조용했다.

옥상에는 허리까지 오는 펜스가 쳐져 있었는데, 아카리는 그곳에 기대선 채 오오가미 테루히코를 기다렸다. 안개비가 내리기 시작해서 손수건을 꺼내 뺨에 묻은 빗방울을 닦았다. 갑자기 바람이 불어 손에서 손수건을 빼앗아 가버렸다. 손수건은 회사 빌딩과 인접한 주거용 빌딩의 틈새로 천천히 떨어져버렸다.

18시 정각에 오오가미 테루히코와 옥상에서 대치했다. 진실을 듣고 싶었다. 자신들이 나누었던 이야기가 전부 거짓이었는지 아닌지 알고 싶었다.

결론적으로 대화는 없었다. 이야기를 나누기도 전에 오오가미 테루히코에게 목이 졸리고 말았기 때문이다.

물방울이 얼굴에 떨어져 히라이 아카리는 잠에서 깨어났다. 일어나려 하자 쇠말뚝이 박힌 듯한 통증이 등에 휘몰아쳤다. 얼마나 기절해 있었던 것일까? 목에 위화감이 느껴졌으며 제대로 호흡을 할 수가 없는데다 공기가 드나들 때마다 씩씩 목에 걸렸다.

물기를 머금은 진흙탕에 쓰러져 있었다. 옷도 머리카락도 온통 진흙 범벅이었고, 종이 상자와 빈병이 주변에 흩어져 있었다. 주변이 어두컴컴해 눈을 부릅떠 본 뒤에야 비로소 자신이 어디에 있는지 알 수 있었다. 시야에 다 들어오지도 않을 정도로 큰 벽이 양쪽으로 우뚝 서 있었으며, 자신은 그 사이에 샌드위치처럼 낀 채 쓰러져 있었다. 벽을 향해 두 팔을 쭉 뻗지도 못할 정도로 좁았다. 바로 옆에 어디서 많이 본 물건이 떨어져 있었다. 아까 바람에 날아간 손수건이었다.

양쪽 벽 중 하나는 아무래도 자신과 오오가미 테루히코가 근무하는 주택 판매 회사의 빌딩 같았다. 올려다보니 아까까지 기대서 있었던 펜스가 머리 위 저 높은 곳에 있었다.

다른 쪽은 인접해서 세워진 주거용 빌딩의 벽이었다.

두 벽은 까마득한 상공까지 평행선을 이룬 채 뻗어 있었으며 그 꼭대기에 나 있는 틈새로 비구름이 보였다. 자로 그은 선처럼 좁은 하늘이었다. 빗물이 옥상에서 벽을 타고 흘러내린 탓에 벽은 젖어 있었다.

옥상에서 떠밀려 추락한 것일까? 그렇다면 어째서 살아 있는 것일까? 아직 몽롱한 머리로 생각했다. 부드럽고 질퍽한 진흙이 낙하의 충격을 흡수해준 것일까? 종이 상자 쪼가리가 자신의 몸을 받아줬던 것인지도 모른다.

오오가미 테루히코의 모습은 보이지 않았다. 죽었다고 착각하고 자리를 떴는지도 모른다.

온몸의 통증을 억누르며 어떻게든 일어나 손가락으로 머리카락을 빗었다. 덕지덕지 묻어 있던 진흙이 떨어져나가 땅바닥에서 질퍽한 소리를 냈다. 어둠 속을 손으로 더듬어 빌딩 정면의 길거리로 향했다.

길거리에 도달하기 한참 전에 아카리는 더이상 옴짝달싹 못하게 되었다. 양옆 외벽에 달려 있는 배수관이 밀림처럼 뒤엉켜 아카리의 앞길을 가로막고 있었다. 그 틈새로 팔을 뻗어 길거리를 걷는 사람에게 도움을 요청하려 했다. 배수관 너머로는 에어컨 실외기 같은 것이 겹겹이 설치되어 있어 빌딩 정면의 길거리가 보이지 않았다. 아카리는 밖을 향해 외쳤다.

"사람 살려요-!"

빌딩 사이 좁은 하늘은 하얀색으로 빛나고 있었다. 그 직후 찢어질 듯한 우렛소리가 울려퍼졌다. 아카리의 목소리를 누군가가 들은 듯한 낌새는 없었다. 근무 시간이 끝나 사람들이 퇴근하고 나면 길거리는 거의 무인지경이 된다는 사실을 떠올렸다.

빌딩 반대쪽으로 빙 돌아 밖으로 빠져나갈까 하는 생각도 해보았다. 그러나 곧바로 헛수고임을 깨달았다. 뒤쪽에는 또다른 벽이 우뚝 서 있었다. 역 앞에 맞닿은 은행 빌딩 뒷면이었다. 아카리가 있는 벽 사이를 가로막는 듯한 형태로 세워져 있었다. 아슬아슬 맞닿게 설계되었던 모양으로, 주변 건물과는 15센티 정도밖에 떨어져 있지 않았다. 때문에 몸을 억지로 밀어넣을 수도 없어서 회사 빌딩 뒤를 빙 돌아 밖으로 나가는 것은 불가능했다.

걱정 마라, 자신에게 당부했다. 절해의 고도를 표류하는 게 아니다. 자신이 있는 곳은 마을 한복판이다. 계속해서 도움을 요청하면 분명 누군가의 귀에 목소리가 닿을 것이다.

뚝뚝 떨어지는 비가 진흙과 뒤섞여 눈과 입에 들어갔다. 얼굴을 닦는 것도 잊고 계속해서 도움을 요청했다. 그러기를 한 시간 정도…… 하지만 응답은 없었다. 천둥소리와 비가 벽을 타고 흘러내리는 소리밖에 들려오지 않았다.

아침이 되면 출근하는 회사원들로 밖은 북적댈 것이다. 그때가 기회다. 하룻밤만 여기서 참고 지내면 된다. 인기척을 알아차린 누군가가 옥상에서 이 틈새를 내려다볼 것이다. 구출된 뒤경찰에 신고하자.

그런데 그것은 그렇다고 쳐도 어쩌다 그런 전화를 받아버렸을까? 오리카사 하나에라는 이름이었다. 오리카사 하나에는 오오가미 테루히코의 몇번째인지도 모르는 애인이라고 주장했다. 전화를 받지 않았으면 분명 이렇게 되지는 않았을 것이다. 알고서 불행한 일을 당하는 것과 아무것도 모르고 행복하다고 여기는 것 중 어느 것이 더 나은지는 모르겠지만.

아카리는 웅크린 채 쉬었다. 등의 통증은 줄어들었지만 이번에는 온몸이 싸늘하게 식기 시작했다. 눈을 감으니 부모님이 머릿속에 떠올랐다.

그때와 똑같다는 생각이 들었다. 전문대에 가기 위해 처음으로 도회지에 나가 자취하기 시작했을 때. 첫날밤, 변변한 가구하나 없는 텅 빈 방에 누워 마치 세계의 끝에 와버린 것만 같은 기분이 들어 좀처럼 잠을 이룰 수 없었다. 거리에서 많은 사람들과 부대끼며 살고 있는데 아무도 자신의 존재 따위 모른다. 어느샌가 부모님을 떠올리며 불안을 참고 있었다. 이 방에 자신이 살고 있다는 것을 아는 사람은 먼 시골에 있는 부모님뿐이다. 아버지 어머니라면 자신을 걱정해줄 것이다. 그런 확신이 있었다.

"당신은 행운에 감사해야겠는걸. 이 높이에서 떨어졌는데 목숨이 붙어 있다니."

위쪽에서 들려오는 목소리에 아카리는 눈을 떴다. 손전등 불빛이 옥상에서 내려왔다. 빌딩의 틈새로 빛이 비쳐들어 낙하하는 물방울이 도드라져 보였다.

"죽인 줄 알았는데 목을 조르는 게 좀 허술했나보군. 오리카사 그게 진짜, 당신에게 연락을 하다니 참 바보 같은 짓을 했다니까. 질투하고 있었는지도 모르겠어. 우리의 관계가 워낙 순조로워 한바탕 파란을 일으키고 싶었던 모양이야."

평생을 함께할지도 모른다고 생각했던 남자의 목소리였다.

3

"처음 봤을 때는 깜짝 놀라 피라고 생각했는데 사실은 다른
게 아닐까요? 붉은색 페인트나 아니면 딸기 잼 같은 것일 수도
있잖아요? 만에 하나 피라고 해도 생선 가게에서 묻은 생선 피
나 뭐 그런 게 분명하다니까요."

"이게 잼이나 페인트라고? 그럴 리가 있나. 이건 진짜 피야.
말라서 끈적한 걸 보라고. 이 녀석, 어디선가 진짜 피를 몸에 묻
혀 온 거야. 가령 피투성이로 쓰러져 있는 누군가에게 몸을 갖
다대면 이렇게 될걸."

어째서 이 고양이는 피투성이가 된 걸까? 'SUN MART' 앞에
서 그것을 두고 나와 키시베 로한은 의견을 나눴다.

"피투성이로 쓰러져 있는 사람은 안 보이는데요."

만화가라는 직업은 남들보다 상상력이 풍부한 모양이다.

"그럼 확인해보자고."

고양이는 검은 천 재질의 목걸이를 차고 은색 하트 모양을 한
이름표를 달고 있었다. 보아하니 고양이의 이름 같은 카타카나
문자열과 전화번호, 그리고 주인의 이름이 작게 새겨져 있었다.
우리는 그 정보를 메모하곤 그곳을 뒤로했다. 고양이는 'SUN
MART'의 점원이 어떻게든 해줄 것이다. 그보다 키시베 로한의

호기심은 대단했다. 고양이가 피투성이인 이유(피인지 아닌지는 잘 모르겠지만)를 조사하지 않으면 직성이 풀리지 않을 듯한 정신 상태에 빠져 있었다. 키시베 로한은 이런 불가사의한 사건과 만나면 큰 관심을 보인다. 분명 만화 소재가 될지도 모른다고 생각하는 것이다. 덕분에 그 작업실을 어지럽힌 회색 고양이는 목숨을 건졌다. 키시베 로한은 완전히 다른 데에 정신이 팔려 녀석을 보건소에 신고하는 것쯤 더이상 안중에도 없었기 때문이다.

먼저 이름표에 새겨져 있는 번호로 전화를 걸어보았다. 전화벨만 울릴 뿐, 주인은 전화를 받지 않았다. 하는 수 없이 우리는 주인의 이름과 전화번호를 단서로 주소를 찾아보기로 했다.

사람들에게 물어보기도 하고 지도를 살펴보기도 하기를 15분, 우리는 아까 그 고양이를 기르던 집을 찾았다. 서양식 정원이 딸린 단독 주택으로, 현관문에는 고양이 전용 작은 출입구가 나 있었다. 목걸이의 이름표에 새겨져 있는 것과 같은 이름이 명패에 적혀 있는 것으로 보아 이곳이 틀림없는 것 같았다.

현관의 초인종을 눌렀지만 대답은 없었다. 말릴 틈도 없이 키시베 로한은 집의 벽을 따라 걷기 시작했다. 하늘에서 눈송이가 내려 모리오초를 뒤덮고 있었다. 마른 잔디와 낙엽을 밟자 어쩐지 구슬픈 소리가 구두 바닥에서 났다.

집의 벽을 따라 정원으로 나온 순간 나는 후회했다. 확신하건 대, 이대로 집에 가도 절대로 수학 문제집 같은 것을 풀 마음은 들지 않을 것이다. 주변이 적막하고 조용했기에 우리 옷이 바스 락거리는 소리가 몹시 크게 들려왔다. 키시베 로한이 턱에 손을 짚고 곤란하다는 듯한 표정을 지었다.

주택 부지에서 나와 우리는 심호흡을 반복했다. 자동차 한 대 가 배기가스를 내뿜으며 눈앞에서 지나갔다. 세간에는 일상이 계 속되고 있었다. 그 사실에 나는 안도했다. 키시베 로한이 또다시 정원 쪽으로 걸어가기에 '어디 가시는 거예요?'라고 묻자 '집을 한 바퀴 돌아보고 올 테니 거기 있어'라는 대답이 돌아왔다. 나는 구역질을 참아가며 키시베 로한이 돌아오기를 기다렸다.

"자물쇠가 열려 있는 창문은 안 보여."

돌아온 키시베 로한이 말했다.

"고양이 출입구는 열려 있었지만. 다시 말해 이 집은 거의 밀 실 상태라 이거야. 창문 너머로 살짝 보였는데 거실 탁자 위에 집 열쇠가 있더군. 따라서 누군가가 밖에서 자물쇠를 잠근 것은 아닌 것 같아."

"얼른 구급차를 부르죠."

"부르려면 경찰차를 불러야지. 아무래도 이상해, 그 시신. 자연사나 병사가 아냐. 이상하게 죽어 있어. 허벅지에 멍자국이 나 있는 거 봤어?"

"아뇨."

"쓰러진 충격으로 그렇게 된 건지 치마가 들춰져 있었어. 오른쪽 대퇴부 고관절 언저리가 변색되어 기분 나쁜 색깔을 띠고 있더군. 그 멍자국의 형태는 마치……. 아냐, 지금은 관두자. 잠깐, 참아. 토하지 말고. 일단은 경찰에 신고하자고."

"그게 좋을 것 같아요."

나는 핸드폰으로 경찰에 연락했다.

"여보세요, 경찰이죠……? 설명하기 좀 힘든데요……."

썩는 냄새는 나지 않았다. 추위 탓에 부패의 진행이 더뎌졌던 것인지도 모른다. 그래도 숨을 들이쉬기에는 거부감이 들어 아까 정원에 서 있는 동안 될 수 있으면 호흡을 하지 않았다. 정원과 맞닿은 벽에는 세로로 긴 커다란 유리창이 있었는데, 커튼을 쳐놓지 않아 거실이 훤히 들여다보였다. 창문 옆 바닥에 한 여성이 쓰러져 있었다. 왼쪽 어깨를 아래로 하고 옆으로 누워 있었다. 주변에 다량의 피가 쏟아져 있어 목재로 된 바닥 전체가 붉게 물들어 있었다. 그렇게 피를 흘리고 살아 있을 수 있는 사람은 없을 것이다. 눈꺼풀은 열려 있었으며 눈동자는 먼 곳을 향하고 있었다. 거실 창은 정원수 때문에 밖에서는 보이지 않았다. 분명 그래서 지금껏 발견되지 않았을 것이다.

경찰에는 발견자가 나 혼자라고 이야기해두었다. 키시베 로한의 요청이었다. 경찰이 오면 키시베 로한은 즉시 거리를 두고 구경꾼인 척 가장하려 했다. 자신은 유명인인 만큼 발견자가 되면 소동이 커질 것이라는 이유였다. 불합리한 기분이 들었지만 별수 있나. 나도 키시베 로한의 팬 중 한 사람이라 이런 일로 그의 이름이 세간에 오르내리는 것은 싫다.

"제 이름요? 히로세 코이치, 부도가오카 고교 1학년이요. 아뇨, 아는 사이는 아니고요. 우연히 고양이를 발견해 주인집을 찾아와봤더니 글쎄. 아마 고양이는 주인한테 몸을 비빈 것 같아요. 그때 피가……. 사망자는 여자 분이에요. 이름요? 아마 '오리카사 하나에' 같아요. 현관 명패에 이름이 적혀 있었거든요. 고양이 이름표에도요. 한자는 실 사糸변에 짤 직織(오리), 대나무 죽竹 머리에 삿갓 입笠(카사), 풀 초艸 머리에 꽃 화花(하나). 그리고 은혜 혜惠(에), 예요."

4

독서는 옛날부터 좋아했다. 특히 낡은 책의 냄새를 맡으면 마음이 편안해졌다. 가장 좋아하는 장르는 학교 도서관에 있을 법한 아동서였다. 그다음으로 좋아하는 것은 팝업북이었다.

초등학교 6학년 때부터 부모가 다투기 시작했다. 어머니가 접시를 깨는 소리에 집중해서 책을 읽을 수가 없어지자 열두 살의 후타바 치호는 가출했다. 일단 역 앞 버스 터미널에서 S시 직행 버스를 타고 멀리 떠나자고 생각했다.

도넛을 사 들고 정류장 벤치에 앉아 버스 출발 시각을 기다릴 때였다. 이 마을 밖에는 대체 무엇이 있을까 하는 생각에 더럭 겁이 났다. 집을 나와 마을을 떠나도 어디 갈 만한 곳이 떠오르지 않았다. 자신은 이 마을에서 나고 자랐다. 앞으로도 쭉 이곳에서 일생을 보낼 것이다. 마을의 이름은 모리오초. 명물은 우설 된장 절임.

후타바 치호는 벤치에서 한숨을 쉬고는 좋아하는 도넛을 한 입 베어 물었다. 역 앞 상점가의 빵집에서 산 것이었다. 반쯤 먹었을 때는 이미 우울한 기분에 잠겨버려 저녁 시간까지는 집으로 돌아가기로 했다.

그때 불량스러워 보이는 남자 고교생이 나타나 바로 옆에 앉앉다. 귀에는 커다란 금색 피어스를 달고 있었다. 일어나 자리를 피하려 하자 팔을 잡아 억지로 다시 앉혔다.

"그렇게 겁먹은 표정 지을 거 없다니까. 아무 짓도 안 해."

거짓말이었다. 3분 뒤, 치호는 역사 뒤로 억지로 끌려갔다. 비명을 지르면 재미없을 줄 알라는 말을 들었다. 불량 학생은 치호의 지갑을 빼앗아 그 안에 있던 신용카드를 찾아냈다. 가출 직전 아버지의 지갑에서 슬쩍해온 것이었다. 다리가 움츠러들어 간신히 서 있는 것이 고작이었다.

"목숨 구걸은 하지 마."

소년의 목소리가 불량 학생의 등뒤에서 들려왔다. 어느 틈에 다가왔는지 자신의 또래쯤 되는 소년이 서 있었다. 소년은 손발이 가느다란 것이, 꼭 철사를 엮어 만든 인형 같았다. 아직 추운 계절은 아닌데도 손목까지 꽁꽁 싸매듯이 긴팔 옷을 입고 있었다. 위아래 모두 검은 복장이었다.

"살려달라고 애원하려던 참이지? 그럼 죽을 때까지 평생 패배자로밖에 못 살아."

쏘아보는 듯한 날카로운 눈빛으로 소년은 치호를 바라보고 있었다. 우주 공간을 연상케 하는 새카만 눈동자였다. 계속해서 소년은 싸늘한 어조로 불량 학생에게 말했다.

"그쪽도, 초등학생 상대로 삥 뜯는 건 좀 아닌 것 같은데. 난 또 야한 짓을 하려고 덤불로 끌고 가는 줄 알았지."

불량 학생은 '뭐야, 넌' 하고 위협했지만 소년은 기죽은 기색을 보이지 않았다.

"걔한테서 그 더러운 손 치우라고. 어차피 화장실에서 볼일 보고 씻지도 않았지?"

소년은 주머니에서 소형 나이프를 꺼냈다. 칼날은 흠집투성이로, 오랜 세월 써서 길들인 흔적이 보였다.

그뒤 불량 학생과 소년이 뭔가 대화를 주고받았던 것은 기억한다. 그러나 나중에 달려온 경관이 무슨 일이 있었는지 물어봐도 치호는 자세히 설명할 수가 없었다. 정신을 차리고 보니 치호는 혼자 벤치에 앉아 있었다.

모르긴 몰라도 소년이 나이프로 저지른 짓이 분명했다. 발밑 땅 위에 귀가 떨어져 있었고, 그 귓불에는 금색 피어스가 달려 있었다. 불량 고교생은 역사 사이에 쓰러져 있었으며, 생명에는 별 지장이 없었지만 발견시 부들부들 떨고 있었다고 한다.

대체 그 마소년魔少年 같은 소년은 누구였을까? 소년의 인상을 경찰이 물어보았을 때 역광 때문에 잘 보지 못했다고 대답했다. 그 소년이 경찰의 수배를 받는 것을 막기 위해서였다. 사실은 그 얼굴을 기억했다. 그 기억을 잊지 않도록 머릿속에 소중히 간직했다.

중학생이 되어서는 친한 여자애들 여러 명과 하굣길마다 패밀리 레스토랑에서 죽치고 지냈다. 매번 들른 것은 카메유 마켓 근처 가게였다. 그곳은 언제 가도 손님이 많지 않아 선생님에게 들킬 가능성이 낮았기 때문에 안심하고 교복 차림으로 유유자적 시간을 보낼 수 있었다. 드링크 바*를 주문해놓고 밖이 캄캄해질 때까지 다 같이 순정 만화를 돌려보았다. 시험 기간 중에는 테이블에 노트나 교과서를 펼쳐놓고 공부했다. 다들 붉은 반투명 책받침을 가지고 있었다.

중학교 2학년의 어느 가을날. 학교에서 돌아오던 중 여느 때와 마찬가지로 치호는 패밀리 레스토랑에 들렀다. 그날은 초등학교 시절부터 알고 지낸 땋은 머리를 한 친구와 자신밖에 없었다. 나중에 다들 올 거라 생각하고 6인용 테이블을 잡아놓았지만 아무리 기다려도 오지 않았다.

"요즘은 다 같이 집에 안 가네."

책 읽기를 멈추고 치호는 친구에게 물어보았다. 그때 읽고 있던 것은 모리오초 정립町立 도서관에서 빌려온 『걸리버 여행기』였다.

땋은 머리의 친구는 영화 잡지에서 고개도 들지 않고 대답을

---

* 레스토랑에서 운영하는 셀프서비스 방식의 음료 코너.

했다.

"분명 다들 남자랑 같이 있을걸."

"역시, 그런 건가? 어쩐지……."

주변에 남녀 커플이 늘고 있었다. 사이좋던 친구들도 얼마 전부터 조금씩 바람이 드는 듯하더니 서로 화장품을 빌려주며 발라보기 시작했다. 화장이라는 문화는 아직 자신에게는 낯선 세계였다. 어릴 적 어머니의 립스틱을 가지고 놀다가 혼이 난 것 정도밖에 체험한 적이 없었다.

"드링크 바 모임도 이걸로 끝인가보네……."

비어 있는 자리를 보고 한숨을 쉬며 말해보았다. 친구는 가방에서 가위를 꺼내더니 영화 잡지에 인쇄되어 있는 할리우드 스타를 오려내기 시작했다.

"당분간 둘만의 모임이 계속되려나."

"내후년에는 그것도 장담 못 해."

친구는 오려낸 팔랑대는 할리우드 스타를 노트에 붙이며 말했다.

"내후년?"

세계의 파멸이라도 일어난다는 것일까? 내후년이면 1999년이었기에 그런 상상을 했다.

"우리, 고등학생이 되잖아. 치호는 이대로 부도가오카 학원 고등부에 올라갈 거지? 하지만 난 아니거든."

"어, 고등부에 안 올라가?"

"그런 깡패 학교, 난 됐어. 좀더 수준 높은 데를 노리고 있거든."

처음 듣는 이야기였다. 자초지종을 들어보니 친구의 지망 학교는 S시에 있는 여고였다. 친구는 그것 말고도 그후의 인생 스케줄까지 구상해둔 것 같았다. 고교를 졸업하면 본격적으로 영어를 배우기 위해 한동안 외국에서 살아볼까 생각도 하는 모양이었다. 친구의 목표는 할리우드 스타의 통역을 하는 것이었다.

"치호는? 뭔가 장래에 하고 싶은 일 같은 거 없어?"

생각해본 적도 없었다.

패밀리 레스토랑에서 나오자 이미 밤이었다. 근처에 있는 카메유 마켓의 조명으로 밤하늘이 어슴푸레했다. 카메유 마켓은 마치 미국 영화에 등장할 법한 거대한 쇼핑센터였다. 광대한 주차장을 비추기 위해 야간 경기 설비 같은 조명이 설치되어 있었다.

'카메유에 들러도 돼?'라고 물어보았다. '좋아'라고 친구가 말했다. 휑뎅그렁한 주차장을 가로질러 가게에 들어갔다. 그러나 딱히 사고 싶은 게 있는 건 아니었다. 친구와 헤어지기가 싫었을 따름이다. 잡담과 함께 적당히 진열대 사이를 거닐며 화장품

판매대 앞을 지나가다가 문득 좋은 생각이 났다.

"이거, 사볼까?"

치호는 가장 싼 파운데이션을 집어들었다. 계산대에서 계산을 할 때는 쑥스러웠다. 자신이 그런 것을 사는 것은 난생처음이었다. 친구도 마찬가지였던 모양으로, 약간 어색해하는 눈치였다. 가게 바깥 벤치에 앉아 시원한 가을바람을 맞으며 교대로 얼굴에 발라보았다. 자판기의 불빛에 벌레들이 여럿 꼬였다. 거울을 보자 다소 화사해진 것 같기도 했다.

친구와 헤어져 귀가하니 집은 몹시 조용했다. TV가 켜져 있지 않아 조용한 다이닝 키친에서 부모가 서로를 마주보고 앉아 있었다. 한참 전부터 두 사람은 그런 이야기를 해온 모양이었지만 정식으로 듣게 된 것은 그날이 처음이었다. 그러나 전부터 그런 분위기를 느껴왔기 때문에 이혼하기로 결정했다는 말을 듣고도 그다지 충격은 받지 않았다.

자기 방 침대에 드러누워 생각을 하고 있는데 문밖에서 노크 소리가 들렸다. 대답을 하자 문이 살짝 열리고 어머니가 고개를 내밀었다. 치호가 계속해서 뒹굴고 있노라니 어머니는 방에 들어와 침대에 걸터앉았다.

어머니는 치호의 뺨을 손끝으로 어루만지다가 손끝에 묻은 것을 빤히 응시했다. 어째서인지 죄책감이 마음속에 번져갔다.

"아까 처음으로 직접 발라봤어. 친구랑 바깥 벤치에 앉아서."

"클렌징으로 지우렴. 피부가 거칠어지는 수가 있어."

어머니와 함께 세면대에 섰다. 어머니가 화장을 지우는 유액乳液을 빌려주었다. 어머니는 얼굴을 닦는 치호의 모습을 뒤에서 빤히 지켜보았다.

깊은 밤이 되도록 잠을 이룰 수 없었다. 읽다 만 책을 펼쳐도 여러 생각이 소용돌이쳐 독서에 집중할 수 없었다. 마음의 정리가 필요하다고 판단, 책상에 노트를 펼치고 일기를 써보려 했다. 그런 것을 쓰는 것은 처음이었지만, 자신이 생각한 바를 처음부터 끝까지 남김없이 메모해보기로 했다. 오늘 보고 들은 것이 자신의 인생에서 중요한 요소가 될 것 같은 기분이 들었기 때문이다. 남자애, 장래, 화장, 이혼⋯⋯.

노트 위로 펜을 계속 움직이고 있자니 어느샌가 창밖이 밝아오기 시작했다. 시계를 보니 몇 시간이나 지나 있어 놀랐다. 마치 누군가에 의해 시간이 지워진 것만 같았다. 자신이 적은 것을 보자 노트 한 권이 글자로 가득차 있었고, 이제 막 두 권째에 들어가려 하던 참이었다. 나도 이만한 분량의 글을 쓸 수 있구나, 하는 생각이 들었다. 원래 국어 작문에는 자신이 있었고 독후감을 쓰는 것도 좋아했다. 그러나 새삼스레 자신의 문장을 다시 읽어보니 그것은 일기라기보다 사소설에 가까운 스타일이었다.

지금까지 이런 생각을 해본 것이 처음은 아니었지만 그렇다고 진심은 아니었다. 이런 미래상을 의식해 뇌리에 간직해둔 적이 없었던 것이다. 그러나 장래에 작가가 되어 있는 자신을 상상해 그것이 달아나지 않게 꽉 붙들어봤더니 그것이 곧 자신이 되고 싶은 모습처럼 느껴졌다.

만에 하나 소설을 써서 사회의 인정을 받을 수 있다면 그보다 멋진 일은 또 없을 것이다. 자신이 쓴 책이 서점에 진열된다는 것까지는 현실과 너무 동떨어진 일이라 아직은 상상조차 되지 않는다. 그러나 만약 그런 미래가 온다면 가족이 뿔뿔이 흩어져도 서점에 진열된 자신의 책을 보고 떠올려줄지도 모른다. 한때 함께 지냈던 먼 옛날을.

3년간의 중학 시절이 끝으로 접어들고, 고교 진학도 무사히 결정된 무렵이었다. 땋은 머리의 친구는 S시의 여고에 합격했다. 친구가 떠나는 것은 섭섭했지만, 치호가 입학할 부도가오카 학원 고등부에는 아는 얼굴들이 여럿 함께 진학할 예정이었다.

그 소년을 목격한 곳은 모리오초 정립 도서관이었다. 상점가가 끝나는 위치에 도서관이 있었다. 광대한 부지에 문에서부터 건물까지 벽돌로 장식된 길이 이어져 있었으며, 정원에는 연못과 분수, 기묘한 모양의 조형물 같은 것들이 있었다. 메이지 시대에 건설된 3층의 서양식 건물을 개조한 것이었다. 삿포로에 있는 아카렌가 청사廳舍와 닮았지만 이쪽은 외벽에 가시나무 덩굴이 빽빽이 얽혀 있어 지역 주민들은 '가시나무관館'이라 불렀다.

그날 1층에 있는 문학 코너 열람 구역에는 사람이 거의 없었다. 그곳에서 『끝없는 이야기』를 읽으며 정말로 끝없는 내용에 놀라고 있었다. 한 장이 넘어가는 단락에서 한숨 돌리고자 고개를 들고 기지개를 켜던 순간이었다. 어느샌가 미처 알아차리지 못한 사이, 고교생 소년이 약간 떨어진 자리에 앉아 독서를 하고 있었다. 그 소년이 열람실에 들어오는 발소리나 의자를 움직이고 앉는 소리조차 듣지 못했다. 독서에 집중했던 탓일까? 마치 그 소년이 공중에서 돌연 나타난 듯한 신비한 느낌을 받았다. 그 소년은 부도가오카 학원 고등부 교복을 걸치고 있었다. 책을 내려다보는 옆얼굴을 보고 흠칫했다. 4년 전 역 앞에서 자신을 구해준 소년과 비슷한 얼굴이었기 때문이다. 열려 있는 창문에서 바람이 들어와 『끝없는 이야기』의 페이지가 팔랑팔랑 넘어갔다.

'가시나무관'에 가면 적지 않은 확률로 그 소년을 만날 수 있었지만 말을 걸 용기는 없었다. 1층 열람 구역에 그 소년이 앉아 있는 것을 확인하기 위해 중학교 졸업 후 봄방학 내내 도서관으로 출퇴근했다. 소년은 늘 위아래 전부 검은 교복 차림으로, 몸에 딱 맞았다.

처음으로 대화를 한 것은 고교 생활이 시작된 첫날이었다. 입학식을 마치고 '가시나무관'에 들러보니 이미 소년은 팔꿈치를 괴고 턱을 올려놓은 채 독서를 하고 있었다. 적당한 자리에 앉아 그 소년을 관찰했다. 그 소년은 독서하는 동안 조금도 표정을 바꾸지 않았다. 마치 기계처럼 일정한 스피드로 페이지를 넘겨 나갔다. 벽시계의 초침으로 확인해보니 한 치의 오차도 없이 1초마다 다음 페이지를 펼치고 있었다. 책을 읽는다기보다 지면을 눈으로 스캔하는 작업 같아 보였다.

관찰을 그만두고 읽다 만 아동서를 펼치려는 순간이었다. 치호는 발밑에 종잇조각이 떨어져 있는 것을 눈치챘다. 주워보니 노랗게 바랜 종이 뒷면에 작은 문자가 인쇄되어 있었다. 아무래도 책의 페이지 같았다.

"저, 이거, 떨어져 있었는데요."

주운 페이지를 카운터에 가져갔다. 도서관 여직원 두 사람이 치호를 응대해주었다. 그들은 서로 얼굴을 마주보며 난감하다는 듯이 이야기를 나누었다.

"무슨 책 같아요?"

"글쎄요……."

주운 페이지에는 본문과 페이지 번호가 인쇄되어 있을 뿐, 책의 제목은 알 수 없었다. 페이지에 인쇄되어 있는 문장을 읽어보았지만 치호는 본 적 없는 내용이었다. 페이지를 원래 책으로 되돌려놓기는 어려울 것 같았다. 온 도서관 책장에서 한 권씩 꺼내보고 페이지가 빠져 있는 책을 찾아야 하기 때문이다. 도서관 직원들과 함께 난감해하고 있는데 등뒤에서 목소리가 들려왔다.

"저 좀 보여주시면 안 될까요?"

소년이 어느샌가 치호 뒤에 서 있었다. 놀라고 있자니 교복으로 감싼 그 소년의 기다란 팔이 쭉 뻗어 들어왔다. 팔이 뺨 옆을 지나자 오래된 책냄새가 났다. 그 소년은 도서관 직원이 가지고 있던 페이지를 손끝으로 집어들고 차분한 얼굴로 내려다보았다. 그 눈은 날카롭고 차가웠다. 일말의 체온도 띠지 않은 것 같았다. 잠시 그러고 있는가 싶더니 '여기서 기다리시죠'라는 말과 함께 페이지를 들고 걸음을 옮겼다. 치호는 도서관 직원과 함께 그곳에서 기다렸다. 소년은 무수한 책장 속에서 망설임 없이 책 한 권을 꺼내더니 돌아왔다.

"이 책에서 떨어진 페이지 같군요."

그 소년은 책을 펼쳐보지도 않고 카운터에 놓았다. 운노 주자라는 작가의 책이었다. 도서관 직원 두 사람과 서로의 얼굴을 마주한 채 안을 확인했다. 확실히 해당 페이지가 그 책에서 빠져 있었다. 주운 페이지를 맞춰보자 종이의 색이나 서체, 문맥이 딱 일치했다. 소년의 말대로 그 책이 맞았다. 치호가 도서관 직원과 함께 놀라고 있는데 어느샌가 소년의 모습이 곁에서 사라지고 없었다. 그 소년은 지체 없이 카운터를 뒤로하고 현관 로비를 걸어나가고 있었다.

이 기회를 놓치면 분명 다음번은 없을 것이라는 생각이 들었다. 발이 절로 움직여 정신을 차리고 보니 달리고 있었다.

로비 바닥에는 기다란 나무판이 깔려 있어 '가시나무관'이 건설된 시대를 느끼게 했다. 바닥 마루청은 검게 잘 닦여 있었으며 창문으로 비쳐드는 빛에 촉촉하게 빛나고 있었다.

"잠깐만요!"

탁 트인 홀 구조로 천장이 3층까지 훤히 뚫려 있어 치호의 목소리가 쩌렁쩌렁 울려댔다. 소년은 나선 계단 옆에 멈춰 서서 의아하다는 듯이 치호를 돌아보았다.

"어떻게 방금 그 책인 줄 알았죠?"

소년의 키는 치호보다 훨씬 컸다. 그 소년은 말을 할 것인지 말 것인지 약간 망설이는 듯한 모습이었다. 바로 가까이서 그 얼굴을 본 순간 그때 그 소년이라는 생각이 강해졌다.

"문자의 배열을 본 적이 있기 때문이려나."

소년의 목소리는 감정이 담겨 있지 않은 무기질적인 목소리
였다.

"읽은 적이 있다는 뜻인가요?"

"방금 전 그 책이 어떤 내용의 소설인지는 몰라. 인쇄된 페이
지를 기억하고 있을 뿐이야. 문자의 배열을 기억하는 거랑 읽어
서 내용을 이해하는 건 달라."

"페이지를 기억?"

"도서관에 있는 책은 대충 다 기억하고 있어."

농담이 아닌 듯, 소년은 미소 한번 짓지 않았다.

"기억력이 좋나봐요……."

"옛날만은 못해. 지금은 하루에 한 권 기억하는 게 한계야."

"난 전에 읽은 책인 줄도 모르고 같은 책을 두 번씩 읽어버릴
때도 있는데요."

소년은 그게 어쨌다는 건지, 라는 얼굴로 말이 없었다. 치호
는 잡담을 포기했다.

"……질문이 있는데요. 예전에 우리 혹시 만난 적 없나요?
4년 전 10월 21일인데요."

가출했다 불량 학생에게 붙잡혔던 것을 소년이 구해준 날이
었다. 그 소년은 수 초간 말없이 치호를 바라보았다.

"기억 안 나는데."

그 소년은 고개를 가로저었다.

"그렇게 기억력이 좋으면서 기억 안 나요?"

"귀찮아서 그렇게 말한 것뿐이야. 정정하지. 난 그날 널 만난 적이 없어. 4년 전이면 1995년이군. 그해 10월 21일은 토요일이었고, 그날은 오전 내내 학교에 있었어. 낮에는 하교해 시설에 있었고……."

"시설?"

"내가 살던 곳. 하교 후 쭉 잤어. 밤에는 천체 관측을 할 생각이었다가 그냥 쉬기로 했고. 넌 기억 못 하겠지만 1995년 그날 밤에는 오리온자리 유성우가 보일 예정이었거든."

"하지만 그쪽이 나이프를 꺼내 들고 날 구해줬잖아요?"

"나이프? 누구 다른 사람과 헷갈린 거 아냐? 내 머릿속에는 유성우 생각밖에 없었거든. 밤하늘을 빛이 가로지른다고. 새보다도 빨리. 말보다도 빨리. 마치 이 세상이 끝나는 순간의 광경 같다니까. 그런 밤을 앞두고 널 무엇으로부터 구해준다는 거야?"

소년의 이름은 하스미 타쿠마. 나이는 열일곱 살. 한 학년 위였기 때문에 하스미 선배라고 부르기로 했다. 처음에는 도서관에서나 인사하는 정도였지만 차차 학교 복도에서도 인사를 하게 되었다. 성가셔하는 게 아닐까 걱정되기도 했지만, 딱히 피하지도 않아 어느새 아는 사이가 되어버렸다.

하스미 선배는 날카롭고 차가운 눈매의 소유자로, 아무리 맛있는 도넛을 먹을 때도, 웃기는 이야기를 들을 때도 표정을 일그러뜨리지 않았다. 아마도 감정 표현에 자신이 없는 사람인 것 같았다. 덥다거나 춥다거나 하는 감정도 내비치지 않았다. 여름에도 하스미 선배는 상의를 벗지 않았으며 언제 어느 때나 검은 긴팔 교복을 입고 목까지 버튼을 꽉 잠그고 있었다. 매미가 우는 계절에 패밀리 레스토랑에 들어갔을 때도 더위를 이기지 못한 치호가 축 늘어져 있는 맞은편 자리에서 하스미 선배는 땀한 방울 흘리지 않고 창밖을 보고 있었다.

"뭐 보고 있어요?"

"번호판을 관찰하고 있어. 도로를 오가는 자동차들의 번호판 말이야."

하스미 선배는 돌아보지도 않고 답했다.

"뭐하러……."

"기억해두면 유사시 쓸모가 있을 테니까. 몇시 몇분에 누가 소유한 자동차가 이 길을 지나갔는지."

하스미 선배는 때때로 이런 이상한 언동을 했다. 어디까지 본심인지 잘 알 수 없었다.

"그보다 덥지도 않아요? 교복, 벗지 그래요?"

"그럴 수는 없어. 교복은 이미 내 몸과 동화해버렸으니까."

하스미 선배는 늘 검은 교복 차림으로, 그 상의는 그를 구성하는 기호記号라고 해도 과언이 아니었다. 머리카락은 색이 다소 옅었지만 눈과 구두는 새카만 것이, 하스미 선배가 있는 곳에만 우주가 존재하는 것 같았다. 한쪽 귀에만 달고 있는 액세서리와 상의 정면에 붙어 있는 금색 버튼은 어둠 속에서 빛나는 별 같아 보였다. 가슴 주머니에 늘 만년필이 꽂혀 있었는데, 하스미 선배 말로는 옛 친구에게 받은 것이라고 했다. 그러나 옷이 몸과 동화해버린다는 것은 있을 수 없는 일이었다. 하스미 선배에게는 엄연히 신체가 있고 그 표면을 교복이 감싸고 있었다.

여름이 될 무렵에는 친구라고 해도 될 만한 사이가 되어 있었다. 그래도 하스미 선배에 대해서는 모르는 것이 한두 가지가 아니었다. 초등학생 때 자신을 불량 학생으로부터 지켜준 사람인지 아닌지도 역시 수수께끼였다.

S시의 여고에 다니기 시작한 땋은 머리의 친구와 전화로 의논해보았다.

"본인은 부정하지만 그냥 거짓말을 하는 게 아닌가 싶어."

땋은 머리의 친구는 고등학교에 다니기 시작한 이후로 더이상 땋은 머리가 아니었지만 논평하는 듯한 목소리로 말했다.

"그냥 치호가 그렇게 믿고 싶은 것뿐인 거 아냐?"

그럴지도 모른다, 라고 생각했다. 이 건망증 심한 자신의 머리로 그때 그 소년의 생김새를 언제까지 정확히 기억할 수 있을까? 다시 생각해보니 나이프를 쥐고 있던 그 소년과 책만 들여다보고 있는 선배는 다소 매치가 되지 않는 듯도 했다. 그래도 동일 인물이었으면 하는 바람이 마음속 어디엔가 있었다.

이야기를 느끼고 싶었던 것인지도 모른다. 자신들은 특별한 관계라는 증거를 기대했던 것인지도 모른다. 배후에 이야기가 존재하면 좀더 자연스럽게 그 마음에 확신을 가질 수 있기 때문이다.

전화 저편에서 친구의 다정한 목소리가 들려왔다.

"잘됐네 뭐. 드링크 바 모임은 나 혼자 지킬게. 차이면 다시 돌아와."

하스미 선배의 교내 교우 관계에 대해서도 눈여겨봤지만 특별히 친하게 지내는 여학생은 없는 것 같았다. 체육은 매번 빠진 모양으로, 본인은 병 때문이라고 했지만 단지 상의를 벗는 것이 싫어서 그런 게 아닌가 싶었다. 하스미 선배가 학교 이외에 빈번히 가는 곳이라면 서점, 고서점, 문구점, 도서관, 그리고 모리오초 동부 전원 지대에 있는 집이었다.

그 집은 자그마한 폐가였다. 재개발 계획에서 벗어난 지구에 위치해 그 주변에는 옛날부터 민가나 논밭밖에 없었다. 하스미 선배는 그 폐가에 딱히 무슨 목적이 있어서 간 것은 아니었다. 단지 근처에 들렀다가 가던 길에서 잠시 벗어나 공기를 마시러 간 것뿐이다. 지붕 기와 틈새는 잡초로 무성했으며, 시선을 끌 만한 것은 보이지 않았다. 지금은 완전히 황폐해졌지만 뜰에는 텃밭의 흔적이 있었다. 분명 한때 파나 배추를 재배하던 곳이었을 것이다. 말라붙은 흙에 자루 부분이 하얗게 변색된 괭이나 낫이 현관에 기대선 채로 방치되어 있었다. 농후한 흙냄새가 주변에 충만한 것이, 의외로 나쁘지 않았다.

처음 자신을 그곳에 데려갔을 때는 선배가 옛날에 살았던 집인가 생각했지만, 아무래도 그건 아닌 것 같았다.

"여기 살았던 적은 없어. 한 번도."

"그럼 누구 집이죠?"

"5년 전까지 나이든 부부가 살았어."

"지금은 어디 계세요?"

"둘 다 죽었어. 처음에는 부인이 병으로. 반년 뒤에는 그 뒤를 따르듯 남편이 뇌졸중으로."

"자식은 없었나보네요."

"딸이 하나 있었어. 20년쯤 전에 실종됐지만. 그 딸은 결국 돌아오지 않았어. 어느 날 홀연히 연기처럼 사라져버렸지. 흔히 있는 일이야. 특히 모리오초에서는. 알아? 이 마을은 행방불명자가 많아. 그런 통계 데이터가 남아 있어. 1999년 들어서는 행방불명자가 81명. 그중 45명은 소년과 소녀야. 마치 모리오초 그 자체가 눈에 띄지 않는 건물 틈에서 인간을 한 사람씩 잡아먹는 게 아닐까 싶을 정도의 숫자 아냐?"

선배는 집안을 들여다보았다. 창문이 틀에서 빠져 있어 밖에서 실내를 볼 수 있었다. 그 안은 어두컴컴한 것이, 마치 깊은 동굴 같았다.

"그래서, 이 집에 살았던 사람들은 선배랑 어떤 사이였나요? 친척이었나요?"

"그냥 얼굴만 좀 알았던 사이야. 몇 번인가 버스 정류장에서 마주쳐 안면이 있었을 뿐이지. 그보다 치호, 배 안 고파? 그거 먹으러 가자. 네가 좋아하는 그 구멍 뚫린 갓 튀긴 거 말이야. 설탕 바른 그거."

치호가 늘 사 먹는 도넛을 말하는 모양이었다.

"그리고 나한테 친척 같은 게 있을 리가 없잖아. 난 가족이 없으니까."

역 방향으로 걸으며 선배가 말했다.

훗날 너무나도 궁금했던 나머지 선배에게는 비밀로 그 집에 살았다는 노부부에 대해 조사해보았다. 도서관에서 옛날 지도를 들여다보고, 이웃 주민들의 이야기를 들어보고, 옛날 신문에서 행방불명 사건 관련 기사를 찾아보았다. 선배가 말했던 대로 노부부는 두 사람 다 세상을 떠난 뒤였다. 딸이 행방불명이라는 이야기도 사실이었다. 그들은 옛날부터 모리오초에서 농사를 짓던 집안으로, 성은 '히라이'라고 했다. 사라진 딸의 이름은 '아카리'로 1981년 7월말, 스물한 살의 나이에 홀연히 모리오초에서 모습을 감춰버렸다는 것이었다.

5

타월에 싸인 아기가 절의 경내에서 발견된 것은 1982년 6월 10일의 일이었다. 절의 주지가 모리오초 복지과에 연락해 아기는 그날 유아원으로 이송되었다.

유아원 원장이 그 아이의 이름을 지어주었다. 절의 주소가 하스미 지구地區였던 이유로 성은 하스미가 되었고, 아이의 오른쪽 어깨에 말처럼 생긴 반점이 있어 타쿠마琢馬로 이름 지었다.

하스미 타쿠마는 유아원에서 한 살까지 지내다가 그뒤 모리오초 북서부에 있는 아동보호시설에 맡겨졌다. 그곳에서는 시설 직원이 아이들에게 먹을 것을 해주고 옷을 빨아주었다. 열다섯 명 정도의 아이들이 생활하고 있었는데, 부모가 형무소에서 복역중이거나, 혹은 가난 때문에 양육할 수 없게 됐다는 등 아이들이 이곳에 맡겨진 이유는 다양했다. 타쿠마처럼 부모님의 신원을 전혀 알 수 없는 아이는 얼마 없었다.

타쿠마가 다섯 살이 되었을 무렵 몸집이 작은 세 살짜리 소년이 시설에 들어왔다. 맡겨진 이유는 계부의 학대였다. 소년은 밤이 되면 늘 울었다. 그래서 다들 그 아이를 '울보 꼬마'라는 별명으로 불렀다. 초등학생 이하 아이들은 큰 방에서 이불을 깔고 다 함께 자는 것이 규칙이었다. '울보 꼬마'의 울음소리가 그치지 않다보니 다른 아이들도 잘 수가 없었다. 화가 나 '울보 꼬마'에게 베개를 던지는 아이까지 나오기 시작했다. 타쿠마는 어느 날 밤 '울보 꼬마'의 곁에 바짝 붙어 말을 걸었다.

"맨날 왜 우는 거야?"

'울보 꼬마'는 대답 없이 훌쩍거릴 뿐이었다. 타쿠마는 그 머리를 끌어안았다. 등에 난 참혹한 멍자국이 목 언저리로 들여다보였다. 눈물과 콧물로 더러워진 그 얼굴을 소맷자락으로 닦아주었다.

"어쩔 수 없지. 내가 재밌는 얘기를 해줄게. 그러니까 그만 뚝 그쳐."

소년을 잠재우려는 듯 등을 토닥토닥 두드리며 「잭과 콩나무」나 「파랑새」 이야기를 들려주었다. 시설에서 일하던 어른이 읽어준 동화였다. 타쿠마의 낭독 솜씨가 너무나 좋았던 나머지 '울보 꼬마'는 울음도 잊고 열중하다 마음 편히 잠들었다.

그뒤 매일 밤 타쿠마는 '울보 꼬마'에게 이런저런 이야기를 해주었다. 언제부턴가 다른 아이들도 다가와 귀를 기울이게 되었다. 시설의 큰 방에서는 밤마다 아이들이 타쿠마를 중심으로 모여들었다. 어둠 속에서 서로 몸을 맞대며 오늘은 어떤 이야기를 들을 수 있을지 눈망울을 빛냈다.

직원들은 한밤중의 동화 시간을 눈치채고 방 밖에서 귀를 기울었다. 타쿠마의 이야기를 듣고 놀랐다. 자신들이 읽어주었던 이야기를 처음부터 끝까지 한 글자, 한 구절도 빼놓지 않고 기억하고 있었기 때문이다. 책과 대조해보니 그의 기억력이 얼마나 정밀한지 잘 알 수 있었다. 타쿠마는 어느 것 하나 빼먹지 않고 완벽하게 기억하고 있었다.

"어떻게 그렇게 자세히 기억할 수 있는 거니?"

어느 날 어른이 타쿠마에게 물었다.

"하나도 이상할 거 없어. 난 이야기를 전부 다 기억하거든. 지금까지 먹은 것도 전부 다 기억하고 있다?"

이제까지 먹은 빵의 개수를 일일이 기억하는 인간이 과연 이 세상에 있을까? 그러나 타쿠마는 정확하게 기억하고 있었다. 시설에서 나온 식사 메뉴를 전부 대답할 수 있었다. 이유식을 떼고 다섯 살이 될 때까지 먹은 모든 식사를 말이다.

시설 어른이 트럼프 카드를 꺼내 셔플하고 테이블 위에 늘어놓았다.

"지금부터 카드 맞히기 한번 해볼까?"

52장의 카드를 단 10초 동안 타쿠마에게 보여준 뒤, 전부 다 뒤집었다. 타쿠마의 기억력을 시험하기 위한 테스트였다.

"자, 그럼 어떤 카드에 무슨 마크가 있었고 숫자는 몇이었는지, 맞혀보렴."

타쿠마는 뒤집힌 카드를 가리키며 정답을 차례로 말했다. 카드를 다시 뒤집는 직원 쪽이 따라가지 못할 정도였다. 어른들은 놀라 중얼거렸다.

"이 아이는 천재인지도 몰라."

어른들은 타쿠마를 차에 태워 병원이나 대학교 연구실로 데려갔다. 연구실에서 머리에 기묘한 모자를 씌우고 뇌파를 측정했다. 몇 만 자리나 되는 숫자의 배열을 기억하게 하고, 정답을 말하면 어른들은 기뻐했다. 검사를 받고 돌아가는 길에 역 앞 카페에서 아이스크림을 사주었다. 그곳은 오픈 테라스 형식의 카페로, 가게 밖에도 테이블이나 의자가 늘어서 있었다. 시설 어른은 매번 반드시 전망이 좋은 바깥자리에 앉았다. 아이스크림을 먹고 있노라니 귀가중이던 중학생들이 여럿 지나갔다. 전철이나 버스를 이용하는 학생들은 반드시 역 앞에 왔으며, 어디 들러 놀다 가는 사람은 역 앞 상점가를 찾았다. 검은 교복이 줄줄이 걸음을 옮기는 광경은 장관이었다.

열 번쯤 카페에서 시간을 보낼 때였다. 중학생들이 여럿 눈앞을 지나가는데 더이상 '처음 보는 얼굴의 학생'은 없다는 것을 깨달았다. 그 사실을 시설 어른에게 말했다.

"그러니까, 모두 한 번씩 본 적이 있는 학생이라는 거니?"

시설 어른은 오가는 학생들을 돌아보며 믿기 힘들다는 표정을 지었다.

"분명 넌 모두의 얼굴을 이미 한 번씩 본 적이 있는 거야. 걔네 얼굴을 하나도 남김없이 기억해버린 거야. 이 마을에서 교복을 입고 다니는 학생 모두의 인상을."

후일 자료를 뒤져보고 당시 기억했던 인상의 학생 수와 학교에 재적중인 학생 수를 대조해보았다. 숫자는 정확히 일치했다. 시설 사람이 말했던 것처럼 타쿠마는 학생의 얼굴을 전원 기억하고 있었다.

타쿠마는 모든 것을 기억할 수 있었다. 한 번이라도 본 것은 사진이나 영상처럼 몇 번이고 눈꺼풀 안쪽 스크린에 투영할 수 있었다. 감정의 필터를 거쳐 열화 되는 일 없이, 시야 한 귀퉁이에 비쳤던 통행인이 어떤 표정으로 걸어갔는지조차 떠올릴 수 있었다. 한번 들은 것은 설령 관심이 동하지 않는 잡담이라도 꼭 테이프로 녹음한 것처럼 보관할 수 있었다. 예전에 먹었던 요리의 미묘한 맛조차 언제까지고 기억할 수 있었다. 시각, 후각, 미각, 청각, 촉각에 더해 또 한 가지, 기억할 수 있는 정보가 있었다. 그것은 자신의 생각이었다. 며칠 전 구름을 보고 어떤 상상을 했는지, 몇 년 전 친구가 자신을 꼬집었을 때 어떤 기분이 들었는지, 몇시 몇분 몇 초에 마음이 어떻게 움직였는지 고스란히 기억하고 있었던 것이다.

그러나 천재였던 것은 아니다. 타쿠마는 기억한 정보를 조합해 새로운 가치를 창조하거나 미지의 해답에 도달하거나 할 수는 없었다. 타쿠마의 머리는 고속 연산을 하는 CPU가 아니라 정보를 기록하는 HDD 쪽이었다. 모든 것을 빨아들여 쌓아두는 광대한 우주 같은 창고를 머릿속에 가지고 있었던 것이다. 그 사실이 판명되자 천재이기를 기대하던 대학교 선생님이나 의사는 다소 실망한 표정을 지었다. 주변 사람들의 그런 표정도 타쿠마는 언제까지고 기억할 수 있었다.

초등학교 1학년 때 사건이 일어났다. 귀가중 길가에서 타쿠마가 날치기를 목격한 것이다. 눈앞에서 걷고 있던 할머니의 가방을, 뒤에서 튀어나온 오토바이 운전수가 그 옆을 스치며 팔로 낚아채 가버렸다. 사건이 일어난 지 사흘이 지나도록 범인은 잡히지 않았다. 가방에는 생활비가 들어 있었다고 한다. 어떻게든 해주고 싶다는 생각에 타쿠마는 사건이 일어난 순간을 머릿속에 재생했다.

하늘에 두 마리의 참새가 날고 있었던 것이나 범인의 오토바이 타이어가 잔돌에 튀어오른 것, 할머니의 비명이 몇 초 동안 계속되었는지까지 알 수 있었다. 그러나 날치기범은 헬멧을 쓰고 있었기 때문에 얼굴은 알 수 없었다. 번호판도 테이프를 붙여놔서 지목하기 어려웠다.

세부적 디테일까지 선명한 시각의 기억, 청각의 기억, 피부에 와닿았던 공기의 질감, 마음속에서 부풀어올랐던 놀람, 그러한 것들이 뒤섞인 가운데 의식을 몰입하자 마치 자신이 그 시간의 흐름 속에 있는 것 같았다. 지금 자신이 존재하는 세계와는 다른 시간이 머릿속에서 전개되었다. 그것은 현실과 다르지 않았다. 30회 이상 머릿속으로 할머니의 비명을 듣고서 비로소 범인을 지목할 단서를 발견했다.

범인이 가방을 낚아채는 순간, 오토바이가 살짝 기울어 차체가 햇빛을 반사했다. 잘 보지 않으면 알 수 없을 정도로 작게 패인 자국이 차체의 오른쪽 측면에 빛의 반사로 인해 드러났다. 번개처럼 생긴, 특징적인 흔적이었다.

시설 직원에게 그 이야기를 하자 경찰은 반신반의하며 타쿠마가 설명한 것과 같은 흔적을 지닌 오토바이를 찾았다. 얼마 후 범인은 잡혔다. 그러나 그후로 타쿠마의 기억력이 유익하게 사용되는 일은 없었다.

초등학교 2학년 때 타쿠마는 교통사고를 당했다.

원인은 걷다가 음악 시간에 들었던 클래식 곡을 떠올리느라 여념이 없었던 것 때문이었다. 타쿠마는 선생님이 피아노로 연주하던 모습을 머릿속으로 처음부터 끝까지 온전하게 재현할 수 있었다. 그날 선생님이 연주한 곡은 모차르트가 작곡한 음악이었다. 어디선가 들어본 적이 있는 듯한 기분이 들었지만, 어디였는지 기억나지 않았다.

떠올릴 수 없다. 그것은 일찍이 없었던 일이다. 타쿠마는 구두를 신으면서도, 모퉁이를 돌면서도, 횡단보도를 막 건너면서도 머릿속으로 선생님의 연주를 재생하고 있었다.

정신을 차려보니 승용차가 바로 오른쪽에 닥쳐와 있었다. 다행히 목숨은 건졌지만 몇 날 며칠 동안 의식 불명 상태에 빠져 있었다. 당시 타쿠마는 다른 아이들보다 키가 작았던 탓에 오른쪽 대퇴부 고관절이라는 비교적 높은 곳에 범퍼와 충돌한 흔적이 남았다.

기나긴 입원 생활 동안 침대에 고정된 상태로 예전에 보았던 TV 애니메이션을 머릿속으로 재생했다. 모든 대사, TV 화면에서 전환되는 그림, 그런 것들을 전체 분량에 걸쳐 선명히 기록해두었던 것이다. 유동식을 먹으며 시설에서 먹었던 카레의 맛을 상기했다. 머릿속으로 미각을 선명히 재현하자 맛 하나 없는 유동식이 맛있는 카레처럼 느껴졌다.

그러나 살아 있는 것만으로 뇌에 정보가 축적되어가는 체질에겐 결점이 있었다. 대다수의 사람들이 극히 당연히 할 수 있는, '잊는 것'을 타쿠마는 할 수 없었다. 아무리 시간이 지나도 소용이 없었다. 나이를 먹을 때마다 축적되는 정보는 계속해서 증대, 끝내 처리가 불가능하게 되었다.

병실에서 밤에 잠을 이룰 수 없을 때, 시설에서 함께 사는 친구들을 떠올렸다. 모두와 함께 끝말잇기를 했을 때나 주사위 놀이를 했을 때의 기억을 떠올려 머릿속으로 추체험追體驗*했다. 그러고 있으면 자신은 지금 병실에 있는 것이 아니라 친구와 함께 놀고 있는 듯한 기분을 느낄 수 있었다. 불현듯 파리가 눈앞을 가로질러 벽으로 날아가 붙었다. 타쿠마는 옆에 있던 잡지를 돌돌 말아 파리를 찰싹 쳤다. 파리는 멋지게 뭉개져버렸고 그 순간 어느 여름날이 떠올랐다.

그날, 모두와 함께 공원을 뛰어다니던 중 타쿠마는 신발 바닥으로 장수풍뎅이를 짓밟고 말았다. 근처 아이가 자랑하기 위해 공원에 가져온 것이었다. 태양이 사정없이 빛나고 있었다. 전신의 피부, 머리, 머리카락, 모든 것이 열기를 띠고 있었다. 신발 바닥이 곤충의 겉껍데기를 짓밟아 그 안쪽 말랑말랑한 부분이 짓뭉개지는 감촉을 느꼈다. 신발 바닥을 확인하자 아직 살아서 꿈틀거리는 장수풍뎅이가 붙어 있었다.

떠올린 순간, 기분이 나빠져 토했다. 그때 그 감촉이 머릿속

---

* 다른 사람의 체험을 자기의 체험처럼 느끼는 것.

에서 선명히 재현되었다. 열기, 흙냄새, 땀. 자신의 의지로 그렇게 한 것은 아니었다. 떠올리고 싶은 생각조차 없었음에도 불구하고 그 기억은 멋대로 되살아났다. 뭉개진 파리가 벽에 얼룩을 남기고 바닥으로 떨어졌다. 이것이 도화선이 되어 비슷한 광경이 떠올랐던 것이 분명했다.

퇴원한 뒤로도 비슷한 일이 계속되고 빈도가 늘었다. 잊지 못하는 머리는 눈이 녹지 않는 설산과 다를 바가 없었다. 나이를 먹을수록 과거가 쌓여만 가다가 끝내 그 무게를 견디지 못하고 외부에서 가해지는 작은 자극이 계기가 되어 눈사태를 일으켰다. 대개는 잊어버리고 더이상 떠올리지 않을 기분 나쁜 광경이 무서우리만치 선명하게 눈앞에 나타났다.

길가에서 내장이 쏟아져나온 채 죽은 개나 고양이의 사체, 그곳에 감도는 냄새가 식사중에 되살아났다. 어두컴컴한 곳에 갇혀 있었을 때 느꼈던 공포가 느닷없이 가슴속에서 부풀어올랐다. 교통사고를 당했을 때 자신의 뼈가 뿌득거리며 부러지던 감촉도 날아들었다.

신뢰하던 시설 직원이 감정 섞인 얼굴로 아이들을 때리고 있었다. 단 한 번이라도 그런 얼굴을 봐버리면 더이상 그 어른과 이야기할 수 없었다. 친구에게 배신당한 일도, 반대로 배신한 일도 기억하고 있었다. 자신이 남을 질투한 일도, 남의 실패를 바란 일도 기억하고 있었다. 시선과 말이 언제까지고 사라지지 않은 채 두개골 안쪽을 맴돌았으며, 그 어떤 괴로운 경험도 과거로 흘러가버리지 않았다. 문득 방심하여 멍하니 있으면 생생하게 재생되어 머릿속에 펼쳐지는 또다른 시간의 흐름에 휘말려 지금 자신이 어디에 있는지 거의 알 수 없을 정도로 혼란스러웠다.

상대의 눈을 보고 이야기할 수 없게 되었으며, 학교에서 괴롭힘을 당하는 일도 늘었다. 교실에서 자신을 보고 키득키득 웃는 소리가 들렸다. 타쿠마의 기억력을 기분 나쁘게 여기는 어른들이 겁먹은 표정을 필사적으로 숨겼다. 열 살이 될 무렵에는 더이상 아무것도 보고 싶지 않고 듣고 싶지도 않다고 생각하게 되었다. 타쿠마는 시설의 방 한구석에 틀어박혀 친구와의 교류를 끊었다. 창문 밖으로 공터에 있는 미끄럼틀과 그네와 노후하여 거의 잔해가 되어버린 시계가 보였다.

방에서 한 발짝도 나가지 않고 이불 속에서 눈과 귀를 감아도 머릿속으로 하는 생각이 기억으로서 축적되었다. 사고한 것이 계기가 되어 과거에 체험한 시간을 상기시켰다. 그럴 때마다 타쿠마를 덮쳐오는 것은 대체로 떠올리고 싶지 않은 괴로운 기억이었다. 그것은 눈을 떠도 보이는 악몽 같았다. 마음이 동요하면 되살아나는 기억으로 인해 시간축이 소멸, 인과 관계가 없는 장면이 무작위로 날아들었다. 인상에 남아 있는 기억의 단편이 추출되고, 제멋대로 머릿속에 출현했다. 장수풍뎅이의 내장, 아이를 때리는 어른, 거친 호흡, 뼈가 부러지는 소리, 수 년치의 기억이 마구잡이로 뒤섞여 머리를 혼란시켰다.

어른들은 타쿠마를 어떻게 대해야 할지 판단을 내리지 못하는 것 같았다. 타쿠마에게 식사를 가져다주고 가끔씩 방을 청소해주고는 돌아가버렸다. 어느 날, 한 어른이 타쿠마의 팔에 남아 있는 붉은 손톱자국을 발견하고는 약을 발라주었다. 팔꿈치부터 손목 언저리까지, 팔 안쪽에는 무수히 많은 붉은 줄이 남아 있었다. 봇물 터진 듯 쏟아져나오는 괴로운 기억을 견디기 위해 무의식중에 손톱으로 쥐어뜯었던 모양이다.

어느 일요일 오후, 타쿠마는 양팔의 혈관을 가위로 찔렀다. 자살할 생각이었다. 다량의 혈액이 흘러나와 주변 일대로 퍼져나갔다. 드디어 편해질 수 있다, 라는 안도감이 들었다. 그러나 혼수상태에서 눈을 뜨자 병원에 있었다.

병원에서도 자살을 시도했다. 3층 창문에서 뛰어내렸던 것이다. 기절은 하지 않았지만 정원수에 낙하해 얼굴과 목에 상처를 입었다. 나뭇가지의 끄트머리에 목의 혈관을 다쳐 다량의 혈액이 분수처럼 뿜어져나왔다. 늑골도 부러져 몸의 윤곽이 바뀌고 말았다. 병원에서의 자살 시도는 할 게 못 된다고 나중에야 반

성했다. 의사와 간호사의 응급처치 덕분에 목숨을 건졌다.

그뒤 병원 측에서는 타쿠마를 병실에서 내보내주지도, 자살할 수 있는 날붙이를 곁에 두지도 않게 되었다. 타쿠마는 마구 날뛰어 의사와 간호사에게 잔뜩 명을 냈다. 살아 있는 한 체험한 정보는 계속해서 늘어나 언젠가 자신의 머리를 파열할 것이 틀림없었다. 머리카락을 쥐어뜯고 혀를 깨물어가며 참는 것은 이미 한계였다. 뿌득뿌득, 뇌가 부풀어올라 두개골을 안쪽에서 밀어내는 소리가 들려오는 것만 같았다. 뒤죽박죽 흐트러진 기억의 홍수가 밤낮을 가리지 않고 휘몰아쳤다. 그러던 중 의사나 간호사도 타쿠마를 포기하는 듯한 표정을 짓게 되었다.

"가엾은 아이입니다. 제발 부탁입니다. 살려주십쇼. 저 아이는 부모 얼굴조차 모릅니다."

어느 날 복도에서 시설 직원의 목소리가 들려왔다. 아무래도 의사나 간호사와 대화하고 있는 모양이다. 약을 먹어 몽롱한 의식 속에서 타쿠마는 생각했다. 그러고 보니 분명 자신에게도 부모가 있을 것이다. 지금까지 자신은 아무것도 없는 공중에서 자연히 발생해 지상에 뚝 떨어진 것처럼 여겼다. 그러나 잘 생각해보면 자신도 남들과 마찬가지로 누군가의 아이일 것이다.

타쿠마는 눈물을 흘렸다. 그 순간 문득 깨달았다.

어느샌가 머리맡에 책이 놓여 있었던 것이다.

크기는 하드커버 단행본 사이즈였다. 표지는 다크 브라운 색상의 가죽제로, 어째서인지 흠집투성이였다. 나이프로 짼 듯 나 있는 크고 작은 흠집은 딱 봐도 애처로워 보였다. 누가 머리맡에 놓아둔 것인지는 알 수 없었다. 분명 불과 1분 전까지만 해도 없었던데다 병실에는 아무도 들어온 적이 없었다.

손으로 집어들고 표지를 손끝으로 만진 순간, 책이 사람의 피부 같은 온기를 지녔다는 것을 깨달았다. 표지에 손바닥을 대보니 호흡으로 가슴이 천천히 오르락내리락하는 듯한 감촉이 가죽 표지를 통해 전해져왔다. 부드럽고 손바닥에 달라붙는 듯한 감촉으로, 인간의 피부로 표지를 만들면 이런 느낌일까 하는 생각이 들었다.

제목은 인쇄되어 있지 않았다. 저자명도 보이지 않았다. 기묘하게도 전부터 이 책의 존재를 알고 있었던 것 같은 기분이 들었다. 그러나 과거 수 년간의 기억을 모두 뒤져봐도 다크 브라운 색상의 표지는 시야에 들어온 적이 없었다.

책을 펼쳐보려던 순간, 병실에 간호사가 들어와 팔의 붕대를 갈아주었다. 간호사는 타쿠마의 정신이 안정되어 있음에 놀랐다. 붕대를 갈고 간호사가 병실을 나서자 다시 한번 가죽 표지 책을 읽어보려 했다. 그러나 침대 아래나 시트 사이를 뒤져봐도 방금 전 그 책은 온데간데없었다.

가죽 표지 책의 출현과 타쿠마의 쾌유는 동시에 일어났다. 이유는 알 수 없었지만 예전같이 괴로운 기억이 멋대로 떠오르는 일은 더이상 없었다. 타쿠마는 퇴원해 예전처럼 시설에서 생활하게 되었다.

두번째로 가죽 표지 책을 본 것은 시설로 돌아온 첫날밤이었다. 퇴원은 했어도 무슨 문제가 생기면 안 되기 때문에 개인실에서 지내게 되었다. 밤중에 이불 속에서 잠을 이루려 하는데 또다시 예전처럼 과거의 온갖 기억이 되살아나려 했다. 정보가 두개골 속에서 날뛰고 뒤죽박죽 흐트러져갔다. 팔 안쪽에 손톱을 박으려 하는 순간 무언가 낙하한 것처럼 풀썩 하는 소리가 들렸다.

이불에서 나와 확인하자 바닥 위에 가죽 표지 책이 떨어져 있었다.

누군가가 문을 열고 던진 낌새는 없었다. 공중에서 출현했다고밖에 생각되지 않았다. 병원에서 봤을 때는 분명 표지가 너덜너덜했는데, 눈앞에 있는 책은 흠집이 거의 사라져 있었다. 흠집이 나 있던 곳에는 희미한 금자국이 남아 있었다. 다른 책은 아니었다. 어째서인지 병실에서 본 것과 동일한 책이라는 확신이 들었다. 마치 자신에 대한 책 같았다. 타쿠마도 병원에 있었을 때는 상처투성이였지만 지금은 흉터 자국만 남아 있었기 때문이다.

책을 주워 들고 바라보았다. 420페이지 정도의 두께에 딱 그만한 무게가 팔로 전해져왔다. 일반 책과 마찬가지로 왼쪽에서 오른쪽으로 넘기는 우철 방식이었다.* 손에 딱 들어오는 표지를 펼치자 몇 페이지 정도의 백지가 있었고, 그다음 몇 페이지부터 일본어 문자가 세로쓰기로 적혀 있었다.

온갖 서술과 비유를 동원한 암흑의 묘사가 끝없이 이어졌다. 자잘한 글자가 지면을 시커멓게 메운 것이, 꼭 무수한 개미가 몰려드는 것 같았다. 빤히 보고 있노라니 그 개미들이 꿈틀대기 시작하여, 암흑의 묘사가 끝없이 이어지는 페이지 속으로 의식이 빠져들 것 같았다. 질량마저 느껴질 듯한 암흑에 그만 겁이 난 타쿠마는 읽기를 그만두었다. 보아하니 소설 같았지만, 저자가 제정신이 아니라는 생각이 들었다.

겁이 나 이 책은 가능한 한 멀리 버리고 와야 한다는 생각이 들었다. 한밤중에 시설을 빠져나와 다리 위에서 책을 던져버렸다. 책이 거품을 남기며 개울로 가라앉는 것을 확인했다. 그러나 다음날 아침 눈을 뜨니 어느샌가 이불 안에 가죽 표지 책이 있었다. 초등학교에 가는 도중 횡단보도를 건너다 트럭 짐칸에 던져넣었다. 다크 브라운 색상의 표지가 멀어져가는 것을 똑똑

---

* 일본어는 세로쓰기가 기본이기 때문에 책의 경우 우측에서 좌측으로 시선이 넘어가는 우철 방식이 일반적이다.

히 보았다. 그러나 교실에서 자신의 책상 서랍을 열자 그 책이 한발 앞서 그곳에 와 있었다. 별수없이 그 존재를 무시하며 생활했지만 그 책은 그가 가는 곳마다 나타났다. 병원 진료실에 가면 의사의 책상 위에 놓여 있었다. 초등학교 도서실에 가면 신간 코너에 꽂혀 있었다. 기묘하게도 그 책은 자신 이외의 사람에게는 보이지 않는 것 같았다. 그 존재를 신경쓰는 것은 자신뿐, 학교 선생님이나 반 친구들, 시설 직원은 가죽 표지 책이 바닥에 떨어져 있어도 그냥 지나쳐버렸다.

그 책은 자신에게만 보이는 환영이 아닐까? 어느 순간 그렇게 직감했다. 자신에게 이 책은 질량도 있고, 손으로 만질 수도 있다. 코를 갖다 대면 고서의 냄새마저 물씬 난다. 그러나 오감이 그렇게 착각하고 있는 것뿐이 아닐까?

어느 날 타쿠마는 시설 개인실에서 그 책을 관찰했다. 책상 위에 올려놓자 창문과는 반대편에 책의 그림자가 졌다. 책상을 흔들자 책도 따라서 흔들렸다. 손가락으로 표지를 누르자 단단한 것을 누를 때처럼 손끝이 하얘졌다. 연필로 쳐보자 툭툭 가벼운 소리가 났다.

책 위에 연필을 올려보았다. 가죽 표지에 연필이 얹혔다. 그리고 그 상태가 쭉 계속되었다. 만약 환상이라면 분명 연필은 책을 통과해 굴러떨어졌어야 한다. 겁이 났지만 용기를 내 다시 한번 표지를 펼쳐보기로 했다. 서두는 암흑의 묘사로 가득한 탓에 마음이 어두워지는 관계로 이번에는 시험 삼아 52페이지쯤 되는 곳을 펼쳐보았다. 몇 줄 읽어보니 역시 기분이 <u>으스스</u>해졌다. 책에 적혀 있는 문장은 보아하니 1인칭 소설 같았는데, 그 내용은 기억에 있었다.

어느 날 밤 '울보 꼬마'의 곁에 바짝 붙어 말을 걸었다.

"맨날 왜 우는 거야?"

'울보 꼬마'는 대답 없이 훌쩍거릴 뿐이었다. 타쿠마는 그 머리를 끌어안았다. 등에 난 참혹한 멍자국이 목 언저리로 들여다보였다. 눈물과 콧물로 더러워진 그 얼굴을 소맷자락으로 닦아주었다.

"어쩔 수 없지. 내가 재밌는 얘기를 해줄게. 그러니까 그만 뚝 그쳐."

"……."

가죽 표지 책에 인쇄되어 있는 문자가 눈에 들어오자 그 풍경, 냄새, 공기의 인상 등이 머릿속에서 되살아났다. 그것은 자기 자신의 체험이 문장화된 것이었다. 평이한 문장이었던 까닭에 순식간에 술술 다 읽을 수 있었다. 그런데 어째서인지 자신이 그곳에 있는 듯한 착각이 들었다. 지면 여기저기에 '타쿠마'라는 이름이 적혀 있었다. 다른 누군가가 화자를 부를 때 바로 그 이름이 적혀 있었다. 페이지를 넘겨 다른 장면을 읽어보고 타쿠마는 확신했다.

책에 적혀 있는 문장은 자신의 기억을 토대로 구성된 1인칭 소설이었다. 자신이 체험한 '과거'가 '문자'라는 형상으로 변환되어 한 권의 책으로 정리되어 있었다.

6

키시베 로한이 성냥을 긋자 기세 좋게 일어난 불이 그의 얼굴을 붉게 비추었다. 외국제 앤티크 스토브에 불을 피우고 간식을 조달한 뒤 키시베 로한은 다시 의자에 걸터앉았다.

편안해 보이는 의자였다. 만화가는 앉아 있을 때가 많기 때문에 작업실의 의자에는 돈을 들였을 것이다. 2000년 1월 6일, 겨울방학 마지막날에 나는 키시베 로한의 자택을 방문했다. 그때 그 일이 일어난 뒤 이틀이 흘렀다. 나는 햄버거를 먹을 수 있을 만큼 진정이 되었다. 만화 자료 사진집이 한쪽 벽 가득히 줄지어 꽂혀 있는 작업실에서 키시베 로한은 책상 위의 하얀 원고지와 마주하고 있었다. 나는 눈치를 살피며 물어보았다.

"저, 일하시는 데 방해되면 나중에 다시 올 수도 있는데요."

"앞으로 세 페이지만 더 그리면 끝이야. 딱 5분만 더 기다리라고."

키시베 로한은 밑그림도 그리지 않고 잉크를 머금은 펜을 가공할 스피드로 움직였다. 머릿속의 비주얼을 복사기로 찍어내듯 무서운 속도로 하얀 종이 위에 세계를 그려나갔다. 나는 말없이 앉아 있었다. 이윽고 완성된 원고 다발을 책상 위에 내리치는 소리가 들렸다. 손목시계로 확인해보니 키시베 로한은 정말로 3분 만에 세 페이지의 원고를 마무리했다. 경이로운 스피드였다. 키시베 로한은 의자에 앉은 채 나를 돌아보았다.

"그 사건, 코이치가 제1발견자가 되어준 덕분에 살았어. 성가신 일에 휘말리지 않고 끝났다니까."

오리카사 하나에의 일로 경찰에 전화를 건 뒤 나는 경찰서 조사에 응했다. 부모님까지 불려가는 등 난리도 그런 난리가 없었다.

"가족 분들 모두 많이 놀라셨겠지."

"이 일이 트라우마가 되는 게 아닐까 걱정들 하더라고요. 그나저나 오늘은 그 일 때문에 질문이 있어서 왔는데요."

내가 말을 꺼내자 이미 질문을 예상하고 있었다는 듯한 얼굴로 로한은 고개를 끄덕였다.

"소문이 신경쓰였을 테지? 오리카사 하나에의 사인에 대해서."

오리카사 하나에라는 여성이 집에서 죽었다는 뉴스는 의문사 사건으로 신문에서도 떠들썩했다. 그러나 자세한 정보는 거의 없었다. 단지 그 죽음과 관련된 이상한 소문만이 세간에 퍼져 있었다.

"오리카사 하나에는 혼자 살고 있었던 모양이더군. 가족도 없었고, 친한 친구도 없었고, 이웃과 교류도 하지 않았어. 고양이

한 마리와 함께 조용히 살고 있었던 것 같아. 가구는 꽤 고급으로 갖춰두고 살았던데다 돈이 궁했던 흔적도 찾아볼 수 없었어. 취미는 독서. 주로 미스터리 소설을 즐겨 읽었던 것 같아. 그나저나 코이치가 신경쓰여 하는 바로 그 사인 말인데…….”

“혹시 그날 이미 눈치채셨던 거 아닌가요? 아니, 그보다 애당초 사실인가요?”

“조사원 중 누군가 가족이나 친구에게 발설해버렸던 거겠지. 그 불가사의를 끝내 참지 못하고. 참 기묘한 상황이야. 문단속이 다 돼 있던 집에서 도저히 일어날 수 없는 일이 일어난 모양새니까. 가령 그게 집밖이었더라면 일어날 수 있는 일이었을지도 몰라. 하지만 그 여자의 시체는 거실 안에 쓰러져 있었어. 기억나? 오리카사 하나에의 오른쪽 대퇴부에는 멍 자국이 남아 있었어. 치마가 들춰져 있어서 우연히 그게 보였지. 운동장에 하얀 선을 그을 때 쓰는 도구 있잖아. 쓰러져 있던 그 여자 위로 꼭 그게 지나간 것처럼 선 같은 멍자국이 선명히 남아 있었어. 신경쓰여 부검 보고서를 입수해봤는데 말이야, 그 멍자국은 그 여자의 오른쪽 대퇴부 측면에만 존재할 뿐 왼쪽 대퇴부에는 없더라고.”

스토브 안에서 불꽃이 붉은빛을 발하고 있었다. 키시베 로한은 담담한 어조로 이야기했다. 나는 핏기 없이 차가워진 손가락을 스토브의 불꽃에 녹였다.

"멍자국의 형태를 토대로 그 사람에게 무슨 일이 일어났던 건지 그 시점에 곧바로 상상하셨나봐요."

"만화 자료 사진으로 본 적이 있거든. 그 여자의 멍 자국은 자동차 범퍼에 부딪쳤을 때 난 것이 분명해. 다시 말해 그 여자는 교통사고를 당했다 이거야. 집안에서. 멍 자국이 오른쪽 대퇴부 바깥쪽에 나 있었다는 건 오른쪽으로 차와 충돌했다는 증거야. 그럴 경우 왼쪽 허벅지에는 범퍼 자국이 생기지 않지."

사전에 마을에서 소문을 듣지 않았다면 그 이야기를 쉽사리 믿을 수 없었을 것이다. 그러나 오리카사 하나에의 죽음과 관련된 소문은 서점에서 지나쳐간 아이들이나 비디오 가게에 있던 중학생들까지 얼굴을 맞대고 이야기하고 있었다. 실내에서 차에 치어 죽은 여자가 있다는 모양이야, 라고. 그러나 과연 그런 일이 있을 수 있을까?

"밖에서 교통사고를 당하고 집에 들어와 죽은 거겠죠?"

"그런 부상으로는 기어다닐 수도 없었을걸. 그렇다고 다른 사람이 옮겨놓은 것 같지도 않았어. 누군가가 옮겨놓았다면 집 주변에 약간이라도 혈흔이 남아 있었을 거야."

"청소를 해서 지워버린 걸지도……."

"그런 거였다면 자물쇠가 잠겨 있었을 리가 없어. 예비 키를 만들어 자물쇠를 잠갔던 걸까? 아니면 놈은 그때 아직 집안에 숨어 있었던 걸까? 대체 무엇 때문에? 온통 모를 일들뿐이야. 하지만 자동차와 충돌했던 건 틀림없어. 그걸 알려준 건 범퍼 자국뿐만이 아니었거든. 튕겨나간 몸이 앞유리에 부딪쳐 깨진 유리 조각에 베인 상처까지 있었다나봐."

"정말 교통사고였다면 자동차가 거실까지 들어왔다는 얘기가 돼요. 만약 그랬다면 가구가 엉망진창이 되었을 거예요. 하지만 소파나 TV는 말끔했어요. 그 방에 유리 같은 게 흩어져 있었냐고요? 실내에서 교통사고 같은 게 일어날 수 있다면 어디에 있어도 안전한 장소는 없다는 거잖아요······."

주변에서 일어난 불가사의한 죽음에 가족이 겁을 먹었다. 특히 누나는 도시전설이나 괴담 같은 것에 약한 편이라서 요즘은 실내에 있어도 밖에서 자동차 소리가 들려올 때마다 흠칫거렸다.

"알 수 없는 건 또 있어."

키시베 로한은 다리를 꼬고 노트를 펼쳤다. 그 노트에는 조사한 것들이 메모되어 있는 것 같았다.

"오리카사 하나에의 부검을 담당한 의사를 만나 기억을 몰래 읽어봤지. 의사는 오리카사 하나에의 몸에 남아 있던 상처에서 많은 것을 알아냈어. 그 여자가 충돌 직후 튕겨나가 보닛에 떨어졌다는 것이나 앞유리를 깼다는 것. 게다가 그 여자를 친 것은 트럭 같은 대형 차량이 아니라 극히 평범한 승용차라는 사실도 판명되었어. 하지만 딱 하나, 도저히 알 수 없는 것이 있었지. 그것은 범퍼 자국의 위치였어. 승용차와 부딪쳤다고 하기에는 위치가 일반적인 경우보다 높았어."

"높았다고요?"

"오리카사 하나에라는 여성은 기록에 의하면 신장이 169센티미터야. 일본인 여성의 평균보다 큰 키지. 체중은 오히려 가벼운 편이었던 것 같으니까, 키 크고 쭉 빠진 체형이었을 거야. 그 여자가 직립한 상태에서 승용차와 충돌했다고 쳐. 일반적으로 볼 때 자동차 범퍼는 그 여자의 무릎 언저리에 부딪쳐 그 위치에 자국이 났어야 해. 자동차가 급브레이크를 밟았다면 차고車高가 낮아져 범퍼 자국은 더 낮은 곳에 생겼을 거야. 하지만 그 여자는 대퇴부 고관절에 자국이 있었어. 아무리 그래도 이건 지면에서 너무 높아. 승용차인데 그렇게 높이 범퍼 자국이 생긴다는 건 애당초 거의 불가능한 일이야. 하지만 상처의 상태로 미루어볼 때 그 여자를 친 게 차고가 높은 차량이었으리라고는 생각하기 힘들어. 자동차가 지상에서 수십 센티 정도 떠 있었다고밖에 생각할 수가 없다는 거야."

점점 더 알 수 없게 되었다. 하늘을 나는 자동차와 충돌이라도 했다는 것일까. 키시베 로한은 또 떠오른 것이 있다는 듯한 얼굴로 이야기를 이어갔다.

"참고로 사인은 출혈 과다였다고 하더군. 오리카사 하나에는 교통사고를 당한 듯한 상처를 입고 의식 불명으로 방치되어 있었어. 그게 문제였지. 누군가가 곧바로 구급차를 불렀다면 살았을지도 몰라."

"얼마나 방치되어 있었죠?"

"부검 보고서에 의하면 꼬박 하루라고 하더군. 우리가 방문하기 24시간 전에 무슨 일이 있었을 거야. 실로 수수께끼지만 발견 24시간 전, 그 여자는 신변에 무슨 일이 일어나 쓰러져 피를 흘렸어. 그때 고양이가 접근해 몸을 비볐거나 고여 있는 피 위에서 뒹굴었거나 했을 거야. 그래서 그처럼 몸이 더러워졌겠지, 저 고양이는."

키시베 로한은 바닥 위를 가리켰다. 흰 수고양이가 스토브 앞에서 하품을 하고 있었다. 오리카사 하나에가 생전에 키우던 고양이로, 아까 이 집을 방문할 때 내가 데리고 왔다. 목걸이에는 하트형 이름표가 달려 있었는데, 그것을 보고 그 고양이의 이름이 '트리니타'임을 알 수 있었다.

이틀 전, 'SUN MART' 앞에서 자고 있던 그 고양이는 점원의 신고로 경찰에 인계되었다. 그 털에 묻어 있던 피를 채취한 뒤

깨끗이 씻겨 경찰서에서 보호하고 있었던 듯하다. 나는 어제도 불려가 조사를 받았는데, 그때 우리에 갇힌 채 방 한구석에 방치되어 있던 트리니타를 발견했던 것이다.

"잠깐 경찰서에서 빌려왔어요."

"무단으로 데려온 건가? 용케 안 들켰군. 어차피 '스탠드'를 썼겠지만."

트리니타는 발끝을 핥으며 털을 고르기 시작했다. 피가 다 닦여나간 지금, 그 수고양이가 깨끗한 얼굴과 털을 지녔다는 것을 알 수 있었다.

누구에게도 들키지 않게 경찰서 안에서 고양이를 데리고 나오는 것쯤은 일도 아니었다. 나는 한 발짝도 움직이지 않고 50미터 밖의 자판기에서 주스를 사올 수도 있다. 리모컨이 없어도 떨어져 있는 TV 채널을 바꿀 수도 있고, 소파에 엎드린 채 부엌에서 과자를 가져올 수도 있다. 아니, 그런 것쯤 내 '스탠드'의 본질적인 능력 축에 끼지도 못한다.

난데없는 이야기라 미안하지만 우리에게는 배후령이니 수호령이니 하는 그런 종류의 존재가 붙어 있다. 평소에는 아무도 모르게 숨어 그 모습을 드러내지 않는다. 우리는 그 존재를 '스탠드'라고 부른다. 그 명칭은 '곁에 서다'라는 의미인 'Stand by me'에서 따온 것이라는 모양이다.

'스탠드'는 '스탠드'가 있는 사람에게는 보이지만 보통 사람에게는 보이지 않는다. 사람마다 제각각 고유한 형태를 지녔는데, 가령 인간처럼 생긴 경우도 있고, 동물의 형태이거나 정물의 형태인 경우도 있다. 내 '스탠드'의 경우 도마뱀처럼 생겼다. 내 의지로 출현해 주변을 둥실 날아다니며, 수십 미터 밖에 있는 경찰서 안에서 몰래 고양이를 데리고 나오는 것도 가능하다. 다시 말해 뭐, 무선조종 같은 것이다.

"로한 선생님. 제가 왜 이 고양이를 여기로 데리고 왔는지 아시겠죠?"

"코이치도 참 못 말리겠다니까. 하지만 그런 점은 싫지 않아."

"저희 가족을 안심시켜주고 싶을 뿐이에요. 그 여자가 왜 죽었는지, 그 이유가 밝혀진다면 가족들의 불안도 사라지지 않겠어요?"

"마침 잘됐어. 나도 조사해보고 싶던 참이었거든, 이 녀석의 기억을."

어쩌면 기르던 고양이가 무언가 보았을지도 모른다. 그 기억을 확인할 수 있다면 오리카사 하나에가 죽은 이유도 알 수 있을 것이다.

낌새를 눈치챈 것인지 트리니타는 눈을 활짝 떴다. 세로로 긴 동공이 잔뜩 가늘어졌으며, 그 눈동자에 접근하는 키시베 로한의 모습이 비쳤다. 트리니타는 경계하는 듯한 얼굴로 몸을 날려 달아나려 하다가 느닷없이 고꾸라졌다. 잘 보니 착지하는 데에 썼던 앞다리가 얇은 종이처럼 벗겨져 있었다. 그뿐만이 아니었다. 짧은 털이 난 얼굴 가죽에 금이 가더니 자를 대고 커터 나이프로 가른 것처럼 갈라졌다. 옆구리에 직선으로 금이 갔지만, 고양이는 이미 기절해 움직이기를 그만둔 뒤였다. 키시베 로한의 '스탠드'가 지닌 신비한 힘이 이렇게 한 것이다.

"동물한테도 효과가 있네요."

"지능이 있는 동물이라면 말이야. 인간보다도 간단히 '책' 상태로 만들 수 있지. 정신이 복잡하지 않을 테니 말이야."

트리니타의 육체가 펼쳐져 잡지처럼 넘어갔다. 키시베 로한은 호리호리한 몸을 굽혀 손끝으로 바닥에 펼쳐진 고양이를 집어들고 팔랑팔랑 넘겼다. 얇은 종이처럼 변한 부분에 문자가 나열되어 있었다. 마치 잡지 지면 같은 레이아웃이었다. 그것은 고양이 자신의 기억이었다. 엄마 고양이에게서 태어난 이래로 지금껏 어떻게 살아왔는지에 대한 프로필이 적혀 있었다. 잘 찾아보면 분명 사건이 일어난 날의 기억도 문장화되어 남아 있을 것이다.

"이 고양이의 이름은 트리니타가 틀림없어. 주인은 오리카사 하나에. 엄마 고양이도 그 여자가 길렀던 고양이 같군."

키시베 로한이 고양이의 몸을 넘기며 말했다. 나도 얼굴을 갖다 대고 글자를 읽어보았다. '내 취미는 털실을 굴리며 노는 것이다'라고 적혀 있었다. 동물의 기억임에도 불구, 일본어 문자가 적혀 있었다. 고양이의 몸에는 오리카사 하나에와 생활한 나날이 기록되어 있었으며, 주인에 대한 애정 어린 말이 여기저기 나열되어 있었다. 이윽고 키시베 로한은 오리카사 하나에가 죽던 순간의 기억을 찾아냈다. 메모같이 조목조목 나열된 기록으로, 그것은 트리니타의 가슴 안쪽에 살며시 적혀 있었다.

- 창밖에 누가 서 있었다.
- 인간 소년. 교복 차림.
- 선 채 창문 너머로 주인님이 이야기하기 시작했다.
- 소년이 상의를 벗고 반팔 셔츠 차림이 되었다. 양팔 안쪽에 붉은 손톱자국이 잔뜩 나 있었다.
- '우당탕 퉁탕'. 바닥에 쓰러지는 소리.
- 주인님이 더이상 움직이지 않았다.

오리카사 하나에와 충돌했다는 하늘을 나는 자동차에 대해서는 한마디도 적혀 있지 않았다. 고양이는 그 자동차를 보지도, 엔진 소리를 듣지도, 배기가스 냄새를 맡지도 못한 모양이었다.

스토브의 불꽃이 일렁이자 바닥에 드리워져 있던 우리의 그림자가 흔들렸다. 키시베 로한은 고양이의 몸을 가만히 덮었다. 몸에 난 금이 원래대로 돌아왔고, 트리니타는 눈을 뜨며 벌떡 일어났다. 자신에게 무슨 일이 일어났는지 알아차리지 못한 눈치로, '야옹' 하고 울더니 키시베 로한에게서 멀어졌다. 나는 고양이에게 말했다.

"나중에 맛있는 어육 소시지 사줄게. 너랑 너희 주인님 집에도 데려가주고."

"교복이라면 중학생이나 고등학생이겠군. 그 소년이 오리카사 하나에를 살해한 것 같아. 뭘 어떻게 한 건지는 알 수 없지만 그 죽음과 관련이 있는 건 분명해. 뭔가 특별한 힘이 있는 건지도 몰라, 우리처럼."

자신이 다니는 학교에 그 소년이 있을지도 모른다. 자신과 가까운 곳에 아무렇지도 않게 사람을 해치는 놈이 있다. 놈은 분명 평범한 얼굴로 평범한 사람인 척하고 있을 게 분명하다. 오리카사 하나에는 살해당했다. 이것은 누나나 엄마에게도 이야기할 수 없다. 그런 놈이 주변을 활보하고 있음을 알게 되면 얼마나 쇼크를 받을까.

"이 소년이 또 누군가를 해칠까요?"

나는 키시베 로한에게 물었다. 소년은 양팔 안쪽에 붉은 손톱자국이 연달아 나 있다고 했다. 주인을 잃은 흰 고양이는 범인의 특징을 확실히 보았다. 이것은 범인을 찾을 단서가 될 것이다. 키시베 로한이 주의깊은 목소리로 말했다.

"그 눈을 보니 알 것 같아, 코이치가 무슨 생각을 하고 있는지. 다만 조심하는 게 좋을걸. 놈이 '스탠드유저'라면 어떤 능력을 지녔는지 알 수 없으니 말이야."

나는 창문으로 다가갔다. 잎이 다 져버린 나무들이 모리오초의 주택가에 늘어서 있었다. 창문 유리의 틈새로 차가운 공기가 와 닿았다. 이 마을 어딘가에 지금도 오리카사 하나에를 죽인 소년이 있다.

7

누가 자신을 보고 있는 듯한 기분이 들어 타쿠마는 의자 위에서 뒤를 돌아보았다. 그러나 방에는 자신과 후타바 치호밖에 없었다. 기분 탓으로 여기고 다시 책으로 눈을 돌렸다. 창가에 놔둔 목제 의자는 살짝 몸을 움직이기만 해도 찌걱거리는 것이, 당장이라도 망가질 것 같았다. 분명 그 때문에 아무도 앉지 못하도록 이런 방에 놔뒀을 것이다.

방금 전 후타바 치호는 책장 앞을 서성이고 있었다. 정립 도서관 '가시나무관'의 3층은 작은 다락방을 떠올리게 하는 구조로, 천장과 벽은 지붕의 형태 때문에 비스듬히 경사가 져 있었다. 직원도 좀처럼 들어오지 않는지 바닥과 잡다하게 방치된 여러 골동품에는 먼지가 살포시 쌓여 있었다. 이 건물은 1층에서 3층까지 모든 창문에 주철鑄鐵제 격자를 쳐 침입자를 막았지만, 이 방이면 출입이 가능하겠다 싶었다. 창문의 격자가 느슨하게 빠지려고 하는데다 수리할 낌새도 보이지 않았기 때문이다.

2000년 1월 6일, 겨울 방학 마지막날이었다.

"아무데도 안 보여요. 누가 빌려갔나?"

오들오들 떨면서 치호가 다가왔다. 이 층에는 히터가 없는 데다 창문으로 냉기가 스며들어 추웠다.

"그런 책, 처음부터 존재하지 않았던 거 아냐?"

"소설 소재가 될 줄 알았는데……."

치호는 오래된 책장을 돌아보았다.

모리오초의 도서관에 있다는 기묘한 책에 대한 소문은 작년 여름 무렵부터 들려오기 시작했다. 얼핏 보면 보통 책 같지만 그 안에 인쇄되어 있는 것은 의미가 없는 문자의 나열이라고 했다. 마치 문서세단기에 넣고 돌린 서류 조각을 마구 뒤섞어 다시 모아둔 문장 같다는 것이었다. 그 책에는 어쩐지 기분 나쁜 특징이 있었다. 때때로 신음하는 듯한 소리를 낸다는 것이다. 도서관에서 일하던 사무원이나 청소를 하던 아저씨가 아무도 없는 관내에서 살려줘, 라는 불분명한 목소리를 들은 적이 있다는 모양이었다. 소설 소재를 찾던 치호는 소문에 관심을 가지고 문제의 책을 찾기 시작했다.

'가시나무관' 1층에는 문학 서적이 있었으며, 2층에는 과학이나 철학 서적들이 보관되어 있었다. 소문의 책이 정말 있다면 3층이 아닐까, 라고 치호는 말했다. 3층에는 고가의 책이나 희귀한 책, 증정된 책이 보관되어 있다는 소문을 들었던 것이다. 그러나 허가를 얻어 들어가본 곳은 창고 같은 방이었다. 거미줄 투성이 독수리 박제와 빛바랜 갈색 지구본, 어느 마을의 것인지 알아볼 수 없을 정도로 잔뜩 벌레 먹은 구멍투성이 지도 등이 어수선하게 놓여 있었다. 몇 개인가 낡은 책장이 놓여 있고 그 안에는 양서가 잔뜩 쌓여 있었지만, 목적이었던 책은 보이지 않는 것 같았다.

"선배는 뭐하고 있었어요?"

치호는 가방에서 초콜릿을 꺼내 포장지를 벗기고 입에 한 덩이 넣었다.

"독서했지. 프루스트의 『잃어버린 시간을 찾아서』."

"그거, 과자로 회상이 되살아나는 책이던가요? 그런데 책은 어디 있어요?"

치호는 주변을 둘러보았다. 치호에게는 타쿠마의 손안에 있는 가죽 표지 책이 보이지 않는 모양이었다. 초등학생 때 손에 넣은 이 책은 자신 이외의 인간에게는 결코 보이지 않았다. 표지에 제목이 인쇄되어 있지 않아 이것에 뭐라도 이름을 붙여주고 싶었지만, 아직까지 좋은 이름이 떠오르지 않았다. 타쿠마는 치호에게 책에 대해 말하지 않고 자신의 머리를 검지 끝으로 가리켰다.

"한 문장 한 문자도 빠짐없이 전부 이 안에 들어 있어."

"그럼 난 못 읽겠네요. 부럽진 않지만요. 기억하고 있는 페이지를 복기하는 것뿐이라니, 영 재미없는 것 같은데요."

"손끝에 종이의 감촉과 무게가 느껴지지 않으면 성이 안 차는 성미인가보지? 전자책의 시대가 오면 뒤쳐져버리겠어."

"그런 물건 난 싫어요."

"그래? 난 딱히 상관없는데."

"단순한 데이터잖아요. 유령 같아서 기분 나빠요."

"유령?"

"그렇잖아요. 책을 인간에 빗대 생각해봐요. 표지나 종이가 몸이고, 내용이 마음이에요. 전자책 같은 건 육체 없이 영혼만 있는 거라니까요."

"영혼만 있으면 나머지는 아무래도 상관없는 거 아냐?"

치호는 어이가 없다는 얼굴로 고개를 가로저었다. 치호는 고등학교 1학년으로, 한 살 아래 후배였다. 취미는 놀랍게도 소설쓰기라고 했다. 십대라는 귀중한 시간을 소설쓰기에 때려 박는다니 아깝다는 생각이 들었다. 그야말로 보석을 시궁창에 버리는 짓이 따로 없다. 지금 당장 때려치우고 조금이라도 더 밖에 나가 노는 편이 나을 것이다. 만약 자신이 십대에 데뷔한 작가라면 그런 충고를 하고 싶지만, 아쉽게도 그렇지 못한 관계로 타쿠마는 잠자코 있었다.

치호가 쓴 소설을 얼마 전에 읽은 적이 있었다. 아동문학의 정취를 지닌 환상 소설이었다. 감상을 솔직히 말해주자 '선배는 진짜 센스 하나도 없네요'라는 측은한 눈빛을 보냈다.

"아래층으로 안 갈래요? 여긴 춥기도 하고…….'"

치호가 팔을 문지르며 말했다.

"기묘한 책은 포기한 거야?"

"그거 말고 또 신경쓰이는 이야기를 들어서요."

방을 나와 복도를 잠시 걷자 눈앞에 나선형 계단이 나왔다. 엘리베이터가 없는 이 시설에서는 층간 이동에 계단을 이용할 수밖에 없었다. 난간은 광택을 발하는 나무 재질로, 볼링 핀같이 생긴 지지대가 쭉 늘어서 있었다. 탁 트인 홀 구조여서 검은 바닥 타일이 깔려 있는 현관 로비가 난간 사이로 내려다보였다.

"네가 자료를 찾는데 왜 내가 따라다녀야 하지?"

"선배가 있으면 찾는 책이 어느 책장에 꽂혀 있는지 한 방에 알 수 있잖아요."

맨 처음 알게 되었을 무렵에는 좀더 소극적인 녀석이었다. 반년이라는 시간은 관계를 변화시키기에 충분했다. 겨울 방학 중에도 타쿠마는 교복을 입고 나타났지만, 치호에게는 그것이 더이상 놀랍지 않았다.

1층은 고대 유적처럼 중후한 인테리어로, 여직원이 두 사람 카운터에 상주하고 있었다. 열람 구역은 히터가 켜져 있어 치호가 테이블에 앉아 한숨 돌리듯이 기지개를 켜자 스웨터 소매가 내려가 하얀 팔이 엿보였다. 찰랑찰랑한 머리카락이 미동에 흔들려 모양새 예쁜 귀가 보일 듯 말 듯했다. 부도가오카 학원 고등부에는 피어스를 한 학생이나 배지를 여러 개씩 교복에 달고 다니는 학생들이 수두룩했다. 타쿠마도 한쪽 귀에 액세서리를 달고 있었다. 그러나 치호는 그런 것을 몸에 달고 있는 것 같지는 않았다. 유일하게 언제나 가지고 다니는 것이라면 네잎 클로버를 책에다 끼워 말린 것을 밀봉한 투명 책갈피였다. 읽고 있는 책이 바뀌어도 클로버 책갈피는 늘 똑같았다.

"요전에 S시 여고에 다니는 친구랑 전화로 얘기했는데요. 알바하는 가게 선배한테서 이상한 얘기를 들었다나봐요."

치호는 가방에서 손바닥 사이즈의 수첩을 꺼냈다. 녹색 표지에 스티커 같은 것은 붙어 있지 않은 걸 보아 소중히 쓰고 있는 듯한 인상이었다.

"방금 전에 그 신경쓰인다던 소문 얘기야?"

살짝 고개를 끄덕이더니 치호는 다소 올려다보는 듯한 시선을 타쿠마에게 보냈다. 이쪽의 관심이 있는지 여부를 가늠하고자 하는 듯한 표정이었다. 눈의 홍채가 남들보다 옅어 갈색을 띠고 있었으며, 그 중심에 동공이 떠 있었다. 교실에서는 분명 누구에게나 사랑받을 것이라는 생각이 드는 앙증맞은 생김새였다.

"계속 들어볼까?"

치호는 가벼운 동상에 빨개진 손가락으로 수첩을 한 장 넘겼다.

"소문이라는 건 의문사 사건이에요. ……알아요? 이틀 전 모리오초에 일어난 기괴한 사건인데요."

타쿠마가 잠자코 있자 치호가 고개를 갸웃거렸다. 머리카락이 어깨에서 흘러내려 찰랑거렸다. 물론 알고 있었다. 여성의 시신이 집안에서 발견된 사건이었다. 치호는 수첩을 뚫어져라 바라보며 미간에 주름을 잡고 곤란하다는 듯한 표정을 지었다.

"소문에 의하면 그 여자의 몸에는……."

"차에 치인 듯한 상처가 남아 있었다지?"

피해자의 이름은 오리카사 하나에. 나이는 서른아홉 살. 오리카사 하나에는 자택 거실에서 출혈 과다로 죽은 채 발견되었다. 창문이나 현관은 전부 잠겨 있었으며, 누군가 출입했던 흔적은 보이지 않았다. 부검 결과 오리카사 하나에는 교통사고로 사망한 것으로 판명되었다.

"가구나 옷에는 상처가 일절 나 있지 않았나봐요. 그런데도 그 여자는 차와 충돌한 것처럼 큰 상처를 입었단 말이에요. 어때요, 이걸 소재로 소설을 쓰면 장르는 로망 호러 아니겠어요?"

"그런 아이디어로 독자의 관심을 끌 만한 내용이 책 한 권 분량씩이나 나올 것 같지는 않지만 말이야. 그나저나 왜 그런 사건을 조사하고 싶어하는 거지?"

지금까지 읽어본 치호의 소설에는 사람의 죽음이 나오지 않았다. 분명 좀더 목가적이고 환상적인 작풍이었다. 이 사건을 소설의 소재로 삼는다는 발상이 의외라는 느낌이 들었다.

"별로 깊은 이유 같은 건 없어요. 단지 신비한 소문에 마음이 끌리는 것뿐이에요. 그 배후에는 무슨 사연이 있을 테니까……. 시신 발견자는 우리 학교 학생이었다나봐요. 1학년 히로세 코이치라는 앤데, 개가 경찰에 연락했다는 것 같아요."

치호가 한바탕 의문사 사건에 대한 이야기를 마칠 무렵, 혹시 비슷한 사건이나 괴기 현상에 대한 책을 읽은 기억은 없는지 물어보았다. 치호는 지금까지도 번번이 타쿠마의 방대한 기억을 백과사전같이 활용했다. 온갖 종류의 사전 수만 페이지 분량을 통째로 머릿속에 담아두었기에 대부분의 질문에는 대답할 수 있었지만, 이번 건에 대해서는 일단 고개를 가로저었다. 그러던 중 창밖이 어두워진 것을 알아차리고 돌아가기로 했다. '가시나무관'을 나와 문까지 이어져 있는 벽돌길을 걸었다. 이미 라이트업 조명이 켜져 건물을 비추고 있었다. 가시나무가 휘감겨 있는 철제문을 지나 상점가 빵집에 들러 치호는 도넛을 샀다. 갓튀긴 도넛이었는지 치호가 한입 베어 물자 그 부위에서 따끈한

김이 피어올랐다. 갈림길에 멈춰 서서 머플러를 입가까지 당기더니 치호는 가볍게 손을 흔들고 신흥 주택가 쪽으로 걸어가기 시작했다.

타쿠마는 다른 쪽 길로 걸어갔다. 그 길은 모리오초 북서부의 인적 없는 별장들만 있는 조용한 지역으로 이어져 있었다. 타쿠마의 거주지는 그곳 한구석에 위치한 낡은 단독 주택이었다. 수입이 없는 타쿠마가 단독 주택을 빌릴 수 있었던 데에는 이유가 있었다. 예전에 그곳에 살았던 가족이 집에서 자살했던 것이다. 발견되지 않는 동안 일가의 시신은 부패하여 그들이 쓰러져 있던 바닥에는 아직도 사람 모양의 얼룩이 남아 있다. 그런 집에 살고 싶어하는 사람은 아무도 없었기 때문에 타쿠마는 거의 공짜나 다름없이 집을 빌릴 수 있었다.

중학교를 졸업하고 보호시설 직원과 상의해 혼자 살아도 된다는 허가를 얻었다. 그때까지 함께 살던 사람들과 마음에 거리가 생겨 있었다. 타쿠마의 기억력 때문이었다. 이대로 집단생활을 하기보다는 혼자 조용히 사는 편이 낫다고, 타쿠마뿐만 아니라 어른들도 그렇게 생각한 것 같았다. 새삼 다시 읽지 않아도 그런 경위 역시 가죽 표지 책에 적혀 있었다.

초등학생 때 가죽 표지 책을 손에 넣고 인생이 180도 변했다. 책 속에는 자신의 인생에 일어났던 과거의 사건이 소설 형

식으로 기록되어 있었다. 문자가 나열된 것은 전반부뿐, 후반부는 백지 상태였다. 분명 그것들은 과거와 미래를 나타내는 것이리라. 매초마다 문장은 계속 늘어나고, 자신이 무언가 보고 들을 때마다, 아니면 무언가 생각할 때마다 공백이 채워져나갔다. 책의 두께는 420페이지 단행본과 비슷하게 3센티미터쯤 되었지만 실제 총 페이지 수는 달랐다. 정확한 숫자는 타쿠마로서도 알 수 없었다. 아무리 넘겨도 뒤표지가 나오지 않고 끊임없이 페이지가 새로 생겨났기 때문이다.

열 살 때 어머니의 얼굴을 알게 되었다. 직접 본인을 만난 것은 아니다. 어머니의 팔에 안겨 있었을 때의 기억이 가죽 표지 책에 적혀 있었다. 자신의 코앞에 드리운 흑발과 뺨을 콕콕 찌르는 손끝, 자신에게 걸어오는 말, 전해져오는 체온, 말랑말랑한 피부 같은 것이 문장화되어 있었다. 그때 타쿠마는 아기였기 때문에 시야는 흐릿했지만 어머니가 얼굴을 가까이 댈 때에 한해서는 초점이 맞듯이 그 이목구비를 볼 수 있었다. 그 기록을 읽음으로써 그때 그 장면이 머릿속에 펼쳐졌다.

좀더 이전, 아직 태아였을 무렵의 기억마저 가죽 표지 책에는 기록되어 있었다. 그 무렵의 묘사는 청각이나 촉각에 근거하는 것이 많았다. 자신의 주변은 따뜻하고 말랑한 것으로 가득했다. 가끔씩 양수가 살짝 떨려 흠칫할 때가 있었다. 분명 어머니가 태내를 향해 말을 걸고 있었던 것이다.

그보다 이전의 기억에 대해서는 딱히 구체적인 묘사가 없었다. 책의 서두에 기록되어 있었던 것처럼 암흑이 계속되었다. 따뜻한 액체에 자신이 녹아 있는 듯한 촉각만이 존재, 문자로 변환되어 가죽 표지 책에 실려 있었다.

신비한 책의 존재나 어머니의 얼굴을 알게 된 것 등은 누구에게도 알리지 않았다. 자신만의 비밀로 해두고 지금까지와 다름없는 생활을 계속했다. 이윽고 타쿠마는 주변 사람들을 기피하고 혼자 지내는 시간이 많아졌다.

자신의 맨 처음 기억에 관해 생각할 때가 곧잘 있었다. 책의 서두에 있던 암흑의 묘사였다. 그 무렵 자신의 육신은 어머니의 극히 일부분으로, 약간 긴 손톱 끄트머리와 별 차이가 없었다. 자신은 어머니에게 태내에 난 육신의 싹 같은 것이었다. 아주 작은 돌기 같은 것으로, 그것이 부풀어 중력으로 인해 떨어지듯 어머니의 육신에서 자신이 분리되었던 것이다. 마치 사과 같다는 생각이 들었다.

귀가해 저녁식사를 하고 샤워를 한 뒤 잠자리에 들었다. 깊은 밤, 악몽에 눈을 떴다. 머리카락이 자신의 양손에 휘감겨 떨어지지 않는, 늘 꾸는 꿈이었다. 창밖은 어두웠으며, 세간은 고요히 잠들어 있었다.

세면대에서 얼굴을 씻으며 혹시 내가 비명을 질렀나? 라고 생각했다. 악몽을 꾸고 비명을 지를 때가 한 해에 몇 번인가 있었다. 혼자 살기로 한 몇 가지 이유 중 하나이기도 했다.

　손에 비누를 마구 발라댔다. 아무리 씻어도 꿈에서 휘감긴 머리카락의 감촉이 가시지 않았다. 얼굴을 씻고 거울에 반사된 자신의 얼굴을 본 순간, 자신이 입 밖에 내뱉었던 몇 마디 말이 떠올랐다.

　"어깨에 반점이 있어. 가까이 와 확인해보라고. 이런 반점이 있는 아이를 당신은 알고 있을걸."

　그날, 유리창을 사이에 두고 오리카사 하나에와 재회했다. 교복 상의를 벗고 어깨를 드러냈다. 말처럼 생긴 반점을 오리카사 하나에에게 보여주었다. 아버지의 옛 애인은 그다지 나이를 먹지 않은 것이, 실제 연령보다 젊어 보였다. 유리창 너머로 보이는 실내에는 비싸 보이는 목제 가구가 늘어서 있었으며, 흰 고양이가 하품을 하고 있었다. 오리카사 하나에가 이웃 주민과 교류가 없다는 것은 사전에 조사해 알아둔 바였다. 때문에 피투성이로 바닥에 쓰러진 오리카사 하나에를 그냥 내버려두기로 했다. 오리카사 하나에의 죽음은 이윽고 아버지의 귀에도 들어갈 것이다. 조금 더 기회를 살피고 싶었지만 슬슬 아버지를 찾아갈 때가 되었다는 생각이 들었다.

제 2 장

Dies iræ

Dies iræ, dies illa
solvet sæclum in favilla:
teste David cum Sibylla

Quantus tremor est futurus,
quando judex est venturus,
cuncta stricte discussurus

1

"내일이면 도와주지. 하지만 오늘밤은 소리내지 말고 잠자코 있어주면 안 될까? 지금 당신이 도움을 요청하면 난 자살할 거야. 뭐니뭐니해도 당신을 죽이려 했으니 말이야. 경찰에 잡히면 내 인생은 끝나. 부실 주택을 팔아댔던 것도 드러날 테고, 나랑 거래하던 무서운 작자들도 줄줄이 체포되겠지. 그렇게 되면 내 목숨은 끝난 거나 마찬가지야. 당신이 도움을 요청하는 시점에서 난 죽음을 선택할 거야. 하지만 자살하기 전에 당신의 소중한 가족을 죽이게 되겠지. 날 죽음으로 몰아넣은 당신에게 보복을 한 뒤 차를 타고 바다에 뛰어들 거야. 잘 생각해보라고. 당신의 목소리를 듣고 누군가가 여기로 달려온다. 그 인물이 당신에게서 사정을 듣고 구해낸다. 시간이 얼마나 걸릴까? 20분 정도 걸릴까? 한 시간은 걸릴지도 몰라. 좌우지간 내가 이 빌딩을 떠나 당신 부모님 댁까지 차로 운전할 시간은 있을걸. 난 당신 부모님 댁을 알아. 잠들어 있는 당신 부모님의 머리를 망치로 세 번씩 내리치겠지. 더도 말고 덜도 말고 세 번씩 말이야. 그렇게 되는 걸 원하지 않으면 오늘밤은 좀 잠자코 있어줄 수 없을까?"

시커먼 벽 위에서 간수의 서치라이트 같은 손전등의 불빛이 빛났다. 빗물에 젖은 벽면은 빛을 받아 하얗게 빛났다. 암흑에 눈이 익숙했던 나머지 그 빛이 날카로운 바늘 같았다. 눈을 가늘게 뜨고 옥상의 얼굴을 보려 했지만 굳이 확인할 것도 없이 그 목소리는 오오가미 테루히코의 목소리였다.

천둥이 멀리서 울리고 있었다. 빌딩과 빌딩 사이 좁은 밤하늘이 이따금씩 빛났다. 빌딩의 틈새라기보다는 깊은 계곡 바닥에 있는 것 같았다.

"제발, 얼른 여기서 꺼내줘."

"당신은 그렇게 어리광을 부리는 성격이 아니었을 텐데. 지금은 안 돼. 당신을 꺼내주는 건 내일 이후야. 먼저 내가 달아날 시간을 달라고. 내일밤, 해외 도피처에서 경찰에 전화를 걸어 이리 와 당신을 구해주라고 할 테니까. 내가 멀리 달아날 동안 당신은 얌전히 있어줬으면 한다 이거야."

오늘 아침까지만 해도 이 사람과 평생을 함께할 것이라 믿었다. 오오가미 테루히코는 늘 다정했으며, 결코 언성을 높이는 일도 없었다. 다툰 뒤에도 잠시 후면 시무룩한 표정을 지으며 자신이 잘못했다고 인정하는 사람이었다. 그러나 그 모든 것이 아무래도 거짓이었던 모양이다.

"어쩌면 아직 숨이 붙어 있을지도 모른다는 생각에 돌아와봤더니 말이야. 아무래도 난 살인범이 된 건 아닌 모양이군. 안심했어."

지금 자신이 겪고 있는 이 배신이 과연 진실일까? 오오가미 테루히코가 꾸민 장난, 아니면 꿈이 아닐까? 그러나 숨겨져 있던 수천만 엔은 확실히 진짜 지폐 같았다. 돈이 든 가방은 오오가미 테루히코의 방에서 나올 때 함께 가져왔다. 자신이 그것을 어디에 두었는지, 당장은 생각나지 않았다. 공중전화로 오오가미 테루히코에게 연락했을 때도, 계단으로 옥상에 올라갔을 때도, 쭉 손에 들고 있었다.

잠시 생각한 끝에 가방이 있는 장소가 생각이 났다.

"먹을 것 좀 가지고 왔어. 배고프지?"

무언가 자신을 향해 던졌다. 손전등의 불빛 속을 그림자가 수직으로 통과해 진흙탕 위에 낙하했다. 상자에 든 도넛이었다. 오오가미 테루히코가 곧잘 즐겨 먹는 가게 것이었다.

"그거 먹어. 식사를 거르면 피부가 거칠어지는 수가 있어."

지금까지 오오가미 테루히코의 본성을 간파하지 못했던 것이 분했다.

"이건 입에 안 댈 거야……."

오오가미를 향해 선언했다. 더이상 오오가미에게 속지는 않겠다. 지금의 오오가미에게 가장 큰 안심은 무엇일까. 그것은 자신이 죽는 것임에 틀림없다.

"당신이 돌아온 건 날 살리기 위해서가 아냐. 확실히 죽었는지 확인하러 온 거 맞지? 이 도넛에 뭐 위험한 걸 넣은 거 아냐? 그게 뭔지는 몰라도 당신이라면 어디서 손에 넣는 것쯤은 가능할 거야. 당신 거래 상대 중에는 분명 위험한 사람들도 있을 테니까."

그냥 놔둘 수 없다, 그런 생각을 했다. 여기서 나가 저 남자를 경찰에 신고해야 한다.

"목숨은 구걸 안 해, 절대로. 그리고 미리 말해두는데 당신은 날 살려야 해. 만약 내가 죽으면 천장 위에 숨겨뒀던 게 영원히 돌아오지 않을 테니까."

긴 침묵이 흘렀다. 그동안 두 차례, 하늘이 번쩍이더니 낮고 무시무시한 소리가 울렸다.

"그렇게 지금 일이 싫었나? 직업을 바꾸는 것도 좋지만 기왕이면 도둑 말고 다른 걸로 하지 그랬어."

어이가 없다는 듯한 목소리가 위에서 들려왔다. 오오가미 테루히코는 역시 방에서 돈이 사라진 것을 알아차리지 못했던 것이다.

"많이도 모아놨던데? 5천만 정도? 숨길 곳을 고르느라 애를 먹지 않았으면 좀더 일찍 만날 수도 있었을 텐데. 만약 이 도넛에 독이라도 들어 있어 내가 죽으면 돈은 돌아오지 않아. 세상이 끝난다 해도, 영원토록."

잠시 뜸을 들이더니 머리 위에서 목소리가 들려왔다.

"좋아. 그 도넛은 짓밟아 흙으로 되돌려버려. 당신에게는 다른 식사를 다시 내려주지."

전능한 신이 인간에게 신탁을 내리는 듯한 목소리였다.

비구름이 걷히고, 빌딩 사이로 보이는 기다란 하늘이 조금씩 밝아왔다. 샐러리맨의 출근길에 나는 혼잡음이나 자동차가 배기가스를 내뿜으며 주행하는 소리가 아카리가 있는 곳까지 살짝 들려왔다. 모리오초로서는 수도 없이 맞는 평범한 아침이었지만 아카리에게는 빌딩의 틈새에서 맞는 첫번째 아침이었다. 빗물로 화장이나 진흙을 씻어내기는 했지만 불쾌감은 사그러들지 않았다.

밖에서는 사람들이 사회생활을 영위하고 있었다. 사람들이 양쪽 빌딩에 들어가 출근 카드를 찍고 하루의 업무를 시작하려 하고 있었다. 자신이 갇혀 있는 이곳은 마을에서도 가장 번화한 구역이다. 밤이 되면 인적은 끊기지만 평일 낮에 사람이 없다는 것은 있을 수 없는 일이다. 소리를 질러 구조를 요청하면 분명 누군가가 눈치채줄 것이다. 그러나 그렇게 하자니 망설여졌다. 부모님을 해치겠다는 오오가미의 말이 마음을 짓눌렀다. 하룻밤 잠자코 있으면 해외로 도망친 뒤 경찰에 도움을 요청해

주겠다고 했지만, 그 거래는 없던 것이 되었다. 오오가미 테루히코는 돈을 되찾을 때까지 자신을 죽일 수 없기 때문에 더이상 모리오초에서 나갈 생각은 하지 못할 것이라고 아카리는 생각했다.

손목시계는 낙하의 충격으로 망가져버렸다. 정확한 시간은 알 수 없었지만 슬슬 오오가미 테루히코가 출근할 시간이었다. 양쪽 벽 중 한쪽이 자신이 일하던 회사였다. 벽 너머에 사무실이 있고, 그 안에서 오오가미 테루히코가 도면을 긋거나 여직원에게 커피를 부탁하거나 하고 있을 것이다. 밖에서 시끄러운 소리가 들리더니 구급차가 와 여자를 구해내려 하고 있는 것은 아닌지 오오가미 테루히코는 계속 주의를 기울이고 있을 것이다. 만에 하나 소동이 일어난다면 오오가미 테루히코는 부모님을 해치러 갈지도 모른다.

부모님에게 피해가 미치는 것은 원치 않았다. 그것을 막기 위해서는 오오가미 테루히코가 눈치채지 못하게 밖으로 몰래 나가야만 했다. 그러나 그런 방법이 과연 있을까?

절벽 사이 공간은 폭이 1미터, 길이 50미터 정도였다. 양쪽 빌딩 벽에는 창문이 나 있지 않고 여기저기 환기구 같은 것이 있을 뿐이었다. 옥상까지 거의 완벽하게 평평한 벽면이었다. 누군가가 창문으로 얼굴을 내밀고 아카리의 존재를 알아차려줄 가능성은 전무했다. 마치 자신이 몸길이 수 밀리미터짜리 개미가 되어 책장에 꽂혀 있는 두 개의 백과사전 사이에 들어와버린 듯한 기분이었다.

길거리와 맞닿은 벽 쪽으로 얽혀 있는 배관을 타고 올라가 탈출할 수도 없었다. 2미터 정도 올라가보았더니 손가락으로 붙들 만한 각도의 배관이 더이상 없었다. 거기서 더 위쪽은 쇠창살처럼 옥상까지 쭉 이어진 배관이 늘어서 있을 뿐이었다. 배관의 틈새로 살펴봐도 큰길은 보이지 않았다. 에어컨 실외기가 세로로 쌓여 있거나 벽면이 튀어나오거나 해서 시야가 가려져 있었다. 목소리는 틀림없이 밖까지 닿을 것 같았다. 그러나 몸이 그 너머로 빠져나가는 건 무리였다.

이런 상태가 오래 지속될 리가 없다. 오늘밤쯤이면 오오가미 테루히코가 마음을 고쳐먹고 밖으로 꺼내줄 것이 틀림없다. 여름이라 동사하지 않고 지낼 수는 있었지만, 비에 젖은 탓에 몸은 차가웠다. 아침이 되어도 빛은 빌딩의 틈새로 거의 비쳐 들지 않아 차가운 진흙탕에 몸을 웅크려야 했다. 정오가 되어 비로소 옥상과 옥상 사이 기다란 하늘에서 태양빛이 비쳐들었다.

어두컴컴한 빌딩의 틈새가 빛으로 가득차 진흙으로 온통 범벅이 된 아카리의 팔을 비추었다. 피부 위로 온기가 쏟아졌다. 태양빛이 이렇게 다정한 것인 줄은 몰랐다. 어머니와 아버지가 떠올랐다. 좀더 도회지에 나가 살고 싶다, 농사를 가업으로 잇는 것은 지긋지긋하다. 아카리의 그런 삶의 방식을 부모님은 전부 인정해주었다. 아직 모리오초가 발전하기 전의 일이었다. 도회지의 대학으로 냉큼 진로를 정했을 때도 응원해주었다. 직장을 구하지 못해 모리오초로 돌아왔을 때도 아무 말 없이 받아주었다. 자신은 폐만 끼쳤다. 더이상 폐를 끼치고 싶지 않았다.

태양이 빌딩의 틈새로 비쳐든 것은 15분 정도였다. 빛은 옥상의 가장자리에 가려져 또다시 어두컴컴한 공간이 되었다. 여기서 나가면 부모님을 만나러 가기로 마음을 먹었다.

해가 떨어지고 일을 마친 사람들이 빌딩에서 나오는 기척이 느껴졌다. 길거리와 맞닿은 벽 쪽에서 해질녘의 지친 발걸음이 들려왔다. 그들은 빌딩의 틈새에 여자가 갇혀 있다고는 상상도 못 하고 하루를 보냈을 것이다.

주변이 어두워지고 인기척도 다 사라졌을 무렵, 위쪽에서 한 아름 크기는 됨직한 카메유 마켓의 비닐봉지와 상자에 든 도넛이 던져졌다.

"오늘 하루 용케 구조를 요청하지 않고 애를 썼군. 만약 내가 당신이었으면 당장 우는소리를 했을 텐데. 부모님에게 위해를 가하겠다는 협박이 진짜로 통할 줄이야. 최고의 효도를 했는걸."

손전등의 빛이 옥상에서 비쳐왔다. 오오가미는 옥상의 가장 자리에서 낙하 방지 펜스 너머로 얼굴을 내밀고 있었다. 거리가 멀어 표정까지는 알 수 없었다. 회사 쪽 벽을 손바닥으로 힘껏 쳤다. 절망적인 단단함에 손가락뼈가 찌릿찌릿 아파왔다.

"보잘것없는 당신으로선 그 거대한 벽을 부술 수도, 넘을 수도 없어. 당신의 영혼이 거기서 빠져나오려면 키워드가 필요해. 그건 일종의 지명이자 장소의 이름이지. 그것을 입 밖에 내는 순간 거대한 벽은 당신의 인생에서 사라질 거야. 당신이 자유를 찾기 위한 '마법의 단어'지. 얼른 읊으라고. 단 한 마디, 입 밖에 내기만 하면 돼. 그 돈은 행복한 노후를 보내기 위해 필요한 돈이야. 손주들에게 마술을 보여주거나 그림 그리는 법을 가르쳐주거나 하기 위해서 말이야."

"만에 하나라도 우리 가족한테 무슨 일이 생기면 나도 혀 깨물고 죽어버릴 거야. 그럼 돈의 행방도 알 수 없게 될걸."

간단히 가르쳐줄 수는 없었다. 돈을 손에 넣은 오오가미 테루히코가 뒤이어 할 생각은 그것을 아는 자의 입막음이 될 것이 분명했다.

"가족에게 무슨 일이 생겼다고 해도 그런 곳에 있는 당신이 알 수는 없을 텐데. 곤란한 일이군. 우린 피차 서로의 소중한 것을 지키기 위해 옴짝달싹 못하게 된 신세 같아."

"돈 같은 게 소중한 거라니."

"당신의 목숨은 당신이 비웃은 그 집착 덕분에 유지되고 있는 거야. 만약 내가 돈이고 뭐고 다 필요 없다고 생각하기 시작하면 그 순간 당신은 죽어. 이렇게 귀찮은 상황을 한도 끝도 없이 끌고 갈 수는 없으니 말이야. 자, 그럼 당신이 '마법의 단어'를 입 밖에 낼 때까지 죽지 않게 관리해야지. 정말 골치 아픈 일이지만 식사 외에 이것저것 사왔어. 예를 들면 약. 어제 계속 비 맞아 흠뻑 젖었지? 감기 걸리지 않게 조심하라고."

비닐봉지에는 감기약이나 습포, 비타민제, 생리용품이 들어 있었다. 물이 든 병도 있었다. 옥상에서 던져졌는데 병이 깨지지 않은 것은 다행이었다. 질퍽한 진흙이나 쓰레기가 쿠션 역할을 해준 것이 분명했다. 봉지의 내용물을 확인하는 동안에도 머리 위에서 시선이 느껴져 기분이 편치 못했다. 오오가미 테루히코가 장난치는 어린애를 타이르는 듯한 목소리로 말했다.

"당신이 가져간 건 내가 위험한 길을 걸어 손에 넣은 거야. 당신에게는 단순한 5천만 엔으로밖에 보이지 않을지도 모르지만 내게는 훈장이자 내가 살아온 증거 같은 거라고. 그 돈으로 장차 손주에게 미끄럼틀이나 그네를 사주고 싶다는 게 내 생각이야. 확실히 돈의 행방을 말하면 당신은 교섭의 가장 강력한 카드를 잃게 돼. 그래도 당신에게는 신변의 안전이 보장되는 거래를 어제부터 계속 제안하고 있는데 말이야. 그럼 내일 또 식량을 갖다주지. 모포나 비를 막을 도구, 심심풀이용 십자 퍼즐 같은 것도 덤으로 말이야."

오오가미가 들고 있던 손전등이 꺼지고, 그가 멀어져가자 주변은 암흑에 잠겼다. 손을 더듬어 비닐봉지 안에서 물이 든 병을 꺼냈다. 손이 부들부들 떨려왔다. 공포 때문이 아니었다. 분노 때문이었다. 오오가미 테루히코가 던져준 것으로 연명할 수밖에 없는 이 상황에 화가 났다.

물을 목구멍으로 넘긴 순간, 이상한 냄새가 났다. 물이 오래된 것인가 생각한 순간, 불꽃을 삼킨 듯한 통증이 목을 관통했다.

토하려 했지만 늦었다. 목뿐만 아니라 혀나 입안까지도 뜨거워졌다. 비명을 지르려 했지만 지를 수 없었다. 호흡을 하기도 여의치 않았을 뿐더러 기침도 할 수 없었다. 지면에 쓰러져 발버둥치며 질퍽한 진흙을 움켜쥐어 입안으로 쑤셔넣었다. 진흙의 차가운 감촉이 타는 듯한 뜨거움을 완화시켜주었다.

옥상에 사람의 그림자가 보였다. 오오가미 테루히코는 돌아갔던 게 아니었던 모양이다. 손전등을 껐을 뿐, 실제로는 위에서 관찰을 계속했던 것이다. 시아에 눈물이 번지고 이윽고 머릿속이 캄캄해졌다.

2

아침 뉴스 방송에서 불법 건축이 화제에 올라 있었다. 다른 현에서 정부 기준을 밑도는 내진성 아파트가 다수 적발된 모양이었다. 그밖에도 1층을 주차장으로 신고해놓고 완성 후 점포로 용도를 변경한 아파트나 옥상에 은근슬쩍 조립식 가건물을 세워둔 건물, 사용 면적이 신고 때보다 넓어진 오피스 빌딩 등이 화제에 올라 있었다. 이 건물이고 저 건물이고 온통 시공을 마치고 검사 기관이 '합격' 판정을 내린 뒤 멋대로 증축, 개축했다는 것이다. 이런 불법 건축은 일본 전국에 무수히 만연해 있고 그 뒤로 뒷돈이 오가고 있다는 이야기였다. 모리오초도 예외는 아니었다. 급격히 발전한 모리오초는 이제 막 건설된 신도시였다. 아직 표면화되지 않았을 뿐, 실제로는 법을 어긴 건축물이 제법 존재할 것이 분명했다.

TV 화면을 곁눈질로 보며 학교 갈 준비를 했다. 화면이 전환되고, 밝은 음악과 함께 일기 예보가 시작되었다. 2000년 1월 7일 금요일, 모리오초는 아침부터 화창했다. 3학기 첫날이었다.

교복을 입는 도중 팔에 남아 있는 몇몇 상처 자국이 눈에 들어왔다. 손톱으로 쥐어뜯은 자국과 가위로 자해한 상처가 자신의 몸에 남아 있었다. 아직 심리적으로 불안정했던 소년 시절의 흔적이었다. 교복의 긴팔은 그것을 숨기기 딱 좋았다. 부도가오카 학원에서는 여름철에도 긴팔 교복을 입는 것이 허가되었다. 덕분에 1년 내내 팔을 숨길 수 있었다. 병원에서 허위 진단서를 발부받아 옷을 갈아입어야 하는 체육 같은 수업은 전부 다 빠졌다. 학교에서는 결코 상의를 벗지 않았다. 팔의 상처에 대해 아는 것은 옛 시설 친구나 직원들 외에는 없었다.

집을 나설 때 압정으로 벽에 붙여둔 엽서를 바라보았다. 카드에는 초원이 인쇄되어 있고 두 마리의 말이 머리를 맞대고 있었는데, 중앙에 작게 비칠 뿐이라 생김새는 잘 알 수 없었지만 두 마리의 말 모두 검은 털에 윤기가 흘렀다. 바라보고 있으면 말들이 한순간 '검은 호박琥珀'처럼 보였다.

'검은 호박'은 고대인들이 어떤 광물을 부를 때 쓰던 명칭이다. 자신의 능력에 이 이름을 붙여보는 것은 어떨까? 광물의 명칭을 능력명의 일부로 삼는다는 것은 썩 괜찮은 생각 같았다. 그것이 보이게 된 지 몇 년이 지났지만, 다크 브라운 색상의 가죽 표지 책에는 아직 이름이 없었다.

학교로 향하던 도중에 역 앞 편의점에 들렀다. 신문을 펼쳐보기도 하고, 만화 잡지도 팔랑팔랑 넘겨본 뒤 가게를 나섰다. 1분 정도면 모든 페이지를 기억할 수 있기 때문에 굳이 살 필요는 없었다. 읽지 않더라도 한 번이라도 시야에 들어오면 가죽 표지 책에 기록이 남았다. 나중에 한가한 시간에 그 문장을 다시 읽으면 머릿속에서 지면 구석구석까지 정확히 떠올릴 수 있었다. 매일 사지는 않고 뒤적이기만 하다가 가게를 나서서 점원에게는 미움을 받았다.

등교해보니 겨울 방학을 어떻게 보냈는지에 대한 얘기로 교실은 한창 떠들썩했다. 급우들이 내는 온갖 웅성대는 소리가 자신의 머릿속에 빨려 들어왔다. 일일이 듣지는 않았지만 소리는 늘 테이프 녹음기를 돌리는 것처럼 기록되었다.

친구와의 관계는 조심해야 했다. 친구가 하나도 없으면 너무 눈에 띄기에 몇 명인가 말상대를 만들어 거리감을 잘 조절해가며 지냈다. 교실에서는 고립되어도 안 되고 이야기에 지나치게 열을 올려도 안 되었다. TV에서 본 연예인에 대한 이야기나 선생님에 대해 불평하는 것 정도로만 해두었다.

현재 교실 밖에서 교류가 있는 상대라면 후타바 치호 정도였다. 치호를 멀리하지 않는 이유 중 하나는 한 명 정도 친한 여학생이 있는 편이 건전한 척 위장할 수 있을 것 같았기 때문이다. 그밖에도 이유가 있기는 했지만, 그것을 털어놓았다간 치호가 성을 낼 것이 틀림없기 때문에 아무 말도 않았다.

3학기 첫날은 개학식 뒤에 딱 90분 수업이 있었다. 역사와 지리 수업이었는데, 들어오자마자 선생님이 프린트를 나눠주더니 예고도 없던 시험이 시작되었다. 급우들이 비명을 질러서 타쿠마도 혼자 붕 떠 보이지 않도록 모두와 같은 표정을 지었다.

시험 개시 5분 후, 가죽 표지 책을 불러냈다. 책을 머릿속에 떠올리면 잠수함이 부상하는 것처럼 손바닥에서 책이 나타났다. 일반적인 종이나 인쇄 기술로 제본된 것은 아니었다. 무한에 가까운 페이지를 지녔지만, 두께나 크기는 서점에 줄지어 꽂혀 있는 단행본과 다르지 않았다.

페이지를 넘겨 시험 문제의 해답을 검색했다. 역사 교과서를 넘겨보던 순간 자신의 눈으로 본 모든 장면도 문자화되어 있었다. 해답을 '과거'에서 찾고 있노라니 타쿠마의 몸짓이 신경쓰였는지 선생님이 다가왔다. 커닝인 줄 안 모양이지만, 선생님은 가죽 표지 책을 볼 수 없다보니 그냥 기분 탓으로 여겼는지 지나쳐 가버렸다.

돌아갈 준비를 하며 급우 세 사람과 대화를 나눴다. 대화중에 읽어본 적 없는 만화의 제목이 나왔다. 가죽 표지 책을 불러내 그 단어를 검색하자 3년 전 모 만화 잡지에 연재되었던 개그 만화임이 판명되었다. 잡지를 넘기며 보았던 모든 장면이 가죽 표지 책에 기록되어 있었기 때문에 급우들과 대화하며 뇌리에서는 그때 그 시간을 해동해 시각 이미지의 일부에 기록되어 있는 작품을 읽었다.

기억하고 있던 과거의 시간은 마치 비디오처럼 머릿속에서 되감거나 느리게 재생할 수 있었다. 당시에는 한순간에 다 넘겨버린 잡지도 한 페이지씩 다시 확인하는 것이 가능했다. 만화 그림도 문장으로 변환되어 있었다. TV 영상이나 음악이 단순한 전기 신호로 변환되는 원리와 비슷했다. 기록되어 있는 문자 정보를 읽어나가는 동안 만화의 컷 구도가 뇌리에 재구축되었다.

방금 전 막 다 읽은 만화에 대해 급우와 감상을 교환했다. 그들의 기억은 애매했지만, 타쿠마는 세부적인 대사까지 언급할 수 있었다. 지나치게 열을 올리지 않도록 적당한 선에서 몇 분간 이야기를 계속했다. 지루하기 짝이 없는 몇 분이었다.

급우들과 나눈 말은 가볍게 귀의 고막을 떨리게 했을 뿐, 곧바로 사라져버렸다. 가죽 표지 책 안에 기록은 남지만 알 바 아니었다. 급우의 미소도 안구의 표면을 슬쩍 스치고 쏟아져 사라질 뿐, 눈앞에 분명히 있어야 할 교실의 풍경이 정말로 존재하는지 아닌지조차 의심스러울 정도로 현실감이 없었다.

언젠가 이곳을 떠나 어디 다른 곳으로 갈 생각이었다. 전철이나 버스를 타고 이 마을을 떠나 엽서에 인쇄되어 있는 그런 곳처럼 지평선까지 쭉 펼쳐져 있는 초원에 서보고 싶었다.

집에 가기 위해 정면 현관으로 향하자 우산걸이 근처에 서서 이야기를 나누고 있는 세 사람의 남학생이 눈에 들어왔다. 정오의 태양이 교사 출입구로 비추어 그들의 교복 위로 내리쬐고 있었다. 세 명 중 두 명은 장신, 다른 한 명은 약간 키가 작은 소년이었다.

예전에 한밤중의 교무실에 숨어들어 대량의 서류를 훑어봐두었다. 서류에는 전교생의 얼굴 사진과 주소가 적혀 있었다. 그때 그 체험은 문자 상태로 압축되어 가죽 표지 책에 기록되었다. 그러나 그 책을 펼쳐볼 것도 없이 세 사람의 이름은 이미 알고 있었다.

키가 작은 소년은 히로세 코이치라는 학생이었다. 오리카사 하나에의 시신을 맨 처음 발견, 경찰에 신고한 것이 바로 히로세 코이치였다. 가죽 표지 책에서 그 얼굴과 이름을 검색해보자 거리와 학교에서 여러 차례 지나쳐간 적 있는 얼굴이었음을 알 수 있었다. 편의점에서 잡지를 뒤적이는 그 뒷모습을 보며 지나쳐간 적도 있었다. 바로 곁에 서서 신호를 기다린 적도 있었다. 그러나 히로세 코이치는 자신을 기억하지 못할 것이다.

히로세 코이치의 대화 상대는 히가시카타 죠스케와 니지무라 오쿠야스였다. 둘 다 불량 학생이었다. 히로세 코이치는 평범한 고교생으로 불량 학생과 어울릴 타입으로는 보이지 않았지만, 곧잘 그 두 사람과 함께 행동하는 것 같았다. 특히 히가시카타 죠스케라는 학생은 이 학교에서 모르는 사람이 없을 정도로 유명인이었다. 이유는 헤어스타일에 있었다. 앞머리를 모아 한껏 부풀려올린 그의 리젠트 머리는 우주선 같기도, 신칸센 같기도, 군함 같기도 했다. 평범한 풍모의 히로세 코이치와 이상한 헤어스타일의 히가시카타 죠스케가 함께 서 있는 모양새는 몹시 기묘했다.

시신 발견자인 히로세 코이치가 지금 무슨 생각을 하고 있는지 관심이 동해서 구두끈을 매는 척하며 멀리 떨어진 곳에서 입가를 관찰해보기로 했다. 입술의 움직임이 시야 한 귀퉁이에 들어오기만 해도 문제없었다. 그 움직임만으로도 무슨 이야기를 하는지 알 수 있게 훈련을 해두었다. 과거의 시각 정보를 세부적인 것까지 정밀하게 재현할 수 있는 능력과 독순술은 궁합이 좋았다. 그들에게서 10미터 정도 거리를 두고 구두를 복도 한구석에 놓았다. 충분한 시간을 들여 구두끈을 고쳐 맸다.

여러 학생이 자신과 그들 사이를 가로질렀다. 히로세 코이치의 목소리는 들리지 않았다. 귀에 들어온 것은 현관에 울려퍼지는 여러 학생들이 웅성대는 소리와 구두 소리뿐이었다.

'팔에 붉은 손톱자국.'

히로세 코이치의 입술이 그렇게 움직였다. 잘못 본 것이 아닐까 싶었지만 히로세 코이치는 계속해서 진지한 표정으로 히가시카타 죠스케와 니지무라 오쿠야스에게 말했다.

'범인은 우리 학교 안에 있을지도 몰라.'

여학생 무리가 신난다는 듯이 교사를 나섰다. 밝은 분위기 속에서 그들은 곤란하다는 듯한 표정을 짓고 있었다.

히로세 코이치를 포함한 3인조가 걷기 시작했다. 밖으로 나가지 않고 우산걸이 옆을 떠나더니 1학년 교실이 늘어서 있는 방향으로 향했다. 30초 뒤면 복도 한구석에 웅크리고 있는 타쿠마의 곁을 지나치는 코스였다. 숨을 죽이고 구두끈을 매며 그들의 통과를 기다렸다.

결정적이었다. 히로세 코이치 일행은 오리카사 하나에의 사건에 대해 이야기하는 것이 틀림없었다.

현재 세간에서 오리카사 하나에는 살해된 것이 아니라 의문의 사망 사고로 처리되어 있었다. 그러나 그들은 범인이라는 말을 썼다. 다시 말해 누군가가 살해한 것이라는 확증이 그들에게는 있었던 것이다. 게다가 팔의 손톱자국에 대해서까지 알고 있었다.

갑자기 등뒤에서 떠밀려 타쿠마는 비틀거리다 복도에 손을 짚었다. 가슴 주머니에 들어 있던 만년필이 떨어져 바닥을 굴렀다. 타쿠마가 혼자 살기 시작했을 무렵 '울보 꼬마'라는 별명으로 불리던 친구가 준 것이었다. 그 친구는 지금 큐슈의 친척집에 입양되어 행복하게 살고 있을 것이다.

"어따 정신 팔고 자빠졌어. 죽고 싶냐?"

통행인이 전방 부주의로 부딪친 모양이었다. 2학년 남학생이 타쿠마를 내려다보고 있었다. 박박 민 눈썹에 헐렁한 바지를 입었으며, 약이라도 하는 것이 아닐까 싶은 정도로 위험해 보이는 삼백안의 학생이었다.

"미안."

타쿠마가 고개를 숙이자 남학생은 누런 침을 뱉었다. 타쿠마의 구두 위에 그것이 명중했다. 남학생은 코웃음치며 떠나가 버렸다.

떨어진 만년필로 타쿠마가 손을 뻗었다. 그것은 검은빛의 매끄러운 외견에 금색 테 장식이 있는, 어디에나 있을 법한 만년필이었다. 손가락으로 집어들기 직전 만년필이 구두에 짓눌리고, 밟혀 부서지는 소리가 주변에 울려퍼졌다.

"앗, 이런."

고개를 들자 니지무라 오쿠야스가 눈앞에 있었다. 만년필을 밟은 것은 니지무라 오쿠야스였다. 근처에서 히로세 코이치와 히가시카타 죠스케가 '무슨 일이야?'라는 표정을 지으며 돌아보고 있었다.

니지무라 오쿠야스가 한쪽 발을 들었다. 만년필은 한가운데가 부러져 두 동강이 나 있었다. 부러진 틈새로 잉크가 배어나와 작은 파편 사이로 번지고 있었다.

"일부러 그런 건 아닌데. 이거 어쩐다."

니지무라 오쿠야스가 미안하다는 얼굴로 말했다. 니지무라 오쿠야스는 다부진 몸집에 머리를 빡빡 밀었으며, 품위 없는 낯짝을 지니고 있었다. 머리 나쁜 개그 담당 같은 인상의 불량 학생으로, 실제로도 니지무라 오쿠야스는 머리가 나빴다. 두 자릿수 덧셈조차 못 한다는 소문이 돌 정도로 지능이라곤 눈곱만큼도 없는 듯한 얼굴을 이렇게 바로 앞에서 보니 소문이 틀림없다는 생각이 들었다.

"어차피 언제 버리나 하던 참이었어."

타쿠마는 만년필의 파편을 그러모아 손바닥에 손수건을 펼쳐놓고 그 위에 늘어놓았다. 파편에 묻어 있던 잉크가 배어 손수건이 진한 청색으로 물들었다. 히로세 코이치와 히가시카타 죠스케가 다가와 타쿠마는 세 사람에게 둘러싸였다. 냅다 혀를 차고 싶었다.

"좀 봐도 될까요?"

히가시카타 죠스케가 타쿠마의 손안을 들여다보았다. 새 부리 같은 앞머리가 얼굴에 닿아 눈을 찌를 것 같았다. 일본인답지 않게 윤곽이 뚜렷한 이목구비를 지닌 남자였다. 여자들에게 인기도 있어서, 하교할 때면 늘 밝은 인사를 받았다. 소문에 의하면 히가시카타 죠스케의 아버지는 서양인이라는 모양이었다.

"아, 이거라면 괜찮을 것 같은데요. 시간 좀 지나면 금방 되돌아오는 소재네요."

히가시카타 죠스케는 붙임성 있는 표정에, 꼭 강아지처럼 친근한 인상이었다.

"금방 되돌아온다고?"

그 말을 흘려 넘길 뻔했다. 그때, 한순간 히가시카타 죠스케의 팔이 이중으로 흔들려 보였다. 마치 망가진 TV 영상 같았다. 그러나 눈 깜짝할 사이에 시야가 원래대로 복구되었기에 기분 탓이라 생각했다.

"짠, 보시죠. 형상 기억 합금이란 건데요, 이거. 진짜 죽인다니까요."

히가시카타 죠스케가 놀랍다는 듯한 표정으로 타쿠마의 손 위를 보고 있었다. 방금 전까지만 해도 부러져 있던 만년필의 파편이 손바닥에 늘어서 있었다. 그러나 지금 그 파편은 다시 맞춰져 한 자루의 막대로 복원, 검은 원통에는 잔 흠집 하나 찾아볼 수 없었다.

망가졌던 것은 착각이었단 말인가? 그러나 분명히 자신의 손으로 그 파편을 그러모았다. 흘러나왔던 잉크의 얼룩도 만년필이 복원된 흔적으로 손수건에 남아 있었다. 일어날 수 없는 일이 자신의 손바닥 위에서 일어난 것이다.

"가자, 오쿠야스."

히가시카타 죠스케는 친구에게 그렇게 말하더니 걷기 시작했다. 니지무라 오쿠야스가 그 곁에 나란히 서서 멀어졌다.

"다행이네요, 원래대로 돌아와서."

히로세 코이치가 그 말을 남기고 두 사람을 쫓았다. 학생들이 웅성대는 소리가 복도에 울려퍼졌다. 선생님이 누군가를 야단치는 목소리나 여학생들이 자기들끼리 웃는 목소리 등이 떠들썩한 소리 사이로 녹아들어갔다. 교복 차림의 인파 사이로 세 사람은 사라져 더이상 보이지 않았다.

만년필은 원래대로 복원되었다는 것 이외에는 별다른 변화가 없었다. 바깥쪽에 나 있던 잉크의 얼룩을 손수건으로 닦아 가슴 주머니에 꽂았다. 문득 구두에 묻어 있는 누런 타액이 시야에 들어와 그것도 손수건으로 깨끗이 닦았다.

바로 학교를 나설 생각이었지만 마음을 바꿔 교사 3층으로 향했다. 2학년 교실이 늘어서 있는 복도에서 방금 전 구두에 침을 뱉었던 남학생을 발견했다. 남학생은 인기척 없는 계단의 층계참으로 향하고 있었다. 불량 학생들이 허구한 날 숨어 담배를 피우는 장소였다. 학생들의 목소리도 없는 것이, 주변은 조용했다. 층계참에 도착할 무렵 누가 뒤를 밟고 있다는 것을 알아차린 남학생이 돌아보았다. 밀어버려 옅어진 눈썹을 찡그렸다.

'뭐야 너!'라고 고함을 질렀다. 순간 가방으로 얼굴을 가리고 주변을 살폈다. 자신들 이외에 아무도 없었다. 남학생의 목소리가 사라지자, 교사 한구석에 고요함이 돌아왔다.

정면 현관으로 돌아오기 전에 가죽 표지 책을 소환해 기록되어 있는 과거를 읽어보았다. 만년필이 짓밟혀 부러졌을 때의 우직 하는 파괴음이 문자 정보로 변환되어 적혀 있었다.

히가시카타 죠스케가 다가와 만년필의 파편을 내려다보았을 때의 시야도 기록되어 있었다. 히가시카타 죠스케의 팔이 이중으로 보인 것은 기분 탓이 아니었다. 학생복을 걸친 오른팔에서 영혼이 분리되는 것처럼 또하나의 팔이 떠올랐다. 그것은 타쿠마의 손바닥에서 가죽 표지 책이 나타날 때의 광경과 비슷했다. 떠오른 팔은 놀라운 스피드로 이동, 그 주먹이 타쿠마의 손바닥 위에 있는 것들과 살짝 접촉했다. 그러는 것 같더니 바로 다음 순간 다시 죠스케의 팔과 겹쳐져 더이상 보이지 않게 되었다. 보통 눈썰미로는 쫓을 수 없는 속도였다. 책의 기록을 몇 번이고 천천히 다시 읽어보고서야 겨우 알 수 있는 일이었다.

히가시카타 죠스케의 세번째 팔이 뭐였는지, 그 정체는 알 수 없었다. 그러나 만년필이 복원된 건 그것 때문이 아닐까 싶었다. 파편이 복원되던 순간은 시야에 포착이 되지 않아 아쉽게도 책에 기록이 남아 있지 않았다. 히가시카타 죠스케의 손바닥이 숙련된 마술사 같은 교묘한 손놀림으로 타쿠마의 시야를 가렸기 때문이다. 그 손바닥이 파편 위에 포개지고 통과하던 바로 그 순간, 만년필은 원래대로 돌아와 있었다.

그 팔에 대해 확신하는 것이 있었다. 그것은 가죽 표지 책과 마찬가지로 언제든지 불러낼 수 있으며 보통 사람에게는 보이지 않는, 신비한 힘을 지닌 존재가 틀림없다. 자신 이외에 기묘한 능력을 지닌 인간과 만나는 것은 처음 있는 일이었다. 어쩌면 히가시카타 죠스케뿐만 아니라 히로세 코이치나 니지무라 오쿠야스도 같은 능력을 지니고 있는지도 모른다. 그들이 오리카사 하나에의 시신 건으로 몇 가지 정보를 줄 수 있었던 것도, 정보 교환을 하고 있었던 것도 그 때문이 아니었을까?

교사 정면 현관에서 1학년 여학생 무리와 지나쳤다. 그들은 열 명 넘게 복도에서 몰려다녔으며, 다들 하교 준비를 마친 뒤였다. 지금부터 모두 다 함께 노래방에 가자는 이야기라도 하는지 즐거운 분위기가 발산되었다.

그 가운데 후타바 치호의 얼굴이 있었다. 교사 내에서 치호가 눈에 띄거나 지나쳐가거나 할 때가 빈번했다. 치호는 늘 여러 친구들 사이에 둘러싸여 있었으며, 혼자 복도를 걷고 있을 때는 많지 않았다. 나른한 듯이 가방을 붕붕 휘두르며 친구와 웃기도 하고, 까불다가 선생님에게 야단을 맞기도 했다.

여학생 무리 옆을 지나칠 때 후타바 치호가 이쪽을 보았다. 치호는 한 손을 들어 인사했지만 타쿠마는 눈치채지 못한 척 지나쳐버렸다. 그럴 때가 아니었기 때문이다.

교사를 나오자 1월의 차가운 바람이 교복을 입은 몸을 차갑게 식혔다. 더우나 추위는 잘 참는 편이었기에 신경은 쓰이지 않았다. 교문을 향해 걷고 있으니 뒤에서 다가오는 인기척이 났다. 구두 뒷굽이 바닥에 닿을 때 나는 소리로 치호임을 알 수 있었다.

"남아 있었네요? 이런 시간까지 교내에 있었다니."

치호가 따라와 곁에 나란히 섰다. 평소처럼 심플한 하얀색 머플러를 입가까지 두르고 있었다. 두꺼운 장갑을 낀 손에는 가방을 들고 있었다.

"그러는 넌 뭐하고 있었어? 이미 돌아갔을 법한 시간인데."

"반에서 친구들이랑 얘기하느라 시간 가는 줄도 몰랐지 뭐예요. 31일 밤에 했던 홍백가합전* 얘기라든가, 겨울 방학 숙제 좀 베끼게 빌려달라는 얘기라든가."

"거 지루했겠어."

"아뇨. 얘기 실컷 해서 속이 시원한데요."

"너도 참 착실하다니까."

치호는 연신 뒤를 돌아보았다. 친구들이 교사에서 나와 목격할까봐 신경쓰는 것인지도 모르겠다.

"선배는 뭐하고 있었어요?"

"청소. 더러운 쓰레기 좀 치우고 있었어."

교문을 나오던 순간, 구급차가 사이렌을 울리며 교사 현관 앞에 멈춰 섰다. 치호가 돌아보며 말했다.

"무슨 일일까요……?"

"어디 쓰러져 있는 녀석이라도 발견됐나보지. 불량 학생들이 늘 숨어서 담배를 피운다던 계단 층계참 같은 데서."

한동안 병원에서 퇴원할 수 없을 것이다. 녀석이 누구에게 어떤 짓을 당했는지 설명할 수 있는 방도는 결코 없었다. 왜냐하면 녀석은 상대의 얼굴을 보지도 못했을 뿐더러, 실제로 어떻게 다쳤는지도 애당초 이해할 수 없을 테니까.

---

* 홍백가합전: 매년 12월 31일 밤에 NHK에서 방송하는 가요 프로그램.

수업을 받으며 흰 고양이를 떠올렸다. 오리카사 하나에가 키우던 트리니타라는 이름의 수고양이였다. 키시베 로한의 작업실에서 기억을 확인한 뒤 몰래 경찰서에 되돌려놓았다.

옷을 여러 겹 껴입고 있는 나이 지긋한 선생님이 나를 향해 '딴 데 보지 마라'라고 말했다. 칠판에는 하얀 분필로 영어 문장이 적혀 있었다. 선택 과목 수업이었던 터라 여러 반 학생들이 한데 모여 있었다. 그들은 졸린 얼굴로 교과서를 팔랑팔랑 넘기고 있었다. 그 손놀림을 보고 있자니 트리니타의 기억을 읽던 키시베 로한의 모습이 되살아났다.

'헤븐즈 도어(천국의 문)'. 키시베 로한은 자신의 '스탠드'에 그런 이름을 붙였다. 트리니타의 몸을 펼쳐보니 그 몸에 적혀 있던 문자는 고양이 자신이 보고 들은 기억이었다. '헤븐즈 도어'는 기억이라는 애매한 정보를 문자열로 변환한다. 고양이 자신이 '털실'이나 '교복'이라는 말을 알고 있었던 것은 아니다. 키시베 로한이 알고 있었기 때문에 그런 말이 고양이의 몸에 적혀 있었던 것이다. 그렇다면 키시베 로한이 이탈리아어로 사고하고 있었다면 고양이의 기억도 이탈리아어로 적혀 있었을까?

말과 기억이라는 것은 불가사의한 관계로 서로 얽혀 있는 모양이다. 예를 들면 '야옹—'이라는 문자를 눈으로 보면 머릿속으로 고양이의 이미지를 떠올리게 된다. '디요~옹'이라는 문자를 보면 무언가 말랑말랑한 것이 연상된다. 분명 문자 기호가 우리의 기억을 되살리는 것이다.

선생님이 급우에게 영어 교과서를 읽게 했다. 자신이 걸리지 않아 안도했다. 밖은 여전히 추워 보이는 날씨로, 잿빛 구름이 하늘 가득 끼어 있었다. 운동장에서 체육 수업중인 학생들은 정말 추워 보였다. 그러나 교실은 꽤 따뜻했다. 옷을 여러 겹 껴입고 있는 선생님은 어느샌가 상의를 교탁에 벗어두었다. 이마의 땀을 닦으며 창가에 설치되어 있는 히터를 만졌다. 아무래도 온도를 낮출 생각 같았다.

나는 어떤 실험을 떠올렸다. 사람에게 최면술을 걸어 '지금 당신의 손등을 담뱃불로 지지고 있다'고 믿어 의심치 않게 한다. 물론 사실은 그렇지 않다. 그러나 피험자는 땀을 흘리며 뜨거워 한다. 손등에는 화상으로 인한 물집마저 생긴다. 마음으로 믿어 의심치 않으면 그것이 육체에도 영향을 미친다는 것이다. 주술사가 부적에 문자를 써넣는 것도 그런 효과를 노리는 것인지도 모른다. 문자라는 기호를 사람이 본다. 그것이 대응하는 이미지가 뇌리에서 떠오르고, 심리적으로 혹은 육체적으로 모종의 효과가 발생한다. 그럼으로써 사람을 저주하거나 무언가를 치유할 수 있는 게 분명하다.

몇 번이고 히터의 온도 조절 기능을 조작하던 선생님이 땀을 흘리며 고개를 갸웃거렸다. 히터를 꺼도 교실의 온도가 전혀 떨어지지 않아 기묘하게 여기는 모양이었다. 급우들도 더운 것 같았다. 개중에는 책받침을 부치기 시작하는 사람도 있었다. 교실 온도는 더욱더 상승해갔다. 이글이글, 한여름의 오후처럼. 태양의 열기로 아지랑이가 피어오르는 아스팔트처럼. 천천히, 그러나 확실히. '이글이글'. 예컨대 만화 중 한 컷에 그런 효과음이 적혀 있다면 독자는 머릿속으로 여름의 열기를 떠올리게 될 것이다. 그 문자는 태양의 열기를 떠올리게 한다. 마침내 남학생 중 하나가 일어나 창문에 손을 댔다. 차가운 바깥 공기를 안으로 들어오게 하려는 모양이었다. 그러나 자물쇠를 열려던 그 남학생은 비명을 질렀다.

"뭐야 이게!"

모든 창문의 자물쇠에 머리카락이 얽혀 있었다. 무수한 긴 흑발이었다. 남학생은 그것을 떼어내려 했지만 마치 어떤 원념이라도 서려 있는 듯 풀리지 않았다. 공중을 떠돌던 머리카락이 우연히 얽혔다, 그런 것은 물론 있을 수 없는 일이었다. 나는 야마기시 유카코라는 여학생을 돌아보았다. 유카코는 급우들이 웅성대는 소리를 무시한 채 교과서를 들여다보고 있었다.

사자 같은 육식동물을 연상케 하는 미인이었다. 빡빡한 성격 탓에 모두에게는 두려움의 대상이었다. 유카코는 자랑스럽게 여기는 검은 머리카락을 쓸어올리며 표정 하나 바꾸지 않고 앉아 있었다.

히터를 끈 한겨울의 교실인데도 '이글이글' 온도는 계속 상승해 마침내 8월과 맞먹는 더위가 되었다. 모두들 불가사의하다고 여기면서도 어쩔 수 없이 교복 상의를 벗어 의자에 걸쳤다. 긴팔 셔츠를 입고 있던 사람은 소매를 걷어붙였다. 운동복을 껴입고 있던 사람은 벗어서 티셔츠 바람이 되었다. 각자 반팔 차림으로 팔을 노출했다. 그것을 보고 나는 비로소 안도했다. 어느 급우의 팔에도 붉은 손톱자국 같은 것은 보이지 않았기 때문이다.

'에코즈'. 그것이 나의 '스탠드'의 이름이다. 염원하는 것만으로 꼬리를 지닌 그 녀석이 내 등뒤에서 나타난다. 도마뱀과 닮았지만 가끔씩 두 발로도 걷고, 작은 인간형이 될 때도 있다. 녀석은 둥실둥실 떠서 교실 안을 맴돌았지만, 급우나 선생님이 알아차린 낌새는 없었다. '스탠드'를 볼 수 있는 것은 '스탠드유저' 뿐이라는 법칙이 있기 때문이다.

나는 '에코즈'에게 명령을 보냈다. 꼬리를 지닌 그 녀석이 바닥에 착지해 '이글이글'이라는 문자를 떼어냈다. 문자를 뭉쳐

점토처럼 반죽해 덩어리로 만들어 꼬리 끝에 붙였다. 문자가 사라져버리는 것과 동시에 교실은 겨울의 추위를 되찾았다.

급우들은 이상하다는 듯한 표정을 지으며 또다시 상의를 입었다.

"방금 전엔 고마워."

수업이 끝난 뒤 유카코 자리로 다가가 말을 걸었다. 유카코는 부끄러워하는 듯한 얼굴로 말했다.

"아니야. 코이치한테 도움이 될 수 있어서 기뻤어."

그때, 복도로 달려나가려던 남학생의 어깨에 기세 좋게 부딪쳐 나는 자빠질 뻔했다. 남학생은 '미안'이라고 가볍게 사과한 뒤 가던 길을 서두르려 했지만, 몇 발짝인가 가다가 갑자기 자빠지더니 바닥에 엎어져버렸다. 자세히 보지 않으면 알 수 없었지만 남학생의 발목에 머리카락이 얽혀 있었다. 조를 듯이 목에도 휘감겨 있어 남학생은 괴로운 듯이 헐떡였다. 유카코가 벌레를 보는 듯한 눈초리로 남학생을 돌아보더니 흥! 하고 코웃음 쳤다.

"유카코!"

이름을 부르자 남학생에게 휘감겨 있던 머리카락이 힘이 빠진 듯 바닥으로 떨어졌다. 유카코는 딱히 주눅든 기색도 없이 말했다.

"맞아, 죽여버릴 거면 사람이 없는 데가 낫겠지?"

2000년 1월 11일, 화요일. 나와 오쿠야스, 죠스케는 교내에서 팔에 붉은 손톱자국이 있는 남학생을 찾고 있었다. 오리카사 하나에를 살해한 것으로 추정되는 그 소년은 교복을 입었던 것으로 미루어 중학생이나 고교생 같았다. 우리 학교를 다닐 가능성도 있기 때문에 우리는 각자의 방식으로 남학생들의 팔을 확인하고 다녔다.

점심시간까지도 범인으로 추정되는 학생은 찾을 수 없었지만, 그 또한 어쩔 수 없는 일이었다. 중등부와 고등부를 합쳐 남학생은 천 명도 넘었다. 하루아침에 손톱자국이 나 있는 남학생을 찾아낼 수 있으리라는 생각은 들지 않았다. 분명 며칠은 걸리는 작업이었다. 그러나 그 소년이 우리와 같은 '스탠드' 능력을 지녔다면 언젠가 우리와 만나게 될 것이 분명했다. 왜냐하면 '스탠드유저는 스탠드유저끼리 끌어당긴다'는 법칙이 있기 때문이다. 행성끼리 서로 인력引力으로 끌어당기는 것처럼 조만간 우리는 원하지 않아도 손톱자국이 나 있는 소년과 만날 거라는 확신이 있었다.

그런데 손톱자국의 소년은 바로 그날 발견되었다.

4

서점 입구는 유리문이라 안에서도 밖을 지나는 사람의 얼굴을 확인할 수 있었다. 치호는 입구와 가까운 곳에 서서 잡지를 읽으며 때때로 시선을 밖으로 돌렸다. 귀가중인 학생들이 추운 듯 어깨를 움츠린 채 역을 향해 걷고 있었다. 아침부터 내내 흐린 하늘에, 태양은 고개 한번 내밀지도 못한 채 하루가 끝나려 하고 있었다. 휴대폰의 시간을 확인해보니 슬슬 하스미 선배가 올 시간이었다. 선배는 교실에 남아 있지 않고 수업이 끝나기가 무섭게 달아나듯 학교를 나섰다. 때문에 몇시에 어디를 지나갈지 예측하기는 간단했다.

소설과 관련하여 물어볼 것이 있었다. 자신도 소설을 써볼까 하고 결심한 지 2년이 지났다. 그동안 하루에도 몇 번씩 소설이라는 것이 대체 무엇일까 하는 의구심이 들어 망연자실한 심정이 되곤 했다. 보통 작가를 꿈꾸는 사람은 그런 생각 없이 정열이 이끄는 대로 이야기를 자아내지는 않을까? 그러나 애당초 이야기라는 것이 대체 무엇일까?

고교에 입학한 이래로 친한 친구가 여럿 생겼다. 그 대다수는 여자였지만 같은 반 남자들과도 그럭저럭 이야기를 나누었다. 다 같이 학생식당에서 점심을 먹기도 하고 동아리 활동을 구경하러 가기도 했다. 그러나 자신이 소설을 쓰고 있다고 털어놓은 상대는 없었다. 취미가 뭐냐는 질문에 '독서'는 몰라도 '집필'이라고 대답하면 분위기가 이상해질까 염려스러웠다. 자신이 소설을 쓰고 있다고 털어놓은 상대는 가족과 S시 여고에 다니는 친구, 그리고 하스미 선배뿐이었다. 소설이라는 것에 대해 누군가에게 의견을 구하자면 선배가 적임자일 것 같았다.

유리 너머로 문제의 익숙한 옆얼굴이 보였다. 예리한 눈매에, 살짝 어두운 구석이 있는 옆얼굴이었다. 잡지를 덮고 진열대에 되돌려놓았다. 서점을 나와 얼어붙을 듯한 추위를 참으며 잰걸음으로 여러 명을 추월했다. 혼자 걷고 있는 검은 교복의 등뒤로 다가갔다. 하스미 선배의 등은 인파 속에서도 알아볼 수 있었다. 근육이 일절 붙어 있지 않은 것이 호리호리하다든가 말랐다든가 하는 식으로 형용할 단계를 넘어, 문자 그대로 빈약하다는 인상이었다.

옆에 나란히 서서 가볍게 인사를 해도 선배는 미소 한번 짓지 않았다. 곁눈질로 힐끗 확인할 뿐, 그것으로 끝이었다. 보통 늘 이런 식이었다. 걸으며 소설에 대해 어떻게 생각하는지 물어보자 하스미 선배는 영구동토보다도 차가운 목소리로 말했다.

"그런 걸로 고민된다면 안 쓰는 게 나을 텐데."

"선배라면 무슨 재밌는 발상이 있지 않을까 기대했는데요."

"왜 그렇게 생각하는데?"

"온갖 책의 내용이 머릿속에 축적되어 있잖아요."

그 때문인지 아닌지는 알 수 없었지만 하스미 선배의 주변에는 오래된 책의 냄새가 감돌았다. 그 곁에서 눈을 감으면 옆에 있는 것이 인간이 아니라 층층이 쌓여 있는 책의 페이지라는 생각마저 들 지경이었다.

"내가 기억하는 건 수만 권의 책, 그 자체의 모든 페이지에 나열되어 있는 문자의 순서에 불과해. 그건 어디까지나 책일 뿐, 소설과는 다른 거야."

"그야 뭐 책과 소설은 다를지도 모르지만……."

"몸과 마음만큼 동떨어져 있는 거야."

하스미 선배의 기억력은 책의 페이지를 스캔한 데이터와 유사한 듯했다. 방대한 영상이 머릿속에 들어 있어 하스미 선배는 언제든지 그것을 꺼내 볼 수 있다고 했다. 데이터를 소유하고 있을 뿐, 데이터의 내용과 그 의미까지는 제대로 읽어보지 않고서는 알 수 없다는 것이었다. 자신은 단연 종이로 되어 있는 책이 더 낫다고 여기기에 그 기억을 이용해 독서하는 것이 재미있는지 아닌지는 잘 모르겠지만, 일단 긴 여행길의 열차 안에서 시간을 보내기에는 괜찮을 것 같았다.

"하지만 만약 인류 사상 궁극의 소설이 있다면……."

하스미 선배가 말했다. 몸집은 빈약했지만 키는 큰 편이었다. 치호의 눈높이에는 검은 교복을 걸친 하스미 선배의 너무나도 가느다란 위팔이 있었다.

"……그 소설로 사람을 죽일 수 있을지도 몰라."

이윽고 전방에 모리오 역의 둥근 지붕이 보였다. 마을 재개발 당시 재건축된 서양식 역사였다. 역 앞에는 버스 로터리가 있었으며, 중심 광장에는 원형 연못이 조성되어 있었다. 그 연못에 거북이 산다는 것은 모리오초에 와본 적이 있는 사람이라면 누구나 알고 있었다.

로터리를 똑바로 가로질러 연못 바로 옆을 지나치려 하던 순간이었다. 뒤에서 목소리가 들려와 두 사람은 동시에 멈춰 섰다.

"저기요, 잠깐만 좀, 죄송한데요. 손목시계, 혹시 갖고 계시면 시간 좀 여쭤봐도 될까요? 다음 버스 시간이 몇 분 남았는지 궁금해서……."

돌아보자 키가 큰 남학생이 서 있었다. 1학년 중에서도 유독 눈에 띄었기 때문에 얼굴과 이름 정도는 알고 있었다. 장신에 반듯한 이목구비였다. 특히 그 파괴적 헤어스타일은 한번 보면 며칠이 지나도 잊을 수 없는 것이, 심지어 꿈에도 나와 가위에 눌릴 정도였다.

"잠깐 그 손목시계 좀 보여주실 수 없을까요?"

히가시카타 죠스케는 하스미 선배의 손목을 보고 있었다.

치호는 긴장했다. 초등학생 때 위험한 상황에 처했던 이후로 불량스러운 차림을 한 사람은 영 껄끄러웠다. 히가시카타 죠스케는 헐렁한 교복 바지에 가방도 납작한 것이, 이런 것이 불량 학생이 아니면 과연 누가 불량 학생일 것인가 싶은 외모였다.

"손목시계 좀 보여달라네요."

치호가 선배를 팔꿈치로 찔렀다. 하스미 선배는 팔에 은색 손목시계를 차고 있었다.

"알아."

선배는 여전히 미소 하나 없이 고개를 끄덕였다. 히가시카타 죠스케에게 가느다란 팔을 내밀고 손목시계를 보여주려나 싶었지만 아니었다. 하스미 선배는 역 쪽을 가리켰다.

"역에 시계가 설치되어 있을 텐데. 그걸 보면 되지 않나?"

몹시 쌀쌀맞은 어조였다.

선배! 핏기가 가셨다. 선배의 얼굴과 불량 학생의 얼굴을 번갈아 보았다.

"저기 저 시계요……?"

히가시카타 죠스케는 곤란하다는 듯한 얼굴로 역을 돌아보았다. 그때 비로소 치호는 눈치챘다. 역사의 벽면에 설치되어 있던 시계는 망가져 있었다. 긴 바늘은 꺾여 구부러졌고, 짧은 바늘은 어디론가 사라져 있었다. 둥근 문자판에 바위에 부딪힌 것 같은 구멍이 나 있었다.

"이상한걸. 오늘 아침에 봤을 때는 분명 멀쩡히 움직였는 데……."

하스미 선배도 막 그것을 눈치챈 모양이었다.

"누가 망가뜨렸나본데요. 그래서 시간을 알 수가 없어서 말이죠."

히가시카타 죠스케가 연못가에 걸터앉았다. 로터리 중앙에 있는 원형 연못의 가장자리는 콘크리트로 되어 있었다. 히가시카타 죠스케는 대수롭잖게 지면에 떨어져 있던 클립을 손가락으로 집어들었다. 가느다란 바늘을 구부린 것처럼 생긴 클립이었다. 히가시카타 죠스케는 양손으로 그것을 막대처럼 곧게 펴서 놀기 시작했다. 히가시카타 죠스케가 무섭게 느껴졌다.

"선배, 얼른, 손목시계래요."

히가시카타 죠스케와 관련된 무서운 소문을 선배는 들은 적 없는 걸까? 히가시카타 죠스케로 말할 것 같으면 위험하기 짝이 없는 인물이라고 친구가 말했다. 1학년인 히가시카타 죠스케에 게 3학년 불량 학생조차 결코 접근하지 않는다는 것이었다.

별수없다는 얼굴로 하스미 선배는 손목시계를 보았다. 몇 시 몇 분인지를 가르쳐줄 생각이 든 모양이었다. 그러나 말로 시간

을 가르쳐주기에 앞서 히가시카타 죠스케가 다가와 넉살 좋게
도 선배에게 머리를 불쑥 들이밀더니, 손목시계를 차고 있는 손
목을 함께 들여다보았다.

"고맙습니다, 선배."

"……뭘. 네게는 만년필 건으로 신세를 진 것도 있으니까."

하스미 선배는 감정을 좀처럼 알 수 없는 차가운 시선을 히가
시카타 죠스케에게 보냈다.

히가시카타 죠스케는 선배의 얼굴을 보고 다시 가슴 주머니
에서 삐져나와 있는 만년필의 머리 부분을 보더니 얼굴에 미소
를 띠었다. 생각났다, 라는 얼굴이었다. 아무래도 두 사람은 첫
대면이 아닌 모양이었다.

"그때는 대체 어떤 마술을 부린 거지?"

"얘기해드렸을 텐데요. 원래대로 돌아오는 소재라고."

"뭐, 아무렴 어때."

하스미 선배가 손목을 빼려 하자 히가시카타 죠스케가 황급
히 손목을 움켜쥐었다.

"잠깐만요. 눈에 뭐가 들어가는 바람에 제대로 못 봤거든요."

손목시계는 상의 소매 안쪽에 숨어 있었다. 히가시카타 죠스
케는 한 손으로 손목을 쥐고 다른 손으로 소매를 걷으려 했다.
시계를 잘 보기 위한 동작이 분명했지만 어쩐지 고의로 그러는

것처럼 부자연스러워 보였다. 소매를 걷자 선배의 하얀 피부가 보이기 시작했다. 선배는 결코 상의를 벗지 않았기 때문에 손목 위쪽의 살을 치호는 본 적이 없었다. 그러나 하스미 선배는 손목이 드러나기 전 히가시카타 죠스케의 손을 움켜쥐고 움직임을 제지했다.

"남의 교복 그렇게 만져대지 마."

하스미 선배가 히가시카타 죠스케의 손을 뿌리쳤다. 치호는 말하고 싶었다. '좀더 살살!' 그러나 목소리는 나오지 않았다. 화나게 해버린 것이 아닐까 하는 생각에 쭈뼛쭈뼛 얼굴을 살펴보자 히가시카타 죠스케는 화를 내기는커녕 어쩔 줄 몰라 하는 표정으로 당황하고 있었다.

"아니, 전 그냥, 시계만 좀 보려고……"

"네가 화장실에서 볼일 보고 손을 씻었다는 보장은 없잖아."

히가시카타 죠스케는 상처받았다는 듯한 표정을 지었다.

"씻었는데요. 믿어주세요. 신에게 맹세코."

예리하고 사나운 얼굴과 헤어스타일, 외모 때문에 히가시카타 죠스케에게는 어딘가 보통 사람과 다른 초연한 인상이 있었다. 그러나 새삼스럽게 바로 곁에서 보고 있으니 표정이 휙휙 바뀌는 것이 의외로 재미있었다. 늘 무뚝뚝한 하스미 선배와는 정반대 같다는 생각이 들었다.

"뭐, 아무렴 어때. 지금 시각은 16시 40분이야. 버스, 얼른 왔으면 좋겠군."

하스미 선배는 시간을 알려주더니 치호를 돌아보았다.

"가자."

그 순간, 딸깍 하는 소리가 들렸다. 선배의 손목시계 끈이 멋대로 풀리는 소리였다. 손목시계는 손목에서 스르르 떨어지더니 은빛 궤적을 남기며 똑바로 낙하했다.

자신들 바로 옆에는 원형 연못이 있었다. 손목시계는 콘크리트로 되어 있는 연못가에 부딪히더니 마치 돌을 던진 것 같은 소리와 함께 연못에 빠지고 말았다. 충격에 수면이 일렁이고, 떠 있던 작은 얼음 파편들이 서로를 튕겨냈다. 이곳에 살고 있다는 거북의 모습은 보이지 않았다. 분명 겨울잠이라도 자고 있던 것이겠지. 손목시계가 연못 바닥에 가라앉아 작은 거품이 일었다.

이렇게 추운데 연못의 수면이 얼어 있지 않다니. 만에 하나 어제나 그저께처럼 얼음이 얼어 있었다면 손목시계는 물속으로 가라앉지 않았을 것이다. 치호로서는 마치 사람에게 불행을 초래하는 악마가 미리 얼음을 깨버린 것 같다는 생각밖에 들지 않았다.

"큰일이네요."

히가시카타 죠스케가 연못 안을 들여다보았다.

"하지만 괜찮을걸요. 요즘 손목시계는 방수가 되는 것도 많고, 만에 하나 고장났다고 해도 제가 고쳐드릴 테니까. 저, 망가진 기계 같은 거 수리하는 게 특기거든요."

하스미 선배가 그 이야기를 듣고 있는지 여부는 알 수 없었다. 하스미 선배는 허리를 구부려 지면에 떨어져 있던 작은 물체를 집어들었다. 선배가 주운 것은 방금 전 히가시카타 죠스케의 수중에 있던 클립이었다. 그러나 분명 히가시카타 죠스케가 막대처럼 곧게 펴 가지고 놀던 클립은 원래대로 돌아와 있었다.

"히가시카타 죠스케, 라고 했지?"

하스미 선배는 히가시카타 죠스케를 정면으로 바라보았다.

"워낙 유명인이라 나도 알고 있어. 이것 또한 마술 중 하나인가? 원래대로 돌아오는 힘을 이용해 손목시계의 물림쇠를 뺀 거 아냐? 예를 들면 막대처럼 곧게 편 클립을 물림쇠의 틈새에 꽂아뒀다든가."

"뭔 말씀인지 이해가 안 되는데요. 그거, 아까 제가 갖고 있던 거랑은 다른 클립 아닌가요? 그보다 얼른 손목시계를 연못에서 꺼내시지 그래요? 마음 같아서는 제가 대신 꺼내드리고 싶지만 이 연못에는 거북이 있거든요. 지금은 겨울잠을 자고 있지만 그런 게 있는 물속에 손을 넣는 건 무서워서 못 하겠거든요."

히가시카타 죠스케는 면목이 없다는 듯한 표정으로 연못을 들여다보았다. 한순간 곁눈질로 힐끔 선배 쪽을 보았다. 그 시선은 무언가를 관찰하고 있는 듯했다. 손목시계를 보여주려 하지 않는 하스미 선배도 이상했지만, 이 히가시카타 죠스케라는 동갑내기 고교생도 영 수상했다.

"자, 그럼 선배, 꺼내시죠. 손 시린 건 한순간이라니까요."

하스미 선배는 말없이 연못 바닥을 내려다볼 뿐, 손목시계를 주울 낌새가 없었다. 히가시카타 죠스케가 막 생각났다는 듯한 얼굴로 말했다.

"아, 맞다. 혹시나 싶어서 충고해드리는 건데요, 팔은 걷으시는 게 좋을걸요. 소매가 물에 젖지 않게."

하스미 선배는 히가시카타 죠스케를 노려보았다. 아니, 선배의 눈은 원래 보통 사람보다 날카롭게 생겨서 사실은 그냥 바라본 것뿐인데도 마치 노려보는 것 같았다.

"너, 재미있는 녀석인걸."

한순간 긴장된 공기가 감돌고 분위기가 험악하게 변해갔다.

"……어쩐지 낌새가 이상하다 싶었는데 말이야. 이거 진짜 정답이었나보군. 선배, 이름이 어떻게 되는지 가르쳐주시지."

히가시카타 죠스케에게서 갑자기 정중한 태도가 사라졌다. 치호는 히가시카타 죠스케의 낮게 깔린 목소리에 위축되었다.

하지만 선배는 동요의 낌새가 없었다.

"아니, 자기소개를 할 필요가 대체 어디 있지? 우리는 시간을 물어보는 사람과 그 질문을 받는 사람, 단지 그뿐인 사이 아니었나? 아니면 넌 길에서 남에게 시간을 물어볼 때마다 이름까지 물어보고 그러나?"

"팔 좀 보여주시지. 허락이 없어도 강제로 확인해볼 수 있는데 말이야."

"왜 팔 같은 걸 보고 싶어하는 거지?"

"시치미도 정도껏 떼시지. 내가 말이야, 지금까지 대체 몇 명한테 물어보고 다녔는지 알기나 해? 그쪽은 팔을 걷기를 망설이고 있어. 왜냐하면 발각되지 않았으면 하는 게 팔의 피부에 있으니까. 그걸 숨기는 걸 보니까 말이야, 우리가 찾고 있다는 걸 그쪽은 눈치채고 있었던 것 같은데?"

"무슨 소리 하는 건지 통 모르겠는걸. 하지만 넌 정말 재미있는 녀석 같아."

오늘 처음으로 구름 사이로 태양이 고개를 내밀자 역 앞 넓은 공간은 빛으로 가득찼다. 치호는 눈이 부셔 눈을 가늘게 떴다. 서쪽으로 기운 태양은 붉은빛으로 모리오초를 물들였다. 치호는 꿀꺽 숨을 삼키고 가만히 있는 것 말고는 달리 할 수 있는 게 없었다. 이윽고 하스미 선배가 입을 열었다.

"치호, 아까 소설에 대해 물어봤었지?"

선배가 말했다. 여전히 히가시카타 죠스케를 노려보면서.

"내 생각에 소설이라는 건 무수한 문자의 나열로 이루어져 있는 무언가야. 문자라는 기호가 연속되어 단어가 성립되고, 단어가 연속되어 문장, 나아가 문장이 연속되어 소설을 이루는 거지. DNA 염기서열처럼 문자가 하나의 가닥을 이룬 무언가. 그것이 소설이라고 난 생각해."

그렇게 말하더니 선배는 소매를 걷지 않고 물속에 손을 집어넣었다. 손목시계를 집어든 선배의 팔은 교복 소매가 흠뻑 젖어버리는 바람에 다량의 물이 뚝뚝 흘러내렸다.

"아마 작가가 하는 일은 실을 짜 융단을 만드는 것과도 같을 거야. 문자열이라는 긴 실로 짜이는 그 도형은 단순한 시각적 이미지에 불과한 게 아니라 모종의 가치관이기도, 언어화가 불가능한 감정이기도 하겠지."

히가시카타 죠스케가 선배의 젖은 소매를 내려다보았다.

"인정했겠다?"

확신 어린 목소리로 히가시카타 죠스케가 말한 순간, 구두 소리가 들려왔다.

장신의 남학생이 역사 쪽에서 달려왔다. 늘 히가시카타 죠스케와 함께 행동하는 니지무라 오쿠야스라는 학생이었다. 니지

무라 오쿠야스 역시 학교에서 유명한 불량 학생이었다. 히가시
카타 죠스케는 여자들이 좋아하는 얼굴이었지만 니지무라 오쿠
야스는 꼭 미친개처럼 생긴, 언뜻 봐도 무서운 분위기의 사람이
었다. 그것도 그냥 미친개가 아니었다. 견종으로 말할 것 같으
면 도사견이었다.

"죠스케!"

니지무라 오쿠야스가 외쳤다. 히가시카타 죠스케는 선배에게
주의를 기울인 채 니지무라 오쿠야스에게 외쳤다.

"오쿠야스! 찾았어!"

자세한 내막은 알 수 없었지만 선배를 발견했다고 알리는 모
양이었다. 히가시카타 죠스케와 니지무라 오쿠야스, 두 불량 학
생의 시선이 하스미 선배를 향하고 있었다. 그러나 선배는 이
사태를 마음에 두지 않았다. 마치 두 사람 따위는 존재하지 않
는다는 듯이 치호를 돌아보았다.

"느껴본 적 없어, 이야기의 힘을? 한 가닥의 긴 문자열이 크
게 일렁여 마음을 휘어잡고 머나먼 곳으로 데려가주는 걸? 진
정으로 힘있는 소설을 읽으면 이야기의 등장인물이 실제로 존
재하는 듯한 느낌이 들지. 등장인물의 괴로움이나 기쁨이 자신
의 괴로움이나 기쁨으로 다가오고, 등장인물의 감정 고조에 자
신의 마음이 동조해. 등장인물이 상처를 입거나 친구에게 배신

당하거나 하면 읽고 있는 쪽 역시 육체적인 고통을 느끼게 되고. 그것이 '감정이입'이지. 주술사가 부적에 문자를 적어 상대의 육체에까지 암시를 거는 것과 닮았어. 작가는 '감정이입'으로 사람을 죽이는 법이야."

선배는 혼자 읊조리며 주머니에서 손수건을 꺼내 방금 전까지 물속에 잠겨 있던 손목시계를 닦기 시작했다. 문제는 다 해결되었고 이제 돌아가기만 하면 된다고 하는 듯한, 여유로운 태도였다.

"아직 팔을 확인해본 건 아니지만 이 자식이 틀림없어."

히가시카타 죠스케가 말했다. 니지무라 오쿠야스는 곤혹스러워하는 원숭이처럼 얼굴을 긁고 있었다.

"그래, 아마 이 자식 팔에도 있겠지. 하지만 말이야, 그럼 다섯 명째라고. 이미 교내에서 네 명이나 나왔어. 운동부 탈의실을 들여다봤더니, 한두 명이 아니더라고. 그 자식들 모두의 팔에 똑같은 형태의 붉은 선이 있었어. 모두 숫자도 일치해. 그런 자식들이 학교에 아직 수두룩할 거야. 잠깐 찾아본 것만으로도 네 명이나 나왔으니까 말이야."

"……모두의 팔에 나 있다고, 붉은 손톱자국이?"

니지무라 오쿠야스는 고개를 끄덕였다.

"무슨 소리 하는 건지 모르겠지만 이만 가봐도 될까?"

하스미 선배가 말을 걸어도 그들은 대답이 없었다. 니지무라 오쿠야스가 히가시카타 죠스케의 팔을 쿡 찔렀다. 학교로 돌아가자, 그런 신호 같았다. 히가시카타 죠스케는 혀를 차고 선배를 마지막으로 잠깐 돌아보더니 니지무라 오쿠야스와 함께 학교 쪽으로 달려갔다.

연못 바로 옆에 선배와 단둘이 남은 치호는 여전히 뭐가 어떻게 된 것인지 영문은 알 수 없었지만 그래도 가슴을 쓸어내렸다. 평소 자신의 행실이 올발랐던 덕분에 무사했던 게 틀림없다. 서른 넘은 사람이라면 '정어리 대가리도 믿기 나름'*이라고 말하겠지만.

"선배, 알아요? 방금 걘 히가시카타 죠스케라는 1학년이에요. 바로 눈앞에서 보니 역시 엄청나죠? 그, 뭐라고 해야 하나, 꼭 이탈리아를 머리 위에 얹고 다니는 듯한……."

"본인 앞에서는 얘기하지 마. 머리 갖고 비웃는다고 생각할 테니까."

소매에서 물이 뚝뚝 떨어지는 하스미 선배가 손끝으로 손목시계의 표면을 두드리며 중얼거렸다.

"망가져버렸군."

그곳에 계속 있어봤자 뾰족한 수가 없기에 다시 걷기 시작했다. 상점가를 지나가며 방금 전 그 사건에 대해 이야기했다. 히가시카타 죠스케는 버스를 탈 것이라고 해놓고 어째서 학교로 돌아간 것일까? 어째서 갑자기 선배를 노려보며 시비조로 나왔던 것일까? 의문이 끊이지 않았다.

---

* 하찮은 것도 믿으면 존귀하다는 의미를 지닌 일본의 관용어.

"내버려둬. 분명 맛이 좀 간 거야."

"선배도 좀 이상하지 않았어요?"

선배는 대답하지 않았다. '가시나무관'에서 처음 알게 된 지 벌써 9개월이 지났다. 3학기가 끝날 무렵이면 딱 1년이 된다. 이 정도 시간이 흘렀는데도 선배에 대해서는 알 수 없는 것으로 가득했다. 그러나 방금 그 대화중에 선배는 마음에 걸리는 말을 했다.

'네가 화장실에서 볼일 보고 손을 씻었다는 보장은 없잖아.'

손을 건드리려 하던 히가시카타 죠스케를 향해 선배가 한 말이었다. 확실히 초등학생 때 자신을 구해준 소년도 비슷한 말을 했다.

'걔한테서 그 더러운 손 치우라고. 어차피 화장실에서 볼일 보고 씻지도 않았지?'

비슷한 표현을 썼다는 이유로 두 사람을 하나로 엮는다면 성급한 짓일까? 잠시 생각하다 남자라면 누구든지 이런 표현을 입에 달고 다니는지도 모를 일이라고 넘겼다.

"그러고 보니 그 의문사 사건에 대해서는 아직도 조사중이야?"

상점가의 빵집 앞에 멈춰 서서 하스미 선배가 물었다. 저녁 해는 이미 지평선 너머로 사라져버려 주변은 어두컴컴했다. 코트를 걸친 사람들이 여럿 오가는 가운데 가게의 음악과 혼잡음에 주변은 시끌벅적했다. 치호는 고개를 가로저었다.

"기묘한 소문이라면 그밖에도 얼마든지 있으니까요. 예를 들면 신음 소리를 내는 바위에 관한 소문이라든가. 지도에 없는 길에 관한 소문이라든가."

"의문사 사건보다는 재미가 있을 듯한 소재군. 이 마을에는 기묘한 명소가 참 많기도 하지."

빵집에서 늘 먹는 도넛을 샀다. 고리 형태라는 모양은 무척 철학적이었다. 히가시카타 죠스케의 헤어스타일과는 정반대로 여성적인 형태라는 생각과 함께 도넛을 베어 물었다. 중간에 세 갈래 길에서 선배와 헤어져 치호는 집으로 돌아갔다.

거실 소파에 앉자 아버지가 따뜻한 커피를 끓여주셨다.

'오리카사 하나에'.

그렇게 인쇄된 신문 기사에 대해 생각했다.

오려 낸 기사는 아직 집에 스크랩되어 있었다.

계속 아무것도 모르는 척했다.

저쪽이 아무것도 말해주지 않는 한 이쪽도 아무것도 말하지 않으려 했다.

그러나 치호는 몇 가지 사실을 눈치채고 있었다.

하스미 선배가 오리카사 하나에 사건에 집착하는 것도 알고 있었다.

평소에는 신경쓰지 않는 척하지만, 그 이름을 꺼내면 하스미 선배의 마음은 틀림없이 동요했다.

그러나 말하지 않았다. 현재의 이 관계를 유지하고 싶었다.

5

콘크리트 벽에 튀어나온 돌로 흠집을 냈다. 이걸로 일곱 줄째였다. 옥상에서 떠밀려 추락한 지 7일이 경과했다는 뜻이다. 바깥세상은 8월로 접어들었을 것이다. 모리오초의 기온도 상승, 아카리가 갇혀 있는 폭 1미터의 공간도 푹푹 쪘다. 지면의 진흙탕에서 수분이 증발해 기분 나쁜 습기로 가득했다.

자신과 마찬가지로 옥상에서 떨어진 쓰레기가 몇 가지 굴러다니고 있었다. 종이 상자 쪼가리나 망가져 뼈대만 남은 우산 같은 것들이었다. 바람에 날려왔는지 슈퍼의 현수막도 배관에 걸려 있었다. 이들을 짜맞춰 텐트를 만들어보았다. 몸 전체가 들어가지는 못해도 누우면 머리 부분은 들어갈 정도의 크기였다. 그래도 머리 위가 뻥 뚫려 하늘이 보이던 것에 비하면 훨씬 마음놓고 잘 수 있었다. 몸을 씻을 수는 없었지만 오오가미 테루히코가 던져준 물품 중에 물이 든 병이 있어 그것으로 얼굴은 씻을 수 있었다.

정글처럼 얽혀 있는 배관 옆에 배수구가 뚫려 있어 그곳을 화장실 대용으로 썼다. 쇠창살 같은 뚜껑이 물림쇠로 고정되어 있어 벗길 수도 없었을 뿐더러, 틈새에 손을 넣을 수도 없었다. 아래를 내려다보니 약 2미터 깊이의 암흑이 펼쳐져 있었다. 하수구로 이어지는지 바닥에 물이 흐르는 모양이었다. 얼굴을 가까이 갖다 대면 악취가 감도는지라 볼일을 보거나 쓰레기를 버릴 때 이외에는 이용을 할 수 없었다.

멀리서 들려오는 사람들의 혼잡음에 귀를 기울이며 무료를 달랬다. 가끔씩 대화의 단편이 들려오면 너무 기뻐 견딜 수가 없었다.

정오 무렵, 아카리가 목 상태를 확인해보고 있는데 바로 근처에서 고양이 울음소리가 들려왔다. 은행 벽에 고양이가 바짝 붙어 서 있었다. 빨간 목걸이를 찬 연갈색 털의 고양이였다. 어째서 이런 곳에 인간이 있는 것일까, 하고 이상히 여기는 듯한 얼굴이었다. 그러나 곧바로 고개를 홱 돌려 주거용 빌딩과 은행 사이 좁은 틈새로 들어가버렸다. 인간에게는 막힌 길이나 다름없는 15센티미터 정도의 틈새였다. 그러나 분명 고양이에게는 무수히 많은 지름길 중 하나이리라.

잠깐, 하고 외치려 했지만 목소리가 나오지 않았다. 혀가 제대로 움직이지 않았으며, 약품으로 타버린 목에서는 쉭쉭 하는 소리밖에 나오지 않았다. 고양이가 사라진 틈새로 머리를 억지로 밀어넣고 팔을 뻗었다. 어깨까지밖에 들어가지 않았다. 아카리가 있는 곳보다도 좁은 공간이 저멀리까지 이어져 있었다. 그 너머는 다른 빌딩 벽에 의해 막혀 있었다. 고양이의 엉덩이가 빌딩 사이 좁은 모퉁이를 돌아 더이상 보이지 않게 되었다.

날이 저물고, 여느 때와 마찬가지로 비닐봉지가 던져졌다. 물이 든 병, 주먹밥, 과자 같은 식료품 이외에 사인펜과 메모장이 들어 있었다. 암흑 속이었지만 감촉이나 냄새로 그것을 알 수 있었다.

"인간을 인간답게 해주는 특징이 뭔지 알아? 바로 말이야. 당신에게 그걸 주지. 마법의 단어를 읊을 수는 없어도 메모장에 필기는 할 수 있을 거야. 안심하라고. 한 2주일만 지나면 신음소리 정도는 낼 수 있게 될 테니."

옥상에서 오오가미의 목소리가 들려왔다. 달빛을 등지고 빌딩의 틈새를 내려다보는 오오가미 테루히코의 그림자가 그곳에 있었다.

오오가미 테루히코는 더이상 손전등을 비추지 않았다. 한밤중에 옥상에서 불을 켜고 있다보면 누군가에게 발각될 확률이 높아지기 때문일 것이다. 오오가미 테루히코가 무슨 수작을 부려 이렇게 매일 밤 빌딩에 출입하는지는 알 수 없었다. 분명 경비원에게 그만한 보수를 치르고 있었을 것이다.

약품이 든 물을 마신 순간 자신은 죽는 줄 알았다. 그러나 그 물은 죽이기 위한 것이 아니라 목을 못 쓰게 만들기 위한 것이었다. 녹아 있는 약품이 침에 포함된 소화 효소와 반응해 발열하고 위산으로 중화, 해는 끼치지 않는 약품인 것 같았다.

"죽지는 않도록 조절해달라고 한 약이었지만 내장이 죄다 녹아버릴 가능성도 있었거든. 당신에게는 역시 행운이 따르나보군. 물론 당신이 살아 있다는 건 내게도 행운이지만 말이야."

목소리를 빼앗지 않아도 소리를 지를 생각은 없었다. 그러나 오오가미 테루히코는 그녀를 믿을 수 없었던 것이다. 부모님에게 위해를 가하겠다는 협박이 언제까지고 효력을 발휘할 것이라고는 생각할 수 없었던 게 분명하다.

"보잘것없는 당신이 그 거대한 벽의 틈새에서 빠져나오려면 말이야, 몇 번이고 하는 이야기지만 딱 한 가지만 하면 돼. 어두워서 적기 힘들겠지만 메모장에 마법의 단어를 적어 잘 보이는 곳에 놔두라고. 그걸 회수할 낚싯줄과 낚싯바늘을 내려줄 테니까."

5천만 엔이 들어 있는 가방이 어디에 있는지, 오오가미 테루히코는 아직 눈치채지 못했다.

"그러고 보니 당신이 반길 만한 이야기가 있었지. 당신 부모님이 회사에 오셨어. 딸과 연락이 되지 않는다며 두 분 다 걱정하시더라고. 내가 이야기 상대가 되어드렸지. 당신과는 친구였던 걸로 되어 있으니까 말이야. 용기를 북돋워드렸지. '따님은 분명 여행이라도 갔을 겁니다. 곧 돌아오겠죠. 그러니 걱정 마

세요'라고 말이야. 내가 당신 부모님께 마음의 버팀목이 되어드
렸다 이거야. 당신 어머니는 내 손을 꼭 잡고 감사까지 하시더
라니까. 눈물을 흘리며 고맙다고, 고맙다고 반복하시더라고. 두
분께 알려드리고 싶더군. '사실 따님은 이 회사 바로 근처에 있
죠. 진흙으로 온통 범벅이 된 채 마치 다 죽어가는 개처럼 기고
있답니다'라고. 그나저나 당신 어머님 손 보니까 퉁퉁 붇고 쫙
쫙 금이 가 있는 게 꼭 무슨 곤봉 같더군. 내 손을 잡으시는데,
솔직히 오싹하더라니까. 밭일 때문이려나."

부모님에게 오오가미 테루히코를 소개해줄 생각이었다. 그러
나 오오가미 테루히코는 조금 더 비밀로 해달라고 말했다. 만에
하나 그 이름을 부모님에게 알렸다면 누군가가 오오가미 테루
히코에게 주의를 기울여주었을지도 모른다. 혹은 자신이 부모
님과 함께 살고 있었다면 두 사람 다 그 존재를 눈치채고 있었
을지도 모른다.

부모님이 자신의 행방을 찾아 자취방까지 들어왔을까, 하고
아카리는 생각했다. 방에는 오오가미와의 관계를 암시하는 물
건들이 이것저것 있었다. 그러나 이미 그 증거들은 사라졌을 것
이다. 예전에 오오가미 테루히코에게 자신의 자취방 예비 키를
주었다. 오히려 오오가미 테루히코가 책상 위에 장기 여행 팸플
릿이라도 놔두었을지도 모른다. 부모님은 그것을 보고 자신이

어디 멀리 여행을 간 것이라고 착각했을지도 모른다. 사실은 바로 같은 마을, 바로 근처에 있는데.

다음날, 옥상에 오오가미가 없는 것을 확인하고 우산과 천 쪼가리를 짜맞춰 만든 텐트를 차폐물 삼아 편지를 적었다.

'……돈의 행방을 캐내기 전에는 그 남자가 저를 죽이지 못할 겁니다. 하지만 제가 도움을 요청하면 부모님께 위해를 가하겠다고 합니다. 그 남자가 눈치채지 못하도록 경찰에 연락해주세요……'

자신이 처해 있는 상황과 갇혀 있는 장소, 오오가미 테루히코라는 남자의 목적 등을 가능한 한 자세히 적었다. 오오가미 테루히코가 던져준 메모지는 손바닥만한 크기라, 여러 장씩 써야 했다. 오오가미가 눈치채지 못하게 외부와 연락할 수 있다면 분명 살아날 길이 있다. 문제는 그 편지를 무슨 수로 외부에 전달하느냐 하는 것이다.

이를테면 편지를 둥글게 뭉쳐 배관 틈새로 손을 넣고 길거리로 던져보는 방법. 운좋게 밖으로 내보낼 수 있으면 통행인 중 누군가 주워줄지도 모른다. 그러나 둥글게 뭉친 종이 쪼가리로 몇 번 시험해보았지만, 복잡하게 얽혀 있는 배관이나 에어컨 실외기 등 장애물이 너무 많을 뿐만 아니라 거리도 너무 멀었다. 편지로 종이비행기를 접어 날려보았지만 헛수고였다. 죄다 중간에 장애물을 만나거나 감속해 지면에 떨어지거나 할 뿐이었다. 길거리로 편지를 던지는 방법은 포기했다.

물이 들어 있던 빈병에 쪽지를 넣고 화장실 대용으로 쓰고 있는 배수구로 떨어뜨려볼까 생각도 해보았다. 언젠가 바다로 흘러가 누군가가 읽어줄지도 모른다. 그러나 유리병의 지름은 배수구에 박혀 있는 격자의 간격보다 확연히 크다. 그렇다고 유리병을 격자 사이로 들어갈 수 있도록 얇게 접을 수도 없다. 물체를 말랑하게 만드는 능력이라도 있다면 모를까, 그렇지 않고서야 편지가 들어 있는 병을 바다로 흘려보낸다는 것은 불가능한 일이다.

편지를 외부로 보낼 수 있는 방법은 더이상 없을까? 아니, 딱하나 가능성이 남아 있다. 아카리는 편지를 꼭 끌어안고 잠들었다. 언제 그 기회가 찾아올지 알 수 없었기 때문이다. 더불어 언제나 먹을 것을 약간씩 남겨두기로 했다. 위에서 던져진 소시지를 한 점씩 남겨 보관했다. 왜냐하면 그 연갈색 털의 고양이가 찾아왔을 때 먹이가 있으면 주의를 끌 수 있을지도 모르니까.

빌딩 벽의 좁은 틈새로 이곳을 찾아온 그 고양이는 목걸이를 차고 있었다. 다시 말해 누군가가 그 고양이를 키우고 있다는 증거였다. 목걸이에 편지를 매달 수 있다면 고양이가 주인에게 배달해줄 것이다.

아카리는 결심했다. 결코 오오가미 테루히코에게 목숨을 구걸하지 않을 것이다. 자신은 이곳을 빠져나가 자유를 되찾을 것이다. 언젠가 아침햇살을 온몸으로 쬐며 모리오초의 바람을 가슴 한가득 들이마실 것이다.

6

옛날에 인플루엔자에 걸린 적이 있다. 당시의 기억도 문자로 변환되어 가죽 표지 책에 보관되어 있다. 그러나 그 페이지는 결코 보지 않는다. 왜냐하면 그곳은 '금지 구역' 페이지이기 때문이다. 가죽 표지 책에는 자신이 설정한 '금지 구역'이 몇 군데 있다. 그곳에 적혀 있는 기록은 저버리고 싶은 기억이다. 실수로 읽는 순간 괴로웠던 체험이 머릿속에 고스란히 펼쳐질 것이다. 때문에 인플루엔자로 죽을 뻔했던 기억을 일부러 다시 읽는 짓은 하지 않지만, 책을 펼쳐보지 않아도 그때는 정말 큰일날 뻔했다는 회상이 어렴풋하게 남아 있다.

타쿠마에게는 기억과 회상 간에 명확한 차이가 있다. 구분 방법은 보관 장소다.

기억은 가죽 표지 책 안에 문자 형태로 보관되어 있다. 보고 들은 정보가 감정으로 인해 왜곡되지 않아 온전한 형태로 꺼낼 수 있다. 자신의 머리와 연결되어 있는 메모장이 몸밖에 따로 있어 자신이라는 인간이 체험한 정보가 그곳에 차례로 적히는 식이다.

회상은 정보라기보다 마음에 남아 있는 인상에 가깝다. 수채화처럼 애매한 윤곽에, 감정이 함께 녹아들어 있다. 보관 장소는 가슴속이다.

기록과 회상은 서로에게 영향을 미친다. 가슴속에 있는 감정이나 회상도 하나의 정보로 가죽 표지 책에 기록되기 때문이다. 거꾸로 그 책을 다시 읽을 때면 마음속에 새로운 감정이나 회상이 생긴다. 살아 있는 한 그것은 영원히 반복될 것이다.

교복을 입고 막 집을 나서려는데 몸이 후들거렸다. 그러나 현재 자신의 몸 상태와 열두 살 때 그 인플루엔자의 회상을 비교해볼 때 이번 감기는 대수롭지 않다고 판단했다. 금요일에 감기에 걸린 이후로 몸이 쭉 나른했다. 타쿠마는 'SUN MART'에서 봉투를 구입해 계속 기침을 하며 걸었다. 상점가가 끝나는 지점에 모리오초의 정립 도서관, 통칭 '가시나무관'이 있었다. 검은 철제문은 외국의 고성을 떠올리게 하는 중후함을 지녔으며, 뾰족한 가시나무에 휘감겨 있었다.

후타바 치호에게서 전화가 온 것은 점심때의 일이었다.

"감기, 아직 안 나았어요? 병원은 가봤고요? 지금 선배한테 딱 맞는 데가 있는데 안 가볼래요? 감기도 낫게 해준다나봐요. 아뇨, 의사는 아니지만요."

오후 4시에 만나기로 하고 치호는 전화를 끊었다.

'가시나무관'은 서양식으로 뾰족한 지붕에 일곱 개의 첨탑이 우뚝 솟아 있고, 팔각형 돔이 얹혀 있었다. 검은 바닥 타일이 깔린 현관 로비를 통과해 안면이 있는 직원을 지나쳐 1층 안쪽 자리에 앉았다. 4시까지는 아직 여유가 있어서 치호가 오기 전에 할 일을 마쳐둘 생각이었다.

아까 구입한 봉투를 꺼내 수신인 란에 '히가시카타 죠스케 님께'라고 적었다. 타인의 필적을 흉내내는 기술을 익혀두었기 때문에 이 글씨만으로 자신의 정체를 알아내기는 어려울 것이다.

역 앞 로터리에서 히가시카타 죠스케와 조우했던 날로부터 나흘이 지났다. 그후로 죠스케나 그 동료가 자신을 불러 세운 적은 없었다.

그들은 당황하는 눈치였다. 팔에 붉은 손톱자국이 있는 학생을 찾아보았더니 교내에만 서른 명도 넘게 발견되었기 때문이다. 어째서 이런 사태가 발생했는지, 그들로서는 알 도리가 없었을 것이다.

그러나 안심은 할 수 없었다. 히가시카타 죠스케는 흔해빠진 불량 학생과는 근본적으로 달랐다. 그 얼굴은 자신이 지닌 능력을 어디에 써야 하는지 알고 있는 얼굴이었다.

가죽 표지 책을 불러내 페이지를 한 장 뜯었다. '금지 구역'으로 설정해둔 페이지였다. 실수로 읽지 않게 조심하며 히가시카타 죠스케에게 보내는 편지 봉투에 넣었다. 봉투를 봉한 뒤 주머니에 넣어가지고 다녀야 했다. 자신의 몸에서 30미터 이상 떨어지면 그 안에 든 페이지가 사라져버리기 때문이다. 어째서인지 모르겠지만 그것이 가죽 표지 책의 성질이었다.

예전에 경험이 있었다. 가죽 표지 책을 책상이나 바닥에 방치해두고 옆방으로 갔다가 다시 돌아와 집어드는 실험이었다. 대부분의 경우 책은 그 상태 그대로 그곳에 있었다. 그러나 타쿠마의 몸과 30미터 이상 떨어질 경우 방에 돌아와보면 책은 사라져 있었다. 그렇다고 해도 이 세상에서 완전히 소멸하는 것은 아니었다. 염원하면 다시 손바닥에서 떠올랐다. 가죽 표지 책이 존재 가능한 범위는 타쿠마의 몸에서 반경 30미터 구체 범위 내로 한정되는 모양이었다. 그러나 그만한 거리면 충분했다.

봉투가 집안으로 들어가고 그것을 죠스케가 열어볼 때까지, 자신이 집 바로 근처에서 대기하면 된다. 가족이 구급차를 부를 테니 오리카사 하나에 때처럼 출혈 과다로 죽지는 않을 것이다. 때문에 마지막에는 자신의 손으로 끝장을 내야 한다. 도서관 안은 조용했기 때문에 타쿠마가 기침을 하자 천장이나 책장 사이로 소리가 울려퍼졌다. 약속 시간보다 10분 일찍 후타바 치호가 도착했다.

치호는 머플러를 두르고 장갑을 끼고 있었다. 눈은 내리지 않았지만 하늘은 여전히 흐릿했다. 상점가와 역을 지나자 묘비

가 늘어서 있는 공원묘지가 보이기 시작했다. 공원묘지 근처에
는 이탈리안 레스토랑이 있었는데, 외국 단독 주택을 리모델링
한 것 같은 외관이었다. 치호가 안내하고 싶었던 것은 아무래
도 그곳이었던 모양으로, 치호는 가게 앞에 멈춰 섰다.

"여기서 식사를 하면 상태가 안 좋은 몸이 나아진다나봐요.
분명 선배 감기도 나을 거예요."

입구에 'TRATTORIA/Trussardi'라고 적혀 있었다. 그 단어
와 소리의 울림을 가죽 표지 책에서 검색했다.

시각 정보 검색 건수, 0건.

청각 정보 검색 건수, 1건.

딱 한 번 이 가게 이름을 들은 적이 있었다. 작년 가을 어느
날 교실에서 같은 반 여자애가 '트루사르디'라는 가게 이름을
언급했었다. 그때는 주변의 잡음으로 취급해 신경쓰지 않았지
만, 다시 한번 그들의 대화에 주의를 기울여보았다. 가죽 표지
책에 문자로 기록되어 있는 것은 압축된 과거의 시간이었다. 타
쿠마가 체험한 교실의 혼잡음이 머릿속에서 전개되었다. 그 사
이로 들려온 여자들의 대화는 믿기 힘든 것이었다.

수술해도 나을 가망이 없던 암 환자가 이 가게에서 식사를 한
모양이었다. 그런데 그 다음날, X레이 사진에서 종양의 그림자
가 사라졌다는 것이었다.

"좋아, 흥미로워. 게다가 슬슬 어디서 쉬지 않으면 감기가 심해져 쓰러질 것 같거든."

입구 옆의 안내판을 보았다. '오늘의 요리·손님 개별 코스·3500엔부터'라고 적혀 있었다. 가게에 들어가보니 둥근 테이블이 달랑 두 개밖에 없었다. 아늑한 분위기의 인테리어였지만 손님은 한 명도 없었다. 치호와 마주보며 그중 한 테이블에 앉았다. 이탈리아 출신 셰프가 다가와 인사를 했다. 셰프는 타쿠마와 치호의 손을 빤히 바라보고 그다음으로 두 눈을 들여다본 뒤, 입술의 색이나 거친 정도를 확인하고 고개를 끄덕였다.

"알겠습니다."

그렇게 한마디 속삭이고 컵에 물을 따라주더니 셰프는 주방으로 돌아갔다. 뭘 알겠다는 것인지는 몰라도 테이블 위에 메뉴가 보이지 않는 것이, 아무래도 셰프가 알아서 코스를 정해주는 시스템인 듯했다. 가게 안은 난방이 되어 따뜻했지만, 밖을 걸어다녔던 탓에 감기가 도져 있었다. 오한이 들고 현기증이 나기 시작했다. 만약 요리가 입에 맞지 않으면 남기자고 생각했다.

컵에 든 물을 입으로 머금자 몹시 맛있다는 생각이 들었다. 치호가 남들에게 들은 이야기에 따르면 이 물은 안구를 깨끗이 해주는 특수한 물이라고 한다. 잠이 부족한 사람이 이것을 마시면 눈 속의 노폐물이 눈물과 함께 배출된다고 했다. 아무래도 이 가게는 건강을 중시해 헬시 노선 식재료를 쓰는 모양이었다.

"염분을 자제한 싱거운 요리가 나오는 건 좀 별론데 말이죠."

치호의 몸은 어디라고 할 것 없이 도넛 구멍도 통과할 수 있을 만큼 날씬했지만, 남들보다 잘 먹었다.

치호의 걱정은 기우로 끝났다. 속속 나온 코스 요리는 어느 하나 나무랄 데 없이 맛있었다. 전채, 파스타, 메인 모두가 타쿠마와 치호 각자에게 다른 것이 나왔으며, 한입 먹어보더니 치호는 '너무 맛있어'를 연발했다. 수프를 한입 마신 순간에는 완전히 패닉에 빠져 넋이 나간 듯한 소리를 중얼거렸다.

"이런 게 수도꼭지에서 나오면 좋을 텐데⋯⋯."

요리를 먹고 있는데 신비한 현상이 일어났다. 타쿠마가 전채 샐러드를 먹던 순간이었다. 샐러드 위에 뿌린 허브를 씹고 있으니 진한 향기가 나기 시작했다. 향기는 목구멍 안쪽 깊숙한 곳에서 콧구멍으로 침입, 점막을 자극했다. 타쿠마가 거세게 재채기를 하자 다량의 콧물이 나왔다. 마치 머릿속에 있는 것이 전부 나오기라도 한 듯한 양이었다. 그것을 끝으로 지난 며칠 동안 시달리던 콧물이 멎었다. 호흡이 편해져 신선한 공기를 실컷 코로 들이마실 수 있었다.

"켁."

파스타를 먹던 치호가 갑자기 괴상한 소리를 내며 기침을 했다. 특별한 식감의 파스타가 목구멍 안쪽 깊숙한 곳에 걸린 모양이었다. 괴로운 듯이 기침을 하는 동안 어지간히도 힘을 주고 있었는지 목의 밑동 부분이 새빨개졌다. 이윽고 파스타를 꿀꺽 삼켜 기침이 멎자 치호는 의아하다는 듯한 표정으로 어깨를 만졌다. 손가락으로 누른 치호의 어깨는 말캉말캉한 것이, 기분 나쁠 정도로 푹 꺼졌다.

"어깨 결림이 싹 사라졌어요. 완전 딴딴하게 뭉쳐 있었는데, 기침을 해서 근육이 풀어진 건가……?"

타쿠마의 메인 디시는 푹 삶은 쇠고기 요리였다. 입안에서 고기를 씹자 감칠맛이 소스와 뒤섞여 혀 표면에 퍼졌다. 그 맛이 전기 신호로 전환, 불꽃을 튀기며 신경 섬유를 타고 올라와 뇌를 뒤흔들었다. 마지막 한 조각을 위 속에 채워넣는 순간, 이변이 일어났다. 으깨진 육편과 소스가 화학 반응이라도 일으켰는지 위 속이 열기를 띠기 시작했다. 체내에 용암 덩어리를 퍼넣은 듯이, 무시무시한 열기가 달아올랐다. 토하지 않으면 죽는다. 그런 걱정을 하는 순간, 열이 위 속에서 흡수되어 혈관을 타고 온몸으로 퍼져나가는 것을 느꼈다. 따뜻한 팔에 안기는 것처럼 안도감이 온몸으로 확산되고, 오한이 사라지고 감기 증상이 사라졌다.

남은 요리는 디저트뿐이었다. 접시가 나오기를 기다리며 치호가 말했다. 치호는 뺨을 복숭앗빛으로 물들이며 머리에서 김이 모락모락 피어오를 정도로 행복해 보였다.

"과거로 돌아가 이 가게에 들어오는 순간부터 다시 한번 경험하고 싶을 정도예요."

다 끝나가는 것이 아쉬운 듯 치호가 말했다.

"다시 떠올리면 되잖아. 먹던 순간을."

"떠올린다고 배가 부른 건 아니잖아요."

"보통은 그런가?"

"선배는 안 그래요?"

한 번이라도 입에 대고 나면 요리의 미각 정보가 가죽 표지책에 보존된다. 나중에 그 기록을 읽어 전자레인지로 데우는 것처럼 해동하면 그만이다. 완벽히 똑같은 요리를 한입 먹은 것처럼 혀 위로 맛이 펼쳐지는 것이다.

"분명 신경이 자극되어 몸이 착각하는 거겠지. 나는 기억을 더듬기만 해도 포만감을 느껴."

"마치 과거로 시간 여행을 하는 것 같네요. 좋겠다. 착각이라도 괜찮으니까 나도 다시 한번 맛보고 싶은데."

치호가 부러운 듯이 말했다. 책은 실체가 없으면 안 된다면서 포만감은 허구라도 괜찮은 모양이었다.

가죽 표지 책에 적힌 과거의 기록을 읽고 있노라면 분명 머릿속만 과거로 이동한 것 같은 감각을 느낄 때가 있었다. 나열된 문자 기호가 한순간 의식을 붙들어 과거 특정 시간에 존재하던 자신의 뇌리로 데려가주기라도 하듯 말이다. 그럴 때면 과거를 추체험하는 자신의 의식이 있고 또 그것을 부감俯瞰*하는 자신의 의식이 따로 있는 듯이 느껴졌다. 그것은 육체를 동반하지 않는 과거로의 시간 여행 같은 것이었다.

"꿈같은 얘기지만요, 과거로의 시간 여행 같은 건."

"어딘가 있을지 몰라, 그런 초능력자도."

과거나 미래로 갈 수 있는 능력의 소유자가 반드시 없다고는 단언할 수 없었다.

"예를 들면 그 인물의 능력으로 인해 과거로 날아가서 어릴 적 자신과 만나는 일도 일어날 수 있을지 몰라. 우연히 그게 옛날에 큰 눈이 내리던 날 밤이었고 그때 목숨을 잃을 뻔했던, 아직 어린 소년이었던 자신을 구하게 될지도 모르는 일이야."

디저트는 두 사람 다 티라미수였다. 스푼으로 한입 떠먹자 촉촉하고 매끄러운 감촉이 혀로 느껴졌다. 다 먹고 나자 어느샌가 피부도 촉촉하고 매끄러워져 있었다.

---

* 높은 위치에서 피사체를 내려다봄.

레스토랑에서 나오자 주변은 어두컴컴해져 있었다. 치호는 지금까지 소설을 쓰면서 뭉친 어깨로 고민했던 모양이지만, 그 어깨가 말끔히 풀리자 발걸음도 경쾌해져 있었다. 확실히 그 가게에서 나오는 요리에는 몸 상태를 회복시키는 효과가 있어 보였다. 비결이 무얼까 둘이서 궁리했지만, 알 수가 없었다.

"엄마한테서 편지가 왔어요. 잘 지내는 것 같아요."

인적 없는 주택가를 걸으며 치호가 말했다.

"재혼 상대의 직업은?"

"목장 경영자래요."

"의외의 선택인걸."

부모님의 이혼 이야기를 치호에게서 들었다. 어머니가 다른 가정을 원하게 된 것은 어디에나 있을 법한 이유 때문이었다.

띄엄띄엄 불이 켜져 있는 옥외등이 녹색 잔디나 푸른 개집, 붉은 자전거를 비추고 있었다. 후타바 치호가 말이 없어져 잠자코 그 옆을 걸었다.

같은 반 녀석들과는 겉핥기식 교류밖에 하지 않고, 만일 친해질 것 같으면 거리를 두며 균형을 유지했다. 그러나 후타바 치호만은 특별했다. 치호와의 관계에서 쭉 보류해둔 것이 있었다. 히가시카타 죠스케와 히로세 코이치 패거리를 죽이는 것보다도 훨씬 복잡하고 난해한 문제였다.

말없이 걷던 중 모퉁이에서 처음 보는 남자와 부딪칠 뻔했다. 남자는 핸드폰을 만지고 있던 탓에 한발 늦게 이쪽의 존재를 알아차렸다. 완전히 피하지 못하고 어깨와 어깨가 충돌, 가벼운 소리와 함께 남자의 핸드폰이 노면으로 굴러떨어졌다.

"죄송합니다."

남자에게 사과하고 다시 길을 가려 하는데 남자가 뒤에서 불러 세웠다.

"잠깐, 야!"

돌아보자 남자가 휴대폰을 주워 눌러보며 째려보고 있었다.

"죄송만 하면 다냐? 봐봐. 완전 먹통 아냐. 망가진 것 같은데?"

옥외등의 불빛 아래에서 다시 한번 남자의 모습을 확인했다. 유인원을 쏙 빼닮은 이목구비였다. 우락부락한 몸집에 품위 없는 옷을 입고 있었다. 굵은 손가락에는 악취미로밖에 보이지 않는 천사 장식이 있는 반지를 끼고 있었다.

얼굴이 굳어진 치호 곁에서 타쿠마가 고개를 숙였다.

"정말 죄송합니다. 잘못했습니다. 핸드폰은, 아, 보증서를 갖고 가면 수리해줄지도 모르겠군요."

"놀고 자빠졌네. 뭐야, 그 낯짝? 어딜 야려? 내가 그렇게 만만해 보이냐?"

남자가 성질이 난 듯이 외쳤다. 자신도 깨닫지 못한 새 노려보고 있었던 모양이다. 옛날부터 똑같은 일로 불량배와 실랑이가 붙곤 했다.

"아뇨, 제 잘못입니다. 한 번만 봐주세요."

이번에는 좀더 용서를 비는 듯한 표정으로 사과해보았다. 그러나 남자는 기분이 풀리지 않았던 모양으로, 느닷없이 타쿠마의 왼쪽 뺨을 후려쳤다. 피할 수도 있었지만, 일부러 맞기로 했다.

치호가 뒤에서 짧은 비명을 질렀다. 뺨에서 통증이 일었다. 남자의 반지 때문에 피부가 찢어진 모양이었다. 얼굴에 손을 갖다 대보니 축축한 감촉이 느껴졌다. 옥외등의 불빛이 비춰 손가락에 묻은 피가 붉게 반짝였다.

"아프냐? 아주 그냥 새파란 놈이 말이야. 그 상처. 보증서가 있으면 낫냐? 내 말은, 그깟 보증서는 만병통치약 같은 게 아니라 이거야. 이 전화는 네 돈으로 물어내야 쓰겠거든?"

치호가 다가와 걱정스러운 표정을 짓고 있었기 때문에 진정을 좀 시켜줘야겠다고 생각했다.

"얼굴이 왜 그래. 불안해? 걸리적거리니까 저리 가 있어. 난 잠시 이 유인원과 할 이야기가 있거든."

치호와 거리를 두려던 중 남자가 다그치듯이 끼어들었다.

"너 지금 뭐라고 씨부렁……."

"아, 잠깐만. 인간 말을 좀 알아듣는다 해서 이야기 도중에 끼어드는 건 매너 위반이라고. 차분히 이 아이와 이야기 좀 하게 해줬으면 좋겠는데. 나중에 네 이야기도 잘 들어줄 테니까. 아니면 왜? 바쁜가? 얼른 끝내고 고향 가는 배라도 타러 가야 하나? 혹시 정글행?"

타쿠마가 그렇게 말하자 남자의 관자놀이에 핏줄이 불거졌다. 지각 변동이라도 일어난 것만 같은 표정을 지었다.

"이런, 아무래도 화를 돋워버렸나? 그럴 생각은 전혀 없었는데."

가죽 표지 책을 머릿속에 떠올렸다. 손바닥에 책이 떠올라 무게가 살짝 느껴졌다. 어릴 때는 수습할 수 없는 지경이 된 자신의 기억을 정리하게 하기 위해 그것이 나타난 줄 알았다. 그러나 실제로는 그 반대였던 것이 아닐까? 이 능력을 잠재적으로 지니고 있었기 때문에 자신은 모든 것을 기억할 수 있었던 것이 아닐까?

남자는 타쿠마에게 달려들어 치려 했다. 아무래도 이번에는 오른쪽 뺨을 치려는 모양이었다. 느리군, 하고 날아오는 그 주먹을 보며 생각했다. 이 정도면 가죽 표지 책이 더 빠르다. 페이지가 넘어가기 시작해서 목적한 문장에 도달하는 것이 단연 더 빠르다.

이 책에는 룰이 있다. 반드시 현재에서 과거 순으로만 페이지가 넘어간다. 따라서 막 일어난 과거의 일에 대한 기록이라면 단 한순간에 펼칠 수 있다.

남자의 주먹이 타쿠마의 오른쪽 뺨에 닿기 직전의 일이었다. 퍼억 하는 소리가 주택가에 울려퍼졌다. 눈앞에서 남자의 왼쪽 뺨이 터졌다. 찌익, 안면의 피부가 찢어지고 피보라가 공중에 흩날렸다. 남자는 자신의 왼뺨에 손을 갖다 댔다. 무슨 일을 당한 것인지 이해하지 못하는 표정이었다.

"당신이 그 천사 반지를 끼고 있지 않았으면 그렇게 피부가 찢기는 상처를 입지는 않았을 텐데. 집에 가서 거울을 보면 알 수 있겠지만 내 얼굴에 난 것과 똑같은 상처일걸. 그 얻어맞는 듯한 통증은 바로 당신이 내게 체험시켜준 것과 같은 거야. 당신은 내 '과거'를 '추체험'했지."

남자가 기분 나쁘다는 듯한 얼굴로 타쿠마에게서 거리를 두었다.

"왜 그래? 지금까지 이 방식으로 뜨거운 맛을 보여준 게 한두 명도 아닌데 오늘밤 이 자식은 왜 겁을 먹지 않는 거지? 라고 이상하게 생각하는 건가? 잠깐, 뒷걸음치지 말라고. 얼굴의 그 사마귀, 본 적이 있어. 파출소에 포스터가 붙어 있었는데. 지명 수배범의 몽타주와 쏙 빼닮았군. 당신 혹시 5년 전에 강도 사건을 일으키지 않았나?"

남자의 얼굴을 가죽 표지 책에서 검색, 과거에 자신의 시야에 들어온 적이 있었는지 여부를 조사해보자 유사한 얼굴이 파출소 포스터에 그려져 있었음을 알 수 있었다. 몽타주와 함께 사건이 일어난 날짜나 지명 등이 적혀 있던 터라, 그것을 읽어주자 남자의 얼굴은 이내 파랗게 질렸다.

"당신을 지명 수배하던 포스터는 한참 전에 내려갔겠지. 그래서 안심하고 이런 곳을 활보하고 있었나?"

"……신고할 거냐?"

"안 해. 그러니까 냉큼 어디로든 꺼져버리라고."

"거짓말. 경찰에 전화할 생각 맞지?"

남자는 상의 주머니에서 나이프를 꺼냈다. 휴대에 편리한 소형 칼이었다. 좀 봐달라고, 라고 타쿠마는 생각했다.

치호는 주택가의 담을 등지고 공포를 참는 듯한 표정을 짓고 있었다. 울거나 소리 지르거나 하지는 않고 단지 눈물 어린 눈으로 타쿠마를 바라볼 뿐이었다. 연갈색 홍채가 옥외등의 불빛에 반사되어 아름다웠다.

"신고하면 난 끝장이야. 제발, 내 얘기, 아무한테도 하면 안 돼."

남자가 나이프를 겨누었다. 은색 칼끝이 파르르 떨리고 있었다. 남자는 완전히 이성을 잃은 표정으로, 어떤 말을 해도 돌아오는 것은 칼침 한 방일 것이라는 생각이 들었다.

타쿠마는 이미 단념한 뒤였다. 눈앞의 남자에 대해서가 아니었다. 저항할 수 없는 거대한 흐름에 대해서였다.

남자가 나이프를 뺐다. 그 순간, 타쿠마는 남자의 손을 차올렸다. 나이프가 하늘 높이 날아올라 은빛 궤적을 그리며 떨어져내리는 것을 검지와 중지로 캐치했다. 시험 볼 때 펜을 돌리듯 나이프를 1회전시켜 자루 쪽을 쥐었다. 남자로서는 대체 무슨 일이 일어나고 있는지 이해할 수 없었을 것이다. 타쿠마는 스펀지케이크에 생크림을 바르는 것처럼 슥슥슥 나이프로 남자의 얼굴을 문질렀다.

"이건 돌려주지. 그리고 잊지 말고 주워가. 지금 당장 병원에 가면 붙을지도 모르니까 말이야."

나이프를 남자에게 건넸다. 남자는 다시 우뚝 서서 멍하니 타쿠마의 얼굴을 보고 있었다. 타쿠마가 치호의 손을 잡아끌고 걷기 시작하려는 순간, 드디어 그 얼굴에서 무언가 뚝 떨어져 지면에 나뒹굴었다. 남자는 무릎을 꿇고 얼굴을 감싸쥐며 신음 소리를 냈다. 손가락 틈새로 다량의 피거품이 흘러나왔다.

300미터 정도 이동해 모리오초에서 관리하는 자연 공원에 들어갔다. 그 공원은 주택가와 상업 지구의 경계에 있었다. 낮에는 산책하러 온 노인이나 아이들로 시끌벅적했지만, 어두워지면 반대로 인기척이 없어졌다. 시커먼 연못에 옥외등이 띄엄띄엄 비치고 있었으며, 때때로 물고기가 뛰어오르는 소리가 아무도 없는 공간에 울려퍼졌다.

작은 다리 위에 치호가 멈춰 서 있었다. 숨이 막힐 듯한 연못 냄새가 주변에 감돌고 있었다. 치호는 어깨를 들썩이며 그 자리에 주저앉아버렸다. 무릎이 떨리고 힘이 들어가지 않는 눈치였다. 다가가 어깨에 손을 얹자 치호는 다리에 매달려 오열하며 말했다.

"나이프를 쥔 남자애가 말했어요. 목숨을 구걸하면 평생 후회할 거라고, 그때 날 구해준 건 역시 선배였어요."

치호가 울었다. 더이상 속일 수 없었다. 자신은 이 소녀 앞에서 나이프를 써버렸다. 1995년 그날처럼. 언젠가는 들킬 줄 알고 있었지만, 오늘이 그날이 될 줄은 알지 못했다.

타쿠마는 치호에게 몸을 숙여 치호의 뺨에 방울져 있는 눈물을 검지 끝으로 닦았다.

"나랑 얽히지 않는 게 좋았을 거라는 생각이 들 때가 조만간 올 거야."

문득이 치호가 올려다보았다. 붉은 기 감도는 눈에 타쿠마의 얼굴이 비쳤다. 홍채의 색깔은 부모에게 물려받은 것이 틀림없었다.

"조만간 알게 돼. 거슬러올라가 태어난 것 자체를 후회하게 될 거야."

물고기가 뛰어오르는 소리가 들려왔다. 어두운 수면에 파문이 퍼지고, 사라져가는 것이 보였다.

자신은 한 남자를 절망에 빠뜨리기 위해 살고 있다. 남자의 이름은 오오가미 테루히코. 그 남자는 17년 전에 결혼해 성을 바꾸었다. 오오가미 테루히코에게는 외동딸이 있다. 딸의 이름은 치호. 바로 지금 자신의 팔 안에 있는 소녀다.

7

나중에 죠스케에게 설명을 듣고 나는 비로소 자초지종을 알게 되었다.

죠스케가 사는 히가시카타가家는 조용한 주택가에 지어진 단독 주택이었다. 죠스케는 그곳에서 어머니와 단둘이 살고 있다. 나도 그 집에는 몇 번 가본 적이 있었다. 갈 때마다 죠스케의 어머니에게서 '유카코랑은 잘되고 있니?'라는 질문을 들었다. 죠스케의 어머니는 몹시 젊어 도저히 고교 1학년 아들을 둔 것처럼 보이지 않았다.

그날 밤, 죠스케의 어머니는 물을 끓이기 위해 가스레인지를 켰다. 푸른 불꽃이 주전자에 열을 가하기 시작하자 금속이 조여드는 것처럼 깡깡깡 하는 소리가 부엌에 울렸다.

현관 벨이 울리고, 죠스케의 어머니는 현관으로 향했다. 그러나 문을 열어도 밖에는 아무도 없었다. 벨이 오작동했던 것일까? 그런 생각을 하고 겨울의 냉기에 몸을 떨며 실내로 돌아가려던 순간, 발밑에 봉투가 떨어져 있는 것을 알아차렸다.

'히가시카타 죠스케 님께'

수신인 란에는 그렇게 적혀 있었다.

"얘, 너한테 편지 왔다?"

봉투를 집어들고 어머니가 말했다. 그러나 죠스케는 경황이 없었다. 그 전날 막 발매된 레이싱 게임에서 좋은 주행 스코어를 얻을 참이었다.

"편지? 누가 보낸 건데?"

봉투에는 우표도 붙어 있지 않았을 뿐더러 소인도 없었다. 직접 가지고 와 문 앞에 놔둔 모양이었다.

"광고지나 뭐 그런 걸지도? 교복 업자인가?"

"안에 뭐 있나 엄마가 좀 봐줘."

"열어봐도 되니?"

"응."

죠스케는 게임 컨트롤러를 조작해 화면 속의 차를 드리프트시켰다. 풍경이 고속으로 지나가고, 차가 불꽃을 튀기며 커브를 돌았다. 죠스케의 등뒤에서 봉투가 열리는 소리가 났다.

"아무것도 안 들어 있는 것 같은데……."

죠스케가 조작하는 차가 다른 차와 접촉하며 뒷바퀴가 미끄러졌다. 주전자가 피리 같은 소리를 냈다. 물이 끓으며 기세 좋게 증기가 뿜어져나오기 시작한 것이다.

"물, 끓나본데."

죠스케는 분명 등뒤에 서 있어야 할 어머니를 향해 말했다. 그러나 대답도, 불을 끄러 가는 발소리도 들려오지 않았다. 주전자가 미친듯이 날카로운 소리를 지르고 있었다. 죠스케는 기묘하게 여겨 돌아보았다. 바닥에 피가 고여 있었다. 화면 안의 차가 컨트롤을 잃고 벽에 부딪혀 대파했다. 죠스케의 어머니가 바닥에 쓰러져 다량의 피를 내뿜고 있었다. 이미 의식을 잃은 상태였다. 양팔에 난 구멍에서 분수처럼 피가 뿜어져나오고 있었다. 자살하기 위해 가위나 무언가로 찌른 듯한 상처였다고 한다.

8

꿈을 꾸었다. 오오가미 테루히코와 해외여행을 갔을 때의 기억이었다.

"골목길 안쪽에서 분위기 괜찮은 골동품 가게를 찾았는데 말이야."

오오가미 테루히코가 말했다. 그곳은 노인이 혼자 꾸려나가는 작은 가게로, 관광객을 상대로 한, 공장에서 찍어낸 듯한 그저 그런 기념품은 하나도 없었다고 했다.

"안쪽 진열대에서 아름다운 목걸이를 발견했어. 당신 사주려고 그걸 손으로 집었는데 그때 등뒤에 있던 진열대를 실수로 건드리는 바람에……."

진열대에 쌓여 있던 상품이 오오가미 테루히코에게 떨어졌다고 했다. 그때 오오가미 테루히코는 어깨를 찔려 상처를 입었다.

"옛날 무기 같은 것들이 바닥에 널브러졌어. 그중에 끝이 뾰족한 게 있었는데, 거기에 살짝 피가 묻어 있더군. 무슨 화살촉 같은 거였는데, 금이 간데다 생긴 건 또 뒤틀려 있었지. 가게 주인은 버려진 실패작이 아닐까 하더라고."

어깨의 찔린 상처는 시간이 갈수록 통증이 심해지더니 호텔에 돌아왔을 무렵에는 제대로 걷지도 못할 만큼 심한 구역질이 났다고 했다. 세균이 들어갔던 것인지도 모른다. 오오가미 테루히코의 어깨는 농익은 토마토를 붙여놓은 것처럼 부어오르더니 열까지 나기 시작했다.

"내 부주의 때문에 모처럼 여행 와서 이게 뭔지……."

침대에 누운 채 오오가미 테루히코는 말했다. 호텔 창문 밖으로 저녁놀에 물든 서유럽의 거리가 보였다.

"괜찮아. 내일이면 분명 나을 거야."

아카리는 오오가미 테루히코의 손을 꼭 잡았다.

오오가미 테루히코는 반대쪽 손을 침대 밑에 넣어 목걸이를 꺼냈다. 골동품 가게에서 산 모양으로, 은색 사슬 끝에 풍뎅이 같이 둥근 돌이 매달려 있었다. 돌은 광택을 띤 검은 구체로, 오오가미 테루히코의 이야기에 의하면 식물의 화석이라고 했다. 가벼운데다 문지르면 전기를 띠는 성질 때문에 옛날 사람들은 그 돌에 마력이 깃들어 있다고 믿었다고 한다. 사람들이 그렇게 믿은 것도 무리는 아니었다. 마치 밤이 응축된 듯한 아름다운 검은색이었다.

오오가미 테루히코의 어깨에는 그때 그 상처가 반점이 되어 언제까지고 남아 있었다. 말 같은 모양의 반점이었다. 화살촉에 묻어 있던 세균이 상처를 통해 체내에 들어가 그대로 어깨에 자리잡아버린 것 같았다.

눈을 뜨고 자신이 있는 곳을 확인했다. 천 쪼가리와 우산 뼈대로 만든 작은 천장 아래에서 몸을 웅크리듯 누워 있었다.

날은 벌써 밝았지만 빌딩의 틈새는 어두컴컴했다. 몸을 일으켜세우자 머리카락 사이에서 후두둑후두둑 흙이 떨어졌다. 거울이 없어 확인은 할 수 없지만 흙이 말라붙어 얼굴은 말이 아닐 것이다. 벽에 흠집을 낸 뒤 주변을 둘러보았다. 빌딩 틈새의 지면은 습기를 머금어 부드럽고 질퍽했다. 고양이의 발자국은 보이지 않았다. 잠들어 있는 동안 이곳에 왔다 가지는 않았던 모양이었다.

변화 없는 시간이 흘렀다. 자신의 인생이 조금씩 헛되이 깎여나가는 듯한 기분이 들었다. 고양이의 마음을 끌고자 늘 소량의 식량을 남겨두었다. 그러던 어느 날, 문득 정신을 차려보니 그 식량에 쥐 한 마리가 달라붙어 물어뜯고 있었다. 온몸이 오물로 번들번들 빛나는 기분 나쁜 쥐였다. 옛날부터 이 동물이 싫었다. TV를 보다가 화면에 쥐가 등장하면 당장 채널을 돌려버릴 정도였으니까. 무서워 쫓아버리지도 못하고 마냥 쥐가 먹을 것을 입안에 넣고 배수구로 달아나는 것을 보고 있을 수밖에 없었다.

이곳에 먹을 것이 있음을 학습한 것 같았다. 사흘에 한 번 간격으로 놈의 습격이 있었다. 배수구에서 나온다는 사실을 알고 종이 상자 쪼가리를 쇠창살로 된 배수구의 뚜껑 위에 올리고 진흙으로 눌러놓았다. 그러나 쥐는 종이 상자에 구멍을 내고 땅굴을 파고 나타났다. 자는 동안 다리나 목덜미가 간지러워 벌떡 일어나보면 오물로 온통 범벅이 된 쥐의 꼬리가 피부를 스치고 있었다.

매일 밤 오오가미가 옥상으로 찾아왔다. 말을 걸어왔지만 아카리는 무시로 일관했다. 쥐를 죽일 도구를 원하기는 했어도 오오가미에게 무언가를 부탁할 마음은 들지 않았다.

자는 동안 한아름 크기는 됨직한 상자가 요란하게 떨어지는 소리가 나 벌떡 일어났다. 또 함정일지도 모른다는 생각에 날이 밝은 뒤 신중하게 상자 안을 확인했다.

담요와 거울, 비누, 비닐 시트, 유통 기한이 몇 년씩 남아 있는 비스킷이 들어 있었다. 또한 오오가미 테루히코는 옥상의 수도에 호스를 연결해 늘 물이 벽면을 타고 졸졸 흐르게 해두었다. 소량이었지만 이걸로 물이 얼마나 남아 있는지 신경쓰지 않고 목을 축이거나 몸을 닦을 수 있게 되었다.

이것은 오오가미의 온정이 아니었다. 오오가미 테루히코는 어쩔 수 없이 물자를 내려주었던 것이다. 오오가미 테루히코는 아카리를 살려둬야 했다. 병에 걸리게 해서도 안 되었다. 실성

하게 해서도 안 되었다. 메모장에 돈의 행방을 적을 수 있는 상태를 유지하기 위해 자신의 건강과 정신을 관리할 필요가 있었다. 동시에 장기전이 될 것임을 예감했다. 벽의 흠집은 열다섯 줄이 넘어 있었다.

모든 것이 귀중했다. 어딘가에 쓸 수 있을지도 모른다는 생각에 빈 물병도 버리지 않았다. 보급 물자가 들어 있던 종이 상자도 소중히 보관했다. 거울로 자신의 얼굴을 보자 또다시 눈물이 복받쳐올랐다. 벽을 타고 흘러내리는 물로 얼굴을 닦고, 나는 인간이다, 하고 자신에게 당부했다. 인간의 말을 하려 해도 혀와 목이 심한 화상에 짓물러 우─ 우─ 하는 소리밖에 나오지 않았다. 그러나 자신은 분명히 이성을 가지고 생각하는 인간이다. 인간 아버지와 인간 어머니를 지녔으며, 히라이 아카리라는 이름을 지니고 있었다. 앞으로는 매일 백 번씩 거울을 보고 자신의 얼굴을 들여다보기로 결심했다. 그 첫걸음으로 머리카락을 가다듬었다. 거울 안에 보이는 머리카락이 생기를 잃고 지저분했다.

보급 물자인 비닐 시트를 이용해 비를 막을 수 있는 지붕을 만들었다. 지금까지처럼 잘 때 얼굴 위를 가리는 것이 고작인 물건이 아니라 온몸을 다 가릴 정도로 큰 천장이 됐다. 만듦새는 빈약했지만 빌딩의 틈새에는 바람이 불지 않았기 때문에 망가지지는 않았다.

벽을 타고 흘러내리는 물이 무의미하게 지면을 적셨다. 그렇게 되지 않도록 지면에 도랑을 파서 배수로 근처까지 물길을 만들었다. 원래 떨어져 있던 빈 캔을 납작하게 밟아 작은 삽 대용으로 썼다. 습기가 줄고 얼마간 쾌적해졌다.

쥐를 처치할 덫이 될 만한 것은 보이지 않았다. 결국 이 문제에는 대처하지 못하고 하루하루를 보냈다. 오물로 온통 범벅이된 쥐는 언제 봐도 흉측했다.

아무리 기다려도 고양이가 오지 않자 점점 불안해졌다. 일전에는 우연히 길을 헤매다가 흘러든 것이었을 뿐, 두 번 다시 이곳에는 나타나지 않는 것은 아닐까? 아니면 교통사고나 병으로죽어버린 것은 아닐까? 주인이 이사를 가버린 것은 아닐까? 온갖 불길한 가능성들이 떠올랐다. 고양이에게 편지를 맡긴다는희망이 있기에 제정신을 유지할 수 있었다. 그것만을 매일 생각하며 살아남아왔다.

오오가미는 잡지나 신문을 주지 않는 대신 십자 퍼즐 책과'가정 의학'이라는 책을 던져주었다. 심심해 죽을 것 같으면 십자 퍼즐을 풀고 몸 상태가 좋지 않으면 알아서 처리하라는 의미인 모양이다. 신문이 없어 세간에서 무슨 일이 일어나고 있는지는 알 수 없었다.

때때로 클래식 음악이 밖에서 들려오기 시작했다. 벽 사이로 떠밀려 추락하기 전, 오픈 테라스 카페가 근처에 생겼다는 소문을 직장에서 들었다. 그곳에서 들려오는 소리가 틀림없었다. 이 곡조는 모차르트일까. 소리가 흐릿해 잘 들리지는 않았지만 필사적으로 귀를 기울였다.

어느 날 아침, 눈을 뜨자 자신의 머리맡에 엽서가 떨어져 있었다. 사용하지 않은 새것으로, 더러워진 데나 얼룩진 데도 없었다. 지평선까지 펼쳐져 있는 초원 사진이 찍혀 있었다. 초원 한복판에서 두 마리의 말이 서로를 향해 몸을 맞대고 서 있었다. 부모자식일까, 애인일까, 형제자매일까? 그것은 알 수 없었다. 분명 바람에 날려 이 빌딩의 틈새로 흘러든 것이다. 비에 젖지 않게 비닐봉지에 넣어 소중하게 보관했다.

음악을 들으며 엽서를 바라보고 있노라면 인쇄된 초원 사진 속으로 들어갈 수 있을 듯한 기분이 들었다. 손안에 있는 사각형 엽서가 어느샌가 작은 창문이 되고, 단순한 사진이었던 초원이 바람에 넘실거리는 듯 느껴지기 시작했다. 눈을 감으면 맨발로 들판에 서 있는 자신이 보였다. 그곳에는 싱그러운 풀냄새가 감돌고 있었으며, 사락사락 뾰족한 풀잎 끝이 발바닥에 닿아 간지러웠다. 바람이 불자 저멀리서 이리로, 그리고 반대편 저 멀리로 풀이 파도쳤다. 초원에 있는 말은 자신보다도 훨씬 커, 가까이 가보고 압도되었다. 검은 몸체는 광택을 띠고 있었으며, 손바닥을 갖다 대자 호흡을 하는 완만한 움직임이 느껴졌다. 두 마리의 말이 콧김을 뿜으며 달려가버릴 때까지 아카리는 상상의 세계에 머물 수 있었다.

눈을 뜨고 보니 역시 자신은 빌딩의 틈새에 갇혀 있었다. 그러나 나는 아직 살 수 있다, 그런 생각을 할 수 있었다.

아침이 올 때마다 돌로 새긴 벽의 흠집이 늘었다. 흠집이 오십 줄이 넘어도 고양이는 오지 않았다. 음악이 들려오던 어느 오후의 일이었다. 오오가미 테루히코가 던져준 물품 중 생리 용품을 쓰지 않았다는 사실을 깨달았다. 벽의 흠집을 몇 번이고 다시 세어보았다.

제 3 장

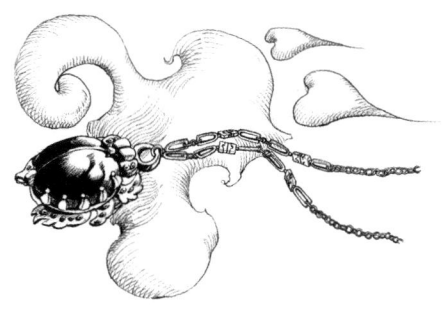

Confutatis

Confutatis maledictis,
flammis acribus addictis,
voca me cum benedictis.

Oro supplex et acclinis,
cor contritum quasi cinis:
gere curam mei finis.

1

모리오초의 상점가에 작은 고서점이 있다. 방금 전 같은 반 친구가 그 가게에 들어가는 것을 보고 나도 따라 들어갔다. 우연히 딱 마주친 척하며 아무래도 상관없는 이야기를 나누었다. 그 친구와는 청소 당번 때 이야기를 나누곤 하는 사이로, 죠스케나 오쿠야스와 달리 극히 평범한 소년이었다. 키나 체격은 나와 비슷한 정도로, 동아리 활동은 하지 않았다. 가게에는 나와 친구밖에 없었으며, 주인 아저씨는 카운터 안쪽 개인실에 들어가 있었다. 친구가 '슬슬 돌아갈까'라고 말한 순간, 밖에서 빗소리가 들려왔다. 우리 둘 다 우산은 가지고 있지 않았다.

"가게에 좀더 있다 갈까? 분명 금방 그칠 테니까."

나는 친구에게 말했다. 빗소리가 더이상 들려오지 않기를 기다리며 만화 이야기 등으로 이야기꽃을 피웠다.

"히로세, 소설은 안 읽어?"

책장에 줄지어 꽂혀 있는 문고본을 바라보며 친구가 물었다.

"가끔 읽긴 해도 만화만큼은 안 읽는 편인가? 기껏해야 좋아하는 만화의 소설판 정도?"

"그거, 만화 내용을 그대로 문장화한 거야?"

"등장인물은 동일하지만 내용은 별도 창작이었어."

"그런 게 동인지랑 다를 게 뭐야."

쏴ㅡ 쏴ㅡ 빗소리가 계속 들려왔다. 출입구 문은 닫혀 있었다. 동급생 소년은 책장 높은 칸에서 문고본을 꺼내 펼쳐보기 시작했다. 나는 그 친구를 슬쩍 훑어보았다. 교복 소매가 흘러내려 팔에 나 있는 붉은 손톱자국이 보였다. 나는 잡담하듯 질문했다.

"있잖아, 너 팔에 그 빨간 줄. 그거 손톱자국 맞지? 어디서 긁힌 거야?"

"내가 낸 상처가 남은 거야."

친구는 대수로울 것 없다는 듯 대답했다.

"언제? 어디서?"

"얼마 전에 학교에서. 어느 교실이었더라? 창문 밖으로 미끄럼틀이랑 그네가 보였는데…….."

"미끄럼틀이랑 그네? 그런 건 우리 학교에 없을 텐데."

"그러고 보니 그렇네……. 하지만 그런 기억이 있어. 착각한 건가? 내가 왜 팔을 쥐어뜯었던 걸까……."

친구는 생각에 잠긴 듯한 표정으로 책장을 계속 넘기고 있었다. 거의 무의식중에 손을 움직이고 있는 것 같았다.

"이상하네. 이런 손톱자국이 남아 있는데 이유가 생각이 안나다니……."

왼손으로 책등을 받치고 오른쪽 손가락으로 한 장씩 페이지를 넘기고 있었다. 팔락팔락 책장이 넘어가며 남아 있는 페이지 수가 줄어들었다. 빗소리가 한순간 거세졌다가 다시 원래대로 돌아왔다. 문을 열고 사람이 가게 안에 들어온 것이다. 친구는 한번 힐끗 입구 쪽으로 시선을 돌렸다가 다시 책을 보았다.

"그러고 보니 키시베 로한이란 만화가 혹시 알아?"

내가 질문하자 친구는 얼굴을 빛냈다.

"최고의 만화가잖아. 내 생각에 그 작가 작품은 이미 예술의 경지에 들어섰어."

그러면서 페이지를 계속 넘겼다. 친구는 깨닫지 못했다. 들고 있는 책이 마지막 페이지까지 이미 다 넘어갔다는 사실을. 서지 정보는 물론 뒤표지까지 이미 다 넘어가 있었다. 친구가 무의식 중에 오른손으로 넘기려 하던 것은 책을 들고 있던 자기 자신의 왼팔이었다. 친구가 그것을 자각해 놀란 표정을 짓는 순간, 내 등뒤에서 목소리가 들려왔다.

"고맙군. 내 생각도 그래."

키시베 로한이 서 있었다. 친구는 이미 기절했기 때문에 만화 가의 말을 들었는지 여부는 알 수 없었다. 바닥에 쓰러지자 그 충격으로 친구의 손과 얼굴이 일제히 쫙 벌어졌다. 벌어진 부분 한 장 한 장이 잡지 페이지처럼 얇은 것이, 육체의 일부라기보다 꼭 종이 같았다. 표면에는 문자가 나열되어 있었는데, 그것은 친구 자신의 기억과 프로필 같은 것들이었다.

"오래 기다렸지? 오늘이 또 마감일이었거든. 전화 줬을 때 마침 16페이지 전부 다 백지 상태였지 뭐야."

고서점에 들어오기 직전, 내가 핸드폰으로 불러뒀던 것이다. 이 제멋대로인 사람이 와줄지 여부는 알 수 없었지만, 아무래도 키시베 로한 역시 사건의 전말에 관심이 있는 모양이었다. 분명 이것도 언젠가 만화 소재가 될 것이다.

"괜찮으세요? 원고, 내버려두고 오셔도."

"내버려둬? 무슨 소리야? 다 끝내고 방금 전 출판사에 보내놨어."

키시베 로한은 호리호리한 몸을 숙이더니 친구의 소매를 들춰 피부에 붉은 손톱자국이 있는 것을 확인했다. 키시베 로한이 그 팔을 들어올리자 하늘하늘 종이처럼 풀어졌다.

"30명 가까운 학생에게 이거랑 똑같은 손톱자국이 나 있더라고요. 남학생뿐만 아니라 여학생이나 선생님한테도……. 중등부에서도 손톱자국이 있는 학생이 발견됐고요."

"이 현상도 놈의 '스탠드' 능력이겠지."

"다들 같은 날 우연히 팔을 긁다니, 있을 수 없는 일이에요. 무의식중에 손톱자국을 낼 리도 없어요. 겨울이잖아요. 다들 긴 팔을 입고 있어요. 무심코 손톱을 박고 긁어도 옷 위로 이런 자국을 낼 수 있을 것 같지는 않아요. 게다가 같은 반 애들 팔은 전부 다 수업중에 분명히 확인했어요. 그때는 이 친구 팔에도 손톱자국 같은 건 없었어요."

손톱자국이 나 있는 남학생을 막 찾으려던 참이었다. 범인이 우리의 행동을 눈치채고 모종의 조치를 취한 것이 분명했다. 분명 놈은 자신과 같은 특징을 지닌 인간을 늘림으로써 빠져나가려 하고 있는 것이다.

"게다가 더 기분 나쁜 게 있어요. 다들 자기 스스로 팔을 긁은 거라고 믿고 있다는 거예요……."

키시베 로한은 기절해 책 상태가 되어 있는 소년을 내려다보았다.

"체크해볼까. 고양이 때처럼 뭔가 알 수 있을지도 모르니까 말이야. 손톱자국이 생긴 경위에 대해서."

친구에게는 미안하지만 그 방법 이외에는 단서가 없었다. 키시베 로한은 종이같이 펼쳐진 친구의 얼굴을 마치 잡지라도 읽듯이 넘겼다. 우리는 문자화된 친구의 기억을 읽었다.

"이 소년은 '스탠드유저'는 아닌 모양이군. 어디에나 있는 일반 소년이야. 다시 말해 우리가 찾고 있는 범인은 아니라 이거야. 학교 성적은 평균보다 조금 나은 정도군. 이런, 좋아하는 여자애 이름이 적혀 있는데."

"그런 건 보지 마세요."

"예나 지금이나 코이치는 참, 바른 생활 사나이가 따로 없다
니까. 흠. 취미는 독서에, 여유 시간에는 내내 책을 읽는 모양이
야. 최근 읽은 건 쇼겐샤에서 출판된 『책의 역사』군. 그러고 보
니 인류 사상 가장 많이 팔린 베스트셀러가 뭔지 알아?"

"성서잖아요?"

"지금 또 고서점이고 하니 마침 잘됐어. 책에 대한 토막 상식
을 하나 알려주지. 애당초 책의 역사와 성서는 깊은 관계가 있
어. 책이라는 것이 어떻게 탄생했는지 조사해보면 반드시 성서
가 나오지. 먼 옛날, 교회는 신의 가르침을 널리 전파하기 위해
성서를 출판했어. 인쇄기 같은 게 없다보니 수도사가 한 글자씩
말씀을 베껴 썼던 모양이야. 구텐베르크가 인쇄기를 만든 것은
성서를 출판하기 위해서였지. 책의 역사란 곧 종교 활동의 역사
야. 신의 말씀을 인쇄기로 속속 찍어낼 수 있게 되면서 그것은
이윽고 온 지구를 뒤덮어버렸지."

"전 종교는 잘 모르는데요."

"문명에 대해 생각해보려면 피해 갈 수 없는 문제야. 정치, 예
술, 과학, 모든 것과 연관되어 있으니까. 잠깐, 이것 좀 봐."

키시베 로한이 친구의 머리 안쪽을 가리켰다. 문장화되어 나
열된 기억들 가운데 한 부분, 어딘가 기묘한 데가 있었다. 그곳

만 문자의 밀도가 높았다. 가로쓰기로 적혀 있는 행과 행 사이에 미세한 문자들이 나열되어 있었다. 얼마 되지 않는 공백의 공간에 억지로 문장을 끼워넣었던 것이다. 다른 부분과 서체가 다른 것이, 꼭 나중에 덧쓴 듯한 인상이었다.

'부욱, 부욱, 부욱, 부욱, 부욱, 부욱…… 머리가 파열될 것만 같다. 이렇게 하지 않고서는 견딜 수가 없다. 팔에 손톱을 박고 부욱, 부욱, 부욱, 긁어낸 피부가 손톱 사이에 낀다. 몸에 구멍을 내 그 안의 공기가 빠져나가게 해야 한다. 그러지 않으면 나는 미쳐버릴 것이다. 모두의 목소리가 시끄러워 점점 더 견딜 수가 없다. 창밖에 있는 그네와 미끄럼틀 쪽에서 목소리가 들려온다. 세상모르고 태평스럽게 놀고 있다. 망할 놈들. 쥐어 패버리고 싶다. 공터에 서 있는 시곗바늘은 꼼짝도 하지 않는다. 언제까지 이 상태가 계속될까? 머리가 파열될 것만 같다. 몸에 구멍을 내 그 안의 공기가 빠져나가게 해야 한다. 팔에 상처를 내 파열하지 않게 그리로 열과 공기가 빠져나가게 해야 한다. 부욱, 부욱, 부욱…….'

적막한 가게 안으로 빗소리가 들려왔다. 나와 키시베 로한은 서로의 눈을 마주보았다.

"이 부분만 정상이 아냐."

"문장 교정이라도 한 것 같은 흔적이네요. 억지로 다른 내용을 끼워넣은 것 같아요."

우리는 직감했다. 이 부분은 친구가 체험한 과거가 아니다. 이것은 범인이 덧쓴 문장이 아닐까?

"이 소년은 이 문장을 자신의 과거로 착각하고 있는 모양이군."

"범인의 '스탠드'는 기억을 날조하는 능력이라는 뜻일까요? 하지만 범인이 덧쓴 것은 어디까지나 단순한 기억이잖아요? 어떻게 몸에 손톱자국이 생겼을까요?"

바닥에 문고본이 떨어져 있었다. 방금 전 친구가 가지고 있던 것이다. 키시베 로한은 그것을 내려다보았다.

"코이치, 혹시 이런 기분 느껴본 적 없어? 잘 만들어진 만화나 소설을 읽을 때 등장인물의 아픔이 자신의 것처럼 느껴지는 거. 이 소년에게 일어난 현상은 그런 종류의 것이 아닐까? 범인이 덧쓴 기억을 정말로 일어난 적 있는 일로 착각한 건지도 몰라. 그 체험이 너무나 현실감이 있다보니 범인이 덧쓴 기억대로 육체 쪽이 영향을 받은 거야. 게다가 마음과 몸은 연결되어 있어. '스탠드'가 상처를 입으면 '스탠드유저'도 몸에 상처를 입잖아. 마음에 말을 덧쓰는 것은 곧 몸에 상처를 입히는 것과 같은 일인지도 몰라."

　범인이 지닌 '스탠드'의 정체를 어렴풋이 알 것 같았다. 그 이야기가 사실이라면 범인은 오리카사 하나에에게 교통사고의 기억을 덧쓴 것이 틀림없다. 오리카사 하나에의 육체는 착각을 한 것이다. 자신은 차에 치였다는 기억을. 그래서 집안에서, 거실의 가구는 멀쩡히 있는데 교통사고를 당한 듯한 큰 부상을 입었던 것이 아닐까?

　"그런데 코이치, 방금 전에 '기억을 날조하는 능력'이라고 표현했는데, 엄밀히 따지면 좀 다를걸. 모르긴 몰라도 범인은 자신이 뜻하는 대로 기억을 만들어낼 수는 없을 거야."

　"어떻게 아세요?"

　"오리카사 하나에는 즉사한 게 아니었기 때문이야. 그 여자의 사인은 과다 출혈이었어. 상처를 입은 상태로 장시간 방치되었기 때문에 죽은 거야. 이상하다는 생각 안 들어? 왜 범인은 그 여자를 즉사시키지 않은 걸까? 자유롭게 기억을 만들어 그대로 상대를 상처 입힐 수 있다면 심장 발작이라도 일어나 사망하는 기억을 심으면 그만이야. 그쪽이 리스크가 적어. 쓰러져 있는 그 여자를 누군가가 발견하면 목숨을 건지게 되는 리스크 말이야. 아마도 상대에게 덧씌울 수 있는 기억에는 제한이 있을 거야."

　"제한?"

"상대에게 덧씌울 수 있는 건 '자신의 기억'으로 한정돼 있는 게 아닐까? 그렇게 생각한다면 몇 가지 의문이 풀려. 예를 들면 즉사한 게 아니었던 이유도. 상대에게 즉사하는 기억을 심을 수 없었던 건 범인에게 즉사한 경험이 없기 때문이야."

"하늘을 나는 자동차 건은 어떻게 된 거죠? 그 여자에게 난 범퍼 자국은 일반적으로 있을 수 없을 만큼 높은 위치에 있었잖아요. 마치 공중에 떠 있는 차와 충돌한 것처럼."

자유롭게 기억을 만들어낼 수 있는 게 아니라면 그런 상흔은 남길 수가 없을 것이다. 그러나 로한은 침착하게 대답했다.

"이렇게 생각할 수는 없을까? 사고의 기억은 범인의 어릴 적 기억이었던 게 아닐까? 때문에 범퍼 자국은 오른쪽 대퇴부 고관절 언저리에 생긴 거야. 그 체험이 신장 169센티미터의 오리카사 하나에의 몸에 이식되어 범퍼 자국은 같은 위치에 각인되었지만, 그렇게 차고가 높은 자동차는 존재하지 않는다는 모순된 사태가 벌어졌지. 범인의 '스탠드'는 '자신의 기억'밖에 심지 못한다. 그렇게 생각해보면 이해가 될 것 같지 않아?"

키시베 로한은 펜을 꺼내더니 친구의 얼굴 안쪽에 문자를 적었다.

'눈을 떠보니 아무것도 기억나지 않는다. 고서점에 들어왔을 때부터 계속 혼자였다.'

친구가 곧 눈을 뜨면 내가 곁에 있었던 것이나 책이 되었던 것 따위는 기억하지 못할 것이다. 덤으로 키시베 로한은 펜으로 가로줄을 그어 범인이 덧쓴 부분을 지웠다.

"골치 아픈 기억도 이걸로 지워졌을 거야. 팔에 난 손톱자국까지 없어질지 아닐지는 모르겠지만."

"기억을 조작하다니, 범인의 능력은 로한 선생님의 '스탠드'와 닮았네요……."

"그러고 보니 아직 풀리지 않은 의문이 있어. 범인은 창문 너머로 오리카사 하나에와 대면했을 때 왜 교복 상의를 벗은 걸까?"

"결과적으로 잘된 거 아닌가요? 덕분에 팔에 손톱자국이 있다는 걸 알았잖아요. 그 여자가 기르던 고양이 트리니타가 그 광경을 보지 못했다면 단서는 거의 없었을 거예요."

"코이치는 이상하단 생각 안 들어? 이런 한겨울에 밖에서 반팔이 될 일이 있나?"

"피가 튀어 상의에 묻지 않게 하기 위해서라든가……."

"오리카사 하나에와 범인 사이에는 유리창이 있었어. 피가 튈 리는 없었을 것 같은데. 어쩌면 바로 이 행동이 범인의 '스탠드'를 이해하는 데에 가장 중요한 포인트인지도 몰라. 지금은 정답을 알 수 없어. 하지만 언젠가 범인과 대치하게 되면 이 사소한 의문이 승패를 결정짓게 될지도 모른다 이거야."

우리는 침묵했다. 가게 안은 고서의 냄새로 충만한 것이, 꼭 절 안에 있는 것처럼 고요한 기분이 들었다.

"죠스케 녀석은 어쩌고 있지?"

날씨 이야기라도 하듯 키시베 로한이 물었다.

"그뒤 하루 학교를 쉬었어요. 아직 신경이 곤두서 있나봐요."

지난주 밤, 죠스케의 어머니가 팔에서 피를 흘리며 쓰러졌다. 다행히 그것을 발견한 사람은 죠스케였다. 그 '스탠드' 능력을 이용해 곧바로 치료해 흉터 하나 남지 않을 정도로 완벽히 회복시켰다. 그러나 흘러나온 피는 원래대로 돌아가지 않았다. 급히 수혈을 위해 병원에 입원하게 되었다. 그뒤 닷새가 지나 어머니는 이미 퇴원했지만, 죠스케는 여전히 상태가 불안정했다.

"헤어스타일이 그 모양이니 표적이 되는 거야."

키시베 로한은 흥, 하고 코웃음쳤다. 키시베 로한과 죠스케는 사이가 좋지 않아 얼굴만 마주쳐도 반드시 분위기가 험악해지곤 했다. 이제는 우연히 마을에서 스쳐가는 것 말고는 두 사람이 만나는 일은 없었다.

"어딘가에 '스탠드'가 숨어 있었던 걸까요? 예를 들면 배달된 봉투 안에……."

죠스케의 어머니는 봉투를 연 직후 팔에서 피를 흘리며 쓰러졌다고 했다. 그러나 봉투에는 아무것도 들어 있지 않았다. 봉투 자체는 대량으로 시판되는 종류라 단서는 되지 못했고, 적혀 있던 '히가시카타 죠스케 님께'라는 글자만으로 범인을 지목할 수는 없었다.

병원에서 치료를 받은 뒤 죠스케의 어머니는 어쩌다 상처를 입었냐는 의사의 질문에 이렇게 대답했다고 한다.

"갑자기 그런 충동이 들어 가위로 찔렀는데요."

그 말을 들은 죠스케가 대체 어떤 기분이 들었을지, 상상도 가지 않았다. 무겁게 입을 다문 죠스케에게 건넬 말을 찾을 수 없었다. 분명 죠스케는 범인을 절대로 용서하지 않을 것이다.

"범인이 죠스케 어머니한테 덧씌운 기억도 지워주세요."

"그렇게 해두는 게 좋겠지. 죠스케 녀석은 마음에 안 들지만. 자, 그럼 슬슬 가보도록 할까."

펼쳐졌던 친구의 몸이 원래대로 돌아갔다. 키시베 로한의 능력 '헤븐즈 도어(천국의 문)'가 해제된 것이다. 친구는 잠들어 있었지만 곧 일어날 것이니 내버려두기로 했다.

나와 키시베 로한은 고서점에서 나왔다. 구름 한 점 없는 맑은 저녁놀이 펼쳐져 있었다. 그렇기 때문에 더더욱 고서점 주변에서만 들려오는 빗소리가 기이했다. 지나가던 사람이 '쏴ー 쏴ー' 하는 소리를 듣고는 고개를 갸웃거렸다.

"이 소리, 코이치가 그런 거야?"

"로한 선생님이 통 안 오셔서요. 친구를 붙잡아두느라 얼마나 힘들었다고요."

도마뱀 같은 꼬리가 우리 앞을 스쳐갔다. '에코즈'라고 이름 붙인 내 '스탠드'였다.

"범인의 '스탠드'는 어떤 형태에 어떤 이름을 지녔을까요?"

걸어가며 나는 궁금한 마음에 질문했다.

"이름? 의외로 이런 '스탠드'명은 서양 음악에서 이름을 따오곤 하는 경우가 많더군."

"진짜요?"

"농담이야."

에코즈가 '쏴 − 쏴−' 하는 빗소리를 해제하자 갑자기 주변이 조용해졌다.

2

과도한 스트레스 등으로 그것이 없을 때도 있다. 그러나 지금은 그런 상태가 아니라는 것을 직감할 수 있었다. 아카리는 메모지에 이 일을 적었다.

'임신했어. 당신 애야.'

밤이 깊어 오오가미 테루히코가 옥상으로 찾아오자 소리를 내 주의를 끌었다. 목이 완전하게 회복되지 않아 쉰 듯한 신음 소리밖에 나오지 않았다. 그래도 그 의사는 전달된 모양으로, 옥상에서 낚싯줄과 낚싯바늘이 던져졌다. 메모지를 바늘에 걸고 실을 여러 차례 당기자 오오가미 테루히코가 실을 당겨 메모지를 회수했다. 빌딩의 틈새에서 꺼내줄지 모른다는 기대도 아주 하지 않은 것은 아니었다. 그러나 오오가미 테루히코는 그렇게 어수룩하지 않았다.

"신에게 감사하자고. 당신은 축복받았어."

오오가미 테루히코가 사다리나 로프를 내려줄 낌새는 없었다. 당장에라도 목숨을 구걸하면서 살려달라고 빌고 싶은 것을 필사적으로 참았다.

외부에 들릴 만큼 큰 소리는 아직 낼 수 없었다. 만약 외칠 수 있는 상태였다면 바깥쪽 길거리를 향해 외치고 있었을지도 모른다. 자신의 몸안에 한 사람의 인간이 자라고 있다. 가능하다면 당장이라도 여기서 나가 병원에서 수술하고 싶었다. 낙태를 해 그 남자의 유전자가 섞인 태아를 지상에서 말살하고 싶었다.

오오가미 테루히코는 임신이나 출산에 대한 책을 몇 권 던져주었다. 아카리의 건강을 관리할 필요가 있기 때문이었다. 책에 의하면 임신 11주까지라면 간단한 방법으로 중절 수술이 이루어지는 모양이었다. 12주 이후로는 태아가 일정 크기까지 형성되기에 분만이 아니고서는 적출할 수 없다는 것이었다.

처음에는 일개 작은 세포였다가 분열을 반복, 부풀어올라 사람의 형태에 가까워진다. 고깃조각과 인간의 경계는 어디쯤일까? 아무래도 12주가 지나면 낙태시 사산서死産書를 제출할 필요가 있는 모양이었다. 배 속의 태아 역시 한 사람의 인간이라고 서류상으로 판단이 서는 경계는 그 지점인지도 모른다. 가능하다면 자신도 그날이 오기 전에 여기서 탈출해 병원으로 달려가고 싶었다. 그러나 그 바람은 이루어지지 않았다.

푹푹 찌는 나날이 진정되고, 밤이 추워졌다. 오오가미 테루히코는 두꺼운 모포나 겨울용 의류를 던져주었다. 고양이도 오지 않고, 눈 깜짝할 새 12주가 지났다. 배는 거의 불러오지 않았다. 그러나 지난 한 달 동안 몸 상태에 온갖 변화가 있었다. 구역질이 나 배수구에 구토하는 일이 빈번해졌다. 어떻게 하면 이 입덧을 달랠 수 있을까 하고 임신 관련 책을 읽었다. '입덧 증상은 심리적인 요인에 좌우됩니다. 스트레스가 쌓이지 않는 생활을 해주세요'라고 적혀 있는지라, 무리라는 생각을 하며 책을 벽에 내팽개쳤다.

하루가 시작될 때마다 내던 벽의 흠집이 백 줄을 넘었을 무렵, 자살을 생각하게 되었다. 방법은 얼마든지 있다. 떨어져 있던 유리 파편으로 손목을 그을 수도 있다. 옷을 배관에 걸고 목을 맬 수도, 먹을 것을 입에 대지 않고 굶어죽을 수도 있다. 그러나 내일 당장이라도 고양이가 이곳을 찾을지도 모른다. 그렇게 생각하니 하루만 더 기다려보자는 마음이 들었다. 살 가망이 조금이라도 있다면 그것에 걸어보자고 생각했다. 그대로 하루하루 죽지 않고 벽 사이에서 연명하고 있노라니 이윽고 더이상 입덧은 하지 않게 되었다. 비행기의 흔들림이 멎은 것처럼 몸이 안정되었다.

어느 날 아침, 흉측한 얼굴의 쥐가 나타나 봉지 안의 식량을 뒤지기 시작했다.

멀리서 아름다운 음악이 띄엄띄엄 들려왔다.

쥐를 피하는 것조차 잊고 배에다 손을 갖다 댔다.

배가 당기는 느낌은 얼마 전부터 있었다.

그러나 배 안쪽에서 꿈틀거리며 움직이는 감촉은 처음이었다.

자신의 의사와는 상관없이 움직이는 물체가 몸안에 있었다.

이물질은 아니었다. 오히려 이물질과는 정반대에 위치하는 것. 이 세상 그 어떤 존재보다도 자기 자신과 가까운 것.

지구상에 넘쳐나는, 어디에나 있는 기적이 틀림없었다. 먼 옛날부터 인간도, 동물들도 다들 이것을 반복하며 수를 늘려왔다.

태동이 있을 때마다 빌딩의 틈새에 혼자 있다는 외로움이 옅어졌다. 배 속에서 움직임이 일어나는 횟수를 하루종일 헤아리며 지내게 되었다. 지금은 자고 있다. 눈을 뜨고 움직이기 시작한다. 그런 것까지 알 수 있게 되었다.

엽서를 바라보며 눈물을 참았다. 초원에 서 있는 두 마리의 말이 어미와 새끼로 보였다. 그 남자의 피도 절반은 섞여 있었다. 결코 용납할 수 없었다. 이 아기는 죽어야 마땅했다. 그러나 어느샌가 죽일 생각보다 남길 생각을 하게 되었다.

오오가미 테루히코는 온갖 물자를 던져주었다. 임부복이나 영양가 높은 식품 같은 것들은 고마웠다. 겨울이 오자 기온이 내려가기 시작했다. 자신과 배 속의 아이가 무사할 수 있을지 걱정이 되기 시작했다. 빌딩의 틈새에는 바람 한 점 없었다. 차가운 바람을 직접 맞지는 않았지만 밤에는 동사할 정도로 추워졌다. 오오가미가 던져준 대량의 의류와 모포를 죄다 몸에 휘감고 잠을 잤다. 빌딩 벽을 타고 흘러내리는 수돗물은 흐르는 물이라 얼지는 않았지만, 보관하던 병 안의 물은 얼어버려 마실수 없게 되었다. 온열 장판이나 석유스토브 같은 난방 기구를 달라고 몇 번인가 메모지에 적었다. 난방 기구는 지급되지 않았지만 휴대용 가스버너와 연료 가스, 그리고 주전자가 옥상에서 내려왔다. 오오가미 입장에서 불을 준 것은 분명 큰 결단이었을 것이다. 연기를 피워 도움을 요청할 가능성도 생각했을 것이다. 그러나 오오가미 테루히코는 아카리의 동사라는 리스크를 줄여야만 한다고 판단했을 것이다.

『15소년 표류기』의 소년들과 다른 점은 목숨이 보장되고 있다는 점이었다. 가스버너를 손에 넣은 뒤로는 원하면 언제든지 물을 끓일 수 있었다. 김이 피어오르는 따끈따끈한 물로 몸을 씻었다. 거울을 들여다보니 피부는 거칠어지고 색깔은 생기를 잃은데다 입술도 파래져 있었다. 스스로는 알 수 없었지만 냄새도 심했을 것이다. 앞으로는 좀더 청결히 해야 했다. 병에 걸리면 배 속 아이의 생명에도 지장이 있기 때문이다.

지면에 종이 상자를 깔고 그 위로 모포와 옷을 둘둘 감아 배불뚝이 꼴로 잠을 잤다. 시트는 핀으로 고정된 것이 아니다보니 늘어진 부분에 눈이 쌓였다. 이윽고 크리스마스 음악이 밖에서 들려오기 시작했다. 상점가에서는 매년 크리스마스 세일 시즌마다 '징글벨'이나 '고요한 밤 거룩한 밤'이 흘렀다. 거리는 크리스마스 장식과 활기로 가득하겠지, 그런 생각을 하며 더운물을 컵에 따라 입에 머금었다. 그 컵은 빌딩의 틈새에 버려져 있었던 것으로, 컵이 아니라 원래는 금이 간 밥그릇이었지만, 컵으로 쓰고 있다. 모포를 몇 겹씩 감고 뜨거운 물을 홀짝이자 내쉬는 숨이 뭉게뭉게 하얗게 변했다. 눈송이가 빌딩 벽 사이로 천천히 떨어져 내렸다.

배가 불러와 작은 수박을 통째로 삼킨 것만 같은 꼴이 되었다. 태아의 움직임도 활발해졌다. 쉰 목소리로 자신의 아이에게 말을 걸었다.

"네가 태어나기 전에 여길 나갈 수 있으면 좋겠는데."

탈출을 포기한 것은 아니었다. 고양이 목걸이에 매달기 위한 편지를 항상 가까운 데 준비해두었다. 비에 젖어 글씨가 번지지 않도록 몇 겹씩 비닐봉지에 싸두었다. 봉지 하난 많이 있었다. 식료품 같은 생활 물자가 카메유 마켓의 봉지에 담겨 던져졌기 때문이다.

'고요한 밤 거룩한 밤'이 더이상 들려오지 않게 된 어느 날의 일이었다. 아기가 움직이는 감촉에 눈을 떴다. 몸에 둘둘 감고 있던 대량의 모포에서 기어나와 탕파 대용으로 안고 있던 주전자가 엎어지지 않게 일어났다. 주전자의 물은 밤에는 따뜻했지만 아침에는 이미 차갑게 식어 있었다. 다시 물을 끓일 생각으로 가스버너에 주전자를 올렸다. 불을 쬐어 손을 데우는데 동물의 울음소리가 들려왔다.

조금 떨어진 곳에 고양이가 있었다. 붉은 목걸이를 한 연갈색 털의 고양이였다. 예전에 이곳에 왔던 바로 그 고양이였다. 갑자기 움직였다가 깜짝 놀라 달아나도록 해서는 안 되었다. 심장 고동이 빨라졌다. 그 이변을 눈치챘는지 배 속에서 아기가 조급하게 움직였다. 고양이의 눈을 빤히 바라보며 어제 먹다 남긴 소시지를 봉지 안에서 꺼냈다. 고양이는 관심을 보이더니 손이 닿는 범위까지 다가왔다. 머뭇머뭇 등을 쓰다듬자 따뜻함과 그 감촉에 가슴속에서 뜨거운 것이 치밀어올랐다. 언제까지고 계속 만지고 싶었다. 그러나 그 고양이가 해줘야 할 일이 있었다. 자신의 '말'을 누군가에게 전해줘야 했다.

편지를 목걸이 사이에 끼우고 떨어지지 않게 끈으로 묶었다. 그 끈은 비닐봉지를 찢어 손수 만든 것이었다.

잡고 있던 손을 놓자 고양이는 소시지를 문 채 은행과 주거용 빌딩 사이로 들어가버렸다. 인간이 드나들 수 없는, 불과 15센티에 불과한 틈새였다. 뒷모습이 더이상 보이지 않을 때까지 틈새에 얼굴을 바짝 갖다 대고 배웅했다.

3

교사 뒤 쓰레기 버리는 곳에 여러 개의 의자와 책상이 버려져 있었다. 어느 하나 할 것 없이 변형되어 기묘한 모습이었다. 의자의 등받이 부분이 나선을 그리고 있거나, 책상 상판에 가시가 돋아나 있거나, 제각각 다리가 얽혀 있는 등, 기분 나쁜 형태를 하고 있었다. 의자와 책상이 융합, 전혀 다른 무언가가 되어 있기도 했다. 도합 몇 점의 작품이 있는지조차 좀처럼 알 수 없었다. 그것들이 의자와 책상임을 알 수 있었던 것은 오쿠야스가 설명해준 덕분이었다.

"죠스케 반에서 나온 걸 봤어. 걔가 한 짓일걸."

짜증이 나 책상을 두들겨 패는 죠스케의 모습이 눈앞에 선했다. 분명 일그러진 의자나 책상은 죠스케의 심경을 있는 그대로 드러내는 것이다. 짜증이 난 죠스케가 '스탠드'로 파괴한 사물은 일그러진 모습으로 변형될 때가 있었다.

위해를 가한 범인이 아직 발견되지 않았으니 그럴 만도 했다. 죠스케의 어머니에게 상처를 입힌 것은 오리카사 하나에를 살해한 범인이 틀림없었다. 키시베 로한이 '헤븐즈 도어(천국의 문)'로 조사한 바에 따르면 범인은 역시 죠스케의 어머니에게도 기억을 덧씌워두었다. '양팔을 가위로 찔러 자살을 꾀했다'라는 내용의 문장이 같은 반 친구 때처럼 추가되어 있었다고 한다. 그 문장에는 범인 지목으로 이어질 만한 정보는 포함되어 있지 않은 모양이었다.

범인을 명확히 '적'으로 인식한 우리는 의논을 했다. 그 결과 '사건에 대한 조사는 그만두었다' 같은 시늉을 하기로 했다. '적'은 우리 쪽에서 사건에 대해 캐고 다니는 것을 눈치채고 감시를 하고 있을 것이다. 공공연하게 팔에 손톱자국이 있는 소년을 찾다가 모종의 공격을 받게 될지도 모른다. 그럴 경우 죠스케의 어머니 때처럼 가족이 위험에 말려들 수도 있다. 그것만은 피해야 한다.

그렇다고 '적'에 대한 수색을 단념한 것은 아니었다. 우리는 분담해 모리오초에 있는 공원들을 조사했다. '미끄럼틀'이나 '그네' 같은 놀이기구가 설치되어 있는지 여부, 그리고 혹시 멈춘 '시계'가 있지 않은지 조사했다.

'부욱, 부욱, 부욱, 부욱, 부욱, 부욱……. 머리가 파열될 것만 같다. 이렇게 하지 않고서는 견딜 수가 없다. 팔에 손톱을 박고 부욱, 부욱, 부욱, 긁어낸 피부가 손톱 사이에 낀다. 몸에 구멍을 내 그 안의 공기가 빠져나가게 해야 한다. 그러지 않으면 나는 미쳐버릴 것이다. 모두의 목소리가 시끄러워 점점 더 견딜 수가 없다. 창밖에 있는 그네와 미끄럼틀 쪽에서 목소리가 들려온다. 세상모르고 태평스럽게 놀고 있다. 망할 놈들. 쥐어 패버리고 싶다. 공터에 서 있는 시곗바늘은 꼼짝도 하지 않는다.'

　같은 반 친구에게 적혀 있던 문장은 키시베 로한에 의하면 '적' 자신의 체험이라고 한다. 그것이 사실이라면 우리가 찾고 있는 인물은 창문 밖으로 공원이 보이는 곳에 살고 있거나 예전에 살았던 적이 있을 것이다. 그렇지 않으면 '그네'나 '미끄럼틀'이 창문 밖으로 보일 리가 없다.

공원 옆에 살았고, 지금은 부도가오카 고등부나 중등부에 적을 두고 있으며, 손톱자국이 나 있는 소년을 찾으면 된다. 바로 놈이 범인이다.

우리는 먼저 조건이 맞는 공원을 찾아보기로 했다. 모리오초에 흩어져 있는 공원의 수는 20군데 정도로, 숲이 다 들어갈 정도로 큰 공원은 물론 아파트 사이에 있는 작은 공원도 있다. '미끄럼틀'과 '그네' '시계'가 다 있는 곳은 많지 않다.

그러나 그 조건에 맞는 공원 인근 주민들을 조사해보았지만 '적' 같은 소년의 존재는 감지할 수 없었다. 아무런 단서도 얻지 못한 채 날짜만 흘렀다.

2000년 2월 하순, 기말고사가 시작되자 야마기시 유카코에게 붙들려 정립 도서관으로 끌려다니게 되었다. 도서관은 역 앞 상점가가 끝나는 지점에 서 있는 서양식 건축물로, 빽빽한 가시나무 덩굴로 벽이 뒤덮여 있다는 이유로 흔히들 '가시나무관'이라 부르는 곳이었다. 나는 1층 열람 구역에서 유카코와 마주보고 앉아 억지로 문제집을 풀어야 했다. 거역하면 목숨이 보장되지 않는다는 것은 만화 『죠죠의 기묘한 모험』 제4부를 읽어보면 알 수 있을 것이다. '가시나무관'에서 억지로 공부를 하고 있노라니 유카코와 초등학교 시절 같은 반 친구였다는 여학생이 나타나 말을 걸어왔다. 유카코는 외국인 모델 같은 체형이었지만 그 여학생은 꽃봉오리처럼 호리호리했다.

"유카코도 여기 자주 이용하니?"

"히로세랑 공부할 때만이야."

유카코는 나를 남자친구라는 식으로 설명했다. 그 여학생은 새삼스럽게 내게 인사했다.

"안녕, 이름은 알고 있어."

"엥, 어떻게 아는데?"

소녀는 대답하지 않고 앙증맞은 미소를 지었다. 그 여학생의 이름은 후타바 치호로, 유카코의 집 바로 근처에 살고 있다고 했다. 두 사람은 그렇게까지 친밀한 사이는 아닌 것 같았지만, 그래도 얼굴을 보면 인사하는 정도는 되는 모양이었다.

도서관에서 억지로 공부한 덕분에 내 기말고사는 무사히 끝났다. 죠스케도 어찌어찌 무사한 것 같았지만, 오쿠야스는 전혀 무사하지 못했다. 오쿠야스의 괴멸적인 시험 결과는 온 교내에 쫙 퍼졌다. 돌려받은 답안지를 본인이 보여주었는데, 확실히 그것은 학교가 시작된 이래로 역대급 불모지였다. 안면이 없는 같은 반 여자들이 복도에서 스쳐가는 오쿠야스를 보고 수군수군 무슨 이야기를 나누었다. 오쿠야스가 그것을 눈치채고 돌아보자 그들은 비명을 지르며 달아나버렸다. 알고 보면 부드러운 남자이긴 하지만, 오쿠야스는 극화 만화에 나오는 불량배같이 무서운 얼굴을 지녔다보니 마주치기만 해도 목숨의 위협을 느끼는 학생이 적지 않은 모양이었다.

우리가 기말고사 때문에 고통받고 있을 무렵, 키시베 로한은 오리카사 하나에와 관련된 정보를 몇 가지 입수했다. 오리카사 하나에의 은행 계좌에 몇 년 간격으로 누군가 거액을 입금했었던 모양이다. 혼자 살기에는 충분한 예금이 있었던 것이다. 또한 오리카사 하나에는 1년 전 자궁암을 앓았었다. 수술은 성공했지만 아이를 낳지 못하는 몸이 되었다고 한다.

그때쯤 되자 모리오초의 공원은 전부 다 조사가 끝난 다음이었다. 모리오초에서 '미끄럼틀' '그네' '시계' 세 가지가 다 갖춰져 있는 공원으로 범위를 좁힌 다음 그것들이 보이는 창문을 찾아보았다. 해당되는 곳은 극히 소수라 그곳에 살고 있는 사람이나 과거 살았던 적이 있는 사람까지 찾아보았지만, 중고생 소년은 끝내 발견할 수 없었다. '적'의 기억에 묘사되어 있던 공터는 어디 다른 마을의 공원이었는지도 모른다. 만약 그렇다면 두 손들 수밖에 없었다.

어느 날 아침, 시계 자명종이 울려 나는 눈을 떴다. 슬슬 봄의 기운이 느껴질 법한 시기였건만 침대 밖은 절망적으로 추웠다. 커튼을 걷자 창밖에는 눈이 조금씩 내리고 있었다. 그날은 내가 다니는 부도가오카 고교의 종업식이 있는 날이었다.

2000년 3월 17일.

종업식 도중에 눈발이 거세지기 시작했다. 눈송이가 교복 단추만큼 커지고, 도려낸 듯한 창문 바깥으로는 눈밖에 보이지 않았다. 천재지변이라도 일어난 것처럼 하늘에서 땅으로 눈송이가 펑펑 쏟아져 눈 깜짝할 새 운동장이 새하얀 심연으로 가라앉았다. 교실에서 선생님이 나눠주는 알림장을 받고 우리는 학교를 뒤로했다. 그 기세가 잦아들기는 했지만 눈은 아직도 계속 내리고 있었다. 20센티미터 정도 쌓인 관계로 자전거 귀가는 포기하고 버스를 타기로 했다. 교문 밖으로 나와 역 앞 버스 정류장까지 걸었다. 덜덜 떨며 버스가 오기를 기다리던 중 우연히 죠스케와 만났다.

죠스케는 정류장 중앙에 있는 둥근 연못을 바라보고 있었다. 나와 마찬가지로 우산을 가지고 있지 않아 어깨와 리젠트 머리에 눈이 살포시 쌓여 있었다.

"매일 타고 다니는 마운틴 바이크는 어쨌어?"

"학교에 두고 왔어."

죠스케의 어머니에게 위해를 가한 범인은 결국 잡히지 않았지만, 그래도 두 달 가까이 경과하니 죠스케도 진정된 것 같았다. 우리는 둘이 함께 같은 버스에 탔다. 집으로 향하는 부도가

오카 고교의 학생들로 차내는 혼잡했다. 빈 좌석이 없어 우리는 안전 손잡이를 붙잡았다. 버스가 출발하자 흔들리며 창밖으로 지나가는 하얀 풍경을 바라보았다.

"이렇게 펑펑 내리는 건 어렸을 적 이후로 처음일지도."

죠스케가 중얼거렸다. 우리가 네 살 때, 모리오초에 기록적인 폭설이 내렸다. 그때를 말하는 것이 분명했다.

"아냐, 이 정도가 아니었어. 그날 밤이 더 많이 내렸던 것 같아."

버스가 후타츠모리 터널로 들어갔다. 창밖이 180도 변해 어두워진 풍경에 꼭 밤길을 달리고 있는 것만 같았다. 죠스케는 차창에 비치는 자신의 얼굴을 바라보고 있었다.

예전에 죠스케에게 들었다. 죠스케는 네 살 무렵 어느 폭설이 내리던 날 밤, 죽을 뻔한 적이 있다.

조금 이야기가 길어지지만 그날 밤의 이야기를 설명해두겠다.

1987년의 겨울이었다. 죠스케는 원인 불명의 열병에 걸렸다. 죠스케의 어머니는 밤중에 차를 몰고 S시 시내의 병원으로 죠스케를 데려가려 했다.

그날 밤, 모리오초에 기록적인 폭설이 내렸다. 농업용 도로 한복판에서 운 나쁘게 타이어가 눈에 빠지는 바람에 죠스케의 어머니가 몰던 차가 꼼짝도 못하게 되고 말았다. 체인을 감아두었음에도 불구하고 계속 미끄러질 뿐, 앞으로도 뒤로도 나아가지 못했다.

죠스케의 병세는 일각을 다툴 정도로 심각했다. 죠스케의 어머니는 누구에게든 도움을 청하고 싶었지만, 당시 모리오초는 아직 개발 도상이었던 관계로 지금처럼 주택이나 교통량이 많지 않았다. 민가는 보이지 않고 눈 덮인 밭만이 어둠 속에 펼쳐져 있었다. 그때 두 모자를 구한 것은 한 남자 고교생이었다.

차가 움직이지 않아 어쩔 줄 몰라 하던 죠스케의 어머니는 백미러에 비친 사람의 그림자를 발견했다. 가쿠란 교복을 입은 불량 학생으로, 머리는 리젠트 스타일로 고정되어 있었다. 눈이 내리던 날 밤 농업용 도로 한복판에서 '그 남자'는 무엇을 하고 있었던 것일까? 불량 학생은 차 안을 들여다보았다. 방금 막 싸움질이라도 하고 온 것처럼 온몸이 만신창이였다. 얼굴에는 시퍼런 멍자국과 상처가 나 있었으며, 입술은 찢어져 있었다. 죠스케의 어머니는 순간적으로 경계했다. 그러나 '그 남자'는 조수석에서 괴로워하는 네 살짜리 죠스케를 보더니 말했다.

"걔가 아픈 거죠? 차, 빼드릴게."

'그 남자'는 망설이지도 않고 가쿠란 교복 상의를 벗어 뒷바퀴 아래에 깔았다. 그러더니 차 뒤로 돌아가 양손으로 차를 밀기 시작했다. 죠스케는 몽롱한 의식 속에서 '그 남자'의 모습을 보았다.

"얼른 액셀 안 밟고 뭐 해요. 차가 움직이기 시작하면 멈추지 말고 그대로 쭉 밟아요……. 또 눈에 타이어가 빠질 수 있으니까."

죠스케의 어머니는 차가 빠지길 간절히 빌며 액셀을 밟았다. 체인이 감긴 타이어가 가쿠란 교복을 휘감더니 드디어 차가 움직이기 시작했다.

무사히 병원에 도착해 곧바로 치료를 받고 죠스케는 입원했다. 그날 밤 이후로 50일 동안 죠스케는 생사를 헤맸다. 혼탁한 의식 속에서 자신을 도와준 소년을 떠올렸다. '그 남자'의 가쿠란 교복은 체인이 감긴 타이어에 휘말려 틀림없이 엉망진창이 되었을 것이다. 눈을 흠뻑 맞으며 돌아가는 그 뒷모습을 상상하며 죠스케는 끝까지 고열의 통증을 견뎌냈다.

나중에 죠스케의 어머니는 그 소년을 찾으려 했지만 찾을 수 없었다고 한다. 그 고교생이 누구였는지, 아는 사람은 아무도 없었다.

알지도 못하는 타인을 구하기 위해 자신의 옷이 망가지든 말든 타이어에 던져넣는 일이 보통 사람이라면 내릴 수 있는 결단일까? '그 남자'에게 자신의 가쿠란 교복은 아무런 가치도 없는 것이었을까? 천만에, 그럴 리가 없다. '그 남자'는 명실상부한 선의로 그런 행동을 한 것이다. 그 행동이 죠스케의 그뒤 인생과 삶의 방식을 바꿔놓았다. 지금까지도 '그 남자'는 죠스케에게 '동경'의 대상인 것이다.

죠스케의 리젠트 머리는 '그 남자'의 헤어스타일을 흉내낸 것이라고 한다. 고등학교 입학 당시 선배 불량 학생이 죠스케의 헤어스타일을 비웃었다. 그 선배의 코는 죠스케에게 말을 걸기 전과 후를 경계로 모양이 바뀌어버렸다. 평소의 죠스케는 함부로 날뛰지 않는 성격이지만, 헤어스타일을 비웃으면 태도가 180도 변한다. 어릴 적 자신을 구해준 '그 남자'까지 모욕하는 것처럼 여기는 것이다.

체인이 감긴 타이어가 콰득콰득 도로를 긁는 소리가 들려왔다. 유리창에 반사된 모습을 보며 이용해 죠스케는 머리를 정리했다.

"고정이 잘 안 되네."

죠스케는 곤란하다는 듯한 얼굴로 말했지만, 나는 어디가 흐트러졌다는 것인지 좀처럼 알 수가 없었다.

"죠스케가 그거 말고 다른 헤어스타일로 다니는 게 상상이 안 돼."

"이 헤어스타일을 관두면 난 더이상 '히가시카타 죠스케'가 아냐. 다른 무언가라고."

이제 와서 뭔 소리야, 라고 하는 듯한 얼굴이었다.

몸에 걸치고 있던 것을 스스로 벗어던져 타인을 구한 '그 남
자'의 행동이 죠스케의 마음속 깊숙이 새겨져 있었다. '그 남
자'는 생명의 은인 이상의, 아버지 같은 존재가 아니었을까?
죠스케는 내내 아버지의 얼굴도 모르고 커왔다. 아버지 대신
'그 남자'의 뒷모습이 나아가야 할 길을 제시해주었던 것은 아
닐까?

"지금도 그 사람 만나보고 싶어?"

"솔직히 그건 좀 겁이 나기도 해. 그 사람의 이름이나 정체를
지금도 알고 싶은 반면에 두려운 마음도 좀 들어. 그날 밤 이후
로 워낙 시간이 흘러서 말이야."

잠시 뜸을 들이다가 죠스케가 이야기를 계속했다.

"하지만 정체를 알 기회가 있으면 절대로 놓치지 않겠지."

참고로 소년 시절의 죠스케를 구해준 리젠트 머리의 소년과
관련해 만화 『죠죠의 기묘한 모험』 제4부 연재 당시 팬들 사이
에선 온갖 가설이 들끓었다. 향후 전개와 관련된 복선으로 설정
된 듯한 인상의 에피소드였기 때문이다. 그러나 그후로 이 이야
기는 한 번도 등장하지 않고 『죠죠의 기묘한 모험』 제4부는 종
료되었다. 이 소년과 관련된 가설 중에 가장 그럴싸했던 것은

"적의 '스탠드' 능력에 의해 과거로 타임 슬립을 한 죠스케 자신이 아닐까?"라는 것이었다. 이것은 만화의 회상 신에 나왔던 소년의 실루엣이나 복장이 고교생 죠스케와 흡사했기 때문이다.

버스가 후타츠모리 터널을 빠져나가자 또다시 창밖으로 설경이 펼쳐졌다. 마을의 중심지와 떨어진 장소이다보니 나무나 논밭만 보였다. 민가가 있는 거리로 들어서자 버스는 때때로 정차하여 손님을 내려주었다. 나는 자전거로 통학했기에 버스에 탈 기회가 거의 없었다보니 창밖으로 보이는 풍경이 신선했다.

지나가는 풍경 속에 '그네'와 '미끄럼틀'이 있었다. 눈앞을 지나쳐 뒤로 스쳐가버렸다. 나는 순간적으로 풍경을 눈으로 좇다가 머리가 창문에 부딪혀 쿵 소리를 냈다.

"왜 그래?"

죠스케가 물었다.

"방금 공원이 있었던 것 같은데⋯⋯."

"공원? 이런 데 그런 게 있었나?"

모리오초의 공원은 전부 다 조사했다. 그러나 방금 그 지점에 공원 같은 것은 분명 없었다.

나와 죠스케는 다음 버스 정류장에서 내려보았다. 엔진 소리를 울리며 버스가 떠나가버리자 눈이 모든 소리를 흡수했는지 주변은 조용해졌다. 우리는 추위에 덜덜 떨며 길을 따라 되돌아갔다. 집이 드문드문 눈에 띄는 가운데 정원수로 둘러싸인 한 구역이 있었다. 아이들이 신이 나서 떠들고 다니는 목소리가 들려왔다. 공원이 아니었다. 그곳은 주변 일대가 논밭으로 둘러싸인 아동보호시설이었다.

4

"선배, 긴장했어요?"

발목을 붙드는 눈 속에서 앞장서 걷고 있는 하스미 선배에게 물어보았다. 종업식 도중에 눈발이 거세지기 시작하더니 이미 모리오초는 온통 새하였다. 길가에 세워져 있는 자동차나 오토바이, 가게 간판이나 진열대 위까지 눈으로 뒤덮여 있었다. 치호가 몇 번이고 미끄러져 뒹굴 뻔한 데 반해 하스미 선배는 태연한 분위기로 길을 걷고 있었다. 설경을 보고도 별다른 감개를 보이지 않고 평소처럼 담담했다. 치호가 미끄러져 가로수를 붙들고 있는 동안에도 선배는 계속 전진해 둘 사이의 거리가 벌어졌다. 온통 새하얀 풍경 속에서 선배가 입고 있는 교복의 색깔만이 붕 떠 있었다. 선배가 돌아보지 않고 일말의 감정도 담겨 있지 않은 듯한 차가운 목소리로 말했다.

"긴장은 안 해. 엄청 기대돼."

지금 자신의 집에 선배를 데려가던 참이었다. 하스미 선배가 아버지와 만나는 것은 처음이다.

"걱정할 것 없어요. 우리 아빠, 자상한 사람이니까."

사귀는 사람이 생기면 집에 한번 데려오렴, 전부터 아버지가 하던 말이었다.

선배의 손을 잡고 험난한 길을 걷다보니 어느새 자신의 집이 있는 주택가에 들어섰다. 하스미 선배를 안내하며 그 얼굴을 몇 번씩 힐끔힐끔 살폈다.

사귀기 시작한 지 벌써 2개월이 지났다. 관계가 급진전된 것은 이탈리안 레스토랑에서 식사하던 날 불량배가 시비를 걸어왔던 것이 계기가 되었다. 그뒤 그 남자가 어떻게 되었는지는 잘 모른다. 사람들의 입에도 오르내리지 않은 것을 보면 사소한 다툼으로 처리된 모양이었다.

선배는 어째서 나이프를 다루는 데에 익숙한 것일까? 그런 질문을 하자 하스미 선배는 시설 친구와 놀이 삼아 나이프 스로잉을 하곤 했다고 설명했다. 사귀기 시작하자 그때까지 알지 못했던 하스미 선배의 여러 면이 보였다. 하스미 선배의 집 벽에는 초원 사진엽서가 붙어 있었다. 또 하스미 선배의 팔이나 몸에는 상처나 멍자국이 있었는데, 그것은 소년 시절 당한 교통사고의 흔적이라고 들었다. 남들보다 뛰어난 기억력 때문에 혼란에 빠져 팔을 쥐어뜯었던 흔적이라는 말도 했다. 소년 시절 지냈던 보호시설에 함께 찾아가 하스미 선배가 선생님이나 친구들과 이야기하는 것을 보았다. S시 여고에 간 친구와 패밀리 레스토랑에서 만나 하스미 선배에 대해 보고하자 친구는 기뻐하며 저녁을 사주었다.

귀갓길에 매번 선배와 헤어지던 세 갈래 길에서 오늘은 같은 방향으로 함께 왔다. 주택가를 지나 어느 정도 나아가자 자신의 집이 보이기 시작했다. 아버지가 직접 설계한 단층의 서양식 건축물이었다.

"꽃을 기르나봐."

선배가 문밖에서 정원을 들여다보았다. 화분과 화단에도 눈이 쌓여 있었다.

"엄마가 집을 나간 뒤로는 피지 않지만요."

부모님의 이혼은 아버지의 옛날 애인이 원인이었다. 한때는 그 여자를 원망했지만 이제는 아무렇지도 않았다.

열쇠로 현관문의 자물쇠를 열었다. 아버지가 신는 구두가 흙마루에 놓여 있었다. 선배가 벗은 구두를 아버지의 가죽구두 옆에 나란히 놓자 크기가 거의 비슷했다.

"구두 사이즈, 아빠랑 똑같다."

"별 쓸데없는 걸 다 보는군."

거실에는 클래식 음악이 흐르고 있었다. 아버지가 목제 가구를 모으는 관계로 스피커도 큰 목제 스피커였다. 거실 옆이 바로 부엌이었는데, 거기서 비프스튜의 향기가 감돌고 있었다. 아버지가 요리를 하고 있었던 것이다. 회사에서 일찍 귀가하면 아버지는 손수 저녁식사를 만들어주곤 했다. 말을 걸자 수도꼭지를 꽉 잠그는 소리가 들렸다. 앞치마에 손을 닦으며 아버지가 나왔다. 아버지는 선배를 유심히 살피고 미간을 찡그리더니 깐깐한 표정을 지었다. 그리고 선배의 전신을 훑어보는가 싶더니 느닷없이 검지를 치켜들었다.

"이 자식, 이 몹쓸 애송이 같으니. 네가 우리 딸을 꼬드긴 남자냐? 내가 널 인정할 줄 알고?"

선배는 일말의 미동도 없었다.

"하지만 뭐. 오늘은 네가 온다고 하기에 스튜를 해놨다. 먹고 가렴."

아버지는 정답게 선배의 등을 두드렸다. 화난 척한 것뿐이었다. 두 사람이 나란히 서니 어쩐지 분위기가 비슷했다. 눈의 형태나 얼굴의 윤곽이 쏙 닮았다.

"가방 맡아줘요?"

치호가 선배에게 물었다. 하스미 선배가 학생용 가방을 꽉 쥐고 있었기 때문이다. 하스미 선배는 고개를 가로젓고 아버지를 다시 한번 보더니, 꾸벅 고개를 숙였다.

"하스미입니다. 잘 부탁드립니다. 언젠가 한번 뵙고 천천히 이야기 나누고 싶었습니다."

5

거울을 들여다보며 자신의 눈빛이 정상임을 확인했다. 정신이 용케도 버티고 있었다. 탈출의 희망이 없었더라면 이미 한참 전에 정신이 나갔을 것이다. 해가 바뀌어 사람들은 신년 연휴를 보내는 모양이었다. 늘 들려오던 출근하는 사람들의 혼잡음도 없는 것이, 콘크리트의 거대한 벽 사이에 낀 공간은 시간이 멈춘 것처럼 하루종일 정적이 계속되었다. 임신과 더불어 가슴이 부풀어갔다. 출산 관련서를 암기할 정도로 읽고 또 읽는가 하면, 초원 사진엽서를 들여다보기도 하고, 십자 퍼즐을 풀기도 하며 지냈다.

밤이 되면 변함없이 오오가미 테루히코가 옥상에 찾아와 식량이나 보급 물자를 던져주고 갔다. 언제 무너져버려도 이상할 것 없는 위태로운 관계가 계속되었다. 그 남자가 자신을 당장 죽여버리지 않는 것이 기적처럼 느껴졌다.

이 관계 유지를 위해 노력한 것은 오오가미 테루히코뿐만이 아니었다. 자신은 목이 망가져 큰 소리로 외칠 수 없게 되었다. 그러나 분명 배관을 치는 등의 방법으로 누군가를 부를 수도 있었다. 물론, 그런 생각을 해보지 않은 날은 하루도 없었다. 그러나 부모님의 안전을 생각해 끝내 그럴 수 없었다.

옥상에서 오오가미 이외의 인간이 내려다보지 않는 것도 희한한 일이었다. 회사 건물도 그렇고 주거용 빌딩도 그렇지만, 옥상은 추락 방지용 펜스가 설치되어 있어 그것을 넘지 않고서는 빌딩의 틈새로 밑바닥까지 내려다볼 수는 없다. 단, 회사에서 옥상까지 올라오는 사람은 거의 없기 때문에 출입 금지 간판이라도 내걸어두면 사람의 출입을 막을 수는 있을 것이다. 오오가미가 그런 식으로 아무도 들어오지 못하도록 수작을 부려놓았을지도 모른다.

그러나 정말 그것만으로 반년 가까운 기간 동안 아무도 빌딩의 틈새를 엿보지 않는 상황이 유지될 수 있을까……?

오랫동안 오오가미 테루히코의 목소리밖에 듣지 못했기에, 주거용 빌딩 옥상에서 여성의 목소리가 들린 순간 아카리는 공포를 느꼈다.

"저…… 저기요……."

그 목소리는 추운 듯이 떨리고 있었다. 1월 초 어느 날 동이 틀 무렵이었다. 그 순간을 지금까지 몇 번이고 상상했다. 꿈이나 환청이 아니기를 빌며 모포에서 나왔다.

"정말로…… 있는 건가요……?"

손전등의 불빛이 옥상에서 빌딩의 틈새를 비추었다. 아카리는 눈을 가늘게 뜨고 올려다보았다. 실루엣과 목소리로 그곳에 있는 것이 여성임을 알 수 있었다.

하고 싶은 말이 한두 가지가 아니었다. 그러나 목이 메어 뭐라고 말해야 할지 알 수가 없었다. 팔을 흔들어 어찌어찌 '여기 있어요'라고 응답했다. 옥상까지 닿을 정도로 큰 목소리는 나오지 않았다. 그러나 눈치채준 것 같았다. 옥상에 있는 여성이 숨을 삼키는 낌새가 전해져왔다. 그 여자는 아카리를 보고 할말을 잃은 상태였다. 그러나 곧바로 생각났다는 듯이 그 여자는 말했다.

"경찰에 알렸어요. 하지만 그 편지를 믿어주지 않아요. 그래서 나 혼자 확인하러 온 거예요."

주변이 울려퍼지는 듯한 목소리였다. 심장 박동이 빨라지는 것을 느꼈다. 아이가 배 속에서 꼼지락꼼지락 움직였다. 탈출하면 분명 이 아이를 안전하게 출산할 수 있을 것이다.

"지금 당장 구해줄게요. 그러니까 안심해요. 정말 이럴 수가……. 하지만 잠깐만요……."

무언의 시간이 흘렀다. 이윽고 그 여자는 망설이며 말했다.

"내 말 좀 들어봐요."

위에서 무언가가 떨어졌다. 종이 다발이었다.

"그것 좀 봐봐요. 나, 형편이 어렵거든요……."

그것은 고무줄로 묶여 있는 대량의 청구서였다.

"전부 다는 아니라도 괜찮아요. 절반만요. 그래도 모리오초에 단독 주택을 살 만큼은 남을 거예요. 이 조건을 승낙해주면 내가 그쪽을 도와줄게요. 빌딩 앞에 차를 세워놨어요. 트렁크에 로프 사다리가 들었고요. 곧바로 그걸 가져올게요."

고양이의 목걸이에 매단 편지에는 오오가미 테루히코의 돈을 숨겨두었다는 것도 적어두었다. 그 때문에 오오가미 테루히코가 아카리를 살려두고 있다는 것도.

이곳에서 나갈 수만 있다면 돈 같은 것은 전부 다 줘버려도 상관없었다. 그 여자의 조건을 승낙하기로 했다. 알았다, 라고 말로 전할 수가 없었다. 보란듯이 크게 고개를 끄덕였다. 그 여자는 안도하듯이 말했다.

"다행이다. 그럼 거기서 기다려요."

그 여자가 안쪽으로 사라지고, 빌딩의 틈새에는 다시 자신 혼자만 남게 되었다. 그 여자가 손전등을 들고 가버리는 바람에 주변은 어두웠다. 다행이다. 이제 나는 돌아갈 수 있다. 부모님이 있는 집으로 돌아갈 수 있다. 그런 기쁨과는 반대로 그 여자에 대한 의심도 생겼다.

편지에 거금을 숨겨두었다고 적기는 했지만 그 금액은 밝히지 않았다. 가방 안의 내용물은 수백만 엔일 수도, 수억 엔일 수도 있었다. 그러나 그 여자는 "절반만요. 그래도 모리오초에 단독 주택을 살 만큼은 남을 거예요"라고 말했다. 마치 가방 안에 돈이 얼마나 들어 있는지 처음부터 알고 있는 듯한 어조였다.

더이상 속을 수는 없다. 고양이에게 부탁한 편지를 오오가미 테루히코가 입수한 것은 아닐까, 라고 추측해보았다. 있을 수 없는 일은 아니다. 편지를 읽은 오오가미 테루히코가 그것을 역으로 이용할 계획을 세운 것은 아닐까? 이 교착 상태에서 벗어나기 위해 오오가미 테루히코에게는 특단의 조치가 필요했을 것이다. 방금 전 그 여자가 오오가미 테루히코의 덫이라면 본인의 몫을 요구한 것도 이해가 간다. 일단 자신을 밖으로 데려가 본인의 몫을 받기 위해 돈의 행방을 밝히게 하는 것이 목적일 것이다. 물론, 돈의 행방을 알게 된 시점에서 자신에겐 더이상 볼일이 없게 된다.

그러나 그 추측이 사실이라면 지금 이 상황은 과연 자신에게 위기일까?

아니다. 유감이기는 하지만 결코 최악은 아니다. 오히려 이것은 기회다. 이쪽이 눈치챘다는 것을 저쪽은 아직 눈치채지 못했기 때문에. 속는 척하고 이곳에서 탈출하면 그만이다. 돈의 행방을 이야기해 그 여자가 그곳을 뒤지는 동안 달아날 기회가 있을지도 모른다. 이대로 여기 남아 있는 것보다 훨씬 희망적인 계획이다.

거울을 깨서 흉기로 쓸 수 있게 삼각형 파편을 골라 상의 안에 숨겨두었다.

얼마 지나지 않아 요란한 소리와 함께 옥상에서 밧줄이 내려왔다.

"떨어지지 않게 조심해요."

옥상의 가장자리에 손전등의 빛이 나타났다. 벽에 매달려 있는 사다리는 옥상에서 빌딩의 틈새를 향해 거미줄처럼 가늘게 뻗어 있었다. 수직으로 30미터 정도 되는 높이였다. 어서 밖으로 나가고 싶다는 일념에 로프 사다리를 꽉 쥐고 발을 올려 놓았다. 체중이 실리자 로프가 찌걱거렸다.

한 칸씩 사다리를 올라가 시야가 상승할 때마다 밖으로 나갈 수 있다는 기쁨이 차올랐다. 손이 떨릴 것만 같아 사다리를 꽉 쥐었다. 옥상에 올라가 바람을 맞는 순간이 기대되었다. 빌딩의 틈새는 바람 한 점 불지 않아 언제나 고인 공기로 가득했다.

문제가 하나 있었다. 돈의 행방을 어떻게 설명할 것인가였다. 사다리를 올라가며 머리를 굴렸다. 자신이 옥상에 올라가면 여자는 돈의 행방을 물어볼 것이다. 아니면 안내를 요구해올 것이다. 그러나 사실대로 이야기할 수는 없다. 이것이 함정이라면 근처에 오오가미가 숨을 죽이고 있을 것이다.

이 장소를 벗어나 어딘가 사람이 있는 곳으로 가야 한다. 주변에 사람이 여럿 있으면 설령 자신에게 더이상 볼일이 없다 해도 느닷없이 위험한 짓은 하지 않을 것이다.

자신에게는 '이동'이 필요하다. '이동'해 도망칠 기회를 노릴 '시간'이 필요하다. 그러나 돈이 가득 든 여행 가방의 위치를 솔직히 가르쳐주면 그곳에서 한 발짝도 못 움직이게 된다.

왜냐하면 오오가미 테루히코가 알고 싶어하는 '마법의 단어'는 '빌딩 사이'이기 때문이다.

여행 가방은 바로 이곳에 있었다. 지난 반년 내내, 빌딩 사이에서 나오지 못하는 자신의 코앞에 굴러다니고 있었다.

오오가미 테루히코를 옥상에 불러낸 그날, 가방을 가지고 약속 장소에 왔었다. 처음에는 거금을 들이밀고 오오가미 테루히코를 추궁할 생각이었다. 이 돈은 어떻게 얻은 것인지, 오리카사 하나에라는 여자가 전화로 한 말은 사실인지.

그러나 옥상에서 오오가미 테루히코가 오기를 기다리는 동안 머리가 냉정해졌다. 본인 이야기도 들어보지 않고 제멋대로 오오가미 테루히코의 방을 들쑤셔놓은데다 또 천장 안쪽까지 뒤진 자신이 오히려 지나친 행동을 하고 있는 것처럼 느껴지기 시작했다. 이런 것을 보여주면 이야기가 오히려 과열될 것 같은 기분이 들었다. 가방을 어딘가에 숨겨놓자고 마음을 먹었을 때는 이미 손목시계가 약속 시간 5분 전을 가리키고 있을 무렵이었다. 이제 곧 오오가미 테루히코가 올 것이다. 그러나 옥상은 마냥 휑뎅그렁한 공간이다보니 무언가를 숨길 장소가 없었다.

명안은 아니었지만 딱 한 가지 떠오른 방법이 있었다. 회사 옆에는 주거용 빌딩이 서 있었는데, 옥상의 높이는 거의 같았다. 빌딩과 빌딩 사이의 폭은 1미터 정도밖에 되지 않았다. 자신의 힘으로도 옆 빌딩 옥상으로 가방을 던질 수 있지 않을까?

바로 실행에 옮겼지만 결과는 실패였다. 내리는 안개비의 빗물에 손이 미끄러지고 말았다. 스피드가 떨어진 가방은 옆 빌딩 옥상에 쳐져 있는 철망을 넘지 못했다. 철컹, 하고 철망을 흔들며 빗방울을 흩뿌리더니, 빌딩 사이의 복잡하게 얽혀 있는 배관 틈새로 떨어져버렸다.

옥상에서 떠밀려 추락해 거대한 벽 사이에서 생활하게 된 뒤로 오오가미 테루히코의 눈을 피해 배관의 틈새를 들여다보았다. 빈 깡통이나 썩은 종이 쪼가리 사이로 검은 여행 가방이 뒤섞여 나뒹구는 가운데, 빗물이나 배관 연결부에서 스며나온 물방울이 그 위로 뚝뚝 떨어지고 있었다. 가방은 방수 천이었던 데다 그 안에 든 것은 비닐봉지에 싸여 있었기에 젖어도 괜찮을 것 같았다. 언제 발각될까 걱정도 됐지만, 오오가미 테루히코는 눈치채지 못했다. 배관 뒤라 옥상에서는 아마도 보이지 않았던 데다 가방이 검은색이라 눈에 띄지 않은 덕분이었을 것이다.

'마법의 단어'를 순순히 가르쳐줄 수는 없다. 산속이라든가 코인 로커 안이라든가, 어디 다른 장소에 있다고 설명해야 한다. 자신을 그곳까지 안내하도록 해야 한다. 차나 도보로 이동할 때 달아날 기회가 반드시 올 것이다.

로프 사다리를 올라가며 머릿속에서 모리오초의 지도를 펼쳤다. 돈을 숨길 만한 최적의 장소는 어디일까?

돌연 주변이 눈부시게 밝아졌다. 자신의 얼굴을 향해 빌딩 옥상에서 빛이 내리쬐었다. 영화 같은 데서 경찰이 용의자를 신문할 때처럼 환한 조명이었다. 빛 때문에 아무것도 보이지 않아 오르기를 중단하고 로프 사다리를 붙들었다.

"처음에는 아무것도 모르는 순진한 여자였는데 말이야. 그 보잘것없던 존재가 언제부터였는지 의심이 많아진 모양이로군."

남자 목소리였다. 마치 측은하다는 듯이 오오가미 테루히코는 말했다. 눈을 가늘게 뜨자 로프 사다리 위쪽에서 두 개의 손전등이 빛을 발하고 있었다.

"저 표정 좀 보라고. 다 눈치챘어, 네가 도우러 온 게 아니란 걸."

환한 빛에 눈이 적응하자 그 여자의 곁에 있는 또 한 사람의 그림자가 보였다.

"옥상에 올라와도 저 여자는 내가 바라는 말을 입 밖에 내지 않을 거야. 저 여자가 늘어놓는 말에 단 하나의 진실은 없고 날 빙빙 맴돌게 하기만 할걸. 이 좁고 사방이 꽉 막힌 극장에서의 공연은 실패로 끝났어. 네가 연기를 하고 있다는 걸 저 여자는 이미 알고 있으니 말이야."

전신이 무거운 납으로 변성되는 듯한 절망적인 기분이 들었다. 로프 사다리의 중간에서 힘이 빠져 떨어지지 않게 버티는 것이 고작이었다.

"저 여자가 눈치챘다고? 그런 걸 어떻게 알아?"

"처음엔 찰나의 번뜩임이었지. 그리고 관찰. 저기 좀 봐, 깨진 거울이 지면에 널려 있는 걸."

얼굴을 비추던 빛이 살짝 비껴나 빌딩의 틈새 밑바닥을 비추었다.

"저 여자는 역전극을 연출하려 했던 거야. 그것도 유혈이 따르는 처참한 것이었을걸."

"일단 밖으로 한번 내보내보자. 말할지도 모르잖아?"

"바깥공기를 마시면 부모님 생각에 흐느껴 울며 용서를 구하고 내가 바라는 답변을 할지도 몰라. 하지만 그렇게는 하지 않을 거야. 왜냐하면 저 여자는 그런 짓을 해도 살 수 없다는 걸 알고 있거든. 그런 사람은 거꾸로 본래 능력 이상으로 저항하기 마련이야. 과연 저 여자가 흐느껴 울 것인가, 아니면 장렬히 저

항할 것인가, 난 그런 도박은 좋아하지 않아. 저 여자는 내려가
줘야 해. 또다시 저 밑바닥으로."

중간까지 타고 올라가던 거미줄이 뚝 끊어지는 것만 같은 기
분이 들었다. 한순간, 오오가미 테루히코의 말을 무시하고 이대
로 옥상까지 올라갈까 생각했다. 최대한 빨리 그들이 있는 곳까
지 도달해 그들의 몸을 붙드는 것이다.

"만에 하나 저 여자가 저항해 물어뜯기라도 하면 상처로 세
균이 들어가 썩어버릴걸. 저 여자는 지금 불결함으로 똘똘 뭉친
것 같은 상태니까 말이야. 봐. 과연 저 여자가 한때는 인간이었
다는 걸 알아볼 수 있겠어? 백이면 백, 눈을 돌릴 게 틀림없다
고. 지금까지 살려두느라 얼마나 힘이 들었는지 원. 자, 아래로
돌아가. 이 위는 당신이 있을 곳이 아니야. 미리 말해두지만 로
프 사다리는 한순간에 풀 수 있게 해놨어. 단 한 발짝이라도 더
올라오려 들다간 사다리째 떨어지게 될걸. 이 높이에서 추락하
면 배 속의 아기도 무사하진 못해."

쏟아져나올 것만 같은 눈물을 애써 삼켰다. 그들이 위에서 비
추는 전등에 우는 얼굴을 보이기 싫었다.

다시 내려가는 데에 시간이 걸렸다. 한 칸 한 칸 옥상이 멀어
지고, 너무나 아쉬운 마음에 가슴에서 피를 토할 것만 같았다.
땅 위에 내려서자 로프 사다리는 다시 감겨 옥상으로 회수되기

시작했다. 머리 위에서 여자 목소리가 들려왔다.

"미안해요. 하지만 내가 그 고양이의 주인인 건 사실이에요. 오오가미 씨가 고양이 좀 빌려달라고 해서요. 이런 식으로 연기까지 다 시킬 줄은 몰랐지만. 그 고양이는 그쪽이 살아갈 희망을 잃지 않게 하기 위해 일부러 빌딩의 틈새로 들여보낸 거래요. 그쪽의 마음이 망가져 돈의 행방을 말할 수 없게 되면 안 되잖아요. 그걸 막기 위해 '희망'을 눈앞에 매달아두기로 했던 거래요. 분명 '희망'이 그쪽의 마음을 지탱해줄 게 틀림없으니까. 그런데 오랜만이죠? 우리 예전에 전화로 얘기했던 거 기억나요?"

그제야 알았다. 자신에게 시간의 흐름 속에서도 풍화하지 않는 기억력이 있었다면 반년 전에 들었던 전화 속 목소리였음을 곧바로 알아차렸을 것이다. 그 여자는 오리카사 하나에였다.

"그럼 또 봐요. 앞으로는 오오가미 씨랑 같이 가끔씩 상태 보러 와줄게요. 맞다, 그러고 보니까, 알아요? 오오가미 씨, 결혼했어요. 나랑 한 건 아니고. 최근 알게 된 여자래요. 아무래도 상관없나, 그런 건?"

이윽고 두 사람은 옥상에서 사라졌다. 빌딩의 틈새는 또다시 깊은 어둠으로 가득찼다.

6

밖에서 노는 아이들의 웃음소리가 실내에도 들려왔다. 창문
으로 시선을 돌리자 쌓인 눈을 손으로 뭉쳐 서로에게 던져대는
아이들의 모습이 보였다. 대부분 초등학생쯤 되는 나이였지만
개중에는 유치원생쯤이나 중학생쯤 되는 아이도 있었다. 아동
보호시설은 내가 옛날에 다녔던 유치원과도 비슷했다. 생나무
울타리와 문이 있었고, 아이들이 생활하는 건물이 있었으며, 공
터와 놀이기구가 있었다.

건물 안에는 학교 교무실을 축소해놓은 듯한 방이 있었다. 책
상이 세 개쯤 늘어서 있었으며, 창가에는 푹신한 손님용 소파
세트가 놓여 있었다. 나와 죠스케는 그곳에 나란히 앉아 있었
다. 스토브에 주전자가 올라가 있었으며, 주둥이 쪽에서 조용히
김이 피어오르고 있었다.

아이들 몇몇이 밖에서 창문 안을 들여다보고 있었다. 죠스케
가 겁을 주는 듯한 시늉을 하자 아이들이 요란하게 외치며 흩어
져버렸다.

"이런 데가 있을 거라곤 생각도 못했어."

"하지만 우리가 찾는 데는 여기가 아닐 수도……."

나는 공터를 바라보았다. 이곳에는 눈이 쌓인 '그네'와 '미끄

럼틀'이 갖춰져 있었다. 그러나 '시계'는 보이지 않았다. 세 개모두 갖춰진 공원이라면 모리오초에 몇 군데 있다. 두 가지 조건밖에 갖추지 못한 이곳보다 다른 곳이 '적'의 기억 속 장소일가능성이 더 클 것 같았다.

시설 직원이 찻잔에 차를 따라 내왔다. 20대 정도의 젊은 여성이었다. 여직원은 우리 앞에 앉아 얼마간 잡담을 했다. 오늘의 날씨에 대해 이야기하자 이 폭설로 원장이 외출을 나갔다가돌아오지 못하고 있다고 여직원은 말했다. 우리는 학교 숙제로아동보호시설을 견학하는 것이라 둘러대고 이 시설의 개요와역사에 대해 설명을 들었다.

"학생이 신비한 힘으로 상처를 낫게 해준 게 아닐까 하고 아이들이 흥분해 떠들고 있답니다."

여직원이 우습다는 듯이 웃었다. 나와 죠스케는 서로에게 눈짓했다.

방금 전 버스에서 내려 시설을 찾아온 직후의 일이었다. 공터에서 놀던 작은 여자애가 넘어지는 바람에 양쪽 손바닥이 땅에 쓸리고 말았다. 그 아이가 손을 짚은 장소는 건물의 밑동 쪽으로, 눈이 쌓이지 않은 대신 얼어붙은 지면이 강판처럼 드러나있었다. 때문에 아이의 양쪽 손바닥은 진흙과 피와 벗겨진 피부로 참혹한 지경이 되었다. 아이가 울음을 그치지 않아 여직원이 어쩔 줄 몰라 하는데 죠스케가 다가왔다. 죠스케는 아이의 작은 손을 커다란 양손으로 감쌌다. 다음 순간, 아이는 울음을 그치고 신기하다는 듯한 표정을 지었다. 죠스케가 손을 펼치자 아이의 손안에 있던, 울음을 그칠 줄 모르던 아이의 상처와 견디기 힘든 고통은 말끔히 사라져 있었다.

"그건 대체 어떤 응급처치였나요? 설마 진짜로 신비한 힘을 갖고 있다든가?"

여직원의 이야기를 들으며 나는 선반에 놓인 작은 장식물을 힐끗 보았다. 아기를 안고 있는 도자기 재질의 마리아 상이었다. 죠스케는 고개를 가로저었다.

"원래 대단한 상처는 아닌 것 같더라고요. 저, 학교에서 보건위원이거든요. 그런 응급처치는 도가 튼 몸이라. 그보다 여쭤보고 싶은 게 있는데 말이죠, 시계에 대해서."

"시계?"

"욘석이 또 어찌나 시계를 좋아하는지, 역이나 공원 같은 데 있는 시계 사진을 엄청 찍고 다니거든요."

죠스케가 내 어깨를 툭툭 쳤다. 엥, 그런 설정으로 가자는 거야? 싶었지만, 별수없이 나는 고개를 끄덕였다.

"……그게, 그러니까, 흥분되지 않나요, 시계를 보면? 말로는 잘 표현 못하겠지만 시침과 분침 사이에 로맨스가 느껴지는 게, 애인 사이 같다고나 할까, 쫓고 쫓기는 것 같다고나 할까.
그런데 저기 저 공터에도 몇 년 전까지는 있지 않았나요, 시계
가……?"

지금은 보이지 않는다. 하지만 옛날에는 있었을지도 모른다.
만약 그렇다면 이 시설도 '적'의 기억 후보지에 들 것이다. 그러
나 여직원은 감이 오지 않는다는 눈치였다.

"글쎄요. 잘 모르겠네요. 아니, 학생 취미 얘기가 아니라 시계
가 있었는지 없었는지……."

"최근에 철거된 건 아닌지?"

"전 여기 배속된 지 아직 1년밖에 안 돼서요. 그전 일은
잘……."

"아는 분은 혹시 안 계신가요?"

방에 있는 어른은 여직원뿐이었다.

"원장 선생님께 여쭤보면 아실지도 모르지만. 방금 전에 말씀
드린 대로 외출하셨다가 눈 때문에 돌아오지 못하고 계셔서요.
아실 만한 분을 찾아보죠. 한 5분만 기다려보세요."

여직원이 일어난 순간 복도로 통하는 미닫이문이 열리고, 초
등학교 고학년쯤 되어 보이는 소년이 방에 들어왔다.

"선생님, 나 가위 필요한데 써도 돼?"

소년은 가족에게 말하는 듯한 투로 여직원에게 말했다. 여직

원은 명부를 꺼내 소년의 이름을 기입하는 듯했다. 그리고 몇시부터 몇시까지 쓸 것인지, 어떤 용도로 쓸 것인지를 질문하고 그것도 적었다. 어린아이가 있기 때문에 날붙이를 신중히 취급하는 것일까? 소년이 가위를 빌려가자 여직원은 우리에게 '금방 돌아올게요'라고 하더니 자리를 떴다. 나와 죠스케만이 교무실 같은 방에 남아 있게 되었다.

아이가 그린 그림이 방에 장식되어 있었다. 이 시설에는 여러 이유로 부모님과 살 수 없는 아이들 오십 여 명이 생활하고 있다고 한다. 이런 시설이 전국에 오백 군데 이상 있는 모양이었다. 죠스케는 소파에서 일어나 선반에 놓인 아이의 공작물을 바라보았다. 그리고 마리아 상에 손을 뻗어 팔 안의 아기를 손끝으로 건드리며 말했다.

"이 아기는 물을 포도주로 바꿨다고 하던데, 설마 '스탠드유저'였던 건 아니겠지."

방금 전 죠스케가 여자애의 상처를 없앴을 때, 주변에 모여있던 아이들은 깜짝 놀라 눈을 활짝 떴다. 여자애의 상처를 고친 것은 물론 '스탠드'의 능력이었다.

죠스케의 '스탠드'는 중세의 전사를 연상케 하는 인간의 모습을 지녔다. 이름은 '크레이지 다이아몬드'. 힘이 강해 파괴하지 못하는 것이 없다. 그 주먹에 맞으면 콘크리트 벽도 한순간에 산산조각이 난다. 게다가 파괴된 것을 복원하는 능력까지 있다. 베인 상처나 골절을 한순간에 고칠 수도 있다.

파괴와 재생이라는 정반대의 속성이 어떻게 모순 없이 공존하는지 신기했다. 죠스케 자신이 그런 양면성을 지녔는지도 모른다. 그리고 보니 죠스케에겐 이중인격자 같은 구석이 있는 듯한 기분이 들었다. 붙임성 있게 보이는가 싶다가도, 다음 순간 헤어스타일을 비웃으면 사정없이 사람을 흠씬 두들겨 패버린다.

어느샌가 창밖에 아이들의 얼굴이 늘어서 있었다. 눈싸움을 중단하고 거의 전원이 호기심 어린 얼굴로 실내를 들여다보고 있었다. 그들의 시선은 주로 죠스케의 머리로 쏠렸다. 손가락질하며 괜한 소리는 안 했으면 하는 걱정이 들었다. 죠스케가 익살맞은 표정으로 왁-! 하고 외쳐 그들을 놀래켰다. 아이들은 웃으며 창문에서 달아나 흩어졌다.

문이 열리고, 조금 전 그 젊은 여직원이 돌아왔다. 여직원이 미안하다는 듯이 말했다.

"시계 건은 역시 알 수가 없더군요. 여기서 오래 일하셨던 분과 연락이 되지 않아서……."

"그럼 할 수 없죠."

나와 죠스케는 돌아갈까, 하고 서로의 얼굴을 마주보며 고개를 끄덕였다. 역시 다른 마을의 공원을 찾아보는 편이 나을 것 같았다. 사건 발생으로부터 시간이 경과할 때마다 범인이 멀어져 가는 것만 같아 우리는 어쩌면 좋을지 알 수가 없었다.

여직원에게 감사 인사를 한 뒤 돌아갈 채비를 하려는 순간 미닫이문이 열리고, 방금 전 가위를 빌려갔던 소년이 나타났다.

"공작은 다 했니?"

"응."

여직원은 소년에게서 가위를 받아들고 명부에 도장을 찍었다. 아마도 반납 완료를 기록하는 것이리라. 소년이 방에서 나가자 죠스케는 검지로 뺨을 긁으며 말했다.

"거 뭐냐, 겨우 가위 좀 빌려가는 것 갖고. 너무 신중한 거 아닌가요? 명부 같은 걸 다 만들 필요가 있나요?"

여직원은 곤란하다는 듯한 얼굴로 고개를 끄덕였다.

"이 시설이 특별한 경우예요. 옛날에 가위로 양팔을 찌른 아이가 있었던 모양이더라고요."

눈싸움이 재개된 것인지 아이들이 떠드는 목소리가 밖에서 들려왔다. 정반대로 방안에는 침묵이 가득했다. 여직원은 아차 하는 표정을 지었다. 손님에게 꺼내서는 안 될 화제였던 모양이다.

"……방금, 뭐라고 하셨죠?"

죠스케가 되물었다.

"가위로 양팔을 찔렀다고, 방금, 그러셨죠?"

죠스케의 어머니는 가위로 양팔을 찔렀다. 그런 내용의 기억이 이식되었던 것이다. 그것은 '적'이 과거에 체험한 일이었을 것이라고 키시베 로한은 추측했다.

"옛날에 그런 짓을 한 아이가 있었냐니까요? 이 시설에?"

죠스케가 추궁하자 여직원은 겁이 난 얼굴로 뒷걸음질쳤다.

이야기를 캐묻는 데 고생했다. 아이의 정보를 외부인에게 말해서는 안 되는 것인지 여직원은 좀처럼 자세한 이야기를 해주지 않았다. 이윽고 시설의 원장이라는 중년 여성이 외출을 마치고 돌아왔다.

"교통사고를 당한 소년이 옛날에 이 시설에 있지 않았던가요? 그 아이가 가위로 양팔을 찔렀죠?"

내가 질문하자 시설 원장의 표정이 명백히 변했다.

"학생들, 부도가오카 고교죠? 타쿠마 친구인가요?"

원장은 하스미 타쿠마라는 이름을 입에 올렸다. 하스미 타쿠마에 대해 물으려 했지만 이름과 나이 정도밖에 가르쳐주지 않았다.

그 대신 '시계'와 관련된 사실을 알아낼 수 있었다. 예전에는 공터에 '시계'가 있었던 모양인데 7년 전 노후화 때문에 철거했다는 것이다. 확정이었다. 우리는 정답을 찍었다.

시설을 뒤로하고 몇 명인가 아는 친구들에게 연락해 하스미 타쿠마와 관련된 자료를 최대한 모았다. 친구네 형이 1997년도 부도가오카 중학교 졸업 앨범을 가지고 있었다. 그 안에 긴팔 상의를 입은 하스미 타쿠마의 사진이 있었다. 그것을 본 죠스케가 말했다.

"어디선가 본 적 있는 얼굴 같더라니. 1월에 말이야, 역 앞 로터리에서 이 자식이랑 얘기했었어. 분명 여학생이랑 같이 걷고 있었지. 가슴에 만년필을 꽂고 다니는 묘한 놈이었다고."

7

"애 몸에 난 반점, 오오가미 씨랑 똑같더라."

"별 쓸데없는 걸 다 보는군."

남녀의 대화가 가죽 표지 책에 기록되어 있었다. 아직 자신은 본능에 따라 모유를 찾아대는 것밖에 모르는 작은 생물이었다. 복잡한 감정은 갖지 못해 책에 적힌 묘사도 오감으로 수신한 정보가 나열된 것뿐이었다. 가끔씩 감정 묘사도 나오기는 했지만 불안함, 기분 좋음, 두 가지 정도밖에 없었다.

문장을 읽으면 당시의 시각이나 피부의 감각이 머리에 재현되었다. 온몸이 따뜻한 모포로 둘둘 감겨 있었으며, 프랑스빵이나 토마토를 넣어두는 듯한 바구니 안에 넣어져 있었다.

여자가 얼굴을 가까이 갖다 댔다. 먼 거리에 있는 것은 아직 흐릿하고 잘 보이지 않았지만, 수십 센티미터 정도의 거리라면 파악할 수 있었다. 여자의 가슴팍에는 '백합 모양 금색 브로치'가 달려 있었다. 한편 남자 쪽은 얼굴을 가까이 갖다 대지 않았기 때문에 흐릿한 실루엣으로밖에 보이지 않았다.

"안녕, 아가야."

여자는 그 말과 함께 멀어져가더니 두 번 다시 시야에 들어오지 않았다. 그것이 바로 자신이 절 경내에 버려진 날에 대한 가죽 표지 책의 기록이었다.

초등학교 4학년 때 가죽 표지 책을 자유롭게 불러낼 수 있게 되자 곧바로 과거를 조사해보았다. 자신이 주인공인 자전소설을 읽고 비로소 자신의 출생에 관해 알게 되었다.

'백합 모양 금색 브로치'는 모리오초의 작은 잡화점에서 판매되던 물건이었다. 전량 수제로, 팔린 것은 단 열 개뿐이었다고 한다. 가게 단골손님을 조사하던 중 타쿠마는 오리카사 하나에라는 여성에게 도달했다.

오리카사 하나에는 신흥 주택가에 있는 단독 주택에서 고양이와 함께 살고 있었다. 가족은 없는 모양이었지만 반년에 한 번, 남자와 만나곤 했었다. 접근해 그 남자의 목소리를 엿들어보았다. 자신이 절에 버려졌을 때 오리카사 하나에와 함께 있었던 남자임을 확신했다.

"믿기지 않는 건가? 증거를 보여주지. 어깨에 반점이 있어. 이리 와 확인해보라고."

2000년 1월 3일, 오리카사 하나에를 살해하던 바로 그날이었다. 타쿠마는 교복 상의를 벗고 유리창 너머로 말했다. 거실 안에 있던 오리카사 하나에는 머뭇머뭇 다가왔다. 소파 위에 있던 오리카사 하나에의 고양이만이 그 장면을 보고 있었다.

아버지의 옛 애인은 그다지 나이를 먹지 않은 것이, 연령보다 젊어 보였다. 상처투성이 팔에 놀라며 오리카사 하나에는 타쿠마의 어깨로 시선을 옮겼다. 말처럼 생긴 반점을 보고 그때 그 아이였음을 오리카사 하나에는 알아차린 모양이었다. 눈을 가늘게 뜨고, 거의 울 것만 같은 표정을 지었다. 공포에 질린 것 같기도, 감격한 것 같기도 했다. 그러나 오리카사 하나에의 감개나 지금까지 살아온 인생 따위 알 바 아니었다.

오리카사 하나에를 향해 유리창 너머로 가죽 표지 책을 치켜든 순간, 그녀에게 책 자체는 보이지 않았을 것이다. 보통 사람은 그 책을 눈으로 인식할 수 없기 때문에.

그러나 보이든 보이지 않든, 그 거리에서 시야에 들어왔다는 것이 중요했다. 눈으로 인식할 수 없어도 오리카사 하나에의 영혼은 그 존재를 감지해 책의 문자를 판독할 것이다. 누구도 그 문장을 거부할 수 없다. 그 문장은 이 세상의 어떤 소설가가 쓴 것보다도 영혼을 울린다. 꼼짝없이 그 대목으로 빨려들어 타쿠마 자신의 기억이나 감정의 흐름을 체험하게 한다.

그 현상을 타쿠마는 '감정이입'이라 부른다. 기록되어 있는 배경, 공기, 하늘의 색깔, 냄새, 이런 것들이 현실감을 띠고 의식을 휩싸며 오리카사 하나에에게 유사 체험을 시켰다. 오리카사 하나에는 착각했다. 자신이 방금 전 차에 치였다고. 영혼의 확신에 육체는 저항할 수 없었다.

오리카사 하나에의 뼈는 삐거덕거리고, 부러지고, 분쇄되었다. 옷에는 조금의 흐트러짐도 없이 오리카사 하나에의 몸은 자동차의 환영에 의해 비틀렸다. 숨통을 끊기 위해 나이프를 가지고 왔지만 쓸 필요는 없었다. 내버려두면 오리카사 하나에는 출혈 과다로 죽을 것이다. 오리카사 하나에가 이웃 주민과 교류가 없다는 것은 사전 조사로 이미 알고 있었다.

"옛날에 버린 아기를 찾아 뭘 어쩔 생각이었지? 기르기라도 할 생각이었나?"

바닥을 기며 죽어가고 있는 오리카사 하나에에게 말을 걸었다. 대답은 없었다. '감정이입'으로 인해 오리카사 하나에는 죽을 것이다. 책의 페이지를 보여줌으로써 기억을 이식, 타쿠마와 같은 체험을 하게 한다. 그것이 가죽 표지 책의 능력이었다.

고양이가 놀랐는지 방안으로 달아나버렸다. 책의 능력은 동물에게는 통하지 않는다. 책을 읽게 해야 효과를 발휘하기 때문에 상대가 일본어 글자를 읽을 수 있어야 한다는 전제 조건이 있다. 예를 들어 책을 읽지 못하는 아이나 눈이 흐려져 앞을 볼 수 없게 된 노인, 일본어를 읽지 못하는 외국인에게는 효과가 나타나지 않는다.

게다가 상대가 책을 읽을 수 있는 환경이어야 한다는 것이 중요하다. 예를 들어 시야가 확보되지 않을 경우 책의 페이지가 상대에게 보이지 않아, 예를 들어 암흑 속에서는 책을 치켜들어 봐야 아무 일도 일어나지 않는다. 거리의 제약도 있어서, 상대와 약 2미터 거리로 다가가야 한다. 그보다 먼 거리에서는 보통 시력으로는 문자를 판독할 수 없어 기억을 이식해 상처 입힐 수도 없다.

타쿠마는 상의를 입었다. 교복을 벗어 어깨의 반점을 보여준 데에는 이유가 있었다. 오리카사 하나에가 거실 안쪽에 있으면 책의 효과가 없기 때문이었다. 페이지의 글자를 판독하게 하기 위해서는 오리카사 하나에가 약 2미터 거리까지 가까이 오게 해야 했다. 가까이 오지 않았다면 창문을 깨고 다른 방법으로 살해했을 것이다.

"나에 대해 유아원에 문의하지 않았다면 당신은 죽지 않을 수도 있었어."

예정 밖의 살인이었다. 아이의 행방을 찾기 시작한 오리카사 하나에가 언젠가 자신에게 도달하는 것을 막기 위해서였다. 오리카사 하나에가 어떤 동기로 아이를 찾으려 했는지 본심은 알수 없었다. 오리카사 하나에는 병을 앓아 아이를 낳을 수 없는 몸이 되었다. 그것과 관련이 있는지도 모르지만 관심은 없었다.

거실 바닥에 오리카사 하나에의 몸에서 흐른 피가 퍼져갔다. 방구석으로 달아난 흰 고양이가 자신의 바로 눈앞까지 배어나와 고인 피를 빤히 바라보고 있었다.

　붉고 끈적끈적한 비프스튜를 타쿠마는 스푼으로 홀짝였다. 농후하고 깊은 고기맛이 났다. 맛이 있는 것인지 없는 것인지는 알 수 없었다. 그러나 말하지 않으면 이 경우 수상히 여길 것이다.

　후타바가의 실내는 난방이 켜져 있었으며, 유리창은 흐릿해져 새하얬다. 테이블 위의 요리를 먹으며 후타바 테루히코와 후타바 치호의 대화에 귀를 기울였다. 두 사람의 관계는 좋은 편인지 친구 사이처럼 서로를 향해 웃고 있었다. 대화의 내용은 치호가 쓰고 있는 소설에 대한 것이었다. 치호는 소설의 전개에 대해 아버지와 의논하고 있었다.

　"소설의 라스트 신은 분명 누구나 고민할 거야. 난 소설가는 아니지만 분명 그럴걸. 그러니까 아직 보잘것없는 네가 라스트 신을 놓고 이래저래 고민하는 것도 당연해. 이건 그냥 내 아이디어지만 어디 이렇게 해보는 건 어떻겠니. 마지막에는 히로인 소녀만 살아남는 거야. 상대 남자는 죽어버리고."

　"난 가급적이면 해피 엔딩이 좋을 것 같은데."

　"하스미 군은 어떤 게 좋을 것 같은가?"

　스푼을 내려놓고 대답했다.

　"원고를 읽어보지 않으면 모르겠군요."

"한번 보여주지 그러니."

아버지의 말에 치호는 고개를 끄덕였다.

식사 후 치호는 자기 방에서 원고를 프린트하기로 했다. 치호가 자리를 떠나고, 후타바 테루히코도 부엌 싱크대에서 설거지를 시작했다. 타쿠마는 목제 가구를 하나씩 손바닥으로 어루만지며 실내를 거닐었다. 언제나 밖에서 보기만 했을 뿐, 만지는 것은 처음이었다.

처음 와본 척을 했지만 이 주소로 몇 번이고 찾아왔었다. 일전에 창문 안을 들여다봤을 때는 아직 어린 여동생이 소중하게 부모님의 보살핌을 받고 있었다. 배다른 자신의 여동생, 후타바치호였다. 치호는 타쿠마에게 없는 것을 태어날 때부터 가지고 있었다. 그것은 보통 사람이 걷는 평범하고 행복한 인생이었다. 타쿠마가 관여하지 않았다면 치호는 일생을 평온히 보냈을 것이다.

찬장 위에 오늘자 신문이 접혀 있었다.

아버지는 틀림없이 오리카사 하나에가 의문사했다는 기사를 읽었을 것이다. 치호는 사건에 관심을 보였다. 그 이유는 대충 짐작할 수 있었다. 치호는 아버지가 보관하던 오리카사 하나에의 기사를 발견하고 기묘하게 여겼던 것이다. 사망자가 아버지의 옛 애인이라는 것조차 눈치채지 못했을지도 모른다.

벽에 걸린 현대 미술 그림을 바라보고 있는데 프린터 소리가 들려오기 시작했다. 치호가 방에서 소설 원고 인쇄를 시작한 모양이었다. 설거지를 마친 후타바 테루히코가 타쿠마에게 다가왔다.

"저 시끄러운 프린터 소리, 꼭 망가진 바이올린 같지? 워낙에 구식이라서 말이야. 조만간 진학 축하 선물로 새 걸 사줄까 생각중이야."

딸에게 선물을 사주는 것이 그에게는 최고의 기쁨인 모양이었다. 어디에나 있을 법한 평범한 사내로 보였다. 얼굴에 약간 주름이 진 것이, 온화한 분위기를 띤 어른이었다. 그림 옆에는 사진이 걸려 있었다. 해변에 서 있는 3인 가족이었다. 타쿠마가 가족사진을 보고 있는 것을 알아차리고 그는 멋쩍은 표정을 지었다.

"애 엄마 얘기는 들었나?"

"따님께 들었습니다. 어머님께서 떠나신 뒤 아버님께서 몹시 과보호를 하신다고."

"삶의 보람이라서 말이야, 우리 딸 생각을 하는 게. 난 꿈이 있거든, 손주들에게 미술을 보여주거나 그림 그리는 법을 가르쳐주거나 하는 거야."

후타바 테루히코는 딸을 마음의 안식처로 삼고 있는 모양이

었다. 그의 인간관계는 거의 다 파악해두었지만, 그가 미소를
보이는 상대는 치호 말고는 없었다. 만에 하나 치호가 상처를
입거나 죽는 일이라도 생긴다면 그는 헤어날 수 없는 슬픔에 휩
싸일 것이다.

문자가 인쇄되고 종이가 배출되는 소리가 계속되고 있었다.
후타바 테루히코에 대해 조사한 결과를 재확인하기 위해 가죽
표지 책을 읽기로 했다. 마음속으로 염원하자 손바닥에서 책이
떠올랐다.

"그 책은 뭐지?"

후타바 테루히코가 물었다. 타쿠마가 들고 있는 다크 브라운
색상의 가죽 표지 책을 가리키고 있었다. 어림짐작이 아니라 분
명히 손끝으로 책을 가리키고 있었다.

"……그냥 수첩입니다. 주머니 안에 넣어뒀던 겁니다. 교복
안쪽 주머니 안에."

타쿠마가 책을 움직이자 후타바 테루히코의 눈이 그것을 좇
아 움직였다.

"이상한걸. 언제부터 들고 있었지? 주머니 안에 용케 그런 큰
게 다 들어가 있었군."

"의외로 들어가더군요. 주머니 안에."

놀라움을 감추며 아무렇지 않은 척을 했다. 그의 눈에는 가죽

표지 책이 보였던 것이다. 모종의 가능성이 머리를 스쳤다.

"기묘하다고 생각하실지 모르겠지만 몇 가지 여쭤봐도 괜찮을까요?"

"어떤 걸?"

"지금까지 무슨 신비한 힘의 보호를 받고 있다고 느끼신 적은 없는지요?"

"신비한 힘?"

"무슨 환상 같은 것이 보이거나, 궁지에 몰렸을 때 믿기지 않는 행운에 도움을 받거나……."

어째서 자신은 남다른 능력을 지닌 것일까?

예를 들어 이것이 부모에게서 자식으로 전해지는 종류의 형질이라면.

아버지는 턱수염을 긁으며 눈을 가늘게 떴다.

"행운이라는 건 능력 같은 거란 생각 안 드나? 하스미 군."

"무슨 말씀이시죠?"

"땅바닥을 개처럼 기며 견뎌낸 괴로움도, 추위에 벌벌 떨며 밤새 계속한 기도도, 그 모든 것이 그 능력 앞에선 헛수고란 얘기야. 실은 옛날에 일과 관련해서 곤란한 사태가 벌어진 적이 있었지. 애 엄마와 결혼하기 직전의 일이었어. 행운이라는 능력이 없었더라면 그때 진짜 어떻게 됐을지, 원."

"어떤 종류의 행운이었죠?"

"아무도 안 왔어. 그러니까, 사람이 안 왔으면 하는 곳에 아무도 안 왔다 이거야. 왜, 학교에도 있을 텐데? 옥상으로 통하는 계단의 층계참이라든가, 불량 학생이 모여 담배를 피우는 비밀 장소 같은 곳 말이야. 그런 데다 뭘 숨겨뒀었거든. 그때 만약 누가 왔더라면 난 지금 같은 생활을 누리지 못했을 거야. 딸아이도 낳지 못했을 뿐만 아니라 이 조촐한 단독 주택에서 따뜻한 식사를 하고 있을 수도 없었겠지. 하지만 신기하게도 그 공간에 아무도 접근하려 하지 않더군. 마치 그 주변에 있는 모두의 방향 감각이 이상해져버린 것처럼. 그곳으로 가는 길이 모든 인간의 시야에서 사라져버린 것처럼. 그곳에서 들려오는 소리도 그들의 고막을 그냥 통과하는 게, 그곳은 세계로부터 완전히 격리된 골목이 되었다 이거야."

"'숨겨둔 것'이 구체적으로 어떤 것이었나요?"

"개 같은 거였어. 빌딩의 틈새에서 몰래 키웠었지. 회사 건물 바로 옆 틈새. 조금이라도 짖었더라면 난 목이 날아갈 상황이었어. 그래, 개. 매일 먹이를 줬었지. 진흙으로 온통 범벅이 된 지저분한 녀석이었어. 내가 행운이라는 특별한 능력을 지니지 못했더라면 그 개의 기척을 누군가 눈치챘을 것이 틀림없어. 하지만 난 끝까지 걸리지 않았지."

상의 안에 숨겨둔 나이프가 세 자루 있었지만 그것을 쓸 생각은 없었다. 가능한 한 표정을 바꾸지 않고, 목소리도 그대로 유지하며 대응했다. 타쿠마는 연신 그 이야기에 감탄하는 듯한 척을 하며 가방에서 A4 사이즈의 종이를 여러 장 꺼냈다. 그 종이에는 몇몇 사람의 이름과 회사의 이름이 인쇄되어 있었다. 대수롭지 않은 이야기라도 하는 듯한 투로 그에게 말을 건네보았다.

"전 또 '숨겨둔 것'이라는 게 아버님께서 손을 더럽혀가며 해오신 엄청난 악행이라도 되는 줄 알았습니다."

"사람 여럿 있는 파티 같은 데 가면 매번 어떤 얘기를 해야 할지 감이 통 안 오는데 말이야. 그런 의미에서 자네의 그 유머 감각을 좀 배워봐야겠군."

후타바 테루히코가 미소를 지었다. 그리고 소파에 앉아 담배에 불을 붙였다.

"하지만 아무리 우리 딸이랑 사귀는 사이라고 해도 그런 농담은 좀 심한 것 같지 않아?"

"아버님에 대한 것이라면 뭐든지 다 알고 있습니다."

타쿠마는 A4 사이즈 종이를 아버지 앞에 놓았다. 그가 집어들고 훑어보기 시작하는 모습을 조금 떨어진 곳에서 관찰했다.

딱 한 모금 빨더니 그대로 아버지는 담뱃불을 껐다. 방금 전까지의 온화한 분위기는 사라져버렸다. 공기에 삐거덕 금이 가는 듯한 긴장감이 발생했다. 인쇄되어 있는 몇몇 이름을 보더니 그의 표정이 변했다. 시선이 종이 표면을 몇 번이고 스쳐가며 잘못 보지 않았음을 확인하는 모습을 바라보았다. 주름이 깊어지고, 지금까지와는 달리 그에게서 수다스러움이 사라졌다.

이 모든 상태가 안구로 수신되어 책의 기록으로 남는다. 아버지의 숨결이 가빠지는 것을 귀로 듣고, 분위기가 경직되는 것을 피부로 느낀다. 이들 정보는 문자가 되어 언제까지고 책으로 보존된다. 이 순간의 문장은 나중에 몇 번이고 다시 읽으며 즐길 수 있을 것이다.

그들의 이름을 모으는 데에 5년이 걸렸다. 그의 차를 뒤쫓고, 이야기를 나누는 상대의 얼굴을 단서로 신원을 조사했다. 밀담 중인 그의 입술을 읽어 대화 내용을 살폈다. 처음에는 그가 무엇을 하고 있는지 알 수 없었다. 대화 상대 중 하나가 평가 기관 사람이라는 것을 알게 되고 나서 그 뒷사정을 추측했다. 어머니가 그에게 몹쓸 짓을 당했던 것도 그 건이 얽혀 있었던 것이 아닐까 하는 생각이 들었다.

10여 년 전, 이 도시에는 건물의 수요가 많았다. 급격한 발전과 더불어 사람들은 보금자리를 확보할 필요가 생겼다. 건물을 파는 쪽에게는 근사한 광란의 시대였다. 그는 타지에서 이주해와 그 파티에 참가했다. 사방을 오가는 눈먼 돈을 챙길 욕심에

해서는 안 될 짓에 손을 더럽혔다. 건축가와 시공사가 몰래 뒤로 결탁해 일어나는, 어디에나 있을 법한 사기였다.

"지금, 무슨 일이, 일어나고 있는 거지……?"

후타바 테루히코가 겨우 말을 했다. 어느샌가 음악이 꺼지고 목제 스피커는 침묵한 뒤였다. 그는 마치 뻥 뚫린 구멍 같은 표정을 짓고 있었다.

"뭔가 노리는 게 있어 우리 딸에게 접근한 거냐……?"

타쿠마는 거실 안을 천천히 서성거렸다.

"노리는 것? 그야 당연하지 않습니까……?"

목제 소파의 팔걸이를 손바닥으로 문질렀다. 매끄럽고 기분 좋은 곡선을 그리고 있었다. 아름답다, 라는 느낌이 들었다.

인간은 무엇을 위해 사는 것일까? 태어나서 죽을 때까지 걸리는 시간이라 해봤자 한순간에 불과하다. 시간은 눈 깜짝할 사이에 지나가버린다. 죽어버리면 머릿속에 축적된 회상도, 감정도, 전부 다 사라져버린다. 사람은 일생에 얼마나 많은 성취를 할 수 있을 것인가? 자신은 무엇을 위해 태어난 것일까? 많은 사람들이 그것으로 고민한다. 그러나 자신은 달랐다. 초등학생 때 자신이 태어난 의미를 깨우쳤다. 삶의 보람이라는 것을 인생에 선사해준 그는 더할나위없는 아버지였다.

"축복해주셨으면 합니다, 저를. 아버님의 가족으로 인정해주셨으면 합니다."

그는 의외라는 듯한 표정을 지었다.

"무슨 뜻이지?"

"약혼 말입니다. 따님과는 이미 그런 이야기도 나누고 있지
요. 작위적인 짓은 할 필요도 없었지요. 물론 지금 당장이란 건
아닙니다. 앞으로, 언젠가……."

소설 인쇄가 끝난 것인지 프린터의 소리까지 멎어 집안은 정
적 그 자체였다. 후타바 테루히코는 타쿠마의 얼굴을 바라보고
있었다. 이윽고 복도와 연결된 문이 열리더니 치호가 종이 다발
을 들고 나타났다. 안으로 들어오려다 치호가 멈춰 섰다. 무겁
게 긴장된 분위기를 알아차린 모양이었다.

"무슨 일 있어요?"

치호가 타쿠마에게 물었다.

"아무것도 아냐. 그냥, 이제 슬슬 돌아갈까 하고. 그렇죠, 아
버님?"

"……그래. 이 친구가, 그게 그, 볼일이 좀 있다는 것 같구나."

후타바 테루히코는 소파에 앉은 채 고개를 끄덕였다. 타쿠마
가 거실을 나서는 동안에도 그는 일어나지 않았다. 타쿠마는 그
에게 말했다.

"방금 그거, 농담입니다. 진지하게 생각하실 필요 없습니다."

그는 무언가 물어보려는 듯한 표정을 지었지만, 결국 아무 말도 하지 않았다. 타쿠마는 그에게 작별을 고하고 그 집을 뒤로했다. 서류를 보여준 것도, 약혼 운운한 것도, 대부분 단순한 여흥이었다. 이다음에 기다리고 있을 운명에 비하면 대단한 의미는 없었다. 그래도 그에게 인사를 하고 싶었던 것이다. 직접 만나 이야기를 하지 않고서는 성에 차지 않았다.

밤의 주택가에 옥외등이 켜져 서양식 집들을 비추고 있었다. 뺨이 얼얼할 만큼 차가운 공기였다. 구두를 신고 집밖으로 나오자 바닥에 쌓여 있던 눈이 구두 밑창에 밟혀 꾹꾹 소리를 냈다. 배웅 나온 치호가 가녀린 어깨를 파르르 떨고 있었다. 치호는 외출할 때 늘 머플러를 둘렀지만, 오늘은 하얀 목을 드러내고 있었다.

"아버지랑 무슨 일 있었어요?"

"생각해봐. 소중한 외동딸에게 남자친구가 있다는 상황 아냐. 이 소설, 어디까지 썼어?"

"이제부터 클라이맥스예요."

프린트된 종이 다발을 받아 가방 안에 넣었다.

"이걸 다 쓰면 다음 작품으로 넘어갈 거야?"

"다음에는 아동서 같은 판타지로 해볼까 생각중이에요."

"어떤 건데?"

"욕조가 막 달리는 거예요. 자동차처럼, 온 마을을."

"진짜? 목욕중에?"

"네."

"그거 큰일이겠어."

"네, 큰일이죠."

"그런데 이거 보여?"

"네?"

치호는 고개를 갸웃거렸다.

"너한테는 유전되지 않은 모양이군. 아무것도 아냐. 혼잣말이야."

대화중 꺼내든 가죽 표지 책이 치호에게는 보이지 않는 것 같았다. 문득, 치호에게 페이지를 읽게 하고 싶다는 충동이 일었다. 예를 들어 자신이 태어난 이후 지금까지의 모든 페이지를 치호에게 읽게 하면 어떻게 될까? 그것은 자신의 인생을 그대로 치호의 뇌에 복사하는 것과도 같았다. 한밤중 강가에서 나이프를 다루는 연습을 했던 것도, 한 남자를 증오하며 살아온 것도, 전부 자신의 체험이라고 치호는 믿어 의심치 않게 될 것이다. 17년 분량의 과거를 과연 치호는 받아들일 수 있을까? 20분만 있으면 가능할 것이다. 모든 페이지의 기록을 치호의 눈앞에 치켜들기만 하면 그만이니까.

그 이전과 이후를 경계로 후타바 치호라는 인간은 완전히 바뀔 것이다. 자신이 체험한 과거의 시간이 치호의 성격이나 인간성, 미래에까지 영향을 남길 것이다. '과거'가 치호의 마음속에 뿌리내려 존속해갈 것이다. 생물의 유전 정보가 다음 세대로 전해져가듯이.

이 능력은 생물의 번식이나 종교의 포교 활동과 닮았다. 자신의 자손을 늘리고, 활동 범위를 넓히고, 어떨 때는 다른 종족을 도태시키고, 또 어떨 때는 통합하여 진화한다. 책은 유전 정보를 기록한 염색체 그 자체다. 사람에게 말을 심어놓고 그뒤 모르는 체한다.

표지를 덮자 손바닥으로 가라앉듯이 책은 모습을 감춰버렸다.

"왜 그래요? 아까부터 분위기가 이상하네."

"실은 선물이 있어. 언제 줄지 기회를 살피고 있었어."

교복 주머니에서 목걸이를 꺼냈다. 체인 끝에는 광택을 띤 흑옥석黑玉石이 매달려 있었다. 크기가 새끼손가락 끄트머리쯤 되는 작은 것이었다. 치호가 믿기지 않는 듯한 표정을 짓고 있었다.

"이건 제트라는 돌이야. '검은 호박'이라고 불리기도 하지. 사실 돌이라기보단 나무지만."

"이거, 식물이에요?"

"몇 만 년에 걸쳐 화석이 된 거라는군. 문지르면 전기적 성질을 띠기 때문에 고대인들은 이 돌에 마력이 깃들어 있다고 여겼어. 액막이 삼아 몸에 지니고 다녔지."

치호의 뒤로 돌아가 목걸이를 걸어주려 했다. 체인이 그 하얀 목에 닿자 치호가 앗 차거, 라고 내뱉었다. 물림쇠를 채우는 10초 남짓한 시간 동안, 두 사람 다 숨을 멈추고 있었다. 옷자락끼리 스치는 소리와 눈을 밟는 소리가 들려왔다. 물림쇠를 채우고 목에 걸어 늘어뜨린 뒤, 타쿠마는 한 발 뒤로 물러나 치호의 온몸을 바라보았다. 치호는 호리호리한 몸에, 팔과 목 주변은 마치 어린애 같았다. 가슴도, 배도, 옷을 여러 겹 껴입고 있음에도 불구하고 밋밋했다. 목걸이의 체인은 치호에게 다소 긴 것 같기도 했다. 치호가 고맙다고 말하고, 이런저런 시답잖은 이야기도 좀 나누고, 애인 사이다운 이야기도 어느 정도 마친 다음, 비로소 치호와 헤어졌다. 가볍게 손을 흔들던 순간, 몇 가지 감정이 스쳐갔다. 그러나 두 번 다시 치호를 만날 일은 없을 것이다.

복수는 완료되었다. 남은 것은 이곳을 떠나는 것뿐이다. 아버지와 딸이 자신의 진의를 깨닫는 것은 더 나중 일이 될 것이다. 얼마나 나중이 될 것인지, 그것은 알 수 없다. 오리카사 하나에는 죽였지만 아버지의 목숨은 빼앗지 않았다. 자비심에 그런 것은 아니다. 살아서 후회를 계속해야 한다.

타쿠마는 마지막 밤을 정립 도서관, 통칭 '가시나무관'에서 보내기로 결심했다. 마을을 떠나기에 앞서 받은 원고 정도는 읽어주기로 했다.

8

목걸이에 달려 있는 검은 돌은 식물의 화석이라 그런지 뜻밖에도 가벼웠다. 밤을 그대로 응축해 굳힌 듯한 색채로, 선배의 눈동자 같다는 생각이 들었다. 바짝 가까이서 들여다볼 때의 그 눈도 우주 같은 검은색이었다. 숲의 나무가 이런 돌이 될 때까지 대체 어느 정도의 시간이 필요했을까? 꽉 쥐어보자 오랜 시간의 흐름을 그대로 손바닥으로 감싸는 듯한 기분이 들었다.

집으로 돌아오니 아버지가 거실 중앙에 서 있었다. 눈은 허공을 보고 있는 것이, 마치 그곳에 무언가 떠 있기라도 한 것 같았다.

"그 소년과는 더이상 만나지 않는 게 좋겠다. 네가 나를 용서하지 않는다고 해도 내가 바라면 그 소년은 두 번 다시 네게 접근하지 못해. 내게는 그럴 힘이 있다. 특별한 자에게만 주어지는 능력이지. 그 소년이 아무리 너와 만나기를 바란다고 해도 결코 네가 있는 곳에는 접근할 수 없어. 나는 이 능력에 이름도 붙였지. '메모리 오브 제트(검은 호박의 기억)'라고, 그것이 이 능력의 명칭이다. 옛날에 나를 궁지에 몰아넣었던 어느 인물과의 회상이 얽혀 있지."

그때 비로소 아버지가 목걸이를 눈치챘다. 잽싸게 숨기려 했지만 아버지는 손목을 잡고 억지로 손을 펴게 했다. 손바닥 위에 있는 검은 돌을 내려다보더니 시간이 정지한 듯 아버지는 침묵했다. 모든 소리가 사멸하고 정적만이 자신들을 짓누르고 있는 것 같았다. 그러다가 아버지가 정적을 깨고 말했다. 마치 이 세상의 종말을 선언하기라도 하듯이.

"암흑이다······."

제 4 장

Lacrimosa

Lacrimosa dies illa,
qua resurget ex favilla
judicandus homo reus:

Huic ergo parce Deus.
pie Jesu Domine,
Dona eis requiem. Amen

1

한동안 울음도 울분도 터지지 않았다. 오물로 온통 범벅이 된 쥐가 나타나 다리를 스쳐지나가도 아무 느낌이 없었다. 옥상에서 던져진 샌드위치가 진흙투성이가 된 채 딱딱하게 굳어갔다. 얼마나 시간이 흘렀는지도 알 수 없었다. 하루에 한 줄, 벽에 흠집을 내는 것도 이미 그만두었다. 손발이 움직이지 않았다. 어찌 움직이는 것이었는지조차 잊어버렸다. 파리가 눈앞을 날아다녔다. 얼굴에 내려앉아 입술 위로 기어다녔다. 이대로 죽어버려도 상관없었다. 그 남자에게 돈이 있는 장소를 말하지 않고 죽는 것이 마지막 자존심이었다.

시야 한 귀퉁이에 흑옥석 목걸이가 굴러다니고 있다. 쓰레기와 함께 반쯤 땅에 묻혀 있었다. 예전에 여행 갔을 때 그 남자가 준 목걸이였다. 저딴 것은 화장실 대용으로 쓰는 배수구에 버려버리는 게 나았을 것을.

옥상에서 흘러내리는 수돗물에 벽이 젖어 있었다. 그 남자에게 떠밀려 추락한 직후 어떻게든 기어오르려고 애썼던 흔적이 있었다. 손톱이 벗겨져 벽에 묻었던 피가 이제는 검게 얼룩져 있었다.

빌딩의 틈새에 갇히지 않았다면 어떤 인생을 보내고 있었을까? 자신은 행복할 수 있었을까? 부모님을 결혼식에 부르고 친척과 친구의 축복을 받았을까?

지금까지 무엇을 위해 살아온 것인지 생각해보았다. 어머니가 자신을 낳은 것은 무의미한 일이었을까? 아버지가 열심히 일해 키워준 것은 전부 다 쓸데없는 일이었을까? 지금 현재 자신이 살아 있고 무언가를 생각하고 있는 게 대체 무슨 의미가 있을까? 살면서 본 풍경, 들은 소리, 느꼈던 감정, 전부 다 육체와 함께 사라져간다. 조금만 더 있으면 자신이 없는 세계가 계속될 것이다. 몸안에서 아무리 감정이 소용돌이친다 해도 아무런 영향을 끼치지 못한다. 자신 따위 없는 것과 다를 바가 없다. 이만 생각하기를 그만두자. 그러면 편해질 것이다.

그때 배 안에서 아이가 움직였다. 자신의 의지와 상관없이 활동하는 생명이 체내에 있었다. 방금 전 그것은 다리였다. 또 이번에는 손이었다. 배 안에서 밀어내고 있었다. 힘이 나날이 세지고 있었다. 무언가를 주장하고 있는 듯한 기분이 들어 어쩌면 좋을지 알 수 없었다.

머리 위에서 그 남자의 목소리가 들려왔다.

'마법의 단어'를 말해라. 그것을 말하면 아이의 목숨은 보장하겠다.

배의 피부가 당겼다. 이 아이는 밖으로 나가고 싶어한다. 자신이 빌딩의 틈새에서 해방되고 싶어하는 것처럼.

당장은 움직일 수 없었다. 움직인다는 인식이 온몸에 퍼지기까지 오랜 시간이 걸렸다. 산산조각이 나 있던 마음이 조금씩 모여들기 시작했다.

무리다, 라는 생각과 할 수 있다, 라는 마음이 교차했다. '마법의 단어' 그 한 마디면 그나마 한 사람이라도 살 수 있다.

맨 먼저 한 것은 손끝에 힘을 주는 일이었다. 움직여라, 라고 명령하자 힘없이 손가락이 떨려왔고, 얼굴에 내려앉아 있던 파리가 달아났다. 가스레인지를 향해 팔을 뻗자 몸에 붙어 굳어 있던 진흙이 떨어져내렸다.

점화 밸브를 돌렸다. 가스가 분출되는 소리와 함께 푸른 불꽃이 솟아올랐다. 열을 받아 몸이 되살아나는 것이 느껴졌다. 좋다. 이 아이가 원한다면 자신에게 남겨진 남은 시간 전부를 바치자. 만일 신이 정말 있다면 해낼 수 있게 해다오. 그것이 무사히 끝나면 뭐든지 다 바치겠다. 피도, 살도, 뼈도, 전부 다 가져가버려도 상관없다.

2

아동보호시설을 나와 하스미 타쿠마에 관한 자료를 몇 가지 입수한 나와 죠스케는 하스미 타쿠마의 집을 오늘 중에 찾아가 봐야 할지 말아야 할지 망설였다. 하스미 타쿠마는 모리오초 북동부에 있는 집에서 혼자 살고 있는 듯했지만, 꼭 오늘 만나러 갈 필요가 있을까, 우리는 생각했다.

"어차피 지금까지 두 달이나 방치해뒀던 문제니까 꼭 이렇게 눈까지 잔뜩 쌓인 밤중에 갈 것 없이 내일 낮에 찾아가도 괜찮지 않겠어?" 죠스케는 그렇게 말하고 나와 헤어져 자기 집 쪽으로 걸어가버렸다.

귀가 후 나는 가족과 저녁을 먹었다. 오늘은 눈 때문에 고생이 많았지? 라는 주제로 가족과 이야기꽃을 피웠다. 내일부터 시작되는 봄 방학에는 어디로 여행을 갈까, 라는 이야기도 했다. 어머니와 누나는 밝은 표정을 짓고 있었다. 밖에서 자동차 소리가 들려도 누나는 더이상 흠칫거리지 않았다. 시간이 약이다. 새로운 재난이 터지지 않는 한은.

"여보세요, 코이치?"

저녁을 다 먹고 방에 있는데 내 핸드폰으로 야마기시 유카코에게서 전화가 왔다. 아까 아동보호시설에서 나온 뒤 유카코에게 전화했지만 그때는 부재중이었다. 부재중 전화 내역이 남아 있어 유카코 쪽에서 전화를 걸어준 모양이었다.

"전화했더라? 무슨 일이야?"

"어떤 사람과 관련된 일로 정보를 모으고 있었어. 그런데 유카코, 요리하고 있어? 지금 부엌?"

나는 휴대폰을 귀에 갖다 댔다. 유카코의 목소리 뒤편으로 무언가가 타는 듯한 소리가 들려왔다.

"요리라니, 무슨 얘기하는 거야? 그리고 어떤 사람과 관련된 일이라니?"

나는 방과후에 죠스케와 아동보호시설에 갔던 것, 하스미 타쿠마라는 학생이 아무래도 오리카사 하나에를 살해한 범인이자 '스탠드유저' 같다는 것 등을 얘기했다.

"하스미 타쿠마?"

"응, 우리보다 한 학년 선배인데. 혹시 아는 사람이야?"

"눈이 좀 날카롭게 생긴 사람?"

내 방에는 친구들에게서 빌린 졸업 앨범 사본이 있었다. 그 안에 하스미 타쿠마의 얼굴 사진이 인쇄되어 있었다. 그것을 힐 끗 바라보고 대답했다.

"날카롭다면 날카롭다고 해야 하나. 다른 특징은……. 죠스케 얘기론 가슴에 만년필을 꽂고 다닌다고 하더라."

"아마도 동일 인물 같은데, 나 그 사람 알고 있어. 얘기해본 적은 없지만, 본 적은 있어."

"어디서?"

"전에 도서관에서 공부했을 때 여자애가 말 걸었던 거 기억 나?"

"'가시나무관'에서? 초등학교 같이 다녔다는 그 친구?"

"후타바 치호란 애야. 걔랑 같이 다니는 걸 자주 봤어. 아마 사귀는 거 아닐까? 귀갓길에 매일같이 도서관에 들러 한참 있 다 가는 것 같더라."

도서관에서 말을 걸어온 꽃망울처럼 호리호리한 소녀를 나는 떠올렸다. 그러고 보니 죠스케도 말했다. 역 앞 로터리에서 하 스미 타쿠마와 만났을 때 그 옆에 여학생이 있었다고. 후타바 치호였던 게 틀림없다.

"아, 말이 나왔으니 말인데, 후타바 치호 걔……."

유카코의 목소리 뒤편으로 계속해서 무언가가 타는 소리가 들려왔다. 사람들이 웅성대는 소리, 유리가 깨지는 듯한 소리가 나는 것이, 더이상 무시할 수 없었다. 유카코의 말을 중간에 뚝 자르고 나는 물었다.

"저, 있잖아, 유카코, 뭔가 불에 타는 소리가 계속 들리는 것 같은데, 혹시 내 기분 탓이야?"

"혹시 화재 얘기하는 거야? 기분 탓은 아닐걸, 왜냐하면 지금 이웃집에 불이 났거든."

"꽤 침착하네."

"코이치 방에선 안 보여?"

커튼을 열자 유카코의 집이 있는 방향이 어렴풋이 밝았다. 불은 보이지 않았지만 구름이 불에 비쳐 오렌지색과 회색이 섞인 듯한, 어쩐지 음침한 배합의 색으로 물들어 있었다.

"소방차가 출동해서 물을 뿌리고 있어. 또 사람들이 잔뜩 몰려와 불구경을 하고 있고. 나도 지금 거기 있어. 그리고 이게 또 방금 막 하려던 얘기랑 연관이 있는데……."

"엄청 두근거리는데, 무슨 연관?"

"후타바 치호 걔네 집이야. 그러니까, 지금 불이 난 집."

"미안, 유카코! 잠깐만 있다가 다시 걸게."

나는 죠스케의 집으로 전화를 걸었다. 전화를 받은 것은 죠스케의 어머니였다.

"죠스케 있나요?"

"대체 어디서 뭘 하고 있는지 걔가 아직 집에 안 왔지 뭐니."

"……아 네. 그럼 죠스케 핸드폰으로 걸어볼게요. 아, 그리고 퇴원 축하드려요."

전화를 끊고 창밖을 보며 나는 생각했다. 정말 나 같은 바보가 또 어디 있을까? 죠스케가 '내일 가도 괜찮다'고 생각할 리가 없었다. 죠스케는 나와 헤어질 때 이미 결심한 게 분명하다. 즉시 하스미 타쿠마를 때려눕히러 그 집으로 찾아갔을 것이다. 자기 혼자 결판을 낼 생각이었던 것이다.

후타바 치호의 집에 화재가 났다고 한다. 후타바 치호는 하스미 타쿠마의 여자친구였던 모양이다. 화재와 죠스케는 무슨 관련이 있는 것일까.

그러나 죠스케가 후타바 치호의 집에 갔으리라고 상상하기는 힘들다. 죠스케는 하스미 타쿠마의 집주소밖에 알지 못했기 때문이다.

나는 죠스케의 핸드폰에 전화를 걸었다. 작년 여름까지 우리는 밖에 나와 있을 때 공중전화를 사용했지만, 가을 무렵부터는 둘 다 핸드폰을 개통했다.

"그 자식, 아직 집에 안 왔나봐."

죠스케는 눈 덮인 길을 걷고 있었다. 하스미 타쿠마의 집에 가보았지만 예상대로 아직 귀가하지 않은 모양이었다.

"죠스케, 좀전에 유카코한테서 전화가 왔는데……."

나는 방금 전에 들은 얘기를 죠스케에게 알렸다.

"어쩐지 주택가 쪽이 영 밝다 싶더니. 상황을 한번 보러 가볼까?"

"응."

"만약 거기에도 없다면 달리 놈이 있을 만한 데가 어디지?"

짚이는 곳은 한 군데뿐이었다. 하스미 타쿠마는 귀가할 때 매일같이 도서관에 들른다고 했다. 정립 도서관, '가시나무관'이었다.

죠스케와 통화 후 나는 친구들에게 전화를 걸었다.

나갈 준비를 하고 현관 앞에서 구두를 신고 있는데 누나가 '어디 가?'라고 물었다.

"잠깐 편의점에서 만화 좀 보고 올게"라고 대답하고 나는 집을 나섰다.

마운틴 바이크를 학교에 놔두고 온 탓에 걸어서 '가시나무관'으로 향했다. 우리집에서는 거리가 꽤 멀어서 도착하기까지 다소 시간이 필요했다. 친구 중에 집이 '가시나무관'에서 가장 가까운 사람이 누구였는지 생각해보았다.

3

　그 건물은 밤이 되면 야간 조명이 켜져 어둠 속에 붕 떠올라 있었다. 가시나무가 얽힌 철문에서 건물까지 벽돌길이 이어졌고, 그 석조 계단을 올라가면 중후한 현관문이 있었다. 밤 10시 폐관 시간까지는 아직 한 시간 남아 있었다. 도서관 직원 두 명이 카운터를 지키고 있을 뿐, 하스미 이외의 방문자는 없었다.

　1층의 늘 앉는 자리에 앉아 후타바 치호에게서 받은 원고 다발을 읽기 시작했다. 종이에 인쇄된 것을 손으로 들고 읽는 것은 오랜만이었다. 그 원고는 모리오초를 무대로 한 연애 소설인 듯했지만, 어디서 재미를 찾아야 할지 잘 알 수가 없었다.

　중간까지 읽었는데 밖이 시끌벅적해졌다. 도서관 직원 두 명 다 상황을 살피러 밖으로 나가는 바람에 도서관 안에는 하스미 혼자뿐이었다.

　창문으로 시선을 돌리자 치호의 집이 있는 방향이 밝게 빛나고 있었다. 무슨 일이 일어난 모양이었다. 자세한 것은 알 수 없었지만, 무슨 일이 일어났든 간에 자신이 해야 할 일은 전부 다 마쳤다. 남은 것은 오로지 이 마을을 빠져나가는 것뿐이었다. 집에 돌아가면 가방에 갈아입을 옷을 담을 것이다. 벽에 붙여두었던 엽서를 짐 사이에 넣는 것도 빼먹을 수 없었다. 엽서에 인쇄되어 있는 것과 같은, 끝없이 펼쳐진 푸른 초원으로 출발할 생각이었다.

상의 안에 숨겨두었던 세 자루의 나이프는 사용하지 않고 끝마쳤다. 아버지가 예상 밖의 대응에 나설 때를 대비해 나이프를 휴대하고 집을 나왔다. 가죽 표지 책을 사용해 아버지가 입 한 번 뻥긋하지 못하게 할 수도 있었다. 그러나 이 능력에는 세 가지 결점이 있었다.

- 기억을 심기 위해서는 2미터 이내의 거리에서 페이지를 보여줘야 한다.
- 시야가 가로막히거나 상대의 눈이 보이지 않을 경우에는 효과가 없다.
- 즉사시키는 것은 불가능하다.

만약 아버지가 권총 같은 것을 꺼내들었다면 일이 귀찮게 되었을 것이다. 그래서 나이프가 필요했다. 이 무기를 선택한 것은 초등학교 6학년 때였다. 당시 아웃도어 용품점에 몰래 숨어들어 열 개쯤 되는 나이프를 훔쳤다. 밤중에 시설을 빠져나와 아무도 없는 강가에서 나이프 스로잉 기술을 익혔다. 다시 말해 단검 던지기였다. 훔친 나이프는 접이식부터 칼집이 딸린 것까지, 형태와 길이도 각양각색이었다. 종류에 따라 던지기 쉬운 것도, 던지기 어려운 것도 있었다.

일단 강가에 박혀 있는 나무 말뚝을 표적 삼아 연습했다. 처음에는 거리감도 있고 해서 하나도 맞히지 못했지만, 한 백 번쯤 던지자 드디어 한 번 명중시키는 데 성공했다. 손에서 벗어난 나이프가 회전하더니 말뚝에 꽂혔다. 우연한 성공이었지만 그 한 번으로 충분했다.

즉각 가죽 표지 책을 펼쳐 방금 전의 기록을 읽었다.

나이프가 손에서 벗어나 말뚝으로 빨려들어간다. 문자 형태로 압축되어 있던 과거가 머릿속에 펼쳐졌다. 근육의 움직임, 나이프의 각도, 힘의 가속, 모든 것이 완벽하게 재현되어 하스미는 머릿속으로 두번째 성공을 체험했다.

그것은 단순한 기억에 불과했지만 하스미의 육체와 정신은 정말로 일어난 일로 여겼다. 한 발 던진 때와 같은 피로가 몸에 남았으며, 그 반응과 감촉이 마음에 새겨졌다.

며칠 동안 몇 천 번이나 성공의 순간을 간접 체험했다. 그 한 발은 자신의 마음속에 축적되었고, 마침내 한 치도 어긋나지 않는 성공의 이미지와 올바른 나이프 스로잉을 위해 몸을 움직이는 법을 터득했다.

나이프의 종류와 거리에 따라 던지는 방식을 조정할 필요가 있었다. 나이프마다 중심의 위치가 달라 손에서 벗어나 명중하기까지의 회전수도 일정하지 않았다. 그것들도 책을 이용한 반복 연습으로 개선했다. 이윽고 어떤 자세에서나 나이프를 명중시킬 수 있게 되었다. 어느샌가 나이프라는 도구가 피와 신경같이 몸의 일부처럼 느껴지기 시작했다.

뚜벅…… 뚜벅…….

딱딱한 구두 소리가 로비를 지나 1층 열람 구역으로 다가왔다. 도서관 직원의 구두 소리는 아니었다. 이런 시간에 자신 이외의 방문자는 드물었다.

창문 옆에 서서 밖을 내다보자 사이렌 소리가 들려왔다. 이제까지나 앞으로의 일을 생각하고 있노라니 언제부터인가 구두 소리가 의식에서 멀어졌다. 다시 의자에 앉기 위해 등받이를 손으로 잡으려던 순간이었다. 보이지 않는 실에 당겨지듯 의자가 옆으로 미끄러져 타쿠마에게서 멀어졌다. 몇 미터를 끌려가더니 책장 뒤에 서 있던 남자가 구두 바닥으로 꽉 밟자 의자는 움직임을 멈추었다.

"야, 너. 왜, 여기 앉게? 물어보고 싶은 게 있는데 말이야. 네 이름, 혹시 하스미 타쿠마냐? 아, 역시 맞네. 가슴에 만년필이 꽂혀 있어. 전화로 코이치가 그랬거든. 놈은 가슴 주머니에 만년필을 꽂고 있을지도 모른다고."

키 크고 다부져 보이는 남자 고교생이었다. 히가시가타 죠스 케나 히로세 코이치와 늘 함께 다니는 남학생이었다. 바지 주머니에 양손을 찔러넣고 한쪽 발을 의자 위에 얹은 채 주변으로 시선을 돌렸다.

"아무래도 내가 1번 타자인 모양인걸."

하스미는 책상에 놓여 있는 원고 다발을 내려다보았다.

"이런, 모르나보지? 남의 독서를 중단시키는 것만큼 무거운 죄는 없다는 걸 말이야, 니지무라 오쿠야스 군."

오쿠야스는 이를 드러내더니 으르렁대는 개 같은 표정을 지었다.

"네녀석이 하스미 타쿠마가 틀림없나본데? 앙? 이 의자가 아니라 다른 데 앉아야 하는 거 아냐? 취조실 의자라든가 전기의 자라든가 뭐 그런 데 말이야, 그런 데가 더 어울릴 거 같은데."

한숨을 쉬었다. 지난 몇 달 동안 평생 쉴 한숨을 다 쉰 것 같은 기분이 들었다.

"이대로 그냥 무시해버리고 계속 소설을 읽을 수도 있지만. 놀아주지 않으면 꼭 개처럼 짖어대며 시끄럽게 굴 테지. 좋아, 상대해주지. 너에 대한 데이터는 다 있어. 신장 178센티미터, 체중 80킬로그램, 별자리는 천칭자리. 이미 잊어버렸을 테지만 내 만년필을 구두로 짓밟았었고. 그런데 너, 2학년으로 진급할 수 있기는 한 건가? 네 시험 점수를 아는데 말이야, 대체 뭘 어떻게 하면 그런 기록을 세울 수 있지? 시궁창의 쥐새끼도 그보다는 더 나은 점수를 받을 것 같은데?"

오쿠야스도 무언가 특별한 능력을 지녔을 것이다. 그 정체는 아직 알 수 없지만 빨아들이듯 의자를 옆으로 미끄러뜨린 것은 그 능력의 힘이 틀림없다.

오쿠야스는 의자에 올려두었던 발을 바닥에 내려놓았다. 오쿠야스와의 거리는 수 미터 정도였다. 도서관 실내는 조용했으며, 작동중인 히터가 무색하게 뼛속까지 얼 듯 추웠다. 오쿠야스의 얼굴을 보며 새삼스레 그 박력에 기가 막혔다. 오쿠야스는 파충류 같은 눈을 한 거친 얼굴의 남자였다.

"바짝 깎은 머리에 굵은 목……. 마치 토템 폴 같군. 그 얼굴, 초등학교 운동장에 있던 토템 폴의 낯짝을 쏙 빼닮았는걸. 악동들이 매일같이 오줌을 갈겨댔었지, 아마."

오쿠야스가 눈을 가늘게 떴다. 입을 살짝 열고 목을 비틀어 우득 하는 소리를 냈다.

"하이고, 웃겨 돌아가시게 생겼네. 이걸로 사양 않고 '지워' 버릴 수 있겠어."

난폭한 소의 목에 걸려 있던 굴레가 방금 막 벗겨졌다. 나이프를 가지고 오기를 잘했다. 상의 안에 숨겨둔 것은 반년 전 구입한 새것으로 살상력이 높다. 심장에서 빗나가지 않는다면 일격에 오쿠야스를 죽음에 이르게 할 수 있을 것이다. 열람 구역에는 책상과 의자가 있을 뿐, 몸을 숨길 만한 장애물은 없었다. 나이프를 던지기에도 용이했다.

상의에서 꺼내는 동작과 던지는 동작이 매끄럽게 이어졌다. 오른손에서 벗어난 스로잉 나이프는 오쿠야스를 향해 회전하며 날아갔다. 은색의 나이프는 칼날에서 자루까지 같은 금속으로 만들어져 있었다. 칼날에 무게 중심이 있어서 자루를 쥐고 던질 때 스피드를 싣기 용이한 형태였다. 손에서 벗어난 다음 순간, 나이프는 바로 오쿠야스의 코앞까지 도달해 있었다. 그러나 명중은 하지 않았다. 칼끝이 그 얼굴에 꽂히기 직전, 난데없이 소멸했다. 오쿠야스는 미동도 않았을 뿐더러 표정 하나 흐트러지지 않았다.

어느샌가 그 몸과 겹치듯 또 한 사람, 인간이 서 있었다. 그러나 놈은 진짜 인간이 아니었다. 신장과 체격은 오쿠야스를 쏙 빼닮았지만, 머리의 형태나 피부 표면의 장식이 인간이 아님을 말해주었다. 마치 CG로 만들어낸 마네킹 같았다.

"놈이 없앤 건가?"

나이프가 소멸하기 직전, 오쿠야스 곁에 서 있던 인간과 닮은 존재가 오른팔을 움직여 손바닥을 휘두르는 것처럼 보였다. 마치 시끄럽게 구는 파리를 쫓아버리는 듯한, 간단한 동작이었다. 분명 명중했어야 할 나이프는 손바닥에 빨려들어가기라도 한 것처럼 사라져버렸다. 휘두른 손바닥에 맞아 바닥에 떨어져 나뒹군 것도 멀리 튕겨나간 것도 아니었다. 소리도 없이 녹아버린 듯 공중에서 사라졌다.

"좀더 지워버리고 싶어하는데. 들리셔, '더 핸드'의 숨결이? 다음엔 너 자신이 지워질 거라네?"

인간의 형태를 지닌, 놈의 쿠오오오 하는 기분 나쁜 숨소리가 들려왔다. 체중을 느낄 수 없을 정도로 홀연히 서 있었다. 가죽 표지 책과 마찬가지로 평범한 사람에게는 보이지 않는 존재일 것이다. 배후령背後靈처럼 오쿠야스 곁에 바짝 붙어 있었다. 명백히 인간과 다른 무기질적인 표정이었다. 인간의 얼굴이라기보다 곤충의 얼굴과 닮았다. 양철 로봇 같기도 했다. 계산기가 무슨 생각을 하는지 알 수 없듯이, 놈이 무슨 생각을 하고 있는지 알 수 있는 인간은 없을 것이다.

"'더 핸드'라고 하나, 그거?"

대답이 없었다. 접근은 위험하다는 걸 직감하고 거리를 두기로 했다. 책장 사이에 숨을 생각으로 뒷편으로 걸음을 옮기던 순간이었다.

'더 핸드'가 또다시 움직였다. 타쿠마 쪽으로 오른팔을 뻗더니 손바닥을 펼쳤다. 마치 공중의 보이지 않는 먼지를 털듯이 위에서 아래로 내리쳤다. 타쿠마와 오쿠야스 간에는 상당한 거리가 있었다. 때문에 '더 핸드'의 손은 타쿠마에게 미치지 않았다. 떨어진 곳에서 손바닥을 상하로 휘두른 것에 불과했다.

그러나 그 순간, 이상한 사태가 벌어졌다. 분명 멀어졌던 오쿠야스와의 거리가 정신을 차리고 보니 좁혀져 있었다. 오쿠야스가 다가온 것은 아니었다. 오쿠야스는 방금 전 그 장소에서 1센티미터도 움직이지 않았다.

오쿠야스에게 다가간 것은 분명 뒷걸음질쳤던 자신이었다. 분명 뒤로 이동했는데 자신의 몸이 오쿠야스 쪽으로 2미터 정도 다가와 있었다.

또다시 '더 핸드'가 오쿠야스에게 붙어 있는 채로 손바닥을 위에서 아래로 움직였다. 방금 전과 같은 행동이었다. 팟, 하고 한순간 시야가 변했다. 오쿠야스의 몸이 확 커졌다. 분명 한 발짝도 움직이지 않는데 오쿠야스를 향해 몇 발짝 자신의 몸이 접근해 있었다. 처음보다 서로의 거리가 절반으로 줄어 있었다.

아까 그 의자 때와 같은 현상이었다. 인간의 형태를 지닌 환영이 손바닥을 움직이면 몸이 오쿠야스가 있는 방향으로 빨려들었다. 옆으로 미끄러진 의자처럼 말이다. 이것도 '지운다'는 능력과 관계가 있는지는 알 수 없었다. 그러나 이대로 오쿠야스에게 빨려들어 기분 나쁜 손바닥과 마주하는 상황은 피해야 했다. 놈의 손바닥은 미세한 선이 촘촘하게 그려져 있는 것이, 마치 지도의 등고선 같았다. 기분 나쁜 낌새에 귀를 기울여보니 '더 핸드'의 오른쪽 손바닥에서 무저갱의 소리가 들려오는 듯한 기분이 들었다. 깊고 어두운 구멍의 가장자리에서 바람이 낮게 으르렁거리는 듯한 소리였다.

'더 핸드'가 또다시 손을 움직이려 했다. 타쿠마는 옆에 있던 의자를 잡아 힘껏 내던졌다. 순간적인 행동이었지만 결과적으로는 잘한 조치였다.

'더 핸드'가 손바닥으로 의자를 후려쳤다. 손바닥 표면에 닿은 부분의 목재가 의자에서 츠츠츠츠츠 하고 소멸했다. 그러나 손바닥으로 다 지우지 못한 부분은 파편이 되어 오쿠야스에게 쏟아져내렸다.

오쿠야스는 혀를 차며 바지 주머니에서 손을 빼 파편을 팔로 막아냈다. 오쿠야스의 주의가 자신에게서 멀어진 순간, 책상과 의자가 있는 열람 구역에서 벗어나 빽빽이 늘어선 책장들 사이로 뛰어들었다. 높이 2미터 반짜리 책장은 오쿠야스의 시야로부터 몸을 감추기에 유용했다. 거리를 두고 멈춰 서서 숨을 골랐다.

오쿠야스 곁에 나타난 '더 핸드'라는 사람 형태의 환영은 그 자신의 의지로 자유롭게 움직일 수 있는 모양이었다. 그리고 한 가지 더 알게 되었다. 움직일 수 있는 범위는 오쿠야스의 몸에서 약 수 미터 거리 내에 불과하다는 사실이었다. 만에 하나 멀리까지 팔을 뻗어 공격할 수 있다면 진작 그렇게 했을 것이다. 그렇게 할 수 없으니까 상대를 가까이 끌어당긴 다음 공격하려 했던 것이 분명하다.

가죽 표지 책도 접근하지 않으면 효력을 발휘할 수 없다. 환영끼리 승부를 내기 위해서는 서로에게 가까이 다가가야만 했다. 그러나 모든 걸 지워버리는 오쿠야스의 능력은 위험하다. 그것의 공격 범위 안에 들어간다면 패배는 아마 자신의 몫이 될 것이다. 방금 전 그 나이프나 의자처럼 빨려들어가 존재 자체가 남김없이 지워질 것이다. 결코 '더 핸드'의 손바닥에 가까이 가선 안 된다.

상의 안쪽에 나이프가 두 자루 남아 있었다. 이것을 오쿠야스에게 명중시켜 전투 불능으로 몰아넣는 것이 과연 가능할까? 접근할 수 없다면 멀리서 치명상을 가하는 수밖에 방법이 없다.

그때, 귓가에 속삭이는 것처럼 가까운 소리가 들려왔다.

"네녀석의 '스탠드'는 말이야, 상대에게 기억을 덧씌운다고 들었는데. 어떤 식으로 싸우는지는 몰라도 교통사고를 당한 것처럼 만들 수 있다는 거, 진짜냐?"

목소리는 기대어 있던 책장 바로 안쪽에서 들려왔다. 불온한 낌새에 순간적으로 그곳에서 떨어져 바닥에 굴렀다. 다음 순간, 등뒤에 있던 책장의 중앙 부분이 가로로 뎅겅 지워졌다. 거대한 조각칼이 책장과 책들을 한꺼번에 도려낸 것 같았다. 날아간 단면은 깔끔했고, 지워진 순간 나뭇조각이나 종잇조각 하나 흩날리지 않았다. 뻥 뚫린 구멍 너머로 오쿠야스의 얼굴이 보였다. 오쿠야스는 파충류 같은 눈으로 타쿠마를 내려다보고 있었다.

아동보호시설의 원장 선생님이 언젠가 이런 말을 해준 적이 있다. 경건한 크리스천이었던 그 사람은, 이 세상에는 창조주가 있어서 언제나 지상을 내려다보고 있다고 했다. 죄를 지은 사람은 언젠가 벌을 받게 된다고도 했다. 같이 살던 소년들은 그 말을 믿었지만 타쿠마는 믿지 않았다.

요란한 소리와 함께 책장이 무너졌다. 남은 윗부분이 안에 들어 있던 책을 쏟아내며 곧장 떨어졌다. 책장이 늘어서 있는 통로에 지워진 책의 잔해가 대량으로 흩날렸다.

타쿠마는 잽싸게 그곳에서 몸을 피해 가죽 표지 책을 불러냈다. 잠수함이 부상하듯 손바닥에서 다크 브라운 색상의 가죽 표지 책이 나타났다. 오쿠야스는 '스탠드'라는 말을 했다. 환영을 그렇게 부르는 것인지도 모른다. 가죽 표지 책을 펼쳐 방금 전 자신의 체험을 다시 읽었다. 지금까지 타쿠마가 목격한 '더 핸드'의 동작이 전부 다 기록되어 있었다. 손바닥 표면이 나이프나 책장을 지워버리는 동작을 다시 한번 분석했다.

기분 나쁜 능력이었다. 미세한 문양이 그려진 손바닥은 물질의 강도에 상관없이 모든 것을 소멸시킬 수 있는 것 같았다. 튕겨내거나 막아내는 것이 아니라 늪으로 가라앉혀버리듯 손바닥으로 빨아들여 사라지게 했다. '더 핸드'는 아픔도, 공포도 주지 않고 생명을 소멸시킬 수 있는 듯했다.

멀리서 그 방어를 뚫고 오쿠야스를 죽음에 이르게 할 수 있는 방법을 모색했다. 가죽 표지 책을 쓰면 손쉽게 관찰할 수 있었다. 한 번 본 것은 사소한 것까지 정확하게 재현할 수 있었으니까. 이윽고 '더 핸드'의 버릇을 발견한 순간, 머릿속에 전부터 원장 선생님에게 하고 싶던 말이 떠올랐다.

만약 진짜로 신이 있다면 죄 많은 자를 살려둘 리가 없다. 신이 없기 때문에 자신이 인생을 걸고 해치울 수밖에 없는 것이다. 결국 그 생각은 원장에게도, 친구에게도 말하지 않았다. 그것을 알고 있는 것은 자신의 마음속까지 문장화해 기록하는 가죽 표지 책뿐이었다.

타쿠마는 표지에 손을 얹었다.

"마침 잘됐어, 네게도 이름을 지어주마. 내 인생을 쭉 곁에서 보아온 네게도."

'더 핸드'라는 이름을 참고하기로 했다. 심플하면서도 힘이 느껴졌기 때문이다.

"지금부터 싸움이 시작된다. 'The Book', 준비 됐나?"

오쿠야스의 발소리가 도서관 현관 로비를 향해 이동했다. 귀를 기울이고 있으니 철봉을 구부러뜨리는 듯한 소리가 들려왔다. 현관문에 수작을 부려 열 수 없게 만든 게 분명했다. 숨을 죽이고 있자 오쿠야스의 목소리가 들려왔다.

"도서관이란 데는 솔직히 내 인생이랑은 별로 엮일 일이 없는 데 말이지. 이런 데가 있다는 건 알지만 말이야, 대체 왜 이렇게 많은 책이 세상에 있는 건데? 누가 쓰기만 하고 아무도 안 읽는 책도 있는 거 아냐?"

"질문이 있다. 방금 전 현관을 봉쇄한 거냐?"

"여기 직원 같은 사람 두 명이 아까 지나쳐갔거든, 다시 못 들어오게 해놔야지. 방해하면 귀찮잖아. 그리고 잊지 마라, 너. 네 녀석이 달아나지 못하게 하려는 의미도 있거든?"

오쿠야스의 낮은 목소리가 책장 사이에서 일렁이며 반향이 되어 울렸다. 일본 문학 코너에 타쿠마는 몸을 숨겼다. 50음도 순으로 작가 이름이 나열되어 있는 책장에 등을 바짝 붙였다. 그곳이 특히 좋았던 것은 발밑에 소화기가 설치되어 있다는 점이다.

"패거리가 이리 오는 거 아니었나?"

"걔네라면 어떻게든 들어올걸. 자, 나와봐. 네녀석은 우리 쪽 '스탠드유저'가 다 같이 찾고 있다 이거야. 네녀석은 더이상 이 마을에서 살 수 없어. 아니 뭐, 다른 마을에서도 살 수 없을 테지만. 사람을 죽여놓고 말이야, 앞으로 제대로 살 수 있을 거란 생각은 꿈에서도 하지 말라고."

한 발짝 한 발짝 구두 소리가 다가왔다. 목소리의 크기로 판단할 때 둘 사이의 거리는 약 25미터 정도 되는 듯했다. 타쿠마는 상의에서 두 자루의 나이프를 꺼냈다. 둘 다 스로잉 나이프였다. 하나는 은색, 다른 하나는 카본제 검은색이었다. 이것을 던지면 더이상 무기가 남지 않게 된다.

"이 마을에는 '스탠드유저'인가 뭔가가 대체 몇 명이나 있는 거지?"

대화를 나누며 'The Book'을 다시 읽었다. 오쿠야스가 '더 핸드'로 의자를 지워버리는 장면이 머릿속에 펼쳐졌다. 슬로 모션 영상을 보듯이 시간을 잡아 늘려 검토해보았다. 과거를 추체험중인 자신의 의식이 있었고, 그것과는 별개로 그 상황을 부감중인 자신의 의식도 있었다.

의자를 던졌다. '더 핸드'가 지웠다. 손바닥과 접촉하지 않은 부분의 자잘한 파편이 남아 오쿠야스를 향해 날아갔다.

주변에서 흩날리던 먼지가 이상하게 움직이고 있었다. 투명한 유리판 사이의 공기가 고속으로 슬라이드하듯 한순간에 오쿠야스 쪽으로 이동한 것이다. 자신의 몸도 동시에 빨려들어가 시야가 흐트러졌다.

'더 핸드'의 손바닥이 지나치면 그 뒤는 공기마저 지워져 진공 상태가 되는 걸까? 그리로 공기가 밀려들어 꼭 빨려드는 것처럼 물체가 어그러져버리는 것이 아닐까. 처음에는 그런 생각도 들었지만, 이윽고 생각을 달리했다.

단순한 진공 상태라면 바람이 불어 주변에서 흩날리고 있는 먼지가 마구 흐트러질 것이다. 그러나 시야에 비친 바에 의하면 일부 먼지가 제 위치를 벗어나 어그러졌을 뿐, 다른 것들은 영향을 받지 않았다. 즉 진공 상태가 발생한 것은 아니다.

'더 핸드'의 오른쪽 손바닥이 지우는 것은 물체가 아니다. 아마 인간이 지각하기 힘든, 더욱 철학적인 것을 지우는 것이다. 말로 표현하자면 그것은 우주 그 자체. 형이상학적인 사상까지 품고 있는 우주가 그 손에 지워지는 것이다. 진공 상태의 발생조차 용납하지 않는 그것은 절대적인 '삭제'다. 그것이 실행되면 컴퓨터 백스페이스키를 누르는 것처럼 지워진 부분을 향해 우주 자체가 밀리는 것이다. 오쿠야스 쪽으로 빨려들 때 자신의 몸은 어그러지는 공간에 휘말려들었던 것이다. 오쿠야스는 상대를 자신의 사정거리 안쪽으로 빨아들여 끝장낸다. 접근하지 않는 한 공격할 수 없다는 한계를 그런 전술로 보완하는 게 분명했다.

"이봐, 딱히 듣고 싶지는 않지만 너, 사람은 왜 죽인 거야? 그 오리카사란 사람 말이야."

오쿠야스의 목소리가 책장 너머에서 들려왔다. 거리는 20미터. 오쿠야스가 통로로 다가왔다.

"이유를 말하면 물러날 건가? 난 이만 다시 독서나 좀 하고 싶은데."

"그건 안 되겠는데. 하지만 조금만 더 있으면 말이야, 책 같은 건 감옥에 가서 원 없이 읽을 수 있을걸."

"내 정체는 그냥 냉혹한 살인자였다, 뭐 그렇게 생각하라고."

거리 15미터. 구두 소리로 추측했다. 상대와의 거리는 항상 제대로 파악해야 한다. 던져진 나이프는 회전하며 날아가는 동안 공중에서 칼날과 자루의 위치가 계속 뒤바뀐다. 표적에 명중하는 순간 칼날 부분이 맞지 않을 경우 꽂히지 않는다. 칼날 부분이 명중하게 하기 위해서는 상대와의 거리를 계측할 필요가 있다.

"그런데 말이야, 오쿠야스 군. 작년 초여름에 너희 형이 죽은 것 같더군. 혹시 누구에게 살해된 거 아닌가? 남들의 미움을 사기 십상인 타입 같던데 말이야, 너희 형."

'The Book'으로 오쿠야스와 관련된 소문들을 검색해보니 여러 건이 떴다. 형의 평판이 매우 좋지 못했다. 오쿠야스의 낮은 목소리가 책장 너머에서 들려왔다.

"형 얘기 한 번만 더 지껄였다간 봐, 이게 진짜 죽으려고. 살점 하나 찾을 수 없을 정도로 완전히 지워버린다."

"미안하게 됐군. 열받았나? 거참 다혈질인걸."

타쿠마는 나이프 자루를 움켜쥔 채 책장 뒤에서 나왔다. 통로 저편에 오쿠야스가 서 있었다. 오쿠야스는 콧김을 내뿜는 난폭한 소 같은 표정을 짓고 있었다. 타쿠마가 시야에 들어오자 오쿠야스는 '겁도 없이 까불었겠다!'라고 외쳤다.

"이건 그냥 소문이지만 너희 형, 전선 위에서 감전사했다면서? 그런 데서 뭘 하고 있었던 거지? 엿보는 취미라도 있었나?"

스로잉 나이프 숙련자는 자신이 던진 나이프가 어느 정도 거리에서 1회전하는지 정확히 파악하고 있다. 던질 때 손목에 스냅만 주지 않으면 회전수를 일정하게 유지시킬 수 있기 때문이다. 타쿠마 같은 경우 3.5미터에서 나이프가 1회전한다. 공중에서 칼날이 자루와 교대로 뒤바뀌는 나이프를 칼날 부분으로 명중시키기 위해서는 이 숫자를 이용한다. 3.5미터에서 1회전하는 만큼 그 배수 거리에 상대가 있으면 반드시 칼날 부분으로 명중시킬 수 있다. 이것은 나이프 스로잉의 초보적인 기술이기도 하다.

"이봐, 입 꾹 다물고 있지 말고 무슨 말이든 좀 해보지?"

타쿠마가 도발하자 화산 분출구에서 용암이 부글부글 끓어오르는 것처럼 오쿠야스의 관자놀이가 부들부들 떨리기 시작했다. '죽여버린다!'라고 외치며 오쿠야스는 한순간에 거리를 좁혀왔다. 소나 멧돼지처럼 단순하고 우직한, 똑바로 돌진하는 동물 같았다.

늘어서 있는 책장의 간격을 참고삼아 눈대중으로 거리를 가늠했다. 나이프 자루를 가볍게 쥐었다. 스로잉 나이프는 던지기 위해 제작된 나이프다. 일반 나이프보다 무겁고 잘 꽂힌다. 중심이 칼날로 더 쏠려 있어 던질 때 스피드를 싣기에 적합하다. 영화 같은 데서 흔히 볼 수 있는 것처럼 칼날을 잡고 던질 필요가 없다.

오쿠야스가 달리는 스피드, 나이프가 도달하는 거리를 가늠해 첫번째 나이프를 던졌다. 은색 스로잉 나이프는 타쿠마의 손에서 벗어나 정확히 3.5미터 지점에서 1회전, 7.0미터 지점에서 2회전했다. 형광등의 불빛에 번뜩이며 책장 사이를 활공, 오쿠야스의 심장으로 직진했다.

오쿠야스의 팔이 흔들리고 이중이 되더니 인간의 형태를 지 닌 환영이 나타났다. '더 핸드'가 오른쪽 손바닥으로 우악스럽 게 호弧를 그리며 위에서 아래로 내리쳤다. 은색 나이프가 그 공간에 존재하던 모든 물리적 법칙과 더불어 소멸했다. 나이프 가 지상에서 없어져버리고, '더 핸드'의 손이 지나간 궤적에는 도려낸 듯 공백만이 남았다. 아니, 그곳에는 공백조차 사라지고 없었다. 그것을 형용하는 말은 아직 존재하지 않았다.

나이프가 지워지리란 것은 예측한 바였다. '더 핸드'의 손바 닥은 내리쳐진 채 그대로였다. 오쿠야스가 눈을 활짝 떴다. 첫 번째 나이프를 던진 직후 눈치채지 못하게 연달아 던진 검은 나 이프가 비로소 시야에 들어온 모양이었다. 그러나 이미 늦었다.

'더 핸드'가 만들어낸 무無의 궤적에 공간이 밀려들었다. 눈에 는 보이지 않았지만 검은 나이프와 함께 우주가 어그러졌다.

첫번째 나이프는 처음부터 지워지게 할 생각으로 던졌다. 두 번째 나이프는 온 신경을 집중해 던졌다. 오쿠야스를 향해 날아 가는 속도와 공간이 어그러지는 정도도 다 고려했다. 그러지 않 으면 나이프의 회전이 딱 맞아떨어지지 않아 칼날이 최적의 각 도로 명중하지 않기 때문이다. 그런데 그 계산도 잘 된 것 같았 다. 어그러지는 공간에 편승한 만큼 가속도가 붙어 나이프는 더 욱 고속으로 오쿠야스를 향해 날아갔다.

'The Book'으로 관측한 결과 알아낸 사실이 있다. '더 핸드'에게는 버릇이 있다. 바로 팔을 크게 휘두른다는 것. 손바닥이 무언가를 지울 때 호를 그리듯이 크게 팔을 휘두른다. 한번 크게 휘두르고 나면 그다음 공격 태세를 갖출 때까지 시간을 요했다. 그것이 곧 일말의 빈틈이었다. 분명 공간을 소멸시키는 파괴력의 대가일 것이다. 일말의 빈틈을 놓치지 않고 '더 핸드'의 팔 안쪽으로 나이프가 파고들었다.

'더 핸드'는 미처 대응하지 못했다. 검은 나이프는 칼날이 기울며 3회전으로 접어들었다. 한 치의 흔들림도 없었다. 완전히 회전을 마치는 순간 오쿠야스의 심장에 꽂힐 것이 분명했다. 그러나 그러지 못했다. 다음 순간, 눈을 의심했다. 오쿠야스가 믿기 힘든 행동을 했다. 오쿠야스는 나이프를 향해 몸을 들이밀고 가속, 돌진해왔다. 마치 다이빙하는 것처럼 검은 칼날을 향해 스스로 몸을 던졌다.

나이프가 명중, 오쿠야스의 교복을 찔렀다. 치명상이 아닌 것은 분명했다. 오쿠야스는 멈춰 서지 않고 계속 돌진했다. 칼날은 심장에 도달하지 못했다. 순간 가슴을 찌른 뒤 곧바로 떨어져 나뒹굴었다. 교복과 오쿠야스의 가슴에 베인 상처를 냈을 뿐이다.

수직으로 명중했다면 오쿠야스는 즉사했을 것이다. 그러나 나이프의 명중 각도가 얕았다. 오쿠야스가 가속, 몸을 들이민 바람에 이쪽이 의도한 명중 포인트에서 빗나가버렸던 것이다.

오쿠야스가 약 5미터 거리까지 다가왔다. 떠오르듯 공중에 모습을 드러낸 인간의 형태를 지닌 환영이 우악스럽게 오른손을 치켜들어 지워버릴 준비를 했다. 그 얼굴은 표정 하나 없는 것이, 무뚝뚝한 기계 같았다. 아무런 감상感傷도 없이 모든 존재를 소멸시켜나갈 것이 분명했다. '더 핸드'가 손을 내리쳤다. 타쿠마에게 닿을 만한 거리는 아니었다. 공간째 빨아들이려 한 것이다. 자신의 리치 안쪽으로 끌어들여 끝장낸다. 그것이 오쿠야스와 '더 핸드'의 기본 전술이다. 타쿠마의 발밑에 소화기가 비치되어 있었다. 공간이 도려져나가는 순간, 그것을 잡아들고 내던졌다. '더 핸드'는 원통형의 소화기 측면을 아주 약간 포함해 공간을 지웠다. 오쿠야스가 혀를 쳤다. 하얀 연기가 분출되며 한순간에 주변 일대가 하얗게 변했다.

타쿠마는 거리를 벌리고 태세를 가다듬기로 했다. 한 가지 문제가 있었다. 더이상 나이프가 한 자루도 남아 있지 않다는 것이었다.

날아오는 나이프를 향해 몸을 던질 수 있는 남자가 대체 이세상에 얼마나 있을까? 얕본 것은 아니다. 그러나 마음속 어디에선가 오쿠야스를 다소 가볍게 여겼는지도 모른다. 그런 까닭에 오쿠야스가 자신의 공격을 막았던 것이다.

"혹시 말이야, 아까 한쪽 손에 들고 있던 낡은 책이 네 '스탠드'냐? 시치미 떼지 말라고. 얼핏 봤거든."

하얀 연기 속에서 오쿠야스가 외쳤다. 늘어서 있는 책장이 끝나는 공간에 고대 유적을 연상케 하는 둥근 기둥 근처로 타쿠마는 몸을 숨겼다. '더 핸드'의 공격 앞에 벽 따위 무의미할지 몰라도, 몸이 기둥 밖으로 나가지 않도록 주의하며 오쿠야스가 있는 방향을 살폈다.

소화기의 연기가 자욱했다. 바닥에 떨어진 카본제 스로잉 나이프를 주우러 가고 싶었다. 그것이 지금 수중에 있다면 오쿠야스를 향해 던졌을 것이다. 시야가 양호하지 않아도 목소리의 위치로 거리와 방향을 알 수 있었다. 그 두 가지의 정보가 있다면 최적의 각도로 명중시킬 수 있을 것이다. 그러나 나이프가 떨어져 있는 지점으로 이동하려면 오쿠야스의 바로 곁을 지나가야 한다. 지금으로선 단념할 수밖에 없다.

나이프를 전부 다 던져버린 지금 순간적으로 치명적인 대미지를 가할 수 있는 무기는 가죽 표지 책 'The Book' 외에는 없다. 그렇지만 책의 문자를 읽혀 상대에게 기억을 심기 위해서는 2미터 거리까지 다가가야 한다.

2미터. 그것은 '더 핸드'의 사정 범위이기도 하다. 그 범위 안에 들어간다는 것은 백스페이스키로 어이없이 소멸당할 수도 있음을 의미한다.

속이 뒤집히는 듯한 기분이 들었다. 감정을 숨기지 않고 기록해버리는 'The Book'을 읽고 자신의 내면이 현재 어떤 상태인지 알 수도 있었다. 'The Book'에 의하면 자신의 마음속에는 현재 공포가 잔뜩 부풀어올라 무시할 수 없을 만큼 커져 있었다. 정신을 집중하지 않으면 손발이 떨려올 것 같았다. 그러나 오쿠야스를 넘어서야 한다는 결의는 마음속으로 이미 끝낸 바였다. 'The Book'에 그런 내면 묘사가 있다면 분명 그런 것이다.

"나는 독서를 방해한 너를 시끄럽게 짖어대는 개 정도로밖에 여기지 않았지. 하지만 이것도 다 졸업 시험 같은 것으로 여기기로 했어. 내일 아침이면 어머니의 복수도 끝나고 진정한 의미로 내 인생이 시작되니까 말이야."

지난 10년 동안 방해를 받은 적은 거의 없었다. 'The Book'을 이용하면 대부분의 상대는 한순간에 침묵시킬 수 있었다. 그러나 지금 자신의 눈앞에 있는 남자는 달랐다. 방심하면 자신의 생명을 빼앗길 위험마저 있었다. 그러나 이래야 한다. 분명 이 공포에는 가치가 있을 것이다.

"방금 그 '스탠드' 책은 어떻게 쓰는 거지? 적어도 접근 안 하면 효력을 발휘할 수 없는 모양인데?"

하얀 연기가 점차 걷히고, 책상과 오쿠야스의 그림자가 보이기 시작했다. 직립 부동 자세를 취하고 있는 그림자 쪽에서 낮은 목소리가 들려왔다.

"장거리 타입의 '스탠드'라면 말이야, 진작 공격했을 테지? 그러고 보니 코이치가 그랬던가? 왜 사람을 죽일 때 상의를 벗은 거야? 유리 너머로 교통사고의 기억을 적어놓은 거지? 혹시 말이야, 팔의 손톱자국을 보여줬던 거냐? 그렇게 주의를 끌어 가까이 다가오게 했던 거냐고?"

보여준 것은 손톱자국이 아니라 어깨의 반점이었다. 그러나 아주 틀리지는 않았다. 'The Book'의 세 가지 특성 중 하나를 알아맞혔다. '근거리'에서 페이지를 보여줘야 한다는 성질을.

'즉사는 시킬 수 없다'는 성질에 대해서도 패거리에게 들어 알고 있을지도 모른다. 그들이 어떤 경로로 자신에게 도달했는지는 알 수 없지만, 하드디스크에 복사하듯 기억을 덧씌우는 능력은 이미 간파당한 모양이다. 그것을 토대로 '즉사는 시킬 수 없다'는 성질을 추측하기란 불가능하지 않다.

문제는 남은 한 가지 성질에 대해서다. 페이지를 '눈으로 확인'시키지 않으면 'The Book'은 효력을 발휘할 수 없다. 이 사실을 간파당하기 전에 쓰러뜨리지 않으면 귀찮아진다.

소화기의 하얀 연기가 완전히 걷히자 하얀 가루를 뒤집어쓴 책장과 바닥, 카운터가 드러났다. 오쿠야스의 모습은 보이지 않았다. 책장 사이를 이동하며 이쪽을 찾아다니고 있을 것이다.

나이프가 한 자루도 없는 현재, 'The Book'으로 오쿠야스를 전투 불능에 빠지게 하는 것 외엔 이길 방법이 없다. 그러기 위해서는 '더 핸드'의 공격을 돌파한 뒤 품안으로 파고들어 책의 페이지를 확실히 눈앞에 들이밀 필요가 있다. 마음속에 사진 엽서가 떠올랐다. 초원이었다. 벽 하나 없이 어디까지고 펼쳐져 있었다. 호흡이 약간 편해졌다.

구두 소리가 등뒤에서 들려왔다. 돌연 공격이 시작되었다. 몸을 숨기고 있던 기둥이 소리 없이 도려져나갔다. 버터 덩어리를 달군 나이프로 떠낸 것처럼 매끄럽고 반들반들한 단면이었다. 타쿠마는 한발 앞서 이동하여 거리를 두었다. 도려져나간 기둥의 너머에 곰 같은 거구가 서 있었다. 책상이 늘어서 있는 공간과 열람 구역 간의 경계를 따라 타쿠마는 달렸다.

"쥐새끼처럼 도망 다니고 있어."

오쿠야스의 오른손이 검은 카본제 나이프를 쥐고 있었다. 방금 전 오쿠야스의 가슴에 꽂히지 않고 바닥에 떨어진 나이프였다. 분명 책장 사이로 이동하다가 주웠을 것이다.

오쿠야스는 나이프를 힘껏 던졌다. 잡는 법이나 던지는 법으로 보아 오쿠야스가 나이프 스로잉에 능하지 못하다는 것은 알 수 있었다. 물론 명중하지 않았다. 타쿠마에게서 한참 떨어진 곳을 지나쳐 책장에 부딪히더니 꽂히지도 않고 바닥에 떨어졌다.

"이것 봐, 나이프는 그냥 냅다 던지는 게 능사가 아니라고."

타쿠마는 순간 옆으로 굴렀다. 바로 그 직후 한아름 크기는 됨직한 목제 테이블이 날아들어 부서지는 소리가 들렸다. 한순간이라도 늦었다면 그것에 휘말렸을 것이다. 저 인간의 형태를 지닌 환영은 물체를 지우는 능력뿐만 아니라 인간 이상의 근력도 지닌 모양이었다.

일어나 숨을 골랐다. 굳이 분류하자면 문과 성향의 인간이었기 때문에 몸을 움직이는 데엔 재주가 없었다.

"죽은 네 형도 '스탠드'인가 뭔가를 갖고 있었나?"

"형 얘기 지껄이지 말라고 했지! 더럽혀진 것 같아서 열받거든!"

또다시 10미터 정도를 두고 오쿠야스와 대치했다. 슬슬 결판을 내고 싶어하는 눈치였다. 이쪽으로서도 그편이 낫다. 거리를 두기 위해 한도 끝도 없이 계속 달리다간 피로로 먼저 쓰러지는 것은 자신이 될 테니까.

오쿠야스가 조금씩 다가왔다. 오쿠야스는 숨결 하나 흐트러지지 않았다. 거리가 6미터 이내로 줄어들었다. 거의 눈앞에 '더 핸드'가 서 있었다.

타쿠마는 'The Book'의 가죽 표지를 펼쳤다. 마음속으로 염원하기만 해도 책표지가 넘어가 단숨에 의식을 날려버릴 기록에 도달할 것이다. 그러나 아직 그 페이지는 덮여 있었다. 왜냐하면 그 기록이 자신의 시야에까지 들어와서는 안 되기 때문이다.

'금지 구역'. 다시 읽으면 정신도, 육체도 대미지를 입는 과거 체험이었다. 오리카사 하나에가 읽은 것도 '금지 구역'으로 설정해둔 페이지 중 한 장이었다. '더 핸드'는 호를 그리듯이 공격한다. 언제나 팔을 크게 휘두르므로 그것만 피하면 빈틈이 생긴다. 팔을 피해 품으로 파고든 뒤 '금지 구역'의 기억을 들이밀어야 한다. 단 한순간 보여주기만 해도 승부는 끝난다.

오쿠야스가 4미터의 거리까지 다가왔다. 타쿠마도 한 발짝 전진, 3미터 거리에서 대치했다. 얼굴이 잘 보였다. 내쉬는 숨과 몸에서 나오는 열까지 전해져왔다.

"형이 네게 어떤 존재였지? 약간 관심이 있거든. 내게도 여동생이 있어서 말이야. 이름은 치호라고 하지. 너처럼 생긴 남동생이 아니라 다행이야. 만약 그랬더라면 운 한번 더럽게 없었을 텐데."

"너, 기억력 좀 딸리나봐? 분명히 경고했을 텐데. 형 얘기 지껄이지 말라고."

"기억력이 딸려? 반론하고 싶지만, 뭐 상관없어. 네 형은 참 을성 하나 끝내줬던 것 같군. 동생이 이 모양으로 생긴데다 설 상가상으로 머리까지 나빴으니 말이야."

오쿠야스가 어찌 반응하는지 관찰했다. 버럭 팔을 휘두를 것 인지. 아니면 냉정을 유지할 것인지. 타쿠마는 이야기를 계속 했다.

"궁금한 게 있거든. 왜 그리 형을 소중히 여기는 거지? 같은 피가 흐르기 때문에? 그렇다고 해도 과연 형은 진짜로 널 소중히 여겼을까? 사실은 자기 알 바 아닌 놈으로 여겼던 게 아닐까?"

오쿠야스는 이미 더이상은 참을 수 없다는 듯한 얼굴이었다. 죽은 형을 오쿠야스는 지금도 소중히 여기고 있는 것이다. 그 점을 건드리자 농익은 고름을 터뜨리듯 분노를 끌어낼 수 있었 다. 아주 좋아, 그렇게 생각했다. 오쿠야스가 분노에 몸을 맡기 고 일직선으로 돌진할 줄밖에 모르는 우둔한 괴물이 되어주는 편이 더 상대하기 편하다.

공격이 시작되었다. 먼저 '더 핸드'가 팔을 내리쳤다. 손바닥 은 아직 타쿠마에게 닿지 않는 거리였다. 공간을 빨아들여 자신 의 사정거리로 끌어들이기 위한 움직임이었다. 타쿠마는 아슬 아슬할 때까지 제자리에 멈춰 서 있다가 팔을 완전히 내리친 순 간 옆으로 뛰었다. 오쿠야스가 허를 찔린 듯한 표정을 지었다.

방금 전까지 자신이 있던 공간이 오쿠야스 쪽으로 어그러지는 것을 느꼈다. 그 현상을 눈으로 확인할 수는 없었다. '더 핸드'가 만들어낸 컨베이어 벨트는 아무것도 싣지 않고 완전히 헛돌고 말았다.

'더 핸드'의 능력에 대한 파악은 거의 끝냈다. 공간을 어그러뜨려 자신 쪽으로 빨아들이는 능력에는 법칙성이 있었다. 반드시 내리친 팔 방향의 직선상 공간이 어그러진다는 점이었다. 몸하나 거리만큼 옆으로 비키면 빨려들지 않는다. '더 핸드'의 헛손질은 대가가 컸다.

타쿠마의 오른손 위에서 'The Book'의 페이지가 고속으로 넘어가기 시작했다. 염원하기만 해도 목표 페이지가 펼쳐졌다. 한순간 뒤 '금지 구역'의 기록에 도달했다.

한 발짝, 오쿠야스를 향해 걸음을 옮겼다. 거리가 마침내 2미터 이내로 줄었다. 서로의 사정거리였다.

책을 치켜들었다. 분명 오쿠야스 시야 안이었다.

승리를 확신했다. 그때 예상 밖의 일이 일어났다.

오쿠야스는 굳게 눈을 감고 있었다. 그것은 페이지를 '보여주는' 것으로 기억을 심는 'The Book'에 대한 최대의 방어였다. 오쿠야스는 눈치챘던 것이다. 'The Book'의 마지막 성질을. 언제 그 사실을 눈치챘는지는 짐작가는 바가 있었다. 방금 전 '더 핸드'가 소화기를 파괴하고 헛손질한 직후였을 것이다. 타쿠마는 근거리로 접근해 공격을 하지 않고 퇴각을 선택했다. 소화제로 인해 주변 일대가 자욱해진 상태로는 오쿠야스에게 페이지를 '눈으로 확인'시킬 수 없었기 때문이다. 'The Book'을 이용한 공격이 불가능해지자 타쿠마는 아무것도 하지 않고 거리를 둘 수밖에 없었다. 그때 어째서 '스탠드'를 이용한 공격을 하지 않았는가, 라는 의문을 가졌던 오쿠야스는 '눈을 감는다'는 해답에 도달한 것이 틀림없다. 싸움에 이골이 난 것일까? 아니면 본능으로 알아차린 것일까? 어느 쪽이든 공격은 막혔다.

오쿠야스를 향해 디뎠던 발을 최대한의 의지를 발휘해 되돌렸다. '더 핸드'의 굳게 쥔 주먹이 코끝을 스쳤다. 조금이라도 늦게 알아차렸더라면 이미 끝장이 났을 것이다.

오쿠야스는 처음부터 눈을 감을 생각으로 기다리고 있었던 게 틀림없다. 분명 맨 처음 자신이 컨베이어 벨트를 피할 것까지 예측하고 카운터를 먹일 심산이었던 것이다. 짐승의 직감이 오쿠야스에게 깃들어 있다는 생각밖에 들지 않았다.

'더 핸드'가 손을 뻗었다. 사물을 지울 때의 큰 동작은 아니었다. 붙잡아 움직임을 봉쇄하려는 듯했다. '더 핸드'의 손가락이 상의 주머니 가장자리에 걸리는 바람에 한순간 후퇴가 늦어졌다. '더 핸드'의 발이 공중을 차올려 그 풍압에 공기가 굴절되었다. 상의 천이 찢어져 주머니의 바늘땀이 죄다 뜯어졌다. 발끝이 목을 스치며 피부가 풍압에 찢어졌다.

선택의 기로에 내몰렸다. 오쿠야스는 눈을 감고 타쿠마가 있음직한 장소를 향해 주먹을 날렸다. 오쿠야스가 눈을 감고 있는 한 'The Book'은 통하지 않는다. 시야를 포기한 남자를 앞두고 어떻게 행동해야 할 것인가?

1. 이대로 달아난다(있을 수 없는 일이다).
2. 오쿠야스가 눈을 감고 있는 사이 뒤에서 후려갈긴다(일격에 기절시키지 못하면 거꾸로 당하게 될 것이다. 그러나 그 정도의 근력이 자신에겐 없다는 걸 알고 있다).
3. 일격에 전투 불능으로 만들 무기를 찾아본다(이것이 적합하다).

타쿠마는 후방을 향해 달리기 시작했다. 무기라면 바로 곁에 있다. 심장에 꽂을 수만 있다면 이 싸움은 종료된다. 눈을 감은 오쿠야스에게 나이프를 명중시키는 것은 나무토막에 맞히는 것보다 간단한 일이다.

카본제 검은 나이프를 갖다준 것은 오쿠야스 자신이었다. 명중시킬 기술도 없으면서 고맙게도 오쿠야스가 던져준 것이다. 나이프는 책장 밑에 나뒹굴고 있었다. 옛날 작가의 오래된 책으로 가득찬 책장이었다. 주우러 달려가던 중 불안감이 스쳤다.

방금 전, 승리를 확신했다. 그러나 바로 그런 순간이 가장 함정에 걸려 넘어지기 쉬운 법이다. 오쿠야스는 우락부락하고 지성이라고는 눈곱만큼도 없다. 그러나 과연 그것밖에 안 되는 남자일까? 아니다. 그것밖에 안 되는 인간이라면 벌써 승부가 났을 것이다.

은밀히 'The Book'을 확인했다. 고속으로 페이지를 넘겨 자신이 찾는 묘사에 도달했다. 불과 수십 초 전에 일어난 일이 문장으로 기록되어 있었다. 오쿠야스가 힘껏 나이프를 던진 순간이었다. 시선에 비쳤던 것을 낱낱이 검증했다. 오쿠야스는 분명 지금까지의 인생에서 수많은 실패를 겪고, 그것을 토대로 깨우쳤을 것이다. 분노에 몸을 맡긴 채 행동해서는 안 된다는 사실을. 방금 전까지는 눈치채지 못했던 점을 타쿠마는 발견했다. 그것은 오쿠야스의 눈의 움직임이었다. 오쿠야스는 나이프를 던지던 순간, 타쿠마가 아니라 그 뒤에 있는 책장을 힐끗 보고 있었다.

역시 인식을 달리해야 한다. 니지무라 오쿠야스는 경의를 표할 가치가 있는 남자라고. 오쿠야스는 처음부터 맞힐 생각 따위 없었던 모양이다. 자신에겐 상대를 명중시킬 기술이 없음을 자각하고 있었던 것이다. 자신의 능력을 파악, 무엇을 해야 하고 무엇을 하지 말아야 하는지 판단했던 것이다. 오쿠야스는 미끼를 던졌다. 눈을 감고 있어도 타쿠마가 어느 방향으로 움직일 것인지 안다는 듯이.

책장 앞에 도달해 떨어져 있던 나이프를 주우려는 순간, 등뒤에서 오쿠야스의 목소리가 들려왔다.

"역시. 네녀석이 그걸 주우러 갈 줄 알았지. 마지막 한 자루였지, 그 나이프?"

후방 5미터 근처에 오쿠야스가 서 있었다. 이미 눈을 뜬 채 타쿠마를 응시하고 있었다. 마치 모든 것이 예상대로라는 표정이었다.

"또 숨겨둔 게 있었더라면 벌써 던졌을 테니까 말이야. 그러지 않은 걸 보고 더이상 나이프가 없을거라 직감했지."

동물이 본능으로 갈 길을 알듯 오쿠야스는 이쪽보다 한 수 위였다. 그 옆에서 엄숙한 처형을 집행하려는 듯이 '더 핸드'가 움직였다. 그의 손바닥에서 손끝까지 빽빽이 기분 나쁜 문양이 가득했다. 손바닥으로 허공을 가르듯 팔을 휘두르자 그것과 닿았던 공간이 츠츠츠츠츠 하고 지워졌다. 모든 것들이 삼켜져 사라져버린다. 그것이 어디로 이어져 있는지는 알 수 없다. 모든 상념, 사상, 이론까지 지울 수 있는 신의 손바닥이다.

오래된 책으로 가득한 책장이 떠올랐다. 작은 책장이 아니었다. 어른이 여러 명 달려들지 않으면 들어올릴 수 없을 정도로 거대한 책장이었다. 그것이 공중에 들어올려져 한순간 정지해 있다. '더 핸드'의 손바닥에게 물체의 무게 따위 무의미한 게 분명하다. 주변을 공간째 어그러뜨리는 것이기 때문에.

새를 잡기 위한 덫과 비슷했다. 미끼와 막대, 바구니를 이용해 단순명쾌하게 만든 덫 말이다. 새가 미끼를 쪼아 먹기 시작하면 막대에 매어두었던 실을 당긴다. 막대가 빠지면서 바구니가 쓰러져 새를 에워싸듯이 가둬버린다. 나이프는 바구니 아래로 새를 유인하기 위한 미끼였던 것이다. 자신이 눈을 감으면 타쿠마가 나이프 있는 곳으로 달려갈 것을, 오쿠야스는 예상하고 있었다.

형광등의 불빛이 머리 위에 떠 있는 책장에 가려져 타쿠마의 주변이 어두워졌다. 압도적인 질량의 물체가 공중에서 기울더니 무너져내리며 자신을 덮쳐왔다. 거대한 중량이 어깨 위로 떨어져 뼈가 부러지는 감각이 엄습했다. 오래된 책이 책장에서 쏟아지며 그 충격으로 분해됐다. 눈보라처럼 페이지가 어지러이 흩어지며 사방으로 쏟아져내렸다. 땅울림 같은 소리와 함께 바닥이 가볍게 휘었다.

짜부라진 뱀처럼 타쿠마는 엎어진 상태로 책장과 마루 사이에 끼어 있었다. 무시무시한 중량의 압박에 겨우 숨쉬는 것이

고작이었다. 오른쪽 어깨와 목 위는 책장의 가장자리 밖으로 나와 있었지만, 분해된 대량의 책에 머리가 매몰 직전이었다. 찢어진 페이지가 꼭 눈사태가 난 설산처럼 주변으로 확산되고 있었다.

책장이 완전히 쓰러져버리고, 그런 다음 고요해졌다. 오쿠야스의 구두 소리와 페이지가 공중에서 흩날리며 바스락거리는 소리가 들려왔다.

기절하지 않은 것이 행운이란 생각이 들었다. 덮쳐오는 책장을 피해 달아나서는 안 되었다. 오쿠야스가 이것으로 결판이 났다고 믿게 하기 위해서는 이 중량을 고의로 받아내야 했다. 사전에 책장이 덮쳐올 것을 알고 있었던 터라 머리를 감싸 의식 불명 상태에 빠지는 건 피할 수 있었다. 이제 오쿠야스가 자신의 승리에 의기양양하게 만들면 된다.

5미터 정도 떨어진 곳에서 오쿠야스의 구두 소리가 멈췄다. 분명 'The Book'을 이용한 공격을 경계하여 일정한 거리를 두려는 계산이다. 바닥에 납작 엎드려 있는 상태로 장신의 오쿠야스를 올려다보았다. 오쿠야스는 후련한 얼굴로 말했다.

"어때, 압박당하는 기분은? 지금 네녀석의 꼴로 말할 것 같으면 완전 환상의 압박쇼가 따로 없는데 그래. 옴짝달싹도 할 수 없는 지금이라면 눈을 감고도 두드려 패줄 수 있을 것 같

아. 이번엔 나답지 않게 한 건 제대로 올렸다니까. 혹시 주우러 가지 않을까 싶어서 던져놨는데 역시나, 그럴 줄 알았지. 그럼 네녀석이 거기서 기어나올 때까지 말이야, 한잠 푹 자줘야겠어……."

그러던 중 오쿠야스가 입에 손을 대더니 콜록, 하고 기침을 했다.

그 소리가 고요한 열람실에 쩌렁쩌렁 울려퍼졌다.

"……감기라도 걸린 건가, 오쿠야스 군?"

말을 하는 것만으로도 머리가 몽롱해지는 듯한 통증이 온몸을 관통했다. 자유롭게 움직이는 오른팔로 책장을 들어올리려고 했지만 미동도 하지 않았다.

"지금……."

오쿠야스는 관자놀이를 꽉 누르며 멍하니 주변을 보았다. 어느새 자신이 콧물을 훌쩍거리고 있다는 사실조차 아직 알아차리지 못하고 있었다. 마치 백일몽이라도 꾸는 듯한 표정이었다.

기억의 추체험이 종료되었다. 그것은 찰나에 일어나는 일이기에 평범한 사람이라면 자신의 영혼에 타인의 기억이 덧씌워진 것을 눈치조차 채지 못하는 경우가 많다. 그것은 데자뷰를 체험하는 순간의 감상과 비슷하다.

"여기는 제법 추운 곳이라 말이야. 갑자기 감기에 걸려도 이상할 것은 없어. 하지만 기왕 이렇게 된 거 알려주지. 이미 결판도 났고 하니 말이야. 방금 전, 네 의식을 뒤덮은 풍경은 머릿속에서 부풀어오른 '과거의 시간'이지. 네 몸은 이미 믿어 의심치 않고 있어. 그것이 실제로 일어났던 일이라고."

오쿠야스가 몸을 웅크리더니 두 번, 세 번 헛기침을 반복했다. 자신의 몸 상태가 변화한 것을 자각했는지 오쿠야스의 표정이 변했다.

"'The Book'은 자기 스스로 움직일 수 없어. 결국 책이니 말이야. 그래서 계속 내 손에 지니고 있었지. 하지만 그렇다고 멀리 이동할 수 없는 건 아니야. 한 30미터쯤 되는 거리라면 멀리 떨어져 있어도 사라지지 않아."

변화는 급격히 시작되었다. 식은땀이 얼굴에서 쏟아지더니, 끝내 오쿠야스가 무릎을 꿇었다. 타쿠마를 노려보며 무슨 말을 하려 했지만 연신 터져나오는 기침에 입을 놀릴 수 없는 것 같았다.

"너는 내가 책장에 깔렸어도 방심하지 않고 2미터 이상 거리를 유지했지. 그러나 거리를 유지해야 하는 대상은 내가 아니었어. 'The Book'이었지. 너는 'The Book'의 페이지가 시야에 들어오는 것을 허락하고 말았던 거야."

오른팔로 바닥을 기듯이 타쿠마는 책장 아래에서 탈출하려

했다. 골절된 몸 여기저기서 통증이 일었다. 곧바로 그 무게에서 해방될 수는 없었지만 몇 센티미터씩 몸을 뺄 수는 있었다.

"내가 그렇게 된 것은 열두 살 때였지. 증상은 오한, 발열, 두통, 근육통……. 앞으로 1분도 버티지 못하고 너는 정신을 잃을 거야. 혹시 스페인 독감이라고 아나?"

오쿠야스의 머릿속은 열 때문에 몽롱했다. 오쿠야스에게 바짝 붙어 있던 '더 핸드'도 어느샌가 사라지고 없었다. 어지러이 흩어져 있는 책들 가운데 오쿠야스가 무릎을 꿇고 눈물과 콧물이 섞인 땀을 안면에서 줄줄 흘리고 있었다.

"1918년부터 1919년까지 어떤 질병이 세계적으로 유행했지. 감염자 수 6억 명, 사망자 수 4천만 명 이상. 그게 바로 스페인 독감이야. 현재의 명칭은 인플루엔자."

책장 아래에서 몸을 빼냈다. 통증을 참으며 일어나 오쿠야스의 얼굴을 내려다보았다. 오쿠야스는 이미 쓰러져 있었으며, 의식은 아직 있는 듯 했지만 일어설 기미는 없었다. 지금 진짜 위험한 상대는 오쿠야스가 아니었다. '금지 구역'의 페이지가 펼쳐진 채 바닥에 방치되어 있는 'The Book'쪽이었다. 실수로 그것을 보게 되면 자신까지 오쿠야스와 같은 상태에 빠지고 말 것이다.

"내가 이길 수 있었던 건 다 네 덕이야. 네가 내게 승리를 안

겨준 셈이지."

책이 달랑 한 권만 떨어져 있었더라면 그것을 경계해 오쿠야스는 눈을 감고 있었을 것이다. 오쿠야스가 책장을 쓰러뜨려준 덕분에 이상적인 상황이 완성되었다. 수많은 책이 흩어져 있는 상황. 'The Book'을 지뢰로 매설해두기에 최적의 환경이었다.

책장에 깔리기 직전 'The Book'을 펼친 상태로 바닥에 놓고 오쿠야스가 있는 쪽으로 밀었다. 오쿠야스가 조금 떨어진 곳에서 바닥을 볼 것이라고 확신했다. 바닥에 납작 엎드려 있는 타쿠마를 내려다보기 위해서.

타쿠마는 지시를 보냈다. 'The Book'이여, 표지를 덮어라.

오쿠야스 바로 눈앞에 떨어져 있던 책이 아무도 건드리지 않았는데 저절로 덮였다. 그 표지는 가죽으로, 제목은 없었다. 오쿠야스의 얼굴에 경악이 떠올랐다. 오쿠야스는 눈치채지 못했다. 대량의 책 사이에 섞여 있어 간과하고 말았던 것이다. 이 세상에 가장 위험한 책이 바닥 위에 펼쳐져 있었단 사실을.

다크 브라운 색상의 가죽 표지를 향해 오쿠야스는 손을 뻗으려 했지만, 이미 늦은 뒤였다. 인플루엔자가 오쿠야스의 체력을 앗아가 그 손이 도달하기에 앞서 타쿠마가 'The Book'을 회수했다.

골절된 곳을 조사했다. 왼쪽 어깨와 오른쪽 정강이를 당했다.

다행히도 가슴 주머니에 꽂아두었던 만년필은 무사했다. 떨어져 있던 스로잉 나이프를 주워들고 교복 상의에 넣었다. 오른쪽 주머니가 찢어져 천이 일부분 사라져 있었다. 방금 전 '더 핸드'의 손가락이 걸려 찢겨버렸던 것이 기억났다. 꼴이 말이 아니라는 생각에 타쿠마는 한숨을 쉬었다.

"이제 와서 독서할 기분도 안 들고 원. 난 이만 돌아가보겠어. 내일 준비를 해야 하거든. 이 마을을 떠날 준비 말이야."

오쿠야스가 침을 질질 흘리며 입술을 움직여 뭐라고 중얼거렸다. 입술을 읽을 수 있는 관계로 오쿠야스가 뭐라고 했는지 알 수 있었다.

"이것 봐, 말 좀 조심하지그래. 방금 그 말은 책에 기록할 수 없을 정도로 몹쓸 말이라고."

오쿠야스는 팔로 얼굴을 감싸쥐고 몸을 둥글게 말아 오한을 참고 있었지만, 이윽고 그대로 꼼짝도 하지 않았다. 엎드린 채 얼굴을 팔로 가리고 있었기 때문에 어떤 표정을 짓고 있었는지 알 수 없었다.

미처 다 읽지 못한 치호의 원고를 회수하여 가방 안에 쑤셔넣었다. 발을 질질 끌며 카운터 앞을 통과, 현관 로비로 빠져나갔다. 출혈은 없지만 부상당한 곳이 불덩이처럼 느껴졌다.

현관문은 수감 시설처럼 중후하게 만들어져 있었다. 가까이

다가가보고 상태가 이상하다는 것을 알아차렸다. 손잡이에다 철봉을 꽂고 강대한 힘으로 구부러뜨려놓았다. 도저히 자신의 힘으로는 열 수 없을 것 같았다.

아까 오쿠야스가 부려놓은 수작이었다. '더 핸드'의 완력이라면 철봉을 비트는 건 일도 아닐 것이다. 그러나 자신이나 'The Book'에게는 그런 힘이 없었다.

다른 출입구를 찾아보았지만 죄다 열 수 없게 수작을 부려놓았다. 1층 복도의 출입구 같은 경우 문의 테두리를 비틀어놓아 미동도 하지 않았다. 죄다 오쿠야스의 소행이 틀림없었다. 일을 귀찮게 만들어놓았다. '가시나무관'에서 나갈 방법이 없었다. 창문에도 검은 주철제 격자가 박혀 있어 그곳을 빠져나갈 수 있는 건 쥐새끼 정도밖에 없었다.

잠시 후 이곳에 오쿠야스의 동료가 찾아올 것이다. 오래 있을 수는 없다. 어딘가 밖으로 나갈 수 있는 통로가 없을까 하고 'The Book'을 불러내 기억을 검색해보았다. 딱 한 곳 가능성이 있는 지점이 떠올랐다.

타쿠마는 현관 로비로 돌아가 나선형 계단을 올려다보았다. 목제 난간은 우아한 곡선을 그리며 뻥 뚫린 홀 천장을 향해 상승, 2층과 3층까지 쭉 이어져 있었다.

3개월 전 치호와 함께 3층의 다락방 같은 장소에서 '신음 소리를 내는 책'을 찾은 적이 있다. 그때 격자가 빠지려 하는 창문을 보았다. 그곳이라면, 어쩌면 지붕 위로 나갈 수 있을지도 모른다. 밖으로 나가면 그다음에는 사다리 대용으로 외벽에 얽혀 있는 가시나무를 붙잡고 내려가면 된다. 부상당한 몸으로는 부담이 크겠지만 여기 가만히 있는 것보다는 나을 것이다.

타쿠마는 나선형 계단을 올라가기 시작했다. 몸이 납덩이처럼 무겁게 느껴졌다. 조금이라도 힘을 주면 상처 입은 부분에서 열이 나 호흡을 할 수가 없었다. 머리 위를 올려다보며 의식이 끊기는 것을 막기 위해 '위로, 위로……' 하고 마음속으로 중얼거렸다. 가시나무 감옥에서 빠져나가기 위해 눈이 핑핑 도는 나선형 발판을 올라가면서.

4

빌딩의 틈새로 떠밀려 추락한 지 십 개월이 지나려 하고 있었다. 정오 무렵 약 십 분밖에 빛이 들지 않아 여전히 어두컴컴했지만 뼛속까지 스며드는 밤의 추위는 꽤 누그러져 있었다.

오로지 아이 생각만 하며 살아 있었다. 다시는 밖으로 나갈 수 없을 것이라는 확신이 들었다. 그래도 상관없었다. 배 속의 아이가 무사히 태어나 안전한 곳에서 보호받는 것만 확인하고 나면 자신은 더이상 바깥세상에 미련이 없었다.

단 한 가지 남은 미련이라면 부모님이었다. 아무 말도 없이 사라진 것이 마음에 걸리지 않는 날이 하루도 없었다.

아이가 배 속에서 휘적휘적 움직였다. 언제 태어나도 이상하지 않은 상태였다. 이 생명이 줄곧 자신과 함께였다 생각하니 신기한 기분이 들었다.

떠밀려 추락한 당시에는 고독해 견딜 수가 없었다. 밖에 수많은 사람들이 걸어 다니고 있음에도 불구하고 아무도 자신의 존재를 알아차려 주지 못한다는 사실에 외로웠다. 그러나 이제는 낮에도 밤에도 외롭다는 생각은 들지 않았다. 이 세상에서 가장 고독한 존재는 아니었다.

배의 안쪽에서 누르는 듯한 감촉이 느껴졌다. 이리 갔다 저리 갔다 하는 것을 알 수 있었다. 그때마다 부푼 배의 형태가 변했다. 손바닥으로 만져보자 배가 팽팽히 당겨져 빳빳해졌다.

허리에 납덩이를 달고 있는 듯한 무게가 느껴졌다.

통증에 눈을 떴다. 모포를 잘 보니 출혈한 흔적이 있었다. 옥상에서 던져진 책을 통해 출산 관련 지식을 암기해두었던 까닭에 그것이 자궁문이 열렸다는 증거임을 알 수 있었다. 가스레인지로 물주전자를 끓여 더운물을 준비했다.

마침 출근 시간인 모양이었다. 바깥 길거리에서 잡담 소리가 들려왔다. 모리오초의 경제가 움직이는 소리였다. 사람들이 빌딩에 들어가 업무를 시작하려 하고 있었다. 내일도 모레도 계속될, 여느 때와 다를 바 없는 아침이었다.

몇 시간 정도 소강상태가 계속되더니, 돌연 호흡을 할 수 없을 정도의 통증이 일었다. 꼬리뼈를 철봉으로 죄는 듯한 통증이었다. 출산을 앞두고 자궁이 수축을 반복하는 것이었다. 온몸에서 땀이 쏟아져 가만히 있을 수가 없었다. 그렇다고 걸어 다닐 수도 없었다. 조금 지나자 통증이 가셨다. 방금 전까지의 통증은 기분 탓이었나 싶을 만큼 평소 상태로 돌아왔다.

한 시간 뒤, 또다시 몸이 부서질 것만 같은 통증이 휘몰아쳤다. 주변에는 아무도 없었다. 오오가미 테루히코도, 오리카사 하나에도 밤이 되기 전까지는 오지 않을 것이다. 혼자서 출산하는 데에는 위험이 따른다. 아이의 목에 탯줄이 감겨 죽을 가능성도 있다. 출혈 과다로 자신과 아이 모두 죽을 수도 있다. 감당할 수 없는 사태가 일어난다면 포기할 수밖에 없다.

어머니에게 도와달라고 하고 싶었다. 만약 이곳에 어머니가 있었다면 불안감을 달래주었을 것이다. 자신도 경험한 적 있는 것이니 괜찮다고 손을 잡아주었을 것이다.

진통은 주기가 있었다. 처음에는 약 한 시간 동안 통증이 밀려왔다. 간격이 점점 짧아지고 통증의 강도도 커져갔다. 아이가 배 속에서 날뛰고 있음을 알 수 있었다. 안쪽에서 휘적휘적 움직이고 있었다.

통증에 몸부림치는 동안 온몸이 진흙으로 온통 범벅이 되었다. 양쪽 벽이 머리 위로 우뚝 솟아 푸른 하늘을 도려내고 있었다. 눈물로 시야가 일그러지고 벽이 무너져 자신을 향해 덮쳐올 것처럼 보였다.

처음에는 이보다 더 아플 수는 없을 거라 생각했건만, 그것은 시작에 불과했다. 허리와 하복부 쪽에서 통증의 파도가 밀려왔다. 조금이라도 호흡을 해야 한다는 생각에 숨을 들이마시려 했지만 그것조차 힘들었다. 통증의 파도는 정점에 다다랐다가 다시 빠져나갔다. 그것이 영원히 반복될 것 같았다.

눈물을 훔치는 것조차 잊어버릴 듯한 피로가 온몸을 지배했다. 고통과 통증 사이에서 의식이 몽롱해져, 이것이 잠든 것인지 기절한 것인지조차 알 수 없는 상황이었다. 짧은 꿈을 꾸었나싶다가도 통증의 파도가 다시 밀려와 눈을 떴다.

꿈과 현실을 구분하기가 애매해지고, 자신이 누구며 어디에 있는 것인지도 알 수 없게 되었다. 통증의 간격이 십 분이 되고, 마침내 오 분 안쪽이 되었다. 이름도, 과거도, 인간의 사고도 떨어져나갔다. 마지막까지 남은 것은 낳겠다는 의지뿐이었다. 자신의 육체는 오직 그것만을 위해 존재하고 있었다. 산소를 폐로 빨아들이며, 몸이 쪼개질 듯한 통증을 견뎠다.

정오가 되자 빌딩의 틈새로 빛이 비춰들었다. 옷을 걷어올려 파열 직전의 둥근 배를 드러내자 팽팽히 당겨져 빳빳해진 피부에 번진 땀이 햇빛을 받아 번쩍였다. 띄엄띄엄 의식이 끊기는 와중에 머리를 스치는 생각이 있었다.

아이는 지금 배 속에서 이 빛을 보고 있을까? 눈이 보이지 않아도 피부를 투과해 어렴풋이 보이는 붉은 태양을 느끼고 있을까? 배 속의 아이에게 가르쳐주고 싶었다. 지금부터 네가 나올

곳은 바로 저기, 언제나 빛이 내리쬐는 곳이라고.

5

"위로…… 위로……."

타쿠마는 무의식중에 중얼거리며 나선형으로 이어진 계단을 오르고 있었다. 정신을 차리고 보니 최상층에 도달해 있었다. 난간에서 내려다보자 자신의 몸이 방금 전보다 훨씬 하늘과 가까운 곳에 올라와 있음이 실감났다. 복도에 사람의 기척은 없었으며, 조명도 켜져 있지 않았다. 여러 방 중 지난번 치호와 들어간 적 있는 문을 열었다. 예전에 봤을 때와 동일한 곳에 거미줄 투성이 독수리 박제와 빛바랜 지구본이 놓여 있었다. 바닥에는 먼지가 얇게 쌓여 있었으며, 천장이나 밖과 맞닿은 벽은 비스듬히 기울어 있었다.

창문은 지붕 중간에 튀어나온 것처럼 나 있었다. 위로 밀어올려서 여는 형태의 창문이었다. 녹이 슬어 잘 열리지는 않았지만, 힘을 줘서 냅다 열자 밖의 차가운 공기가 방안으로 들어왔다. 예전에 봐둔 대로 창문의 격자는 거의 빠지기 직전이었다. 붙잡고 흔들자 녹슨 볼트가 부서져 간단히 빠졌다. 창틀에 발을 디디고 '가시나무관' 지붕으로 빠져나오려던 순간, 중간에 가방을 잃어버렸다는 사실을 깨달았다. 주우러 다시 돌아가는 것은 포기했다. 가방에는 치호의 소설이 들어 있었다. 아직 끝까지

다 읽지는 못했지만 어차피 이제 치호를 만나 감상을 말해줄 일
은 더이상 없었다.

자신이 치호에게 어떤 감정을 품고 있었는지, 'The Book'을
읽어보면 자세히 적혀 있을 것이다. 마음속으로 떠올린 것은 거
울에 비치는 풍경같이 거짓없이, 꾸밈없이 기록되기 때문이다.
치호와 함께 있을 때면 자신의 마음속에는 온갖 감정이 휘몰아
쳤다. 증오, 저주, 가족의 정. 그 남자의 핏줄을 저주하는 부정
적 감정과 같은 피를 나눈 여동생에 대한 애정, 두 개의 상반된
감정이 자신의 가슴속에 공존했다. 온 세상 사전에 실려 있는
인간이 느낄 수 있는 갖가지 감정을 여동생을 상대로 품고 있었
다. 그러나 유감스럽게도 치호가 가장 원했던 감정은 단 한 조
각도 포함되어 있지 않았다. 그것은 세상 어디에나 있을 법한,
단 하나의 감정이었다. 사람들은 그것을 위해 책을 써서 서점에
진열하고, 그 감정에 대해 노래를 부른다. 언어로 표현한다는
것이 우습기까지 한 그 감정을, 자신은 치호를 상대로 끝까지
품지 않았다. 치호가 아무리 간절히 원한다 해도 자신의 마음에
그 감정이 싹트는 건 있을 수 없는 일이었다. 그래도 자신은 끝
까지 완벽히 연기를 계속했다. 죄책감과 구역질을 참아 가며.

타쿠마는 지붕 위에 섰다. 밖에 불고 있던 찬바람이 온몸을
휘감았다. 서양식 집의 특징인 경사가 급한 지붕에는 열 개 가

까운 내닫이창이 튀어나와 있었는데, 타쿠마가 방금 나온 창문도 그중 하나였다. 약간의 눈이 경사가 급한 지붕에서 밀려나 떨어지지 않고 남아 있었다.

저 아래로 밤하늘에 무수한 별을 흩뿌린 것처럼 주택가 집들의 창문 불빛이 펼쳐져 있었다. 저멀리 동쪽은 캄캄한 것이, 어쩐지 꼭 바다가 펼쳐진 듯했다. 북서쪽에는 역과 로터리 광장이 보였다. 그곳을 중심으로 거미줄처럼 길이 뻗어 있는 가운데 옥외등이 늘어서 있었다.

시야 한 귀퉁이에 어렴풋이 빛이 보였다. 숨을 죽이고 그 연기를 바라보았다. 마을 한쪽에 붉은 불길이 보였다. '가시나무관'에서 바로 북쪽 방향이었다. 작은 퍼즐 조각들이 모여 있는 것처럼 집들이 모여 있었다. 그중 한 군데가 유난히 빛나고 있었다. 주변 다른 집들과 눈 덮인 도로가 저녁놀을 받은 것만 같이 붉었다.

죄인의 집이 업화業火에 휩싸여 있었다. 분명 아버지가 목걸이를 보고 이쪽의 정체를 눈치챈 것이다. 딸과 무슨 언쟁이 있었던 것이 틀림없다. 저 빛은 그 결과다. 양심의 가책이 들어 집에 불을 지른 것인지도 모른다. 자세한 것은 조만간 귀에 들려올 것이다. 아버지가 죽었다면 본인에게는 차라리 그것이 행운인지도 모른다.

바람이 휘몰아치는 소리가 들렸다. 호흡을 하자 하얀 숨이 지붕 위를 미끄러져 모리오초의 상공에 녹아들었다. 뒤에서 지붕이 삐거덕거리더니, 들어본 적 있는 목소리가 들려왔다.

"선배, 오늘은 걔 없네요? 왜, 여자랑 같이 있었잖아요? 역 앞에서 마주쳤을 때."

'가시나무관'의 지붕 중앙부 한층 높은 곳에는 팔각형 돔이 있었는데, 그 둘레에는 일곱 개의 첨탑과 철로 된 덩굴 모양의 장식이 설치되어 있었다. 하늘은 구름이 잔뜩 끼어 어두웠지만 옥외등의 불빛과 '가시나무관'의 라이트업을 위한 조명 덕에 주변은 잘 보였다.

지붕 높은 곳에 있는 팔각형 돔 옆에 검은 교복을 입은 남학생이 서 있었다. 오쿠야스와 마찬가지로 불량 학생 같은 모습이었다. 그러나 그 자태는 아름다웠다. 단지 주머니 안에 손을 찔러넣고 서 있을 뿐인데 예술가가 조각한 듯한 기품이 흘러나왔다.

"현관을 부수고 들어온 건가?"

지붕 위에 있다는 것을 어떻게 알아낸 것일까?

"오쿠야스의 증상은 내가 고칠 수 없어서 구급차를 불렀는데 말이죠, 또 한 대 불러둔다는 걸 깜빡했네요? 두 대가 있어야 하는 건데. 오쿠야스가 탈 거랑 선배가 탈 거."

내 인생에 실수가 있다면 그것은 이 녀석을 죽이는 데에 실패한 것이다. 타쿠마는 히가시카타 죠스케를 올려다보며 그렇게 생각했다.

　머리 위로 구름이 흘렀다. 손을 뻗으면 닿을 듯한 거리였다. 발밑에는 사람들이 생활하는 마을이 펼쳐져 있었다. 건물이 작게 보이는 탓인지 모든 것이 모형 같았다. 도로도, 나무의 배치도, 모든 것이 누군가에 의해 디자인된 모형 정원처럼 보였다. 방대한 장서를 보관하고 있는 도서관 지붕은 하늘과 가깝고 지상에서는 멀었다. 이런 곳에 올 인간은 거의 없을 것이다. 이곳을 찾는 것이라고는 새와 바람 정도일 것이다. 자신들의 숨결 말고 다른 소리는 아무것도 들리지 않았다.

　히가시카타 죠스케는 주머니에서 손을 빼 흐트러진 헤어스타일을 정성스레 다듬었다. 손가락 안쪽과 손바닥 표면의 놀림에는 머리카락 한 올 흐트러지는 것도 용납하지 않겠다는 신중함이 느껴졌다. 옥외등의 불빛이 얼굴을 아래쪽에서부터 비추고 있었다. 등뒤 벽면에 그의 실루엣이 크게 떠 있었다. 거리는 20미터 정도였다.

　"방학도 했겠다, 오늘은 좀 늦게 들어가도 괜찮으시겠지, 선배?"

　불량배가 싸움 상대를 도발하는 듯한 어조였다. 언성을 높인 것은 아니었다. 조용히, 그러나 거절할 수 없는 강인한 의지를 담아 말했다.

"왜 내 인생에 관여하려는 거지?"

"어머니를 죽이려고 했으니까."

"너희가 내게 간섭했기 때문이야."

"어떤 사정이 있었는지는 몰라도 난 네놈을 두들겨 패줄 만한 충분한 이유가 있거든. 주머니가 터질 정도로 잔뜩 말이야."

히가시카타 죠스케의 교복 자락이 바람을 받아 펄럭펄럭 하는 소리를 냈다. 이 정도라면 나이프를 던져도 그렇게까지 바람의 영향이 크지는 않을 것이다. 교복 상의 안쪽에 방금 전 주워 둔 검은 나이프가 한 자루 있었다. 골절된 것은 왼쪽 어깨였던 까닭에 오른팔로 나이프 스로잉을 하는 데에는 문제가 없었다. 옥외등 덕분에 주변은 밝았다. 'The Book'에 기록되어 있는 문자가 어둠에 가려질 일도 없었다. 달아나면 쫓아올 것이다. 그렇다면 지금 이 자리에서 히가시카타 죠스케를 어떻게든 하는 수밖에.

"주머니 말인데, 선배님, 다시 또 찢기지 않게 조심하시지. 충고하는 거야. 아까 오쿠야스랑 한바탕했을 때 찢겼지? 지금은 그런 흔적, 더이상 찾아볼 수 없지만."

죠스케를 경계하며 타쿠마는 손으로 상의 오른쪽 주머니를 더듬었다. '더 핸드'의 공격으로 바늘땀 부분에서 떨어져나갔던 주머니의 천이 복원되어 있었다.

"네 주특기인 마술인가……?"

부서진 것을 원래대로 되돌린다. 상처 입은 사람의 몸을 낫게 한다. 그것이 죠스케의 '스탠드'가 지닌 능력이다. 몇 차례의 관찰을 통해 그 사실을 추측했다. 만년필을 복원했을 때처럼 이번에는 떨어져나간 교복을 보란듯이 원래대로 되돌린 모양이었다. 그러나 어느 틈에 그렇게 한 것인지, 그 낌새는 느낄 수 없었다.

"'크레이지 다이아몬드'."

죠스케가 말했다. 죠스케의 등 뒤에 어느샌가 웬 남자가 서 있었다. 놈은 등뒤에 바짝 붙어 죠스케 자신과 똑같은 자세로 서 있었다. 놈은 죠스케의 그림자이자 배후령이며 영혼 그 자체임이 틀림없다. 언제나 말없이 죠스케 곁에 바싹 붙어 서 있을 것이다.

"이 녀석이 선배 얼굴을 전위 예술로 만들어줄 거라 이거야."

죠스케의 배후에 있던 '스탠드'가 복서 같은 자세를 취했다. '크레이지 다이아몬드'가 놈의 이름인 모양이었다. 중세 시대의 전사를 연상시키는 모습이었다. 그 육체는 안쪽에서 발광하듯이 빛났다. 팔이나 목 주변 근육은 완벽한 균형을 이루어 석고 상처럼 아름다웠다. '더 핸드'는 양철 로봇 같은 얼굴이었지만 이쪽은 좀더 인간에 가까웠다. 처음 보는 것은 아니었다. 죠스케가 어머니를 치료할 때 조금 떨어진 나무 위에서 쌍안경으로 엿보았기 때문이다.

그런데 두 가지 의문이 들었다.

1. 이 상황에 어째서 교복 주머니를 복구해주었을까?
2. 가까이 다가오지도 않고 어느 틈에 그런 짓을 했을까?

어머니를 치료하던 모습을 관찰한 결과에 의하면 '크레이지 다이아몬드'는 주먹에 접촉하는 순간을 기점으로 마치 시간을 되감듯 사물을 복원하는 모양이었다. 가령 빈사 상태의 중상이라도 흉터 하나 없이 원래대로 되돌린다. 그러나 분명 '크레이지 다이아몬드'와 상의가 닿은 순간은 없었다.

어쩌면 놈은 산산조각이 난 파편의 일부만 건드려도 사물을 복원할 수 있는 게 아닐까? 분명 찢어진 주머니의 옷감 쪼가리가 1층 바닥에 떨어져 있었을 것이다. 그것이라면 언제든지 '스탠드'로 접촉할 수 있다.

조각처럼 다부진 몸이 공중에서 매끄럽게 움직였다. 타쿠마는 '크레이지 다이아몬드'의 거동을 관찰했다. 아직 죠스케가 어떻게 나올지 전혀 알 수 없었다. 선공은 죠스케에게 양보하기로 했다. 거리는 20미터. 어떻게 나오든 달아날 여유는 있었다.

'크레이지 다이아몬드'가 죠스케의 등뒤에 있는 돔의 벽을 가볍게 쳤다. 그렇게 힘껏 친 것처럼 보이지는 않았는데도, 폭발하는 듯한 소리와 함께 흙먼지가 일어나 가시나무 덩굴째 벽돌 벽이 파괴되었다. 지붕에 거대한 파편이 나뒹굴고, '가시나무관'의 탁 트인 홀로 대량의 벽재가 낙하하는 시끄러운 소리가 들려왔다.

'크레이지 다이아몬드'는 인간의 머리만한 커다란 파편을 한 손으로 들어올리더니, 야구 투구 폼 같은 자세로 그것을 냅다 던졌다. 동작에 빈틈이 없는 것이, 춤을 추는 듯한 우아함마저 느껴졌다.

파편이 '크레이지 다이아몬드'의 손에서 벗어난 직후, 타쿠마의 발밑에 구멍이 뚫렸다. 대포에 맞는 듯한 소리가 발생했고 그 충격에 지붕이 물결치듯 들썩였다.

분명 공중을 일직선으로 날아왔을 텐데 그 궤적이 거의 보이지 않았다. 거대한 덩어리를 가볍게 내던지는 모습에서 힘을 절반도 쓰지 않았다는 여유가 느껴졌다.

죠스케가 흠, 하고 고개를 끄덕였다. 피하지 않았으면 큰일 났을 것이다. 제1발이 맞지 않았던 것은 단순한 행운이었다. 죠스케가 거리와 각도를 조정하는 것을 보니 다음에는 정확히 맞히리라는 예감이 들었다. '크레이지 다이아몬드'가 또다른 큰 덩어리를 들어올렸다.

순간적으로 타쿠마는 경사가 급한 지붕에서 미끄러졌다. 충격이 휘몰아치고, 바로 직전까지 서 있던 곳에 두번째 구멍이 뚫렸다. 골절된 발로 느릿느릿 피했으면 큰 상처를 입었을 것이다.

가시나무 덩굴이 지붕까지 올라와 있었다. 그것을 향해 손을 뻗어 브레이크를 걸었다. 무수한 가시가 손바닥을 파고들어 피가 뿜어져나왔다. 타쿠마의 체중을 버티지 못하고 가시나무는

뚝뚝 끊어졌지만, 지붕의 가장자리에서 허공으로 내동댕이쳐지기 직전에 간신히 낙하를 멈추었다. 태세를 바로잡아 거의 엎드려 기는 듯한 자세로 바로 근처에 있는 첨탑 뒤로 몸을 숨겼다.

지붕에서 튀어나와 있는 일곱 개의 첨탑은 3미터쯤 되는 폭을 지닌 거대한 사각 기둥이었다. 죄다 붉은 벽돌 재질에 그 표면을 가시 돋친 덩굴이 뒤덮고 있었으며, 상부는 피라미드처럼 뾰족했다. 그 때문에 '가시나무관'의 지붕은 멀리서 보면 바늘 산처럼 보였다. 타쿠마가 숨어 있는 첨탑은 지붕의 가장 북쪽 끝에 있었으며, 그곳을 지나면 지붕은 없었다. 발판이 끊어져 있어 마치 깎아지른 절벽처럼 지면까지 아무것도 없었다. 더이상 멀리 달아나지도 못하고 그저 첨탑을 방패 삼아 죠스케의 시야로부터 달아나는 것밖에 방도가 없었다.

"밤이 참 춥지?"

죠스케의 목소리가 들려왔다. 모습을 보지 않아도 목소리가 들려오는 방향으로 미루어 위치를 알 수 있었다. 지붕의 중앙 상부에 있는 팔각형 돔 옆에서 꼼짝도 않고 있는 모양이었다.

"숨을 생각이셔? 헛수고거든? 선배가 내쉬는 숨이 하얗게 변해서 감돌고 있다고. 얼굴을 내미는 순간에 말이야, 두개골이 박살나 뇌수腦髓가 다 흩어져버릴걸."

타쿠마는 자신의 손바닥을 보았다. 가시나무의 가시에 찔려 무수한 구멍이 나 있었다. 'The Book'이라고 마음속으로 염원하자 다크 브라운 색상의 가죽 표지가 피투성이 손바닥에 떠올랐다. 표지 곳곳에 상처와 구겨진 부분이 있었다. 육체의 상처를 반영, 'The Book'까지 만신창이가 된 것이다.

'크레이지 다이아몬드'가 공격해온 순간의 기록을 읽었다. 그 시간이 머릿속에서 전개되었고, 시야에 들어온 것을 분석했다. 매끄러운 움직임과 팔을 휘두르는 스피드. 날아온 벽 파편의 중량을 가늠하여, 그것을 포탄처럼 날리는 파워를 산출해보았다. 진짜 그 주먹에 얻어맞았다면 제 모습을 유지할 수 없었으리라는 것을 알 수 있었다. 방금 전 그 포탄이 명중했다면 목숨은 없었을 것이다. 목숨은 건진다 하더라도 중상을 면할 길이 없었다. 자신이 지금 대치하고 있는 적은 도저히 손을 쓸 수가 없는 파괴의 힘 그 자체였다.

타쿠마는 첨탑 벽에 등을 맡기고 몸을 숨긴 채 죠스케에게 말했다.

"한 발짝도 꼼짝 않고 멀리서도 날 죽일 수 있는 압도적인 힘을 과시하려고 그러나? 천만에, 아닐걸. 넌 '크레이지 다이아몬드'의 성질 중 일부분을 들켜버렸어. 놈은 네게서 그리 멀리 떨어질 수 없다는 걸 말이야."

공격할 때 이쪽으로 오지 않고 죠스케의 곁에서 떨어지려 하지 않았다. 아마도 죠스케의 '스탠드'는 그 육체에서 멀리 떨어져 다닐 수 없는 듯했다. '더 핸드'와 마찬가지로 강력한 파워의 대가로 움직일 수 있는 범위가 좁은 것이다. 그렇기 때문에 벽을 부숴 파편 덩어리를 내던지는 것밖에 할 수 없었던 게 틀림없다.

"……그나저나 기묘하군. 파괴와 재생이라. 두 가지 힘을 동시에 지녔다니, 위태로운 밸런스야. 네 성격 때문에 그런 건가? 네 정신에 분열 조짐 같은 것이 있어서 그러는 거 아닌가? 소문으로 들은 적이 있어. 평소엔 온순한 녀석이지만 성질이 났다

하면 태도가 돌변한다고 말이야."

유리한 점이 있었다. 이쪽은 '크레이지 다이아몬드'의 능력을 파악하기 시작했지만 죠스케는 그렇지 못하다는 점이다. 기억을 덧씌우는 능력에 대해서는 알고 있을지 몰라도 'The book'의 페이지를 보게 함으로써 능력을 발동시킨다는 성질까지는 모를 것이다. 오쿠야스에겐 보면 안 된다는 사실을 추리할 단서가 있었다. 소화기의 연기 속에서 공격으로 태세를 전환하지 않고 퇴각을 선택한 타쿠마의 행동을 통해서였다. 죠스케는 그 사실을 알지 못한다. 따라서 방어를 위해 눈을 감지 않을 것이다. 그렇다면 마지막 한 수로 싸움이 결판날 것이다.

'The Book'의 가죽 표지에 손을 얹자 어렴풋한 따스함이 와닿았다.

누구도 마음속에 들이지 않았다. 그래도 외로움 같은 것을 느낀 적은 없었다. 그 어떤 기분이 들어도 울지 않았다. 자신에게는 이 책이 있었다. 쭉 자신의 곁에서 지켜봐주고 있는 듯한 기분이 들었다. 우는소리를 한 적도 없었다. 그런 생각을 한다는 것은 있을 수 없는 일이다. 한심한 기록을 이 책에 남길 수는 없다.

지붕이 삐거덕거리는 소리에 죠스케가 움직이기 시작했음을 알 수 있었다. 죠스케는 타쿠마가 숨어 있는 장소로 다가오고 있는 것 같았다. 첨탑의 직각 벽을 사이에 두고 있어 서로의 모습은 볼 수 없었지만, 죠스케는 이쪽의 위치를 정확히 파악하고 있었다. 내쉰 숨이 하얗게 변해 이쪽의 위치를 알려주고 있었던 것이다. 상관하지 않고 첨탑의 모퉁이에서 기다렸다. 죠스케의 발소리나 숨결을 놓쳐서는 안 된다. 나이프를 던지건, 'The Book'을 치켜들건 간에 먼저 죠스케와의 간격을 정확히 가늠한 다음에야 실행에 옮길 수 있다.

돌연 머리 바로 근처에서 파괴음이 들렸다. 산산조각 난 벽돌 조각이 주변으로 흩날리고, 첨탑의 모퉁이가 깎여나갔다. '크레이지 다이아몬드'가 타쿠마가 숨어 있는 주변 일대를 향해 벽의 파편을 날린 모양이었다. 보통 인간은 들어올리는 것조차 어려운 무게의 덩어리가 모퉁이를 깎아내고서도 직진 비행을 멈출 생각을 않고 공중으로 사라졌다. 몇 킬로미터 밖 인기척 없는 밭 같은 곳에 떨어져 거대한 크레이터를 형성했을 것이다.

"그런 걸 매복이라고 한 건가? 분명히 말했을 텐데, 거기 있는 건 다 안다고 말이야."

죠스케의 목소리는 방금 전보다 더욱 가까운 곳에서 들려왔다.

경사가 급한 지붕 위에서 대부분의 눈이 밀려나 떨어져 있었다. 그러나 첨탑과 지붕의 이음매에 아직 얼마간의 눈이 쌓여 있었다. 타쿠마는 그것을 손으로 움켜쥐어 입안에 쑤셔넣었다. 방금 전 날아든 덩어리가 명중했더라면 머리가 날아갔을 것이다. 방심하면 한순간에 목숨을 잃는다. 판단이나 타이밍을 그르쳤다간 돌이킬 수 없게 된다. 후회조차 할 수 없게 된다. 온몸의 신경을 곤두세워 닥쳐오는 위협을 감지했다.

눈을 채워넣은 까닭에 입안이 얼어 혀가 마음대로 움직이지 않게 되었다. 더이상 말해서는 안 된다. 죠스케에게 이쪽의 행동을 들키면 안 된다. 죠스케와 대치하는 이 긴장감도 앞으로 몇 초 뒤면 사라진다. 모든 것이 종료되고 내일이 오면 자신은 원하는 곳으로 떠날 수 있게 될 것이다. 누군가를 향해 계속되던 증오의 나날이 드디어 끝난다.

죠스케의 발소리가 멈추었다. 타쿠마가 숨어 있는 곳에서 불과 몇 발짝밖에 떨어져 있지 않은 지점이었다. 죠스케가 내쉬는 하얀 숨이 공중을 떠돌고, 눈앞을 스쳐갔다. 손을 뻗으면 닿을 듯한 거리였다. 첨탑의 모퉁이를 돌면 바로 뒤에 죠스케가 있었다. 의심할 여지없는 'The Book'의 효력 범위 내였다.

죠스케가 공격해올 낌새는 없었다. 죠스케는 망설이고 있었다. 쓸데없는 움직임을 멈추고 주변을 둘러보며 관찰하는 수밖에 없었던 것이다. 타쿠마가 호흡하여 하얀 숨을 내쉬는 순간을 죠스케는 기다렸다. 죠스케는 하얀 숨을 표적 삼아 이동해왔다.

그러나 지금, 죠스케는 그 표적을 잃어버린 것이다.

겨울에 내쉬는 숨이 하얗게 변하는 것은 인간의 체온과 바깥 기온 간의 온도차가 크기 때문이다. 숨에 포함된 수증기가 냉각되어 물방울이 맺히는 바람에 하얗게 변하는 것이다. 그 현상을 막으려면 입 안에 눈을 머금기만 하면 된다. 입안이 냉각되어 밖으로 내쉬는 숨과 바깥 기온 간의 온도차가 사라져 물방울이 맺히지 않게 된다. 결과적으로 숨은 하얗게 변하지 않는다.

타쿠마의 호흡을 놓친 죠스케는 발걸음을 멈추고 주변으로 시선을 돌릴 것이다. '적'은 첨탑 뒤에서 다른 곳으로 이동한 것이 아닐까, 라는 의심이 싹틀 것이다. 승기를 잡을 수 있다면 바로 그 순간이다.

타쿠마는 첨탑 뒤에서 걸음을 내딛었다. 예상대로 모퉁이를 돌자 바로 뒤에 죠스케가 서 있었다. 거리는 2미터 안쪽이었다. 그 곁에 '크레이지 다이아몬드'가 바짝 붙어 있었다. 시선이 다른 장소를 향하고 있었지만 기척을 감지하고는 이쪽을 돌아보았다. 보통 사람보다 월등히 빠른 반응 속도였다. 그러나 이쪽이 한발 빨랐다.

'The Book'의 페이지가 고속으로 넘어갔다. 다음 순간, 교통사고를 당했을 때의 기록이 펼쳐졌다. '금지 구역' 중에서도 가장 파괴력 있는 페이지였다. 한번 시야에 들었다 하면 순식간에 의식을 날려버릴 것이다. 아무리 단련된 육체라도 소용없다.

죠스케는 '크레이지 다이아몬드'로 하여금 공격 태세를 취하도록 했다. 동시에 타쿠마는 'The Book'의 페이지를 죠스케의 바로 코앞에 치켜들었다.

풍향이 바뀌었다. 죠스케는 눈을 감고 있었다.

'The Book'의 발동 조건을 죠스케는 이미 알고 있었다. 봐서는 안 된다, 라는 사실을 이미 어디서 알아낸 모양이었다. 'The Book'을 이용한 공격은 통하지 않았다.

다급하게 사고를 전환했다. 이것은, 오쿠야스 때와 똑같은 흐름이다. 타쿠마는 순간적으로 뒤로 물러났다.

'크레이지 다이아몬드'가 공격을 결행했다. 한순간 주먹이 두 차례 날아들어 눈앞을 스쳤다. 풍압을 얼굴로 느꼈다. 눈을 감은 채 공격한 것이다. 정확히 조준한 것은 아니다. 그러나 뒤로 물러나지 않았으면 정통으로 얻어맞아 치명상을 입었을 것이다.

상의에서 스로잉 나이프를 뽑았다. 마지막 한 자루지만 써야 할 때는 지금이다. 오쿠야스 때와 결정적으로 다른 점은 지금 자신의 손에 나이프가 있다는 것이다. 죠스케는 눈을 감고 있어 나이프가 날아드는 것을 눈치채지 못한다. 이런 근거리라면 빗나가지는 않을 것이다. 타쿠마의 나이프 스로잉은 평소라면

3.5미터에서 1회전한다. 죠스케와의 거리가 바로 그만큼 좁혀진 시점에서 나이프를 날렸다. 정확히 죠스케의 심장을 겨냥해 나이프가 손에서 벗어나기 직전, 등에 충격이 느껴졌다.

숨이 막혀오고, 체내에서 뼈가 여러 대 부러졌다.

겨냥이 빗나갔다. 죠스케의 뺨에 붉은 줄만 긋고 나이프는 공중으로 사라졌다.

첨탑 벽을 기대고 서서 쓰러지지 않게 버텼다. 등을 파고든 주먹만한 덩어리가 지붕으로 낙하, 무거운 소리를 냈다. 순식간이라 그것의 정체를 알 수 없었다. 그 덩어리는 죠스케와 반대 방향에서 날아와 타쿠마의 등을 가격했다.

"그때로 돌아가고 싶다, 누구나 그런 마음이 있잖아? 그런 게 벽이나 꽃병 같은 것한테도 있을지 모른다 이거야."

죠스케의 목소리가 거의 머리 위에서 들려왔다. 둘의 신장 차와 자신이 거의 무릎을 꿇기 일보 직전이었기 때문이었다.

"'크레이지 다이아몬드'가 '그것'을 '재생'해뒀었지. 최단 루트를 일직선으로 되돌아오는 성질상 선배가 첨탑 모퉁이에 서 있다면 명중하는 게 당연한 거였다, 이거야."

타쿠마는 기침을 했다. 흩날리는 타액에 피가 섞여 있었다.

발밑을 나뒹굴고 있던 거칠고 투박한 덩어리가 살짝 눈을 뗀 사이에 사라졌다. 아무도 건드리지 않았다. 그렇다고 경사진 지붕에서 굴러떨어진 것도 아닌 모양이었다.

덜컥, 하는 소리가 멀리서 났다. 방금 전 '크레이지 다이아몬드'가 파괴한 팔각형 돔의 벽에 아까까지만 해도 큰 구멍이 나 있었다. 그 구멍의 테두리와 덩어리가 딱 들어맞는 소리였다. 파편은 또다시 건물의 일부가 되었으며, 틈새도 눈 녹듯 사라져 버렸다.

죠스케는 어째서 타쿠마의 교복을 복원한 것일까?

죠스케의 '스탠드'는 역시 파편의 일부를 건드리기만 해도 부서진 것을 복원할 수 있었다. 분명 죠스케는 1층에서 찢어진 옷감 쪼가리를 주워 '크레이지 다이아몬드'의 손으로 건드린 것이다. 그것은 곧바로 '재생'을 개시했다. 멀리 내던졌던 벽의 파편이 일직선으로 돌아와 구멍의 테두리에 들어맞은 것처럼 검은 옷감은 상의의 바늘땀을 찾아왔다. 지붕 위에 외따로 떨어져 있던 자신의 반쪽을 찾아 이동해 타쿠마도 눈치채지 못한 사이 상의의 바늘땀에 달라붙어 복원이 끝났다.

'가시나무관'에서 달아나려던 타쿠마를 죠스케가 발견한 것은 우연이 아니었다. 죠스케는 상의의 일부를 뒤쫓아 여기까지 찾아온 것이다. 타쿠마의 위치를 알아내기 위해 죠스케는 상의를 복원한 것이 틀림없다.

그러나 여전히 알 수 없는 점이 있었다. 어째서 죠스케는 눈을 감았던 것일까? 그 이유를 생각하려 해도 등에 받은 충격으로 머리가 돌아가지 않았다. 내장이 흔들렸는지 구역질이 치밀었다.

죠스케는 타쿠마의 눈앞에서 뺨의 피를 닦아냈다. 손을 뻗으면 닿을 정도의 근거리였다. 공방이 오간 뒤에도 죠스케는 후퇴하지 않고 'The Book'의 효력 범위 안쪽에 머물러 있었다. 동시에 그것은 '크레이지 다이아몬드'의 영향력 내이기도 했다.

죠스케는 '크레이지 다이아몬드'의 주먹 스피드에 절대적인 자신이 있었던 것이다. 이쪽이 책을 치켜들려 하면 즉각 반응해 먼저 주먹을 날릴 수 있다는 확신을 가진 게 분명했다.

"내가 왜 눈을 감았는지 도무지 알 수가 없다, 꼭 그런 소릴 하고 싶어하는 낯짝인걸."

분노를 억누르고 있는 듯한 낮은 목소리였다.

"1층에 오쿠야스가 쓰러져 있던데 말이야, 그 자식은 '보면 안 돼'라고 하고 싶었던 것 같아. 글쎄 손가락으로 양쪽 눈을 뭉개버렸더라고. 두 손가락으로 제 눈을 찔러서 말이야. 그 바보 같은 자식. 내가 여기 올 거라고 철석같이 믿었던 것 같아. 내가 두 눈을 고쳐줄 거라고 말이야. 선배, 그 자식이 얼마나 바보 같은 자식인지 진짜 기가 막혀 말이 안 나오지 않아?"

오쿠야스가 얼굴을 감싸쥐고 더이상 꼼짝도 않게 되었을 때 접근해 확인해볼 걸 그랬다.

"그래서 딱 감이 오더라 이거야. 선배가 막 그 책을 치켜들려던 순간에. 그 책이 '스탠드'지? 방금 전에는 안 갖고 있었지, 아마?"

타쿠마가 오른손에 들고 있는 가죽 표지 책을 죠스케가 힐끗 보았다. 'The Book'의 책등과 모서리가 아까보다 한층 더 만신 창이가 되어 있었다.

"책을 상대에게 보여줌으로써 공격한다 이거군. 그것도 근거 리가 아니면 소용없고. 멀리서도 공격이 가능하면 이미 했을 테 니까. 잠깐, 움직일 생각 마. 선배가 책을 펼치기도 전에 그 낯 짝을 개그 만화처럼 만들어줄 테니까 말이야."

"잘난 척도 정도껏 해!"

피가 섞인 침을 목으로 삼킨 탓에 피치 못하게 기침을 동반한 목소리가 나왔다.

"페이지가 넘어가는 게 더 빠를걸. 거기 그 과묵한 남자가 주 먹을 날리는 것보다."

죠스케에게 바짝 붙어 있는 '크레이지 다이아몬드'를 힐끗 보 았다. 얼굴은 인간에 가까웠지만 무표정했다. 감정은 거의 엿볼 수 없었다. 조각상처럼 정지한 채 눈만 타쿠마 쪽을 향하고 있 었다. 죠스케는 도발하듯 말했다.

"승부해봐도 상관없는데. 주먹이 더 빠를지, 아니면 책을 치켜드는 게 더 빠를지."

"뺨의 상처는 치료 안 하나?"

죠스케의 뺨에서 피가 계속해서 흐르고 있었다. 죠스케는 질문에 대답하지 않았다. '크레이지 다이아몬드'는 히가시카타 죠스케 자신의 상처는 치료하지 못하는 것일까? 그것이 사실이라면 낭보라 할 수 있다. 일격에 승부를 낼 필요가 없어졌기 때문이다. 대미지는 죠스케의 육체에 축적될 것이다. 죠스케의 육체에서 부러진 뼈나 파열한 내장은 원래대로 돌아가지 않을 것이다.

마지막에 날렸던 나이프가 전혀 무의미한 것은 아니었다. 이 정보를 끌어냈다는 것만으로도 가치가 있었다. 아주 약간 기분이 편해졌다. 죠스케의 '스탠드'는 무적이 아니다, 그런 생각을 할 수 있게 된 것이 중요했다.

"게다가 상처는 낫게 할 수 있어도 병은 낫게 할 수 없는 것 같군. 오쿠야스의 증상은 낫게 할 수 없다고 방금 전에 그랬지? 생명은 어떻지? 죽은 사람을 되살릴 수는 없나?"

죠스케는 역시 말이 없었다. 그 곁에 똑같은 자세로 서 있는 '크레이지 다이아몬드'의 피부는 거스러미나 얼룩 하나 없는 것이, 마치 잘 닦인 도자기처럼 아름다웠다. 눈의 착각 따위가 아니라 틀림없이 그곳에 있다는, 질량을 동반한 존재감이 있었

다. 그러나 뺨에는 상처가 한 가닥 나 있었다. 죠스케의 뺨에
난 상처와 같은 부위였다. 자신과 'The Book'의 관계와 마찬
가지로 죠스케가 상처를 입으면 '크레이지 다이아몬드'도 상처
를 입는다.

사이렌은 더이상 들려오지 않았지만 화재는 완전히 진화되지
않았다. 부녀가 살던 집은 아침까지 재가 될 것이다. '가시나무
관'의 지붕에 서 있는 일곱 개의 첨탑이 바람을 가르며 날카로
운 소리를 냈다. 밀려나 떨어지지 않고 남아 있던 눈이 분해되
어 지붕의 가장자리에서 흩날렸다.

지금부터 해야 할 일을 머릿속으로 정리했다. '크레이지 다이
아몬드'는 막강한 힘을 지녔다. 정면으로 겨뤄서는 안 될 상대
였다. 그러나 승리로 향하는 길이 완전히 막힌 것은 아니다. 가
공할 파워를 지닌 자동차가 있다고 해도 그것을 운전하는 것은
인간이다. 운전자의 마음속에 동요가 일면 그 한순간의 빈틈을
찔러 다른 차가 추월할 수도 있다.

"네게 물어보고 싶었던 게 있거든. 지금 놓치면 이런 기회는
두 번 다시 없을 테니까 말이야."

죠스케에게 타쿠마가 말했다.

"내가 물어보고 싶었던 건 그러니까, 그 헤어스타일 말인데……"

「천일야화」에 등장하는 소녀는 매일 밤 왕에게 이야기를 들려

줌으로써 죽음을 피했다. 마침내 왕은 소녀의 이야기를 듣고 관용과 논리를 되찾았다. 처형은 철회되고 왕과 소녀는 결혼해 아이를 가졌다. 이야기에는 인간을 살리고, 발전케 할 수 있는 힘이 있는 것이다. 히가시카타 죠스케에게 반격하기 전에 해야 할 일이 있다. 바로 이야기를 들려주는 것이다. 「천일야화」처럼 목숨을 걸고 이야기를 들려줘야 한다.

타쿠마는 머릿속으로 이야기를 구상했다. 결말은 이미 정해져 있었다.

'책에 의해 히가시카타 죠스케는 죽는다.'

이제 그것으로 도달하는 이야기를 들려주기만 하면 된다.

지금 당장 'The Book'을 치켜들려 하면 그 낌새를 감지한 저 인간형 '스탠드'가 주먹을 날릴 것이다. 그들은 현재 전투중이라는 심리적인 이상 상태에 처해 있다. 서로의 거리도 2미터 안쪽으로, '서로의 머리에 권총을 들이대고 있는' 상황과도 같다. 페이지가 펼쳐지는 것이 더 빠를지, 아니면 '크레이지 다이아몬드'의 주먹이 더 빠를지, 시험해볼 생각은 없다. 이 상태에서 한순간의 틈 같은 게 생길 리 없다. 그러나 살아남기 위해서는 그것을 만들어야 한다. 그러기 위해 이야기를 들려줄 필요가 있다. 눈 깜짝할 정도의 시간이라도 이쪽이 선공을 할 수만 있으면 된다. 그것만으로도 죠스케를 죽일 수 있는 가능성은 비약적으로 올라간다.

"이 헤어스타일에 뭐, 불만이라도 있으셔?"

죠스케의 얼굴이 굳어졌다. '크레이지 다이아몬드'가 주먹을 쥐었다. 소문으로 듣기는 했지만 역시 죠스케에게 헤어스타일이란 성역인 모양이었다. 삶의 방식 그 자체이자 믿는 모든 것이라고 들었다. 죠스케의 마음을 사로잡을 이야기의 소재로 최적이자 동시에 위험하기 짝이 없었다. 아주 약간이라도 요리를 잘못했다간 잔혹한 왕이 처형을 실행에 옮길 것이다.

"잡담의 연장선 같은 이야기지만 네 헤어스타일이 그런 이유, 애들 사이에서 도는 소문으로 들었어. 네가 네 살이 되던 해, 어느 큰 눈이 내리던 날 밤의 일이었다고 하더군. 오늘과 마찬가지로 온 세상이 새하얀 밤이었다지?"

그 정보는 'The Book'으로 조사해 전부 다 머릿속에 넣어두었다. 이 이야기는 죠스케의 마음속 가장 깊숙한 곳에 있는 것이다. '히가시카타 죠스케'라는 캐릭터를 안에서부터 떠받치는 중요한 에피소드다.

헛기침을 하자 상처 입은 부분이 통증에 휩싸였다. 오른손에 들고 있던 'The Book'을 없애고 골절된 왼쪽 어깨에 손을 갖다 댔다. 타쿠마는 죠스케의 눈을 보며 말했다.

"'그 남자'가 없었더라면 차는 움직이지 않았겠지. 넌 그날 밤

죽었을 거야. 정말 수수께끼의 인물이더군……."

어렸을 적 그 남자에 대한 기억이었다. 눈이 내리던 날 밤, 죠스케와 어머니가 탄 차는 눈길에 미끄러져 움직이지 못하게 되었다. 그때 나타난 가쿠란 교복 차림의 소년은 자신의 상의를 타이어 밑에 깔아 차를 꺼내주었다.

남을 구해준 행동이 마음에 와 닿은 것은 아니다. 중요한 것은 그 소년이 자신의 몸에 걸치고 있던 것을 내어 모자가 타고 있는 차를 움직였다는 점이다. 그 이야기에는 성서의 한 구절 같은 신성함이 내포되어 있다.

죠스케의 기발한 헤어스타일은 어릴 적 자신을 구해준 '그 남자'의 헤어스타일을 흉내낸 것이라고 한다. '히가시카타 죠스케'라는 캐릭터를 구성하고 있는 기호의 기원은 이 에피소드에서 유래했다. 때문에 그날의 일화는 터부시된다. 결코 건드려서는 안 된다.

"이 마을 어딘가에 지금도 '그 남자'가 살고 있을 것 같나?"

"아까부터 뭔 소리 하려는 거냐고?"

타쿠마의 진의를 파악하지 못하는 듯한 얼굴이었다. 좋은 조짐이었다. '질문'은 이야기를 듣고 있기에 발생한다. 죠스케는 이야기에 발을 들여놓기 시작했다.

"내 능력은 'The Book'이라고 하지. 내 기억을 이식하는 게 전부가 아니야. 진짜 사용법은 좀더 심플하지. 책에 적혀 있는 것은 자전 소설인데, 과거 내가 보고 들은 것이나 생각한 것이 쭉 적혀 있어. 언제든지 원할 때 검색, 열람이 가능해. 처음 만난 사람에게 '우리, 몇 년 전 몇 시 몇 분 몇 초에 길가에서 스쳐 간 적이 있죠? 기억 못하실 테지만.' 그런 걸 가르쳐주는 것도 가능하고. 이 가죽 표지 책은 내 인생 자체거든. 살아오며 내 시야에 들어온 것이 전부 다 기록되어 있어."

타쿠마는 왼쪽 어깨를 부여잡고 이야기를 계속했다. 통증을 참을 수 없다는 듯한 인상을 가장해 살짝 상반신을 앞으로 구부렸다. 죠스케는 키가 크다. 이 거리에서 상반신을 앞으로 구부리면 각도상 죠스케의 시야에는 자신의 오른손이 잘 보이지 않을 것이다.

"네가 '그 남자'와 만난 것은 네 살 때였지? 난 당시 다섯 살이었어. 오가는 사람들의 얼굴이나 달리는 차량의 번호를 관찰하는 것을 좋아했지. 지금도 당시의 광경을 세세하게 다 떠올릴 수 있어. 그때 그 시절의 거리, 하늘의 색깔, 흐르던 음악……. 아직 네 살이었던 널 데리고 네 어머니가 장을 보던 것까지 난 기억하고 있어. 실은 우리, 이 마을에서 몇 번 스쳐간 적 있는 사이거든. 당시에는 널 알지 못했지만 말이야. 현재의 너나 네 어머니의 얼굴을 검색하면 어디서 스쳐갔었는지 곧바로 알 수 있어."

"그래서?"

방금 전보다 더 험악한 얼굴로 죠스케가 노려보고 있었다. 타쿠마는 확신을 가지고 말했다.

"분명 다섯 살의 난 '그 남자'를 봤을 거야. 난 이 마을 주민들의 면면을 거의 모두 파악하고 있지. 너무 어렸을 때는 불완전한 데이터밖에 없지만 다섯 살 때였다면 틀림없이 '그 남자'를 봤을 거야."

그 당시 타쿠마는 시설 어른의 손에 이끌려 빈번히 대학을 오갔다. 무한한 기억력에 대한 검사를 받기 위해서였다. 연구실에서 시키는 대로 방대한 자릿수의 숫자를 암기하기도 하고, 미로를 돌파하기도 했다. 시설로 돌아가기 전 역 앞 카페에서 아이스크림을 얻어먹는 것이 즐거움이었다.

"그 당시 본 고교생의 얼굴은 틀림없이 전부 다 기억하고 있어."

오픈 테라스 카페에 앉아 있다보면 중고생들이 잔뜩 그 앞을 스쳐갔다. 전철이나 버스를 이용하든, 역 앞 상점가에서 잠깐 놀다 가든, 귀갓길의 학생들은 반드시 역 앞으로 이동했기 때문이다. 열 번쯤 카페에 들른 어느 날이었다. 눈앞을 지나쳐간 교복 차림의 사람들을 바라보고 있던 중에 '처음 보는 얼굴'의 수가 0이 되었다. 후일 자료를 살펴보았다. 당시 인상을 기억한

학생 수와 학교의 재적 인원을 대조해보니 숫자가 일치했다. 해당 연도에 재학중이던 학생의 인상을 타쿠마는 전부 확실히 기억하고 있었던 것이다.

'The Book'의 기록을 읽으면 '그 남자'를 찾아낼 수 있다. 히가시카타 죠스케와 같은 헤어스타일이라면 더욱더 찾기 쉬울 것이다. 시야 한 귀퉁이에 그 남자가 단 한순간 힐끗 비치기라도 한 적 있다면 그가 바로 히가시카타 죠스케의 목숨을 구한 그 남자다, 하고 알 수 있을 것이다.

죠스케는 숨을 들이쉬었다가 다시 내쉬었다.

"선배, 지금 당신 책에 말이야, 그 사람에 대해 적혀 있다는 소리가 하고 싶은 거야?"

"적혀 있을 거야. 틀림없이."

죠스케가 헤어스타일을 부정당할 때마다 상태가 불안정해지는 것은 정신적 지주인 '그 남자'의 존재가 흔들리기 때문이다. '그 남자'의 존재가 아버지 없이 자란 죠스케에게 어떤 영향을 끼쳤을지 어렵지 않게 상상할 수 있었다. 죠스케의 내면 세계에서 '그 남자'는 곧 원리이자 복음이다. 법률이자 윤리관이다. 그 모습을 흉내내는 것은 아이가 아버지를 흉내내는 것과도 같다. '그 남자'와 관련된 정보를 죠스케가 무시할 리 없다. 다음 이야기를 들려줄 때까지 처형을 중지할 것이다. 타쿠마는 죠스케의 눈을 보며 이야기를 계속했다.

"아직 '그 남자'에 대해 'The Book'에서 검색해본 적은 없어. 너에 대해 조사하던 과정에서 그런 존재가 있다는 것은 알았지만. 만약 네가 허락해준다면 지금 이 자리에서 13년 전의 기록을 읽어볼 수도 있는데, 어떡할까?"

가쿠란 교복을 입고 죠스케와 같은 헤어스타일이라고 조건을 좁히면 십 초도 채 되지 않아 결과가 나올 것이다. '그 남자'의 기록을 찾고 나면 나머지는 간단하다. '그 남자'를 본 장소나 시각, 소지품 등으로 인물에 대한 추측이 가능하다. 헤어스타일이 이미 변했다고 해도 명확한 인상을 알고 나면 현재의 그 인물을 찾는 것도 불가능은 아니다.

"계속 찾고 있었지? 지금 이 자리에서 '그 남자'에 대해 뭔가 알 수 있을지도 몰라. 그저 'The Book'을 펼쳐보기만 하면 돼."

'가시나무관'의 라이트업 조명이 자신들을 향해 빛을 발하고 있었다. 죠스케의 이마 표면에 땀방울이 맺혀 있었다.

주저앉고 싶어졌을 때도 소년 시절 본 그 남자를 떠올리며 살아온 것이 틀림없다. 이 얼마나 얄궂은 일인가. 자신들은 둘 다 아버지의 뒤를 좇으며 살아온 모양이다. 이쪽은 혈연관계이지만 파멸시켜야 할 상대로서. 죠스케는 혈연은 없지만 존경의 대상으로서.

"그래, 좋아. 선배, 책 '스탠드'를 펼쳐봐도 돼. 하지만 만약 그게 헛소리였다면 말이야. 선배의 목숨은 보장 못할 줄 알라고. '그 사람'을 최고로 모욕한 게 되니까 말이야."

방금 전 냉각됐던 입안은 이미 원래대로 돌아와 있었다. 내쉬는 숨이 하얗게 변해 바람에 흩어졌다. 수많은 빛이 저 먼 곳까지 흩어져 있었다. 모리오초를 구성하는 무수한 가정의 창문이었다. 시커먼 밤바다에 별들이 모여 있는 것 같았다. 자신들이 은하 위에 서 있는 듯한 착각이 들었다.

"그럼 지금 'The Book'을 불러내도록 하지. 널 공격하기 위해서가 아니야. 네 은인을 찾기 위해서지. 그러니까 그 과묵한 남자는 움직이지 말라고."

타쿠마는 '크레이지 다이아몬드'를 힐끗 보았다. 죠스케는 그만둬, 라는 말을 하지 않았다. 허락이 떨어진 것으로 이해했다.

오른쪽 손바닥을 왼쪽 어깨에서 떼고 'The Book'을 불러냈다. 잠수함이 부상하듯 손바닥에서 가죽 표지 책이 떠올랐다. 동시에 검지와 중지로 가슴 주머니에서 튀어나와 있던 만년필의 머리를 가만히 쥐었다. 그 모든 행동이 부자연스럽게 보이지 않도록 신중을 기했다. 상반신을 앞으로 숙인 상태였기 때문에 키가 큰 죠스케의 눈에는 가슴 언저리에서 움직이는 오른손이 보일 리가 없었다.

'The Book'의 표지를 죠스케에게 보여주었다. 죠스케는 책을 펼치는 것을 경계했다. 그러나 조금 전처럼 책을 펼칠 것 같으면 다짜고짜 공격부터 하고 보겠다는 의지는 한풀 꺾여 있었다. 이쪽의 행동을 지켜보고 있다, 바로 그런 상태였다. 죠스케는 알고 싶었던 것이다. '그 남자'와 관련된 정보를.

당장이라도 '그 남자'의 기록을 검색할 수 있었다. 그러나 타쿠마는 처음부터 그럴 마음 따위 없었다.

"그런데 그에 앞서 네 생각을 좀 묻고 싶은걸. 과연 'The Book'에 '그 남자'의 기록이 있을지, 아니면 없을지…….."

'The Book'을 내려다보며 타쿠마가 물었다. 이야기를 수습할 때가 왔다.

"지금 장난하자는 거냐?"

죠스케의 이성을 유지하고 있는 끈이 뿌득거렸다. 헤어스타일 또는 '그 남자'와 관련되었다 하면 끊는점이 이상하게 낮아진다. 까딱 잘못했다간 이성의 끈이 간단히 뚝 끊어져버릴 것이다.

"이 이야기는 지금부터가 중요하다고. 잘 들어봐. 내가 과거를 검색해 '그 남자'를 찾아낼 수 있다면 아무런 문제도 없을 거야. 하지만 그렇지 못할 경우……. '그 남자'를 찾아낼 수 없다면 그건 대체 무엇을 의미하는 걸까? 난 당시 모리오초에 살고 있던 모든 사람들의 얼굴을 거의 다 파악하고 있어. 특히 중

고생이라면 완벽하게. 전제 조건으로서 그것을 인정해줄 필요가 있다고. 그런데도 '그 남자'의 기록이 'The Book'에 없을 경우 내게는 잘못이 없어. 그건 몹시 이상한 일이지만. 왜냐하면 'The Book'에 기록이 없다면 당시 모리오초에 있을 리 없던 인물이 딱 그날 밤에만 나타나 너와 네 어머니 앞에 출현했다는 이야기가 되니까."

"그런 일이 있을 리 없잖아."

"네 어머니는 '그 남자'에게 답례를 할 생각에 찾아봤을 텐데. 하지만 결국 찾아내지 못했지. 기묘하다는 생각은 안 들던가? 그렇게 눈에 띄는 헤어스타일인데 왜 찾을 수 없었던 것일까……?"

쌍방 모두 호흡이 거칠어져 있었다. 하얀 가루가 시야를 스쳐 갔다. 내쉬는 숨을 맞으면 빙빙 회전할 듯한, 작은 눈송이였다. 상처의 통증과 함께 땀이 흘러내렸다.

"누구도 대답할 수 없는 영원한 의문에 대한 해답이 이 책에는 적혀 있어. 그럼 지금 바로 '그 남자'에 대해 조사해주지. 하지만 아주 잠깐이라도 생각해본 적 없나? '그 남자'는 사실 존재하지 않았던 것이 아닐까 하고."

죠스케가 천천히, 그러나 힘껏 주먹을 쥐었다. 그 눈빛에는 일말의 자비도 없는 것이, 숫제 범죄자의 얼굴과도 같았다. 상상으로 끝낸다면 몰라도 입 밖에 내서는 안 될 화제였다.

"왜, 그런 생각을 하지?"

"네 어머니는 당연히 학교에도 문의해봤을걸. 그런 헤어스타일의 학생이 있는지 없는지. 그래도 찾을 수 없었다면 '존재하지 않았다'고 생각하는 편이 자연스럽지 않을까? 큰 눈이 내리던 날 밤에 농업용 도로 한복판에서 '그 남자'는 무엇을 하고 있었던 것일까? 이상한 이야기라고. 마치 시간 여행 SF의 '복선' 같잖아. 그래서 난 '그 남자'의 정체에 대해 한 가지 가설을 세워봤지."

죠스케의 호흡으로 그 심리 상태를 추측했다. 숨을 들이쉬는 소리. 가슴이 오르락내리락하는 움직임. 죠스케의 입술 사이에서 공기가 뿜어져나왔다. 방금 전보다 훨씬 더 거친 리듬이었다. 그러나 주먹은 움켜쥔 그대로였다. 지뢰 위에 발을 얹은 채로 움직여서는 안 된다. 겁이 난 나머지 성급히 발을 떼는 순간 폭발할 것이 틀림없다.

"단순한 상상에 불과하지만……."

자신이 해야 할 일. 그것은 폭발을 막을 수 있을 정도로 깊은 땅속으로 지뢰를 콱 짓밟는 것이다.

"'그 남자'는 너 자신이었던 게 아닐까?"

'가시나무관'의 경사진 지붕이 삐거덕 하고 소리를 냈다. 죠스케가 눈에 보이지 않을 정도로 살짝 중심을 이동했기 때문일 것이다. 방금 무슨 말을 한 거냐? 죠스케는 그렇게 말하고 싶은 얼굴이었다. 힘껏 움켜쥐었던 주먹이 살짝 풀려 있었다. 끊기기 직전이었던 이성의 끈이, 가해지던 장력이 풀리는 바람에 순식간에 느슨해졌다. 그럴 때 발생하는 현상을 '이완'이라고 부른다. 자연 발생한 것은 아니다. 타쿠마가 의지의 힘으로 죠스케에게서 끌어낸 것이다.

지금 'The Book'을 들이밀면 승부가 결정될 것인가? 아니다, 설령 '이완' 상태라고 해도 눈을 감는 동작이 더 빠르다. 이기기 위해서는 눈을 뜨고 있는 죠스케에게 '크레이지 다이아몬드'의 공격을 받지 않고 책을 들이밀어야 한다. 그것을 위해서는 몇 가지 수순이 더 필요하다.

타쿠마는 예비 동작도 없이 만년필을 던졌다. 가죽 표지 책은 지지대를 잃어 공중에서 낙하했다.

이곳에 '스탠드'를 쓸 수 없는 보통 사람이 있었다면 오른손에 숨겨두었던 만년필은 이미 발각되었을 것이다. '스탠드'가 보인다는 것은 곧 그 배후에 숨겨져 있는 것이 시야에서 사라진다는 것을 뜻한다. 만년필은 'The Book'의 뒤표지와 오른쪽 손가락 사이에 끼듯이 들고 있었다. 책 표지를 보여주는 동안 죠스케에게는 만년필이 보이지 않는다. '스탠드'가 보이는 바람에 'The Book'에 가려져 그 배후에 있는 물체가 보이지 않게 된 것이다.

'책에 의해 히가시카타 죠스케는 죽는다.'

이제 조금만 더 있으면 이야기가 끝난다.

죠스케가 자세를 취하고 있었다면 이쪽의 움직임을 감지한 즉시 '크레이지 다이아몬드'의 주먹이 날아들었을 것이다. 만년필은 죠스케의 얼굴을 향해 날아갔다. 겨냥은 정확했다. 표적까지의 거리나 회전수 같은 것은 이 경우 상관이 없었다. 꽂기 위해 던진 것이 아니었다.

코끝까지 불과 수 센티미터 거리까지 육박한 그 필기구는 '크레이지 다이아몬드'의 손에 격추되었다. 죠스케의 '스탠드'가 보여준 반사적 행동의 속도는 눈을 휘둥그레지게 만들기에 충분했다. 그러나 만년필의 외관은 충격을 버티지 못하고 공중에서 금이 가 부서졌다. 죠스케의 얼굴 앞에서 파열하듯 안에 들었던 잉크가 흩날렸다. 죠스케는 순간적으로 눈을 감더니 얼굴을 비스듬히 돌려 뿜어져나온 잉크가 눈에 들어가는 것을 막았다.

죠스케가 눈을 보호할 것이라 믿었다. 잉크가 눈에 들어갔다면 'The Book'의 능력을 발동시킬 수 없었을 것이다. 순간적으로 그런 조치를 취했다는 건 죠스케가 우수한 전사라는 증거였다. 죠스케는 타쿠마가 구상한 이야기 안에서 행동했다. 잉크로부터 눈을 지켰다는 것, 그것이 패인이 될 것이다.

눈을 지킨 자는 그다음에 반드시 눈을 뜬다. 주변을 보고 눈이 무사한지 확인하기 위해서다. 그것이 인간의 심리이자 반사적 행동이다.

'The Book'은 낙하하는 와중에도 표지가 펼쳐져 있었다. 염원하기만 해도 된다. 인생이 적혀 있는 페이지가 속속 넘어간다. 교통사고의 기록을 죠스케의 눈앞에 들이밀기만 하면 승부는 결정된다. 타쿠마는 공중에서 'The Book'을 잡았다.

눈에 비친 풍경, 귀로 들은 소리가 문장화되어 종이 위에 나열되어 갔다. 페이지는 늘 현재에서 과거를 향해 펼쳐졌다. 마치 한 인간이 과거를 떠올리는 듯이, 오늘에서 어제로, 한 주 전에서 한 달 전으로, 1년 전에서 10년 전으로, 기억의 페이지를 거슬러올라갔다. 문자 판독이 가능한 스피드는 아니었다. 그러나 어느 페이지에 무엇이 적혀 있는지 막연하게나마 파악은 하고 있었다.

학교에서 급우와 건성으로 대화하던 기억이나 후타바 치호와 도서관에 가던 기억이 나타났다가 다른 페이지로 떠내려가듯 순식간에 지나가버렸다. 아버지의 집을 감시하던 그때 그 기억, 시설에서 살던 그때 그 기억이 문장화되어 있었다. 다음 순간, 이들 페이지가 지나가버리고 방대한 기억에 파묻혀버렸다.

공중에서 부서진 만년필의 파편이 두 사람의 중간 지점에서 아직 낙하를 계속하고 있었다. 뿜어져나온 푸른 잉크가 작디작은 무수한 방울이 되어 눈송이와 뒤섞였다.

죠스케가 눈을 감은 채 공격으로 태세를 전환했다. '크레이지 다이아몬드'가 전신의 근육을 풀가동시켰다. 한순간, 놈의 모습이 거대하게 부풀어올라 보였다. 등 근육이 솟아 속이 꽉 찬 과일처럼 부푸는가 싶더니 터져나오듯 오른쪽 주먹이 날아들었다. 믿기 힘든 스피드였다. 'The Book'의 페이지가 한 장 넘어갈 때마다 '크레이지 다이아몬드'의 주먹이 커다랗게 다가왔다. 눈을 감고 있어도 이쪽의 위치는 대강 알 수 있는 모양이었다. 주먹이 날아오는 경로 위에 타쿠마의 얼굴이 있었다.

교통사고를 당한 것은 여덟 살 때였다. 그 페이지에 도달하려면 시간이 걸린다. 현재에서 과거로 페이지가 넘어가기 때문에 5분 전이나 어제의 기록이라면 한순간에 도달할 수 있지만, 옛 기록일수록 더 많은 페이지를 넘겨야 한다. 상대가 평범한 인간일 경우 '한순간'이라는 말로 형용해도 될 짧은 시간이다. 그러나 상대가 '크레이지 다이아몬드'라면 사정이 다르다. 얕본 것은 아니다. 그 능력에는 충분한 경의를 표했다. 그러나 그 주먹의 스피드는 자신의 상상 이상이었다.

공중에서 흩날리는 잉크 방울과 만년필의 파편을 밀어내며 놈의 주먹이 다가오고 있었다. 그 스피드와 페이지가 넘어가는 스피드를 비교해보았다. 아무래도 주먹이 도달하는 게 교통사고 페이지를 펼치는 것보다 먼저가 될 것 같았다.

뻗어오는 주먹 뒤로 잉크로 뺨이 얼룩진 죠스케의 얼굴이 있었다. 그 눈이 살짝 뜨이려 하고 있었다. 교통사고 페이지가 완전히 펼쳐져 있었더라면 죠스케를 쓰러뜨릴 수 있었을 것이다. 혹은 '크레이지 다이아몬드'의 주먹을 피할 수 있을 만한 운동 능력이 있었더라면 주먹을 피한 뒤 'The Book'을 치켜들어 상황을 종료했을 것이다. 그러나 '크레이지 다이아몬드'의 스피드는 인간의 운동 신경으로 대응할 수 있는 것이 아니었다.

타쿠마는 각오를 다졌다. 당초 구상했던 이야기를 변경해야겠다고 결심했다.

죠스케의 눈이 뜨이고, 안구가 바깥 공기와 닿았다. 그 순간, 죠스케의 늑골에서 뿌드득 하는 소리가 났다. 죠스케의 얼굴과 목에 무수한 자상이 나고, 나뭇가지를 짓밟는 듯한 소리와 함께 주먹이 축 늘어지며 변형되었다. 죠스케의 육체가 어떤 손상을 입었는지 타쿠마에겐 손에 잡힐 듯 훤히 보였다. 늑골이 세 대, 손가락뼈가 두 대, 그리고 무릎 인대까지. 죠스케는 한순간에 중상을 입었다.

'크레이지 다이아몬드'에게도 그 충격이 전달되었다. 죠스케의 부상과 같은 부위에 상처를 입고, 몸이 뒤틀렸다. 타쿠마에게 돌진하던 '크레이지 다이아몬드'의 주먹이 흔들려버렸다.

공격당하기 전 'The Book'을 죠스케의 시야에 들게 하는 데에 성공했다. 교통사고 페이지가 아니었다. 주먹이 도달하기 전에 펼칠 수 있는 또다른 '금지 구역'이었다.

지금까지 두 번 자살을 시도했다. 처음엔 팔을 가위로 찔렀고 두번째는 병원에서 뛰어내렸다. 죠스케에게 덧씌운 기억은 병실 창문에서 뛰어내려 정원수에 처박혔던 열 살 때의 기억이다. 그 기록을 본 죠스케의 영혼이 '감정이입'을 하여 그것을 자신의 체험이라고 믿는 바람에 육체가 착각을 일으켜 상처를 입은 것이다.

교통사고의 기억만한 살상 능력은 없다. 의식 불명에도 빠트릴 수 없다. 그러나 지금 필요한 것은 '크레이지 다이아몬드'의 공격을 피하는 것이다. 죠스케는 부상의 충격으로 공격의 손길을 멈출 것이다. 평범한 인간이라면 일어나지도 못하고 극심한 통증 때문에 호흡도 할 수 없을 만한 부상이다. 죠스케는 자신의 부상을 낫게 하지 못한다. 움직임이 둔해진 죠스케를 끝장내는 것쯤, '크레이지 다이아몬드'의 공격만 없다면 간단한 일이다.

그러나 오산이 있었다. 히가시카타 죠스케의 의지였다. 죠스케는 각오를 다졌다. 무슨 일이 있어도 마지막까지 주먹을 휘두르겠노라고.

'크레이지 다이아몬드'의 주먹은 부상으로 인해 뼈가 부러지고 뒤틀려 있었다. 그러나 죠스케는 공격을 멈추지 않았다. 그것을 깨달은 순간, '크레이지 다이아몬드'의 주먹은 이미 바로 눈앞에 와 있었다.

타쿠마의 뺨에 충격이 휘몰아쳤다. 부상으로 인해 위력이 줄기는 했어도 그 주먹은 바윗덩어리처럼 묵직했다. 얼굴뼈가 부러지고 목이 떨어져나가는 줄 알았다. 머리가 극심하게 요동쳐 한순간 정신이 아득해졌다. 얼굴이 있던 위치에서 소규모 폭발이라도 일어난 것처럼 타쿠마는 튕겨나가 첨탑 벽에 처박혔다. '크레이지 다이아몬드'는 오른팔을 뻗어 끝끝내 주먹을 날렸던 것이다.

"……어느 쪽이든 상관없어."

제트기가 귓가를 스치고 간 것만 같은 귀울림이 극심했다. 그래도 죠스케의 목소리는 확실히 들려왔다. 흐릿해지는 시야 속에서 경사진 지붕에 무릎을 꿇고 있는 죠스케가 보였다. 그 목덜미에서 다량의 피가 흘러나왔다. 통증에 얼굴을 일그러뜨린 채 여러 차례 숨을 쉬며 죠스케는 이야기를 계속했다.

"그 사람이 진짜로 있었든, 아니든……. 그깟 걸 알게 돼봤자 아무 의미 없어."

타쿠마의 콧속에서 용암처럼 붉은 점액이 흘러나왔다. 처음에는 마비된 것처럼 아무것도 느껴지지 않았지만, 얼굴 왼쪽의 통증이 점점 뚜렷해져왔다.

"선배, 당신이 무슨 소릴 하든 간에 내 삶의 방식은 바꾸지 않을 거야. 난 아직 이 헤어스타일보다 멋진 건 본 적이 없거든."

죠스케의 눈이 게슴츠레한 것이, 정신을 잃기 직전의 표정이었다. 오른쪽 손가락이 두 대, 기묘한 방향으로 뒤틀려 있었다. 죠스케는 천천히 팔을 들어올려 그 손을 머리에 갖다 댔다. 무엇을 하려는 것인가 했더니 죠스케는 흐트러진 머리카락을 정성껏 정돈하기 시작했다. 죠스케는 피를 흘리면서도 다른 무엇보다도 먼저 헤어스타일을 신경쓰고 있었다.

타쿠마의 이가 피가 섞인 타액과 함께 지붕 위를 구르더니 거품과 함께 경사로 흘러내렸다. 손으로 만져보았지만 얼굴이 아직 원형을 유지하고 있는 것이 신기할 따름이었다. 첨탑 벽을 붙들고 일어서려 했지만, 상하 감각이 모호해 경사가 급한 지붕에서 굴러떨어질 듯한 기분이 들어 그럴 수는 없었다.

푸드덕 푸드덕 새가 날갯짓하는 듯한 소리가 들려왔다. 대량으로 떨어져나간 'The Book'의 페이지가 바람을 타고 날아오르는 소리였다. 가죽 표지 책은 바로 곁에 떨어져 있었다. 방금 전 그 충격으로 얼마간의 기억이 날아간 모양이었다. 떨어져나간 페이지들이 마을 상공에서 바람에 휘날리는 모습이, 마치 무수한 새떼가 선회하는 것 같았다.

6

    미지근한 물이 흘러넘쳤다. 액체는 허벅지를 적시고 진흙으로 뒤덮인 지면에 흡수되었다. 아기를 감싸던 막이 찢어져 양수가 새어나온 것이다. 지금까지 한 번도 경험한 적 없는 신체 변화였다. 평생 겪지 못하는 사람도 있는 귀중한 감각이었다.

    통증의 종류가 바뀌었다. 아이가 양막 안에서 머리로 밀다가 이제는 직접 밀어대고, 그것이 곧 날카로운 통증이 되었다. 아이가 그간 있었던 곳에서 밖으로 나오려 하고 있었다. 밖으로 내보내기 위해 복근에 힘을 주었다.

    통증이 더이상 간격을 두고 찾아오지 않고 육체에 계속 머물렀다. 자신의 의지로는 제어할 수 없는 힘이 체내에 있었다. 겁이 난다고 해서 기다려달라고 할 수 없었다. 중력을 받아 낙하하는 물체에게 기다려달라고 할 수 없는 것과 마찬가지였다. 인간은 섭리에 따를 수밖에 없었다. 자신의 육체에서 나오려 하는 아이의 의지를 느꼈다. 밀려드는 파도에 맞춰 힘을 주었다. 눈물이 멈추지 않았다.

기다란 하늘이 푸르렀다. 오늘은 날이 참 맑기도 하다는 생각이 들었다. 울음소리가 벽 사이로 울려퍼졌다. 사내아이였다.

7

"어머니의 시신을 수습하러 갔었어……."

잊지 않기 위해 말로 남기고 싶었다. 기억이 바람에 날려 사라져버리기 전에.

"어느 날 밤, 옥상에 올라가 빌딩 틈새를 내려다봤지……."

열두 살 때였다. 궁금하기는 했지만 그 나이가 될 때까지 용기가 나지 않아 그곳으로 발걸음이 떨어지지 않았다. 그곳에 무엇이 있을지 반쯤은 추측으로나마 눈치채고 있었다. 추락 방지용 철망을 넘어 옥상의 가장자리에 섰다. 비를 고스란히 맞은 콘크리트 벽에는 무수한 얼룩이 져 있었다. 두 개의 평평한 벽 사이에 끼어 있는 저 아래는 암흑이었다. 다리가 떨렸다. 도저히 인간이 살 수 있는 곳이 아니었다. 춥고, 어둡고, 신에게도 버림받은 곳이었다.

로프를 드리웠지만 바닥에 내려갈 결심이 서지 않았다. 날이 밝을 무렵이 되어서야 비로소 빌딩의 틈새로 내려가기 시작했다. 바닥이 가까워지자 공기가 습기를 띠었고, 비릿한 냄새가 코를 찔렀다. 흩어져 있는 대량의 모포와 종이 상자의 잔해 위로 착지했다. 빗물을 머금고 있었는지 체중이 실리자 찍 하는 소리와 함께 더러운 물이 배어나왔다. 무수한 빈병이 한구석에 늘어서 있었으며, 비닐봉지 다발 위에는 누름돌이 얹혀 있었다. 쓸쓸한 곳이었다. 홀로 장시간 버티는 건 불가능했다.

벽에 무수한 흠집이 있었다. 곰팡이 핀 가스버너나 주전자가 굴러다니고 있었다. 너덜너덜 다 떨어지고 썩어버린 책이 떨어져 있었다. 원래 색깔을 거의 알아볼 수 없게 된 옷가지가 소중히 접혀 있었다. 10년도 더 되는 세월 동안 아무도 이곳을 찾지 않았던 것이다.

지면 위에 하얀 무언가가 어지러이 흩어져 있었다. 쥐가 먹다 널브러뜨려놓은 것인지, 원형은 남아 있지 않았다. 작은 파편이 된 어머니의 유골은 축축한 지면에 파묻혀 있었다. 그것을 그러모으며 어머니는 모리오초에 스스로를 고루 나눠준 것이라고 생각했다. 일부는 쥐의 먹이가 되었으며, 일부는 지면에 흡수되었고, 일부는 먼지가 되어 공기로 돌아갔다.

부드러운 흙속에 머리카락이 파묻혀 있었다. 잡아당기자 거의 한 사람 분량의 긴 머리카락이 진흙과 함께 딸려나왔다. 타쿠마의 열 손가락에 그것들이 얽혔다. 이렇게까지 흐트러지고 상한 머리카락은 본 적이 없었다.

빌딩의 틈새에 있던 어머니의 소유물은 전부 다 가지고 돌아왔다. 그중에 흑옥석 목걸이와 엽서가 있었다.

"아버지에게 복수를. 그것만을 생각하며 살아왔어."

산산조각이 난 만년필 파편이 곁에 떨어져 있었다. 그것을 짓밟으며 타쿠마는 일어섰다. 조금만 긴장을 풀어도 무릎이 꺾일 것만 같았다. 그러나 앞으로 일이 분 정도면 아직 더 싸울 수 있었다.

히가시카타 죠스케는 말없이 가만히 있었다. 아무것도 묻지 않고 조용히 몸을 일으켰다. 여전히 거리는 2미터 안쪽이었다. 히기시카타 죠스케도 타쿠마와 마찬가지로 한계에 다다른 것 같았다. 보통 사람이라면 이미 의식을 잃었을 만한 양의 혈액이 지붕 위로 뚝뚝 떨어지고 있었다.

"그 상처, 얼른 병원에 안 가면 출혈 과다로 죽을 수도 있어."

타쿠마가 죠스케에게 충고했다. 이가 부러져 말하기 쉽지 않았다.

병원에서 투신자살을 시도했을 때, 목의 혈관을 정원수의 가지에 다쳤다. 그때는 의사와 간호사가 곧바로 달려온 덕분에 살 수 있었다. 그러나 이곳에 의사는 없다.

"결판을 낼 시간 정도는 있을 것 같은데."

'크레이지 다이아몬드'는 주먹을 꽉 쥐었다. 그 전신에도 무수한 상처가 나 있었다. 그러나 투지는 조금도 사그라지지 않았다. 오히려 상처 입은 '스탠드'에게서 빛나듯 장엄한 아우라가 피어오르고 있었다.

"선배, 기다려줄 테니까 준비하시지. 다음 걸로 확실히 끝내줄 테니까 말이야."

입가의 피를 닦고 지면에 떨어져 있는 'The Book'을 주워들었다.

"어떻게든 자기 주먹이 더 빠르다는 걸 증명하고 싶은 모양이군."

주먹이 먼저인가, 페이지가 넘어가는 것이 먼저인가? 죠스케는 잔재주 없이 정면으로 스피드 승부를 하고 싶어하는 것같았다.

"하지만 내가 더 빨라."

방금 전 승부로 무엇이 문제였는지, 그 원인을 알았다. 'The Book'의 페이지 수였다. 자신이 너무 오래 살았던 것이다. 과거가 축적되면서 기록도 늘어나, 목표 페이지에 도달하기까지 더 많은 수의 페이지를 넘겨야 했다. 압도적인 스피드로 주먹을 날리는 '크레이지 다이아몬드'를 상대하는 데에 그 타임 로스는 치명적이었다.

그러나 방금 전 충격으로 대량의 페이지가 떨어져나갔다. 바람을 타고 날아가 마을 상공으로 사라졌다. 그 부분은 두 번 다시 돌아오지 않을 것이다. 그렇기 때문에 'The Book' 쪽이 '크레이지 다이아몬드'의 주먹보다 더 빠를 것이다. 페이지 수가 감소한 덕분에 과거의 페이지에 도달하는 시간이 단축되었다.

"이다음은 교통사고의 기억이야. 넌 이 지붕 위에서 온몸의 뼈가 박살나는 거지. 지금 그 부상에 그 공격까지 당해봐. 거의 가망이 없을걸."

출혈로 머리가 몽롱해진 것인지 죠스케의 장신이 휘청거렸다. 그러나 죠스케는 확고한 초점으로 타쿠마의 말에 코웃음을 쳤다.

"선배 책을 흠씬 두드려 팬 다음 고서점에 팔아치워주지. 가게 앞 100엔 떨이 코너에 처박아 햇빛에 빛이 바래게 해주겠어."

'The Book'을 덮은 상태에서 오른쪽 손바닥 위에 얹었다. 깊이 숨을 들이쉬자 차가운 공기가 폐 속 가득히 찼다. 어느 한 쪽의 의식이 끊기기 전에 결판을 내야 한다. 상대의 숨결이 들려올 정도로 정적이 들어찼다. 서로를 마주보며 피차 손끝 하나 움직이지 않았다.

구름이 걷히고 달이 고개를 내밀어 주변이 어렴풋이 밝아왔다. 공중에서 흩날리는 눈송이가 달빛을 받아 반짝이기 시작하자 지붕 위는 이 세상이라고는 믿기지 않을 만큼 아름다웠다.

이곳은 어디일까? 우주일까? 지상에 펼쳐져 있는 빛도, 주변 공간에 떠 있는 하얀 가루도, 마치 두런거리는 별처럼 보였다.

'크레이지 다이아몬드'가 한 발 내딛었다. 거의 동시에 'The

Book'의 가죽 표지를 펼쳤다. 스타트에 차이는 없었다. 자신이 걸어온 시간 그 자체가 한 장씩 고속으로 넘어갔다. 대량의 페이지가 소실된 까닭에 머릿속은 가벼웠다. 회상 속의 장면들이 속속 나타났다가 다른 페이지에 떠밀려 눈앞에서 사라졌다. 순간적으로 몇몇 장면이 뇌리를 스쳐갔다.

천체망원경으로 소녀에게 목성을 보여주었다. 항성이 되지 못한 구체가 암흑 속에 소리 없이 떠 있었다.

아침해가 내리쬐는 물웅덩이에 말뚝에 꽂힌 나이프가 비치고 있었다.

항상 울기만 하던 소년이 언제부터인가 눈물을 참을 수 있게 되고, 키도 컸다.

바람이 나뭇가지를 흔들고, 그 삐거덕거리는 소리에 아이들이 벌벌 떨었다.

태어나서 지금까지 많은 사람들과 만났다. 셀 수도 없을 만큼 많은 대화를 했다. 홀로 지낸 시간은 마음속에 많은 말을 자아냈다. 기억하고 있는 것에 과연 의미가 있을까? 죽어버리면 모든 기억은 사라져버린다. 마음속에 떠올렸던 감정 역시 어디에도 이르지 못한다. 단지 사라져버릴 뿐이다. 지면으로 스며드는 물방울처럼. 때문에 그 소녀는 소설을 쓰려 했던 것일까?

죠스케의 목소리가 들려왔다. 아니, 외치고 있는 것은 '크레이지 다이아몬드'였다. 조각상처럼 무표정했던 놈이 입을 벌려 고함을 지르고 있었다.

'The Book'. 좀더 빨리. 페이지를 가속시켜라. 가죽 표지 책을 향해 뇌리에서 말이 솟구쳐올랐다. 저 주먹이 이쪽에 도달하는 것보다 빨리. 우리는 '금지 구역'에 도달해야 한다.

이윽고 페이지의 틈새에 빛나는 알갱이가 응축되기 시작했다. 공기와의 마찰로 발광하는 것인지, 자신의 동공이 열려버린 탓에 그렇게 보이는 것인지 알 수는 없었다. 'The Book'이 조금씩 진동하더니 종이를 철하고 있는 실이 풀리기 시작했다. 손에 길들어 있던 가죽 표지가 수축하며 균열이 생겼다.

금이 간 표지에서 빛이 흘러나와 받쳐들고 있던 손가락 틈새로 새 나왔다.

눈이 멀 정도로 하얀빛이었다.

앞으로 몇 페이지, 단 몇 페이지만 더 넘어갔어도 교통사고의 기록에 도달했을 것이다.

그러나, 그 페이지는 영원히 펼쳐지지 않았다.

넘어가기 직전이던 페이지가 구겨지고, 찢어지며, 공중으로 날아갔다. 흩날리는 자신의 피를 보았다. 통증을 느끼기도 전에 제2발이 복부에 들어왔다. 제3발, 제4발, '크레이지 다이아몬드'가 주먹을 날렸다.

후려칠 때마다 놈은 '도라아아!' 하고 외쳤다. 콘크리트 덩어리처럼 묵직하고 단단한 주먹이 연속으로 몸을 후려쳤다. 놈의 고함이 끝도 없이 이어지는 것이, 기관총으로 일제 사격을 당하는 기분이었다.

몸이 꺾이고, 뼈란 뼈는 모조리 박살나는 듯한 감촉을 느꼈다. 그래도 주먹은 날아들었다. 1번 늑골부터 12번 늑골까지 죄다 분쇄되고, 견갑골, 쇄골, 상완골이 소리를 내며 무너져내렸다. 대퇴골과 요골이 체내에 파편을 뿌렸다. 혈관이란 혈관은 모조리 파열되었으며, 근육은 짜부라졌고, 얼굴 형태가 바뀌는 것이 느껴졌다. 머릿속에서 아버지에 대한 기억, 어머니에 대한 기억 같은 것들이 사라져버렸다.

이윽고 '크레이지 다이아몬드'의 고함이 멎었다. 얻어맞은 충격으로 몸이 뒤로 튕겨나가 공중을 날았다. 그쪽에 발판은 없었다.

시야 한가득 밤하늘이 펼쳐졌다. 구름 사이로 하얀 달이 고개를 내민 가운데 무수한 눈송이가 떠 있었다. 상하좌우를 알 수 없는 상태로 자신의 몸은 공중에 내팽개쳐졌다. 'The Book'이 자신의 옆에서 낙하하며 책으로서의 형태를 잃고 페이지의 편린으로 분해되었다. 죠스케가 지붕의 가장자리에서 몸을 내밀고 자신을 향해 팔을 뻗었다.

세상에 태어난 순간의 기억을 가지고 있었다. 아직 어린아이였을 때는 다른 기억에 파묻혀 떠올릴 수 없었지만, 'The Book'을 쓸 수 있게 된 뒤로는 기억을 정리할 수 있게 되었기 때문에 늘 기록을 다시 읽을 수 있었다. 그날 자신은 어머니의 태내에서 나와 흙탕물에 뚝 떨어졌다. 그곳은 빌딩의 틈새로, 질퍽한 지면 위에 양수와 피가 고여 웅덩이를 이루고 있었다. 아직 탯줄이 달려 있던 자신은 그 웅덩이에 떨어졌다. 인생 최초의 재난이었다. 춥고, 무섭고, 시야는 흐릿해 뭐가 뭔지 알 수 없었다. 이윽고 어머니가 자신을 안아올려 온몸의 흙탕물을 닦아주었다. 무아지경으로 그 팔에 매달리자 더없는 안도감이 들었다. 필사적으로 숨을 쉬어 폐 속으로 공기를 들여보냈다. 어머니의 가슴에 머리를 파묻고 있노라니 심장 소리가 들려와 마음이 안정되었다. 사흘간 빌딩의 틈새에서 어머니와 살았다. 자신은 잠만 잤지만, 가끔씩 일어나면 어머니가 눈을 들여다보며 온몸을 손바닥으로 어루만지고 말을 걸어왔다. 당시에는 말을 알아듣지 못했던 까닭에 그것을 말이 아닌 소리로 들었다. 훗날 'The Book'으로 과거를 머릿속에 전개해 어머니가 뭐라고 했던 것인지 알 수 있었다. 멀리서 음악이 띄엄띄엄 들려왔다. 훗날 그것이 모차르트의 곡이었음을 알았다. 어머니의 소원을 본

능으로 감지했기 때문일 것이다. 자신은 '잊지 않는다'는 능력을 손에 넣었다.

덩굴에 뒤덮인 벽이 코끝에 있었다. 라이트업 조명에 비춰진 자신의 그림자가 떠 있었다. 발밑에는 아무것도 없었다. 까마득한 저 아래 지면이 보일 뿐이다. 마치 가지에 늘어진 사과같이 몸이 매달려 있었다.

히가시카타 죠스케가 지붕의 가장자리에서 몸을 내밀어 타쿠마의 왼팔을 붙들고 있었다. 정확히 말하면 교복 상의의 긴소매를 왼쪽 검지와 중지와 엄지만으로 붙들고 있었다. 죠스케는 여전히 출혈이 극심했다. '크레이지 다이아몬드'도 보이지 않았다. 분명 타격에 모든 힘을 다 쓰는 바람에 사라진 것이다.

소리가 일절 들려오지 않았다. 귀가 기능을 잃은 모양이었다. 죠스케가 타쿠마를 내려다보며 뭐라고 말을 하고 있었지만, 주변은 정적 그 자체였다. 그러나 이야기의 내용은 알 수 있었다. 입술을 읽는 것이 가능했기 때문이다. 다른 한쪽 손을 내놓으라고 죠스케는 말하고 있었다. 타쿠마의 교복 왼쪽 소매가 체중을 견디지 못하고 어깨 쪽 바늘땀부터 뜯어지기 직전이었다.

죠스케가 자신을 구하려 하는 이유가 몇 가지 머리를 스쳤다. 처음부터 목숨까지 빼앗을 생각은 없었는지도 모른다. 아니면

'그 남자'와 관련된 영원한 수수께끼에 대해 더 듣고 싶었던 것인지도 모른다.

'The Book'은 어디에도 보이지 않았다. 이미 겉표지부터 속표지, 그리고 책등에 이르기까지 완전히 분해되어 흩어져버린 모양이었다. 몸을 내밀고 있는 죠스케의 등뒤로 무수한 페이지가 흩날리고 있었다. 밤하늘을 뒤덮을 정도의 숫자였다. 보고 들은 것이나 마음속에서 부풀어오른 감정만큼 페이지는 존재했다. 밤하늘을 가득 메울 만한 양의 말을 자신은 이 마을에서 얻었던 것이다.

그쪽 팔 좀, 이라고 죠스케는 괴로운 얼굴로 말했다. 죠스케의 육체도 한계 같았다. 타쿠마는 남아 있던 힘을 쥐어짰다. 축 늘어져 있던 오른팔을 들어올렸다. 손가죽을 뚫고 부러진 뼈가 튀어나와 있었다. 피투성이 손가락을 움직여 교복 상의의 금색 버튼을 하나씩 끌렀다.

한 개를 끄르는 데에도 오랜 시간이 걸렸다. 마지막 버튼을 끄른 순간, 죠스케와 눈이 마주쳤다. 입안의 상태가 말이 아니었기 때문에 아무 말도 할 수 없었다. 소리 없는 시간이 흘렀다. 지구의 자전이 정지된 것처럼 구석구석까지 똑똑히 마주볼 수 있었다. 죠스케의 표정, 책의 페이지 한 장 한 장. 만약 귀가 멀쩡했다면 분명 책을 넘기는 것처럼 종이와 종이가 서로 닿는 소리도 들려왔을 것이다.

지구의 인력에 이끌려 상의로부터 몸이 빠져나왔다. 죠스케가 있는 지붕이 멀어지고, 덩굴로 뒤덮여 있는 붉은 벽돌 벽을 따라 낙하했다. 팔각형 돔과 일곱 개의 첨탑을 지닌 '가시나무관'의 상공에 강한 바람이 불자 수많은 페이지가 소용돌이쳤다. 이윽고 새떼가 날아오르듯 하늘 높이 올라가는가 싶더니, 바람 속으로 녹듯이 사라져버렸다.

종　　장

Communio
Lux æterna luceat eis, Domine:
Cum Sanctis tuis in æternum,
quia pius es.

Requiem æternam dona eis Domine:
et lux perpetua luceat eis.

Cum Sanctis tuis in æternum,
quia pius es.

갓 태어난 아이는 작았다. 스스로 움직였으며, 부드러웠고, 축 늘어져 있었다. 처음에는 새파랬지만, 조금씩 붉은 기가 돌았다. 자신의 몸에서 피와 살을 받고 떨어져나간 또하나의 존재였다. 거울 파편으로 탯줄을 끊었다. 고무를 끊는 듯한 감촉이었다. 산후의 통증은 신경쓰이지 않았다. 품안에서 울고 있는 아기를 바라보았다. 발가벗은 아기는 작은 손발을 움직이고 있었다. 돋보기가 없으면 보이지도 않을 만큼 작은 손톱이 손가락 하나하나에 확실히 붙어 있었다. 하느님은 이렇게 세세한 데까지 빈틈없이 만들어주신 것이다. 팔 안의 아이가 작은 머리를 아카리의 가슴에 파묻었다. 심장 소리를 듣고 있는지 그 아이는 울음을 멈추었다. 모유를 주기 위해 젖을 물렸다. 아기의 작은 입이 필사적으로 젖을 빠는 모습에 사랑스러운 마음이 복받쳐 올랐다.

식물 소재를 엮어 만든 그 바구니는 손잡이 부분에 끈이 묶여 옥상에서 끌어올릴 수 있게 되어 있었다. 아카리는 그 안에 아기를 넣었다. 평범한 인생을 살며 그 아이를 낳았다면 한시도 떼어놓지 않았을 것이다. 그러나 빌딩의 틈새에서 키우기는 불가능했다.

아기가 들어 있는 바구니는 아버지의 손에 끌려올라갔다. 그 아이가 평평한 벽면의 틈새를 따라 올라가는 모습이 마치 하늘로 빨려드는 것만 같았다. 푸른 하늘 저편, 천상 어딘가로 들려 올라가는 것처럼 보였다.

아기가 안전한 곳에서 보호받게 되었다는 사실을 확인할 때까지 가방의 위치는 결코 말하지 않을 것이라고 거래했다. 오오가미 테루히코는 아기가 절 사람에게 발견되어 시설의 보호를 받게 될 때까지, 그늘 뒤에 숨어 사진을 촬영했다. 옥상에서 던져진 사진을 보고 자신의 아이가 이 저주받은 곳에서 멀리 벗어났음을 이해할 수 있었다. 마침내 아카리는 '마법의 단어'를 입 밖에 냈다. 제대로 발음도 되지 않는 목으로 외쳤다.

"빌딩 사이! 빌딩 사이! 빌딩 사이!"

오오가미 테루히코는 아카리를 시켜 배관의 틈새에 떨어져 있던 가방을 회수했다. 가방 회수에 필요한 도구도 옥상에서 던져주었다. 그뒤 아기 때와 같은 요령으로 빌딩의 틈새에서 가방을 끌어올리더니, 오오가미 테루히코는 두 번 다시 옥상에 오지 않았다.

그뒤로도 여러 날 동안 아카리는 그곳에 살았다. 질퍽한 진흙으로 온통 범벅이 된 채 벽에 등을 대고 앉아 있었다. 아침에는 사람들이 출근하는 소리를 들었다. 저녁에는 집으로 귀가하는 기적을 느꼈다. 모리오초에 사는 여러 사람들의 생활과 인생에 대해 상상했다.

주변이 어두워지고, 정적이 가득해지자 기다란 밤하늘에 별이 반짝였다. 신화시대부터 인류의 머리 위에 계속 존재해온 무수한 빛이었다.

그 아이가 제 발로 일어서서 말을 하게 될 무렵에도 하늘에는 별이 빛나고 있을까? 자신에게도 아버지와 어머니가 있는지 생각하게 될 무렵에도 내내 같은 빛이 어둠을 메우고 있을까? 혼자가 된다는 것이 얼마나 무서울지 상상한 적도 있지만, 그 아이가 어딘가에 있을 것이라고 생각하는 것만으로도 마음속에 푸근한 감정이 흘러넘쳤다. 불안감은 사라지고 단지 고요한 마음으로 지낼 수 있었다.

아카리는 매일 밤 자신의 몸에서 나온 아이를 생각하며 눈을 감았다. 매일 밤 꿈속에 성장한 그 아이가 나왔다. 그 아이는 바람이 부는 초원에서 검은 교복 차림으로 서 있었다. 아카리가 온 것을 눈치챌 때마다 그 아이는 돌아보고 가볍게 인사했다. 혼자가 아니다. 그 누구도 혼자가 아니다. 이 세상에 살아 있는 사람은 누구 하나 할 것 없이. 꿈속에서 그 아이를 볼 때마다 아카리는 생각했다.

2

2000년 3월 17일에 발생한 화재는 주변 건물에 옮겨 붙지 않고 민가 한 채만 잿더미로 만든 뒤 진화되었다. 화재 현장에서는 불에 탄 남성의 시신이 발견되었다. 치과 치료 흔적으로 미루어 가장인 후타바 테루히코의 시신임이 판명되었다. 후타바 테루히코는 연기에 질식해 죽은 것이 아니라 불길이 타오르기 시작했을 때 이미 절명한 상태였다. 불길을 피하려 한 흔적이 없는 점이나 늑골에 남아 있던 상처로 미루어 날붙이에 가슴이 찔려 죽은 것으로 추정되었다. 앞마당 화단에서 식칼이 발견되었는데, 칼날에는 후타바 테루히코와 같은 혈액형의 피가 묻어 있었다. 칼자루에는 그 딸인 후타바 치호의 지문이 남아 있어 그녀가 살인 및 화재 발생에 관여했을 가능성이 제기되었다.

같은 날 늦은 밤 '가시나무관'의 정문 현관에서 남자 고교생의 시신이 발견되었다. 남자 고교생은 바닥을 보고 쓰러져 있었으며, 등에는 눈이 살포시 쌓여 있었다고 한다. 발견자는 구급대원이었다. 그들은 그보다 조금 앞서 전화를 받고 도서관으로 출동했었다. 신고자의 신원은 알 수 없었다. 이름도 말하지 않고 전화를 끊었기 때문이다.

쓰러져 있던 남자 고교생의 이름은 하스미 타쿠마, 부도가오카 학원 고등부 2학년이었다. 하스미 타쿠마의 시신은 손상이 심했으며, 전신이 분쇄 골절된 끝에 옥상에서 추락사한 것으로 추정되었다. 하스미 타쿠마의 시신은 보호시설 원장이 인수해 절에서 공양했다. 하스미 타쿠마는 후타바 치호와 친분이 깊었다는 증언이 있어 화재와도 모종의 관련이 있을 것으로 추정되었다.

화재가 일어난 17일 밤 이후 후타바 치호를 목격한 사람은 없었다. 집의 잔해에서 불에 탄 시신으로 발견되지 않았을 뿐더러 봄 방학이 끝나고 개학한 뒤로 등교하지도 않았다. 후타바 가의 화재가 어떻게 일어난 것인지. 남자 고교생이 어째서 그런 곳에서 죽어 있었던 것인지. 아무것도 해명되지 않은 채 시간은 흘러갔다.

이상이 세간에 발표된 사건의 전말이었다. 나는 그것을 신문이나 뉴스, 가족의 잡담을 통해 알게 되었다. 봄 방학이 끝나고 개학한 뒤 교실에서도 한동안 이 일이 화제가 되었지만, 이윽고 더이상 사람들의 입에 오르내리지 않고 잊혔다. 내가 어떤 여성의 시신을 발견해 제1발견자가 되었던 사실을 기억하고 있는 사람도 거의 없었으며, 하스미 타쿠마나 후타바 치호라는 학생도 처음부터 없었던 것처럼 일상은 흘러갔다.

그 소년이 누구였는지, 우리로서는 단지 추측할 수밖에 없었다. 부상으로 입원중인 죠스케의 병실과 인플루엔자로 입원중인 오쿠야스의 병실을 왔다갔다하며 나는 정보를 취합해보았다. 내가 발견했을 때는 두 사람 다 빈사 상태였지만, 병원에서 치료를 받아 어찌어찌 쾌유했다. 내가 도서관으로 조금만 더 늦게 달려갔더라면 위험한 상황에 빠졌을 것이다. 여담이지만 도서관에서 발견된 그들이 중요참고인으로 경찰의 조사를 받는 일은 없었다. 키시베 로한이 구급대원의 기억을 수정해준 덕분이었다.

"치호란 이름의 여동생이 있어."

하스미 타쿠마는 오쿠야스와의 대화중 그런 발언을 했다.

또한 하스미 타쿠마는 아버지에게 원한을 품고 있었던 모양이다.

"어머니의 시신을 수습하러 갔었어. 아버지에게 복수를. 그것만을 생각하며 살아왔어."

죠스케는 하스미 타쿠마가 그렇게 말하는 것을 들었다고 한다.

우리는 하스미 타쿠마 주변의 인물 관계도를 상상해보았다. 하스미 타쿠마는 연고 없는 아이로 모리오초에 버려졌지만, 실은 자신의 '스탠드' 능력을 이용해 부모님에 대해 알고 있었던 것이 아닐까? 하스미 타쿠마가 말한 아버지란 바로 후타바 테루히코였던 게 아닐까? 세간에서는 후타바 치호와 하스미 타쿠마가 연인 관계였다고 말한다. 그러나 그것은 위장이었던 것이 아닐까? 무엇을 위한 위장이었을까? 자신의 아버지에게 다가가기 위해서였을까? 하지만 아버지를 살해하고 집을 불태울 목적뿐이라면 배다른 여동생에게 접근할 필요는 없었다. 어쩌면 피를 나눈 존재와 이야기를 하고 싶었던 걸지도 모른다.

오리카사 하나에는 어째서 살해당해야 했을까? 그뒤 키시베 로한의 조사로 후타바 테루히코와 오리카사 하나에 사이에 아무래도 친분이 있었을 것이라는 사실을 알게 되었다. 오리카사 하나에의 은행 계좌로 돈을 부쳐 생활을 유지할 수 있게 도와온 사람이 바로 후타바 테루히코였던 것이다. 두 사람은 고교 선후배 사이로, 거의 같은 시기에 모리오초로 이사를 왔다는 사실도 알게 되었다. 어쩌면 오리카사 하나에도 모종의 역할로 하스미 타쿠마의 인생에 관여하고 있었던 것인지도 모른다.

모든 것은 추측에 불과했다. 하스미 타쿠마의 동기와 심정을 속속들이 알고 있는 사람이 과연 존재할까? 배후에 있을 사연을 우리로서는 상상해보는 수밖에 없었다. 죠스케는 하스미 타쿠마를 구하려고 했다. 그러나 하스미 타쿠마는 스스로 죽음을 선택하고 비밀을 영원히 가지고 가버렸다.

시간이 흘러, 어느새 모리오초에 여름이 찾아왔다.

모리오초의 꽃은 복수초.

특산품은 우설 된장 절임.

1994년 국세 조사에 의하면 인구는 58,713명.

모리오초는 S시의 베드타운으로서 1980년대 전반부터 급속히 발전했습니다.

그러나 그 역사는 길어서, 조몬시대의 주거 유적이 있고, 사무라이들의 시대에는 별장이나 무술 훈련장이 있었다고 합니다.

조만간 S시에 흡수 합병될 거라는 소문도 있지만, 현재로서는 독립된 지자체입니다.

TV 화면 속에서 여성 리포터가 모리오초에 대해 설명을 하고 있었다. 그 등뒤로 거대한 아파트가 보이고, 그것을 가리키며 여성 리포터는 '보시죠, 이것이 이번에 적발된 불법 건축물입니다' 하고 이야기를 시작했다. 어머니와 누나가 거실에서 TV를 보며 수박을 먹고 있었다. TV에 자신의 동네가 나오는 것만큼 신선한 일도 없는 법. 아버지가 에어컨 온도를 낮추려고 하자 어머니와 누나가 반대했다. 아버지는 내게 도움을 청했지만, 때마침 유카코에게서 전화가 와 나는 내 방으로 철수했다. 잠시 후 도서관에 가서 공부하자는 용건이었다.

2000년 8월, 학교는 여름 방학이었다. 나는 가방에 공부할 준비물들을 챙겨넣고 자전거로 도서관을 향해 달려갔다. 입학 축하 선물로 받은 자전거는 1년이 넘도록 고장 하나 없이 상쾌하게 페달이 돌아가며 나아갔다. 길에는 아지랑이가 일렁였으며, 땅울림 같은 매미의 합창이 들려왔다. 그림물감을 물에 풀지도 않고 곧장 바른 것처럼 짙푸른 하늘에 적란운이 거대한 성처럼 우뚝 솟아 있었다. 해수욕장으로 향하는 듯한 차를 지나쳐 역 앞에 도착할 무렵에는 온몸에 땀이 줄줄 흐르고 있었다.

그 소녀와 만난 것은 우연이었다. 자판기에서 차가운 주스라도 뽑아 마시자는 생각에 버스 로터리에서 자전거를 멈추지 않았더라면 나는 그 소녀와 이야기를 나누지 못했을 것이다.

자판기 앞, 지갑에서 5백 엔 동전을 꺼내려던 순간, 벤치에 앉아 있던 소녀가 시야 한 귀퉁이에 들어왔다. S시 직행버스 정류장의 벤치였다. 내 쪽을 돌아보고 있어서 확실히 얼굴을 알아볼 수 있었을 뿐더러 눈까지 마주쳤다.

처음에는 사람을 잘못 본 것인가 싶었지만 곧 그렇지 않음을 깨달았다. 지갑을 주머니에 다시 넣고 자전거를 끌며 그 소녀에게 접근했다. 그 소녀는 달아나지도, 일어서지도 않고 다만 약간 놀란 듯이 입만 살짝 벌린 채 내 얼굴을 보고 있었다. 목 부분이 파여 시원해 보이는 옷을 걸쳤으며, 목에는 흑옥석 목걸이를 걸고 있었다.

"후타바 치호 맞지?"

도서관에서 딱 한 번 만난 나를 그 소녀는 기억해준 모양이었다. 후타바 치호는 미소를 지었다. 둑길에 나 있는 네잎 클로버처럼 발랄한 표정이었다. 지난 5개월 간 행방불명이었던 후타바 치호에게 지친 기색이나 연약함은 보이지 않았다. 단지 예전에 보았을 때보다 머리가 짧아졌다. 귀와 목은 훤히 노출되어 시원해 보였다. 눈의 홍채에는 남들보다 옅은 갈색이 감돌았으며, 그 한가운데에 눈동자의 흑점이 떠 있었다. 이 소녀가 바라보는데 두근거리지 않을 남자가 있을까, 그런 상상이 절로 드는 앙증맞은 용모였다.

퐁당, 하고 물소리가 들려왔다. 거북이가 물에 뛰어든 모양이다. 로터리의 한복판에 있는 연못이 태양을 반사해 하얗게 빛나고 있었다. 주변에 높은 건물은 하나도 없는 휑뎅그렁한 공간이었다. 나는 벤치에 나란히 앉아 후타바 치호와 이야기를 나누었다.

"지금 어디 살아?"

"엄마네."

잡담이라도 하는 것같이 자연스러운 태도로 후타바 치호는 말했다.

"어머니 댁? 경찰이 조사를 안 했을 리가 없는데."

여름인데도 후타바 치호의 피부는 새하얀 것이, 혈관이 다 들여다보일 듯했다. 여름 햇살에 탄 내 피부와는 전혀 색이 달랐다. 거의 외출하지 않는다는 증거였다.

"경찰에 발각당하지 않는 건 어머니 덕분이야. 날 감싸주고 있어."

오늘은 우연히 당일치기로 모리오초에 돌아온 모양이었다. 사람들에게 들키면 위험하지만 그래도 친구를 만나고 싶어 견딜 수가 없었다고 한다. 후타바 치호에게는 S시의 여고에 다니는 친구가 있는데, 그 친구는 모리오초에 살고 있다는 것 같았다. 전화번호가 바뀌어 연락이 닿지 않았던 관계로 집까지 몰래 찾아가 살펴보았지만, 이사를 가버린 것인지 결국 만나지 못한 모양이었다. 하는 수 없이 도넛을 사서 돌아가려 했지만, 마음에 들어 하던 그때 그 가게도 문을 닫아버려서, 대체 무엇 때문에 모리오초까지 온 것인지 모르겠다며 후타바 치호는 투덜거렸다.

"이 마을에서 나랑 정들었던 것들은 다 사라져버린 게, 마치 내 인생 같은 건 처음부터 없었던 것만 같아."

"분명 그게 더 나아. 친구와 연락이 되지 않은 거나 마음에 들어 하던 가게가 사라진 건 분명 우연이겠지만. 모리오초에 네가 미련을 가질 만한 건 남아 있지 않은 게 더 나을 거야."

"슬슬 버스가 올 시간이야. S시 직행버스가. 난 그걸 타고 엄마가 있는 곳으로 돌아갈 거야."

역사에 달려 있는 시계를 보고 후타바 치호는 말했다. 지난 겨울 망가져 있던 그 시계는 어느샌가 고쳐져 있었다. 후타바 치호의 어머니는 재혼 상대의 집에서 살고 있다고 했다. 그 집이 S시에 있는지, 아니면 S시에서 다시 전철이나 버스로 갈아타고 가야 하는지는 알 수 없었다.

"이것저것 묻고 싶은 것들이 있었지만. 우린 널 찾고 있었거든. 하스미 타쿠마란 사람에 대해 물어보고 싶어서……."

후타바 치호는 입을 열지 않았다.

"굳이 얘기 안 해도 괜찮아. 이미 다 끝난 일이니까."

연못 수면으로 후타바 치호는 시선을 돌렸다. 역사 옆의 가로수가 바람을 받아 초록 잎이 술렁였다.

S시 직행버스가 로터리에 들어왔다. 스피드를 늦추고 부릉부릉 떨리는 차체를 정류장 앞에 세웠다. 버스 창문이 태양을 반사해 눈이 부셨다. 후타바 치호는 일어나 가방을 들었다.

후타바 치호가 소설을 쓰고 있었다는 사실을 나는 문득 떠올렸다. 그날 밤 도서관 계단에 하스미 타쿠마의 가방이 떨어져 있었다. 그 안에 소설 원고 같은 것이 들어 있었는데, 맨 앞에 '저자·후타바 치호'라고 인쇄되어 있었다. 십중팔구 후타바 치호가 쓴 것이라고 우리는 판단했다.

"소설의 결말은? 이미 다 썼어?"

그 질문에 후타바 치호는 놀란 듯한 얼굴로 돌아보았다. 후타바 치호가 입고 있는 품이 넓고 얇은 옷이 휘날렸다. 버스 문이 푸슉 하는 소리를 내며 열렸다.

"읽었어?"

"응. 하지만 한창 재미있을 때 끊어졌어. 그 소설, 마지막에는 어떻게 돼?"

모리오초를 무대로 한 소설이었다. 그러나 마지막까지 쓰여 있지는 않고 한창 절정인 부분에서 끊어져 있었다. 후타바 치호는 잠시 동안 내 눈을 바라보았다. 바람이 불어 짧아진 그 머리카락이 살랑살랑 흔들렸다.

"마지막에는, 물론, 행복해지고 끝나."

코를 훌쩍이는 것이, 당장이라도 눈물이 복받쳐오를 듯한 분위기였다.

"하지만 아직 다 못 썼어. 보관해뒀던 글이 화재로 사라져버려서. 처음부터 다시 써야 해. 바보같이. 그런데 히로세, 신고는 안 할 거야, 나?"

"그냥 놔두기로 했어. 방금 전 널 보고. 벤치에 앉아 있었을 때는 알아볼 수 없었어. 눈치도 채지 못했고. 넌, 그…… 혹시 알아? 너랑 사귀던 사람…… 하스미 타쿠마란 사람은…….”

후타바 치호는 입을 다문 채 가볍게 고개를 가로저었다. 더이상 말하지 않아도 괜찮다는 뜻이라고 나는 판단했다. 후타바 치호는 알고 있었던 것이다. 하스미 타쿠마와의 혈연을. 하스미 타쿠마에게 직접 들었을지도 모르고, 죽기 직전 아버지가 말했을지도 모른다.

버스 운전수가 이쪽을 보았다. 탈 것인지, 말 것인지 궁금해하는 것 같았다. 후타바 치호는 차내를 향해 말했다.

“탈게요. 그전에 딱 1분만요.”

후타바 치호는 천천히 내 손을 잡았다. 그 가느다란 손가락은 오싹할 정도로 차가웠다.

“히로세. 미래로 나아가고 싶다고, 그런 생각해본 적 없어? 나, 이런 생각이 들어. 이 안에 ‘시간’ 그 자체가 자라고 있다고.”

후타바 치호는 내 손을 잡아당겨 자신의 배에 갖다 댔다. 손바닥 표면에 부드러운 옷감이 닿았다. 옷 너머에 볼록한 것이 있었다. 후타바 치호의 몸은 가녀린 것이, 팔이나 어깨는 가느다란 나뭇가지처럼 꺾일 것 같음에도 불구하고 배 주변만이 부풀어 있었다. 벤치에서 일어나자 그 볼록함을 더욱 잘 알아볼 수 있었다.

심장이 빨라지고 숨이 가빠왔다. 내 논리관과 도덕관이 두려움에 움츠러들었다. 죄악이다. 아마도 이것이 하스미 타쿠마가 구상했던 복수의 완성일 것이다.

"죽음을 생각한 적은 없어?"

배에 손을 갖다 댄 채 나는 물었다.

"그 사람은 원망 안 해. 원망은커녕, 지금도⋯⋯. 이 아이를 남겨줘서 고맙기까지 해. 그리고 또, 이 아이를 낳으면 그 사람의 인생도 완전히 무의미했던 건 아니었다고, 그렇게 생각할 수 있을 것 같은 기분이 들어."

그날 밤에 일어났을 일을 상상했다. 딸과 아버지의 대화. 피가 흐르고, 불길이 모든 것을 불살라버렸다. 그 중심에 분명 이 소녀가 있었던 것이다.

눈앞에 서 있는 이 소녀가 두렵다. 아무것도 모르는 사람이 본다면 일개 앳된 산모에 불과할 것이다. 그러나 내 눈에는 낙원에서 추방당한 채 영원히 광야를 방황하는 죄인처럼 보인다.

"지금 사는 곳은, 도심이야?"

후타바 치호는 대체 어디로 갈까?

"아니."

후타바 치호는 고개를 가로저었다.

"엄마네는 전망 좋은 곳에 있어. 집 뒤에는 평원이 있는데, 마치 바다처럼 바람이 불면 풀이 파도치는 곳이야. 말을 풀어놓고 기르는데, 갈기를 나부끼며 장난치고 놀아. 꼭 어린애처럼. 아무 불안도 없는 꿈의 세계처럼. 그럼 안녕, 히로세. 모리오초의 모두에게 안부 좀 부탁할게."

후타바 치호는 쓸쓸한 얼굴로 열려 있는 문을 통해 차에 탔다. 뒤도 돌아보지 않고 계단을 올라 차 안쪽으로 사라졌다. 문이 닫히자 차체가 부릉부릉 떨리며 시동이 걸렸다. 버스가 느릿느릿 발진했다.

나는 그대로 그곳을 벗어날까도 생각했다. 아무것도 보지 못한 셈치고. 눈치채지 못한 셈치고. 그러나 나는 그 자리에 머물러 있었다.

뭐든 한마디면 된다. 그것으로 그 모자는 위안을 얻을 수 있을 것이다. 나는 외쳤다.

"멀리 가! 멀리 가는 거야! 운명도 쫓아올 수 없을 정도로 멀리 멀리!"

버스의 엔진 소리 때문에 후타바 치호에게 들릴 것 같지는 않았다. 그러나 공중에서 '에코즈'가 내 말을 캐치했다. 꼬리 달린 내 '스탠드'가 버스 맨 뒤쪽에 앉아 있는 후타바 치호에게 내 말을 운반해 가슴속에 새기고 와주었다.

버스가 로터리를 도는 동안, 창문 너머로 후타바 치호가 내 쪽을 돌아보고 눈가를 훔치더니 고개를 끄덕였다.

하느님, 부디 저 모자에게 자비를 베풀어주시기를. 두 사람이 가는 곳에 평안히 쉴 집과 일용할 양식이 준비되어 있도록 도와주시기를.

로터리를 빙 돌아나간 버스는 직선 도로에 진입하면서 더불어 스피드를 올렸다. 그리고 모리오초를 뒤로하고 멀어지더니, 이윽고 더이상 보이지 않게 되었다.

Postscript

열여섯 살 때 「여름과 불꽃과 나의 시체」라는 소설을 썼다. 아라키 히로히코 선생님의 컷 구성을 떠올리며 쓴 소설이었다. 주인공 일행이 실수로 죽이고 만 친구의 시체를 숨기고 어찌어찌 달아나려 하는 이야기였다. 시체가 누군가에게 발견될 뻔하는 장면을 집필할 때, '고고고고고'라는 의성어가 머릿속을 스쳐갔다. 그 소설을 슈에이샤가 주최하는 점프 소설 대상에 응모했다가 작가로 데뷔하게 되었다.

점프 소설 대상. 당시의 명칭은 점프 소설·논픽션 대상이었다. 이 상은 슈에이샤 J북스 편집부라는 곳에서 주최하던 것으로, 그곳에서 발행하던 여러 책을 나는 즐겨 읽었다. 『지하드』, 『MIDNIGHT★MAGIC』 『잠자는 공주는 마법을 쓴다』 등의 초기 작품들이 그 당시 서점에 진열되어 있었다. 『폭열 CAMPUS 가드레스』의 신규 정보를 얻고 싶어 잡지 『V점프』를 샀다. 게다가 J북스 편집부는 인기 만화의 소설판도 간행했다. 예를 들면 『BASTARD!!』 소설판을 나는 탐독하였으며, 『죠죠의 기묘한 모험』 3부 소설판도 물론 읽었다. 점프 소설 대상에 응모했을 때, 나는 남몰래 이런 생각을 했다.

'여기서 상을 타면 나도 만화의 소설판을 쓸 수 있게 될지도 몰라!'

데뷔한 지 한 5년쯤 지나 기회가 찾아왔다. 어느 날, 슈에이 샤 편집부를 방문한 나는 『죠죠의 기묘한 모험』 5부 소설판*의 출간 소식을 알게 되었다. 나는 이상하다는 생각이 들었다. 3부 소설판은 이미 출판되었으니까 이번에는 4부가 소설화될 줄 알 았는데, 왜 건너뛰고 5부 소설판이 나오는 걸까? 나는 시험 삼 아 물어보았다.

"죠죠 4부는 소설화되지 않나요? 만약 쓸 사람이 없으면 제 가 써도 될까요?"

그뒤 5년간, 나는 『죠죠의 기묘한 모험』 4부의 소설판을 쓰고 또 썼다. 이미 출간된 3부와 5부의 소설판이 '죠죠'의 세계관이 나 설정만을 빌려 창작된 오리지널 스토리였기 때문에 나도 그 전례를 따랐다. 그러나 좀처럼 잘 써지지 않아 폐지를 대량 생

---

* 2001년 출간된 『죠죠의 기묘한 모험 II 골든 하트/골든 링』을 가리킨다.

산했다. 원고지 400장까지 썼다가 마음에 들지 않아 폐기하기를 몇 번이고 반복했다. 이렇게 지난 5년 동안 매장한 내 원고는 2,000매가 넘어갔고, 내 수입은 끊겼다. 못쓸 원고만 써대느라 새책이 나오지 않았으니 당연했다. 하는 수 없이 다른 일을 틈틈이 하며 생활비를 버는 한편 '죠죠' 소설을 썼다.

다시 쓰는 동안 소설의 내용도 두 번 세 번 갈아엎고 또 갈아엎었다. 수 년 전에 출간된『읽는 점프』라는 무크지에 일부분만 실렸던 내 소설은 버린 원고의 서두 부분이었다. 그때 기껏 아라키 선생님께서 삽화까지 그려주셨는데도 내가 내용을 바꿔버리는 바람에 이 책에는 쓸 수 없게 되었다. 정말 죄송합니다.

5년간, 이 소설 생각만 계속해왔다. 썼다 지웠다를 반복하는 동안 세 번이나 이사를 했고, 결혼까지 해버렸다. 그사이『데스노트』소설판과『여기는 잘나가는 파출소』소설판이 출간되었다. 나는 초조했다. 초조했지만 그러면서도 즐거웠다. J북스에서 작가로 데뷔한 것은 이 일을 맡기 위해서였다, 라는 충실감이 있었다. 애당초 4부가 소설화되지 않고 남아 있었던 건 내게 행운이었다. 십대였을 무렵 내가 '죠죠' 소설을 쓰게 된다면 4부가 좋겠다고 막연히 몽상하곤 했었다. 꿈이 이루어졌다고 해도 과언이 아니다.

이번에 드디어 『죠죠의 기묘한 모험』 4부 소설판을 출간할 수 있게 되었다. 정말 다행이다. 만화를 읽지 않은 독자도 재미있게 읽을 수 있도록 노력했다. 그렇게 할 수 없는 부분도 물론 있었다. 그래도 이 소설이 재미있으셨다면 만화 『죠죠의 기묘한 모험』도 꼭 읽어주시길. 참고로 4부는 단행본 29~47권이다.

마지막으로. 이 책의 출판과 관련된 모든 분들께 정말 감사드립니다. 그리고 무엇보다도 아라키 히로히코 선생님, 기적 같은 만화 체험을 제공해주신 점, 마음속 깊이 감사할 따름입니다.

오츠이치

저자 소개

오츠이치乙一

1978년 10월 21일, 후쿠오카 현 출생. 1996년 제
6회 점프 소설·논픽션 대상을 수상한 「여름과 불
꽃과 나의 시체」로 데뷔. 2003년 「GOTH 리스
트 컷 사건」으로 제3회 본격 미스터리 대상을 수
상. 대표작으로는 「총과 초콜릿」(코단샤) 「소생 이
야기」(카도카와쇼텐) 「ZOO」 「평면견」 「암흑 동화」
(슈에이샤) 등이 있다.

아라키 히로히코荒木飛呂彦

1960년 6월 7일, 미야기 현 센다이 시 출생. 쌍둥
이자리, B형. '80년 주간 소년 점프·제20회 데
즈카상에 「무장 포커」로 준입선. '81년 같은 잡지
1호에서 같은 작품으로 데뷔. '83년 42호 「마소
년 비티」로 첫 연재. '84년 45호부터 「바오-내방
자」 연재. '87년 1·2 합병호부터 연재가 시작된
「죠죠의 기묘한 모험」은 독자들의 절대적인 지지
를 얻었다. 울트라 점프에서 「스틸 볼 런」 「죠죠
리온」을 연재했으며, 현재 「더 죠죠랜즈」를 연재
중이다.

The Book
jojo's bizarre adventure 4th another day

1판 1쇄   2021년 10월 22일
1판 4쇄   2025년 7월 15일

지은이   오츠이치
오리지널 콘셉트   아라키 히로히코
옮긴이   김동욱

책임편집   천강원
편집   김지애 이보은 김지아 김해인 조시은
디자인   백주영
마케팅   정민호 서지화 한민아 이민경 왕지경 정유진
         정경주 김수인 김혜원 김예진 나현후 이서진
브랜딩   함유지 박민재 이송이 박다솔 조다현 김하연 이준희
제작   강신은 김동욱 이순호

펴낸곳   ㈜문학동네
펴낸이   김소영
출판등록   1993년 10월 22일 제2003-000045호
주소   10881 경기도 파주시 회동길 210
전자우편   comics@munhak.com
대표전화   031-955-8888 | **팩스** 031-955-8855

ISBN   978-89-546-8270-1 03830

인스타그램   @mundongcomics
카페   cafe.naver.com/mundongcomics
트위터   @mundongcomics
페이스북   facebook.com/mundongcomics
북클럽문학동네   bookclubmunhak.com

www.munhak.com